Los círculos de Dante

Los círculos de Dante

Javier Arribas

Rocaeditorial

© Javier Arribas, 2007

Primera edición: enero de 2007

© de esta edición: Roca Editorial de Libros, S.L.
Marquès de l'Argentera, 17. Pral. 1.ª
08003 Barcelona.
correo@rocaeditorial.com
www.rocaeditorial.com

Impreso por Puresa, S.A.
Girona, 206
08203 Sabadell (Barcelona)

ISBN 10: 84-96544-82-6
ISBN 13: 978-84-96544-82-6
Depósito legal: B. 59.858-2006

A mis padres: mi origen.
A Ofelia y Patricia: mi destino.
Y, por supuesto, a Dante Alighieri,
a cuyo espíritu agradezco la inspiración
para seguir adelante con mis sueños.

I

(…) per le parti quasi tutte a le quali questa lingua
si stende, peregrino, quasi mendicando, sono andato,
mostrando contra mia voglia la piaga de la fortuna,
che suole ingiustamente al piagato molte volte
essere imputata. Veramente io sono stato legno
sanza vela e sanza governo, portato a diversi porti
e foci e liti dal vento secco che vapora
la dolorosa povertade (…)

(…) por casi todos los lugares a los cuales se extiende
esta lengua he andado mendigando, mostrando
contra mi voluntad la llaga de la suerte, que muchas
veces suele ser imputada al llagado injustamente. En
verdad, yo he sido barco sin vela ni gobierno, llevado
a diferentes puertos, hoces y playas por el viento
seco que exhala la dolorosa pobreza (…)

DANTE ALIGHIERI, *Convivio* 1, 3

Capítulo 1

Corrían los últimos días de septiembre de 1316, quince años después de la expulsión de Dante Alighieri de su patria, cuando el poeta florentino fue sorprendido y secuestrado en su exilio de Verona. La noche era fría y a ratos lluviosa, como lo eran los días y las noches en muchas zonas del continente europeo desde hacía mucho tiempo. El verano anterior, uno más en la penosa serie de «veranos podridos», habían tenido lugar lluvias tan incesantes y copiosas que todo Occidente se había convertido en un inmenso lodazal donde apenas era posible arar, sembrar o cosechar. La hambruna más atroz, que se había extendido desde el norte hasta el Mediterráneo, había diezmado la población de algunos núcleos flamencos. En otras ciudades tan importantes como París, las gentes morían de hambre sobre las calles y las plazas. Algunos astrólogos aseguraban que el cometa que había hecho su aparición en el cielo durante el año 1314 había sido señal y preludio de tan terrible maldición, por su influencia directa sobre aquellos países condenados.

Dante había salido aquella noche a vagar por las calles de su refugio veronés, como tantas otras veces, para ahuyentar fantasmas de derrotas y ciertos sueños crueles que últimamente alejaban de él cualquier deseo de hacer reposar su cuerpo en el lecho. Partiendo de su alojamiento, en el palacio del señor de Verona —morada en la cual llevaba varios años probando cuán amargo sabe el pan que se recibe de otros—, Dante solía recorrer las calles del viejo trazado romano de la ciudad, buscando siempre la silueta lejana de la mole antiquísima del teatro. Las campanas ya habían avisado a completas cuando el poeta, meditabundo, se detuvo sobre el puente de Piedra, y observó a la luz escasa de la luna las aguas oscuras del Adige; una acción que repetía a menudo y que le traía recuerdos de otro tiempo: la imagen del Arno brillando a la luz de la luna. Recuerdos que se habían afilado, agudos como cuchillos, y le herían con especial intensidad ahora que casi había asumido no volver jamás a una patria que le esperaba con una condena a muerte. Ahora que había renegado de sus enésimas veleidades políticas, sumido en la frustración de la muerte hacía tres años de su última esperanza: el emperador Enrique VII. Absorto en tales pensamientos, casi ni fue consciente de cómo se produjo la agresión. Apenas había vislumbrado tres o cuatro siluetas embozadas, antes de notar cómo el cielo se oscurecía abruptamente sobre su cabeza, cubierto de golpe con un grueso manto negro. Notó cómo le llevaban en volandas y apenas hizo nada por defenderse, pues probablemente sus esfuerzos hubieran resultado vanos.

En un primer momento, tuvo la nítida impresión de que iba a ser asesinado por sus asaltantes. Con más pena que rabia valoró lo fugaz y vano de los esfuerzos humanos. Cuántos años de estériles luchas y esperanzas marchitas, cuántas millas de distancia desde la tierra que le vio nacer habían sido necesarias recorrer para acabar así: en una calle solitaria de una ciudad extraña, asesinado por unos malhechores que nada sabían del dolor que le corroía las entrañas. A sus cincuenta y un años se encontraba cansado de vagar, fatigado de luchar por un sueño que nunca había dejado de ser pesadilla. Sentía profundamente haber arrastrado a sus hijos en su penoso destierro, hacerles compartir el indigno deshonor de su condena. Sentía haber dejado a su esposa en aquella tierra prohibida en que, para él, se había convertido Florencia. Resignado con esa insignificancia innata del ser humano, se dispuso a encomendar su alma al Creador. A ciegas, cubierto por un pesado capuchón que apenas le dejaba libertad para respirar, comenzó a murmurar una oración.

Sin embargo, en un destello de clarividencia, la mente analítica de Dante le indicó la debilidad de tales razonamientos. Seguía siendo trasladado por sus captores hacia un destino desconocido, pero sin violencia, con una especie de cortesía silenciosa y apresurada que contradecía sus primeros temores. El florentino intentó encajar unas piezas que no le cuadraban en su peculiar rompecabezas. Si se trataba de simples delincuentes, ¿qué interés podían tener en trasladarle, en vez de optar por la vía fácil de dejarle muerto en aquel lugar solitario? Además, a este tipo de ataque tenía que verse más expuesto un desconocido o un viajero sospechoso de llevar alguna riqueza apetecible entre su equipaje. Pero no él, insigne protegido del poderoso señor de Verona, Cangrande della Scala.

Dante intentó tomar aire a fondo bajo los pliegues de su mordaza. Se insufló de nuevas energías al hilo de estos pensamientos. Con todos sus sentidos alerta, renació en su interior su natural pasión y beligerancia. Sin embargo, sus atacantes permanecían silenciosos. Asidos firmemente a sus brazos, inmovilizaban sus manos y se desplazaban tan deprisa que a él mismo le costaba seguir sus pasos y se veía, en ocasiones, con los pies en el aire.

Al cabo de un angustioso peregrinar repleto de incertidumbre, el grupo había alcanzado su objetivo. Un carro les estaba esperando y Dante fue introducido y escondido apresuradamente en él. Una sola palabra captada de soslayo, sin duda una orden dirigida al guía del carro, inundó de luz las sombras en que se debatía el poeta. Acabó por comprender, finalmente, lo que estaba sucediendo.

La palabra en sí, un urgente «¡adelante!», no aportaba nada esclarecedor. Sí lo hacía, en cambio, el matiz especial que impregnaba aquella voz. Un inconfundible y familiar acento toscano florentino.

13

Capítulo 2

*A*sí que, después de todo, debía de tratarse de eso. Dante asumió su destino al enlazar uno a uno todos los indicios. El carro en el que viajaba —iba apretujado entre dos de sus agresores y rodeado de sacos de forraje— avanzaba pesadamente por alguna callejuela veronesa. Arrastrado por un par de bueyes, enfilaba un destino lejano pero evidente: Florencia. Los gobernantes de su patria ingrata, aquellos a los que Dante había catalogado abiertamente en una retahíla poco amistosa como «los más necios entre los toscanos, insensatos por naturaleza y por vicio», habían osado extender sus tentáculos hasta el corazón mismo del poder de los Della Scala para arrebatarle a uno de sus más insignes patrocinados. Y todo con el afán y la pretensión de hacer rodar su cabeza en alguna plaza florentina, en un cadalso bien visible para sus convecinos, para colmar así sus ojos de agravios hacia su persona. Del mismo modo lo habían hecho con sus oídos años atrás, cuando los pregoneros vocearon por todas las calles de la ciudad injustas y falaces acusaciones de falsario y baratero, de malversador de los fondos públicos, durante su mandato entre los priores del Comune, el más alto órgano ejecutivo de poder de la república florentina.

La condena a muerte, la segunda que Dante había cosechado desde su destierro inicial, había sido promulgada un año atrás, justo después de que Alighieri hubiera rehusado un ofrecimiento de amnistía cuyas condiciones consideraba humillantes. Su tenacidad y su orgullo desmedido habían obtenido, una vez más, una dudosa recompensa. Si en el año 1302 el destino determinado por los compatriotas era el fuego, la muerte en la hoguera, ahora se le ofrecía morir decapitado, el suplicio reservado a la nobleza. Y, además, arrastraba a sus hijos varones en su pena. De todos modos, le asombraba la increíble audacia de los florentinos y lo desaforado de su arriesgada acción, pues la situación política en Florencia era diferente a la de 1315, y el poeta pensaba, desde su retiro forzado, que en las preocupaciones de los florentinos había otras prioridades antes que ajusticiar a uno de sus numerosos exiliados. Ni siquiera el *podestà* que había sellado el bando de su sentencia, Ranieri de Zaccaria, se encontraba ya en su cargo.

Desde 1313, la amenaza del emperador del sacro Imperio romano, Enrique de Luxemburgo, se había hecho más agobiante para las ciudades rebeldes a su dominio, entre ellas Florencia. Los florentinos decidieron renunciar a parte de su soberanía, y concedieron la señoría de la ciudad por un periodo de cinco años al rey Roberto de Nápoles, descendiente de la casa francesa de los Anjou. Tras la inesperada muerte del Emperador en agosto de aquel mismo año, la amenaza no había cesado por completo. Ahora se personificaba en el antiguo caudillo militar de Enrique, el belicoso Uguccione della Faggiola. Éste, dominador de Pisa y Lucca, había sido capaz de infligir a sus enemigos florentinos una dolorosa derrota en Montecatini, en agosto de 1315; sin embargo, el peligro se había hecho aún mayor cuando el mismo Uguccione fue expulsado de su posición privilegiada por su joven rival Castruccio Castracani, a quien algunos loaban como un nuevo Filipo de Macedonia o Escipión el Africano.

Aquella delicada situación había fortalecido la posición de Roberto como defensor de la ciudad, pero el natural carácter sectario de los florentinos hacía imposible la paz entre los ciudadanos; así pues, los enfrentamientos internos rivalizaban en violencia con las amenazas externas. Dante sabía que, desde el verano, Roberto había enviado como vicario suyo a Florencia al conde Guido Simón de Battifolle, que era el mismo que había proporcionado al propio Dante consuelo, refugio y tranquilidad para no descuidar su obra literaria, en el año 1311, en su castillo de Poppi, dentro del Casentino. A Dante no le resultaba del todo extraño que un confeso y convencido defensor del malogrado emperador Enrique se hubiera pasado en tan poco tiempo

15

al servicio entusiasta de su mayor antagonista, el rey Roberto. Guido pertenecía a la estirpe de los condes Guidi, lamentablemente famosos, en cuanto a sus principios y convicciones políticas, por cambiar de parte de verano a invierno. De gibelinos a güelfos, de defensores a opositores a los derechos imperiales sobre la península italiana; era el devenir natural de un linaje maravillosamente dotado para posicionarse en el lado más conveniente a sus propios intereses, porque ser güelfo o gibelino, por aquel entonces, era algo más que una opción o que una libre postura ideológica o política. Era algo obligado, por devoción o respeto a la familia que abrazaba tal partido o, aún más importante, por adscripción a la natural tendencia de la ciudad en la que se vivía. Se eludía así el exilio, la pérdida de bienes y todas las consecuencias negativas derivadas de desafiar tal tendencia.

Aunque se aludía a un origen germano para ambas banderías, relacionado con el rechazo o apoyo a las pretensiones imperiales de Federico II Barbarroja, rey de Sicilia, a comienzos del siglo XIII, en la práctica esos viejos términos habían quedado vacíos de contenido. Sus límites eran ya tan frágiles que, según las circunstancias y los vientos cambiantes, no era difícil que personas o grupos enteros se intercambiaran entre ambas filas, voluntaria u obligadamente, como habían hecho los condes Guidi o como le había sucedido al propio Dante. Exiliado de su patria, había fomentado una alianza con otros desterrados y un acercamiento tal hacia los gibelinos que ya había pocos en su patria de origen que no le consideraran a él mismo perteneciente a ese bando.

El carro se detuvo por un momento, interrumpiendo a su vez las reflexiones de Dante. Aguzó su oído, intentando captar algo de lo que sucedía más allá de su capuchón. Aun sin ser capaz de descifrar el murmullo quedo de las voces, Dante supuso que habrían llegado a alguna de las puertas de la ciudad. Sabía que los recaudadores controlaban día y noche los accesos de Verona y que no habría puerta que no estuviera debidamente custodiada por un retén armado. Con tristeza aceptó que los soldados del señor de Verona cubrirían sus ojos con florines para no conocer la identidad de aquel encapuchado que viajaba de forma tan peculiar en el carro. Los bueyes tiraron de nuevo dejando atrás el postigo cerrado y la indiferencia remunerada de los hombres sobornados, mientras empezaba a descargar otro aguacero. Un largo y penoso viaje, más de ciento sesenta millas de traslado sin esperanza, marcaban el retorno menos previsto de Dante a su patria.

Capítulo 3

*E*l viaje prometía ser especialmente penoso durante sus primeras etapas. Y, sin duda alguna, se cumplieron las expectativas. Las intenciones de los malhechores que conducían a Dante eran alejarse lo máximo posible de Verona antes de que nadie pudiera darse cuenta de la desaparición del insigne refugiado. Eso implicaba una alocada carrera nocturna, sin descanso ni apenas tregua, por caminos embarrados, necesariamente alejados de las antiguas vías romanas o de las rutas más frecuentadas y, por tanto, en mejor estado. En esas condiciones tan adversas parecía una aventura suicida.

El grupo tomó dirección hacia Bolonia quebrando la noche con los crujidos del carro y los lamentos frecuentes de las bestias insatisfechas que tiraban con desesperación de él. Antorchas embreadas marcaban un recorrido que, a veces, se antojaba imposible de seguir. Una capota encerada protegía a duras penas a los ocupantes del carruaje en los momentos en que la lluvia arreciaba. Cuando esto sucedía con especial intensidad, el grupo se veía obligado a buscar cobijo junto a algún árbol o roca. El estallido bronco de los truenos y el sucesivo temblor de la tierra incrementaban la inquietud en los animales. Pero apenas mejoraban un ápice las condiciones, se volvían a poner en marcha con exasperada obstinación. Dante sentía todo esto desde una especie de ciega lejanía. Sufría las inclemencias como algo ajeno, aunque su cuerpo se resintiera palmo a palmo con tales sufrimientos. Oscilaba pesadamente, chocando contra sus impuestos compañeros, que, situados a ambos lados, apenas podían mantener el equilibrio con los pronunciados vaivenes del vehículo. Dante, casi acostumbrado a la presencia obligada de su caperuza, distinguía entre tantos otros ruidos los gritos de ánimo con los que se jaleaban aquellos hombres, poseídos por un entusiasmo digno de mejor causa. Por momentos, se sentía casi reconfortado en esa negrura que le impedía ver tal cúmulo de dificultades.

Entonces, mecido por las violentas sacudidas de aquel carro, recostado entre duras tablas y el contacto estrecho con dos cuerpos empapados, le sucedió algo de lo que Dante no dejaría nunca de sorprenderse cuando su mente evocara los sucesos de aquella noche. Cayó en las simas de un sueño profundo, un sopor denso de aquellos que transportan a quien lo experimenta a un lugar y tiempo eternamente distante en el momento mismo de despertar. Dante Alighieri, incapaz desde hacía semanas de dormir una noche completa de un tirón sobre un lecho de plumas, incapaz de apartar de su mente dormida recurrentes y turbias pesadillas, se había hundido en el sueño; a pesar de la angustia y el miedo, la indignación y la rabia, la impotencia y el odio; a pesar del frío, la humedad y el cansancio, del rumor de la lluvia, del estrépito del trueno; a pesar de estar convencido de que aquélla podía ser una de las escasas noches que le quedaran por pasar en este mundo.

19

Capítulo 4

*D*ante despertó al sentir el calor de los rayos de un tímido sol sobre los párpados. Instintivamente abrió los ojos y pensó que hacía mil años que no veía la luz. Aún se encontraba recostado sobre las tablas húmedas del carro, que, detenido en un claro del bosque, no albergaba a nadie más que a él. Libre de su capuchón, se medio incorporó y dirigió su vista a un prado cercano. Su mirada se cruzó con la de dos hombres con aspecto rudo, vestidos como campesinos. Estaban sentados junto a una hoguera

pequeña en la que calentaban agua o cualquier otro alimento. Dante supuso, inmediatamente, que se trataba de dos de los compañeros de su precipitada salida de Verona. Aunque ambos hombres advirtieron que su prisionero había despertado y a pesar de que éste realmente no estaba asegurado mediante cadenas o cualquier otro tipo de ligaduras, no hicieron ningún movimiento. Siguieron atentos a su tarea frente al fuego. Evidentemente sabían, tanto como Dante comprendía, que cualquier intento de fuga estaba condenado al fracaso.

Por la altura del sol, el florentino consideró que aún debían de faltar algunas horas para el mediodía. El día había aclarado algo. Por lo menos ya no llovía, lo cual ya era bastante, y Dante lo agradeció, reprimiendo a duras penas un escalofrío intenso. Reparó en que, aunque sus ropas seguían mojadas, estaba cubierto por una densa manta de lana, seca y cálida. Debían de encontrarse en un punto indeterminado de la inmensa llanura del Po, que se extendía entre las cadenas montañosas de los Alpes y los Apeninos. A pesar de haber estado toda la noche en movimiento, las difíciles condiciones del viaje hacían impensable que se encontraran a muchas millas de Verona. Pero el paisaje era lo suficientemente agreste como para dificultar su localización a cualquiera que se hubiera aventurado a perseguir los débiles rastros de la huida del grupo. Supuso que no haría demasiado tiempo que alguien, en Verona, habría advertido su desaparición. Y se figuró que esa misma persona no habría dado, en principio, demasiada importancia al hecho, dadas las peculiares costumbres del poeta y sus vagabundeos perdidos de los últimos tiempos. El propio carácter de Dante se había convertido en un aliado involuntario de sus atacantes. Para cuando su desaparición fuera motivo de alarma, seguramente se encontraría ya a una distancia insalvable para un posible rescate.

Dante volvió a observar a sus guardianes. Su aspecto físico era bastante similar. Eran corpulentos y recios, hombres hechos a las tareas más duras. Trató de descifrar qué dejaban traslucir de sí esos semblantes sucios y cansados. Si bien la noche anterior habían sido los agentes de una amenaza ciega, de una agresión sin rostro, ahora, esos mismos individuos adquirían forma ante sus pupilas. Sus caras tenían que mostrar, necesariamente, algo de sus ambiciones, motivaciones, sueños o justificaciones. No ya de sus propósitos, que ésos parecían diáfanos ante el raciocinio de Dante. Ambos parecían mostrar una voluntad embotada, una perversa costumbre a dejarse mandar cuando las órdenes recibidas no se ajustaban a ninguna ley humana o divina. Uno de ellos, del que Dante supo luego que se llamaba Michelle, o Michelozzo, como solían nombrarle sus compinches, aún atesoraba en sus ojos opacos un tenue brillo de bondad. Resaltaba más cuando sonreía, con un gesto de estupidez bovina, con su pelo lacio y mal cortado. Entonces, parecía un enorme y pacífico animal, una bestia apacible que podría partir el espinazo de un hombre, aun sin comprender por qué. No ocurría así con el atinadamente apodado como Birbante,* el otro secuaz. Su pelo crespo de uniforme negrura, sus maneras brutales, la mirada maligna destellante, su mueca feroz que dejaba asomar esa mitad de mandíbula superior, carcomida y sucia que todavía conservaba, le convertían en un ser

21

* En italiano, Birbante significa: golfo, bribón, granuja.

fiero que transpiraba avaricia y crueldad por todos sus poros. Los que le escoltaban de regreso a la patria eran dos perfectas máquinas de matar que velaban por una vida, que hubieran podido arrebatar de un solo manotazo, para entregársela indemne a sus corruptos amos de Florencia.

Un mugido cercano, a su espalda, quebró su ensimismamiento. Se volvió y advirtió la presencia de las dos bestias compañeras que formaban el tiro del carruaje. Intentaban recuperar sus maltrechas fuerzas comiendo con ansia del forraje de unos sacos. Repentino y atareado, apareció ante su vista el tercero de sus secuestradores, que portaba un cubo de agua para abrevar a los bueyes. Sin duda, era el guía de la carreta. Un carretero sin más, del que no llegó a saber ni el nombre, contratado para transportar por tan accidentados senderos a personajes extraños, ajenos a sus intereses e inquietudes. Dante comprendió que aún no podía estar completa la nómina de maleantes. Allí, en aquel preciso instante, no había más que ejecutores, individuos preparados para llevar a cabo las acciones ordenadas. Faltaba quién o quiénes dirigieran la complicada operación.

No tuvo que esperar demasiado para confirmar sus suposiciones. No hubo ocasión de depositar esperanzas en el sonido de unos cascos de caballo que se avecinaban desde la espesura, porque sus acompañantes no sólo no dieron muestra de turbación alguna, sino que miraron hacia el bosque con el aire monótono de quien hace tiempo que espera la llegada de otro. Y ese otro era, en verdad, tan distinto del resto que Dante intuyó que él y no otro era el jefe de aquel grupo, el encargado de que el delito llegara a buen puerto.

Según se aproximaba, apenas dirigió la vista a sus compinches; quizás una ojeada de altiva superioridad, de consabido dominio. Ningún saludo, ninguna familiaridad o camaradería. Tampoco ellos hicieron amago alguno de bienvenida. La relación de supremacía era tan evidente que Dante comprendió que este desconocido que se le acercaba a lomos de un caballo era quien, en realidad, tenía entre sus manos la llave de su destino. El jinete era un hombre joven, no menos de veinte años menor que el poeta. Tenía una planta envidiable. A simple vista, traslucían de su figura cierta agilidad y fuerza. Sus movimientos le

22

apartaban de manera abismal de las manadas de plebeyos y rufianes en que se debían de haber criado los otros delincuentes. Los ropajes ambiguos de romero con que camuflaba su cuerpo no ocultaban del todo sus orgullosos ademanes de guerrero: con las bridas entre ambas manos cruzadas, la espalda recta sobre el caballo, la mirada siempre presta a vislumbrar el peligro, constantemente alerta sobre su montura. También eran perceptibles, bajo la capa oscura y gastada que le cubría a medias, al menos dos armas: una espada y un puñal largo y estrecho, de los llamados «misericordia», similar a los que utilizaban los sicarios en los campos de batalla para rematar, a través de los intersticios de sus armaduras, a los caballeros caídos.

Ceremonioso y pausado, se situó a menos de una braza de distancia de Dante. Sin abrir la boca, sin apenas mover un músculo del rostro, el recién llegado se quedó observando fijamente a su prisionero. Éste tampoco articuló una sola palabra. La presencia de aquel joven recio impresionaba al viejo vagabundo curtido en mil inútiles conspiraciones políticas. El desconocido le contemplaba inmerso en una profunda curiosidad, como si hubiera deseado desde hacía una eternidad conocerle, mirarle cara a cara, analizar sus rasgos desde una distancia tan corta. En sus ojos, Dante advirtió, con un intenso estremecimiento, el chispazo siempre impactante del odio, pero mezclado con el dolor, la amargura de un hombre marcado por alguna pena desconocida. Sin un solo intercambio de palabras, culminado con absoluto desprecio este intervalo de silencio, el jinete dio media vuelta a su montura. Se encaminó hacia sus compañeros, que, con un aire aburrido, abandonaron la contemplación de las llamas.

Las frases que cruzó con los otros fueron escasas y ellos apenas respondieron con leves señas de asentimiento. Sin duda, instrucciones breves y concisas que escaparon a los oídos de Dante. Después hurgó en una de las alforjas de su silla y extrajo un bulto liado en trapos que dejó caer despreocupadamente en el regazo de Michelozzo. Sin más gestos, sin dar oportunidad a prolongar conversación alguna, tiró de las riendas y giró su caballo en dirección al bosque, con una maniobra precisa. En un instante, en apenas el segundo que tardó su cabalgadura en enfilar el camino de retorno, le dedicó, de reojo, una ojeada fría y dura que heló la sangre de Dante. Desapareció pronto por el mismo lugar por donde había venido.

Michelozzo, con una mueca de sonrisa distraída, casi amable, dio cumplimiento a las instrucciones de su misterioso jefe. Lo hizo sin hablar, de manera impersonal y distante, como si estuviera tratando, en realidad, con una de esas estatuas de piedra que adornaban las fachadas de tantos templos en Italia. Parecía como si sus secuestradores hubieran edificado un muro de silencio, una urna transparente, una burbuja de indiferencia en la que hubieran encerrado a su rehén para mantener con él una distancia respetuosa. Supuso que cumplían escrupulosamente las órdenes que les debían de haber asignado. Sus propias cabezas estaban en juego hasta el punto de considerar el cuidado de su seguridad como una actividad en la que no estaba permitida la menor familiaridad o contacto. Michelozzo le entregó el paquete que le había arrojado el jinete. Contenía ropa, vestimentas propias de un campesino, no muy diferentes a las que portaban sus guardianes, adecuadas en talle y envergadura a su estatura; no así en cuanto a su dignidad. Pero se trataba de ropa seca; paños bastos de lana, oscuros, sin tratar ni teñir, pero gruesos y de tacto cálido. Eso, junto a la constancia de que su uso no era optativo, sino una imposición de sus raptores para pasar más desapercibidos, le convenció de lo inevitable que era mudar su atuendo. Simplemente, se despojó del *lucco*, su delicado manto con capucha forrado de piel, y conservó su casaca interior de lana, que cubrió con una de las túnicas que le entregaron. Unas medias de tela cubrían sus propias calzas; unas albarcas de cuero, capucha y sombrero de paja conformaron el resto de su peculiar vestimenta. Un momento después, Michelozzo volvió a estar a su lado ofreciéndole un cuenco de aquello que habían estado afanosamente preparando en el fuego. Era una sopa de verduras, insípida pero caliente, que evocó en Dante la imagen del gran caldero de «agua vegetal» que los hermanos menores de la Orden de san Francisco solían distribuir a los pobres en las puertas de sus conventos, acompañada de un pésimo remedo de pan moreno hecho de mijo y avena.

Capítulo 5

*L*a tregua duró tan poco como Dante había imaginado que ocurriría. No estaba el sol aún en su cenit cuando la actividad apresurada de sus carceleros le dio a entender que la fuga proseguía. El clima seguía comportándose de manera burlona y cruel. Ponerse en marcha y arrancar con monótona diligencia el aguacero fue todo uno. Todo parecía dispuesto para hacer aún más infernal la travesía. Dante, resignado a ocupar la misma posición que ya se le asignara en Verona, prácticamente deseaba que le hubieran vuelto a cegar, para no ser testigo visual de esa marcha imposible, ese casi «navegar» de su carruaje que resbalaba por parajes encenagados. Aunque, en verdad, la luz gris del sol aprisionado entre las nubes y la espesura de la cortina de agua que caía en algunas ocasiones le dejaban poca posibilidad de distinguir con toda claridad los detalles del paisaje. Se preguntó cómo las castigadas bestias podían ser capaces de seguir un trazado tan indefinido. Guiadas por un arriero experto, al que se veía familiarizado con aquellos parajes, sin duda lo harían por instinto, por afán de llegar cuanto antes a un lugar seco y seguro, de sobrevivir y no reventar en esa tortura a la que se veían sometidas.

A veces percibía, en un sobresalto, cómo el agua corría en tempestuosos arroyos no muy lejos de donde ellos circulaban. Las inundaciones eran tan frecuentes en la enorme llanura del Po como catastróficos solían ser sus efectos.

El diluvio persistente habría destruido las uvas de septiembre. Las cosechas habrían quedado sumergidas o arrastradas por las lluvias si ya habían sido recolectadas. Se imaginaba el desolador panorama de los puentes rotos a pedazos por las crecidas, las casas y las villas destruidas, animales hinchados y tumefactos flotando entre las aguas, familias enteras refugiadas con la sola fuerza de la desesperación en las copas de los árboles o los tejados de sus propias viviendas. A veces, poco antes de que fueran arrastrados con todas sus escasas pertenencias.

El poeta dudaba y a la vez temía lo que se podían encontrar según se acercaran al obstáculo firme del Po, que necesariamente habían de franquear en su camino a Florencia. No parecía que fuera a dejar de llover pronto y no hacía tanto frío como para que se helara la superficie del río. Cuando eso ocurría, que solía ser en el invierno crudo de los meses de enero y febrero, los carros podían circular sin problemas sobre la superficie de cristal. En años de especial crudeza se aseguraba que un caminante osado podría andar a través de los ríos desde Ferrara hasta Treviso.

El enigmático jinete que los gobernaba aparecía de vez en cuando. Hablaba con el mulero y volvía a desaparecer, marcando una estela que el carruaje seguía a un paso considerablemente más lento. Dante, evitando con ello otros pensamientos, se empleó en analizar a tan curioso personaje. Por su porte belicoso de caballero educado y entrenado, podía tratarse de un mercenario, un profesional a sueldo. «Demasiado joven, quizá», pensó Dante. Y demasiado florentino, a juzgar por lo que había podido distinguir de su acento. Y no es que no hubiera hijos de la muy noble Florencia que alquilaran o vendieran su alma al mejor postor apuntándose al servicio de causas ajenas. De hecho, las alternas expulsiones de gibelinos y güelfos toscanos durante los últimos cincuenta o sesenta años habían engrosado excelentes cuerpos de mercenarios formados por personas que, al encontrar en ello un fructífero *modus vivendi,* habían rehusado incluso el retorno a la patria cuando ello había sido posible. Pero este joven serio y disciplinado no encajaba en ese molde de trotamundos agreste, montaraz. Guerrero sí, pero de corte y nobleza urbana. Quizás el retoño selecto de uno de los poderosos linajes sustentadores del Gobierno del Comune negro de Florencia; un cachorro de los Spini, los Pazzi, los Della Tosa o cualquier otro de los usurpadores del simbólico lirio rojo de la ciudad. Se trataba de alguien escogido para esta complicada embajada por amor a la causa o por simple mala suerte en un sorteo. Era probable que buscase acrecentar su fortuna, su prestigio, llevando a buen puerto tan arriesgada misión contra uno de los más afamados enemigos del Estado, contra alguien que no debía de ser muy popular en Florencia tras sus últimos posicionamientos políticos. Aquel joven resuelto facilitaba la travesía, vigilaba y despejaba los caminos, compraba voluntades, evitaba la presencia de curiosos o indeseables y arreglaba escondites o alojamientos futuros para el grupo; alojamientos como el que ocuparon apenas comenzó a oscurecerse el firmamento, un lugar que era poco más que un caserón en ruinas y una nave que, tiempo atrás, debió de hacer las funciones de establo.

Abandonaron aquel precario cobijo con la primera luz del amanecer, mientras en monasterios y conventos se entonaban salmos de *laudes* en agradecimiento por los dones del nuevo día. Trecho a trecho, completaron una nueva jornada en la que las circunstancias variaron muy poco. Avanzando lentamente atravesaron el casi anegado valle del Po. Ya con la noche pudieron adivinar, más que ver, la masa líquida del gran río. Aunque en muchas zonas de su largo curso los puentes debían de haber padecido un severo castigo por las lluvias, no parecía haber ocurrido así en el lugar que el grupo había elegido para cruzarlo: un punto muy cercano a Ostiglia, localidad de antiquísimo origen romano. La labor anticipada del inquieto jefe de la expedición debía de haber comprado un discreto pasaporte nocturno para vadear el río de inmediato. Por eso volvieron a relucir las antorchas engrasadas; entonces, el carro, sin detenerse, se embarcó en una peligrosa ruta a través de la inestable pasarela, casi a oscuras, oponiéndose al viento y a la lluvia.

Con el pecho encogido, impresionado por el rugido bravo de las aguas crecidas y turbulentas bajo sus pies, Dante pensó que la distancia hasta la otra orilla era insalvable y que aquél era, ni más ni menos, el final de la aventura.

27

Capítulo 6

*D*ante se equivocó. Ni aquél fue el final ni la aventura en la que se había visto embarcado tenía visos de finalizar tan pronto. Tras aquel episodio, mal que bien, siguieron avanzando con la imagen de Florencia puesta en el horizonte. Muchas dificultades y muy pocas palabras sazonaron la marcha. Con la monotonía de días y noches calcadas, aun con las penalidades propias, Dante se fue acostumbrando de una manera insólita. El poeta también era hombre de prolongados silencios y profundas reflexiones. No sentía desagrado por este forzado retiro, alejado de una corte en la cual, de una forma o de otra, había que agradar a los anfitriones y marcar paso a paso el duro camino que conduce a subir y bajar escaleras ajenas. O no lo habría sentido demasiado de no mediar la humillación de una situación impuesta, las molestias inherentes a una fuga semejante y su vislumbrado terrible destino final. Ni siquiera le sorprendió no encontrar, en esas primeras jornadas que se iban consumiendo, ni una sola alma ni un solo mortal que le alejara de esa impresión de que todo había desaparecido, salvo su cautiverio y sus mismos celadores. Y la monotonía continuó hasta que, ya cerca de Bolonia, sucedió el primer incidente digno de especial mención.

Confiados quizá por la lejanía de Verona, o por estar en un entorno político más favorable, empezaron a hacer sus descansos nocturnos en posadas y albergues. Claro que no se trataba de establecimientos ordinarios, hosterías acogedoras y bien preparadas de las que solían ubicarse al borde de los caminos más transitados; más bien eran algo muy poco diferente a agujeros infectos. Edificios ruinosos y medio clandestinos, no más de un cubículo repleto de barriles y dos o tres amplias salas donde, más que hospedarse, se escondían montones de indeseables en absoluta promiscuidad. Eran lugares donde hasta los mismos posaderos dominaban más el arte del robo y de la estafa que el trato amistoso con los clientes; eran todos unos expertos en el aguado excesivo del vino y de la leche. Allí nadie preguntaba nada; a ninguno de los moradores de aquellos lugares sucios y malolientes le preocupaba lo más mínimo la suerte de los demás. La mayor parte eran delincuentes y proscritos de toda calaña, gente difícilmente interesada en dejarse ver ante cualquier autoridad para denunciar un secuestro. Por eso Dante no podía esperar nada; al menos, nada bueno, porque allí se hacía más necesaria que en ningún otro sitio la protección que le tendrían que dispensar sus custodios.

La presencia de aquellos seres abyectos era testigo de la proximidad de algún centro urbano bien poblado. Durante el día eran parias tolerados que se extendían como ratas a través del tejido urbano de cualquier urbe italiana, bullían por vías y plazas. Con falsas sonrisas, formaban máscaras que encubrían su odio, buscando una moneda, un pedazo de pan. Por la noche, cuando las puertas del cerco amurallado clausuraban la ciudad al sueño afortunado de los verdaderos ciudadanos, eran barridos al exterior como montones de estiércol. Entonces, entre ellos, dejaban de mostrar su mejor cara. Viajeros enfrascados en dudosas ocupaciones, aventureros, peregrinos, músicos ambulantes, mimos, bufones, juglares, jugadores y estafadores de toda índole, *cantastorie*, artesanos y vendedores trashumantes, ladrones, clérigos dementes empeñados en organizar perpetuas cruzadas, vendedores de pociones y brebajes, buhoneros y prostitutas se hacinaban codo con codo en aquellos antros. Había una masa aún más agobiante y repulsiva: campesinos hambrientos a causa de las cosechas perdidas, pedigüeños profesionales, artesanos en bancarrota, desempleados, huérfanos, enfermos errantes, algunos con enfermedades repulsivas, lepras y bubones, viudas, madres acogiendo en sus brazos a niños desnutridos sin apenas fuerzas para llorar y la boca llena de espuma. Todos éstos ni siquiera eran aceptados tras las puertas de albergues de tan baja estofa. Permanecían tirados al raso; indolentes bajo la lluvia o el frío esperaban el

29

amanecer que les permitiera volver a reclamar la caridad ajena, aunque no fuera más que para esquivar la muerte durante unas semanas o meses.

En el interior, Dante observaba atónito el espectáculo desplegado ante sus ojos. Aquellos personajes parecían animales y no seres humanos. Un mundo de sentidos satisfechos sin freno, la búsqueda de placer sin medida. Dante se consumía pensando en la verdadera utilidad de los pensamientos elevados cuando la mayoría de las personas parecen ser zafias bestias que se procuran su sustento y sus necesidades básicas al margen de la política o la filosofía, tan alejados de las intrigas en las que Dante, lo hubiera querido o no, tantas veces se había visto involucrado. Dante Alighieri, enfrascado en la composición de un poema grandioso capaz de juntar el Cielo con la Tierra, no había sido capaz de vislumbrar cómo en la propia Tierra, a poco que se rascara en la superficie de su sociedad enferma, podía uno encontrarse en la antesala misma del Infierno. Esa realidad le sumía aún más en la desesperanza, casi en la apatía completa, no ya por su destino, sino por el destino de toda Italia.[1]

Si alguien se movía en aquellos ambientes como pez en el agua, ése era Birbante. Sus ojillos lujuriosos se iluminaban de placer apenas traspasaba el umbral de uno de aquellos lugares ruidosos y asfixiantes. Las pupilas le bailaban tras los dados y las cartas grasientas que saltaban aquí y allá. A duras penas era capaz de seguir su mandato de permanecer al lado de su prisionero. Y ésa habría de ser, precisamente, la causa del incidente más grave del viaje.

Debían de estar no muy lejos de Bolonia, ciudad en la que Dante, años atrás, había frecuentado su venerado *Studio* y a la que volvía en condiciones tan opuestas. Cuando entraron en el albergue escogido, encontraron ya un ambiente encendido, con el alcohol prendido en las entrañas como una llamarada. Siguiendo la máxima latina que sentencia: «*Prima cratera at sitim pertinet, secunda ad hilaritatem, tertia ad voluptatem, quarta ad insaniam*»,[2] se podía decir que en aquel lugar hacía ya tiempo que se había alcanzado el cuarto estado. Juerguistas ebrios cantaban a voz en grito himnos de goliardos, composiciones populares en las antípodas del *dolce stil novo* cultivado por el florentino y su selecto círculo de poetas. Eran rimas vulgares y burdas parodias en latín tabernario; cantos de borracho, obscenas inspiraciones indignamente basadas, a veces, en clásicos como Catulo u Ovidio.

> *In taberna quando sumus*
> *non curamos quid sit humus,*
> *sed ad ludum properamus,*
> *cui semper insudamus...*[3]

Pululando por en medio de aquel desconcierto, haciéndose entender a gritos por encima del escándalo con más aspavientos que frases, mujerzuelas medio desnudas se ofrecían a sí mismas como mercancía. Eran prostitutas muy deterioradas, nada apetecibles, que brindaban sus servicios por una verdadera miseria a aquel hatajo de almas perdidas.

> *Bibit hera, bibit herus,*
> *bibit miles, bibit clerus,*
> *bibit ille, bibit illa,*
> *bibit servis cum ancilla...*[4]

31

Una de aquellas hembras, con los pechos desnudos y flácidos, y el pelo rasurado a ronchones como un perro sarnoso, se acercó tentadora y sugerente al mismísimo Dante, que reposaba con el rostro medio cubierto en un discreto banco al fondo del local, sentado entre sus dos guardianes. Llegó a tocar la capa del perplejo poeta, que no pudo reprimir un mohín de asco y horror ante el denigrante comercio carnal que se desarrollaba en todas las esquinas aquel lugar. Instantáneamente, Michelozzo soltó su poderoso brazo y de un único y certero empujón lanzó a la ramera a varios pasos de distancia. Ésta cayó de golpe, boca arriba. Su escaso vestido se elevó al viento, destapando su sexo descarnado y obsceno a la vista de todos.

Casi como impulsado por un resorte, Birbante, que había celebrado la escena con la risa maligna que le permitía su media mandíbula, saltó de su posición. Asió a la prostituta rechazada de un brazo y la arrastró consigo. Zigzagueó entre borrachos eufóricos o medio inconscientes hasta el rincón más alejado, allí donde unos montones de paja inmunda funcionaban como improvisados tálamos.

El vino y la euforia del ambiente habían conseguido que Birbante por fin se dejara llevar por sus bajos instintos, los mismos que le impulsaban a dejar de lado cualquier temor a incumplir las órdenes recibidas. «*Non facit ebrietas vitia, sed protahit*»,[5] citaba Dante a Séneca entre dientes, mientras veía alejarse, con su presa, al más artero de sus guardias. El otro, con su sonrisa indefinida siempre en los labios, permaneció en su puesto. Así transcurrieron horas de duermevela durante las cuales los gritos fueron ahogándose en las gargantas roncas dejando paso a toses, eructos, ventosidades y ronquidos. También las luces de las antorchas fueron apagándose poco a poco, dejando nubes de humo que irritaban los ojos y las faringes. Dante despegaba de vez en cuando los párpados, con incomodidad y desconfianza, como cualquiera que deba pernoctar en lugares semejantes.

En una de esas ocasiones, un sobresalto lo despertó por completo. Ante él, de pie, con los ojos fulgurantes de rabia y la mano sobre la empuñadura de la espada, se encontró con la figura del joven caballero que les precedía. Con un movimiento rápido de la cabeza, el recién llegado barrió con su vista toda la estancia. Se posó, por fin, en la esquina donde Birbante celebraba con sonoros ronquidos el placer animal extraído de la furcia que dormía a su lado. Con unas pocas y largas zancadas se plantó allí mismo y arrastró por sus irregulares cabellos a la mujerzuela que, espantada y completamente desnuda, huyó dando alaridos. Después fue poco más amable con Birbante, al que propinó dos certeras patadas en los riñones que tuvieron la virtud inmediata de hacerle saber hacia dónde debía dirigirse. Instantes más tarde se encontraba instalado en la plaza que nunca debía haber abandonado, al lado mismo de un asombrado Dante. Risas aisladas y gruñidos acres de importunados durmientes dieron paso, rápidamente, a la tranquilidad anterior. Y de la misma inesperada manera en que el caballero misterioso había aparecido, se escabulló de la vista de Dante, que imaginó que había vuelto a desaparecer en la noche. De reojo vio que Birbante, con sus escasos dientes apretados con odio y la mirada fija en la salida, alzaba la mano derecha y le hacía la *fica* a aquel hombre que de una forma tan contundente le reclamaba obediencia.

Capítulo 7

*D*e nuevo partieron temprano, saludando las primeras luces del alba. Aquellas posadas, que conocían la más absoluta promiscuidad nocturna, se vaciaban prácticamente durante el día, porque permanecer allí convertía a cualquiera en sospechoso. No era difícil que grupos de soldados o mesnadas de mercenarios al servicio de algún *condotiero* local dieran batidas por aquellos lugares en busca de la recompensa por algún proscrito, o para disfrutar de los forzosos servicios extraordinarios de las putas durante sus horas de descanso.

Los acontecimientos de la noche anterior pesaban en el ambiente, aun en el silencio con que afrontaban un camino ya notablemente ascendente, que atacaba las primeras estribaciones de los Apeninos. Una especie de incertidumbre nerviosa contagiaba al propio Dante de impaciencia y expectación. La tragedia aún se demoró hasta el mediodía, cuando el jinete apareció de nuevo en medio de una impetuosa cabalgada. El carro se detuvo y el caballero hizo lo propio a no menos de tres brazas de distancia. Desde allí, sin echar pie a tierra ni mediar saludos o frases introductorias, ordenó seca y tajantemente a Birbante que se le acercara. Éste, dubitativo, miró por un momento a Michelozzo, que se limitó a encogerse de hombros. Después, saltó del carro dirigiéndose con paso inseguro hacia su jefe. Desde la altura que le proporcionaba su montura, éste comenzó a insultarle con palabras soeces de las que tanto abundaban en el *vulgar*[6] de los toscanos, rematando su furia con rotundas amenazas. Birbante, pálido y descompuesto, no acertaba a articular frase o excusa. Entonces, el jinete descabalgó de un solo salto y completó la humillación con un golpe del revés de su mano derecha que atinó en pleno rostro de su subordinado. Birbante, con los ojos supurando de ira, echó mano de un cuchillo grande, de carnicero, que escondía bajo su ropa y se abalanzó de un salto sobre su contrincante. Éste fue capaz de esquivarlo con agilidad, aun a costa de sufrir un tajo en la mano izquierda. De inmediato, en un movimiento rápido y preciso, el caballero giró sobre sus talones mientras desenfundaba su daga y lanzaba al aire una certera puñalada que atravesó de parte a parte el cuello de su oponente.

Apenas empezaba el cadáver de Birbante a anegarse en un charco de sangre cuando el vencedor del combate, con su arma ensangrentada aún en la mano derecha y mordiéndose con fuerza la herida profunda de la izquierda, se dirigió hacia Dante a paso apresurado. Al llegar a su altura, éste vio claro cómo el rostro de aquel que acaba de matar se transforma en el semblante mismo de la Muerte. Su voz, ronca y jadeante, se estampó por vez primera en la cara de Dante.

—¡Escuchad, poeta! Y hacedlo bien porque a vos tampoco os lo repetiré. Mi misión es haceros llegar a Florencia, y a fe de Dios, nuestro Señor, que casi lo he conseguido. Si vale por igual que lo hagáis vivo o no es algo que estoy dispuesto a comprobar a poco que me ofrezcáis alguna dificultad.

Duras palabras de alguien a quien el porvenir había reservado un papel trascendental en el futuro de Dante.

Capítulo 8

$\mathcal{T}$ras este desagradable suceso continuaron invariablemente su rumbo. En realidad, comenzaba una segunda parte del viaje muy diferente, porque ahora eran montañas —las de los Apeninos— las que conformaban el último obstáculo antes de llegar a Florencia.

Los despojos del desventurado Birbante habían quedado atrás, reposando bajo un árbol en la tierra húmeda del bosque. Una improvisada sepultura a su medida, de apenas tres pies de profundidad, dio cobijo a su cadáver. Michelozzo se encargó de todas las faenas. Musitó un padrenuestro en el peculiar latín de las gentes del pueblo y talló una tosca cruz en la corteza del tronco a cuyo pie descansaría su compinche eternamente, o hasta que las alimañas aprovecharan la noche para escarbar en busca de carroña. El semblante de Michelozzo era serio, pero no había asomo de lágrimas o duelo. Era una muestra de la filosofía de los suyos, acostumbrados a convivir sin distingos con la vida y con la muerte, siempre pisando la línea delgada que separa ambas, sin olvidar que nadie es tan joven o poderoso para que no pueda morir mañana mismo. Tampoco mostraba rencor hacia su señor, hacia el asesino de su amigo, porque la vida es una lucha continua y el dolor por el vencido es siempre compatible con el respeto al vencedor. Dante llegó casi a compadecerse de Michelozzo, de su destino, de su sino marcado por una fatal combinación de los astros, por el dominio de Saturno, que condena a los hombres a las ocupaciones infames, a esas labores que siempre dejan en la pobreza y hacen del hombre un ser infeliz, triste y miserable. Era integrante de esas masas campesinas utilizadas como carnaza en luchas ajenas, que encarnaban el refrán que iba de boca en boca entre los poderosos: «El campesino es como el nogal, cuanto más lo golpeas, más nueces te dará». De haber sido otro su nacimiento, su fugaz posición de las estrellas, hubiera podido ser, probablemente, un gran vasallo.

El fondo de Birbante no resultaba tan nítido. Su carácter no había dejado entrever algo más que malas intenciones. En su caso, de haber mediado un noble nacimiento, su alma mortal no hubiera diferido mucho de la de aquellos que habían hecho de la violencia un estatus en Florencia. Un reflejo del implacable enemigo de Dante: Corso Donati; un caballero belicoso, taimado, siempre dispuesto a la controversia y la discordia. Respecto al otro, aquel que había derramado sangre propia y ajena en pos de su misión, poco podía deducir Dante que no hubiera dejado ya traslucir. Duro y recto en su labor, nada podía objetarle, a pesar de la amenaza, de haberse dirigido a él con no menos sangre en sus pupilas que en su maltrecha mano izquierda. Había dolor y no placer en su mirada. No se captaba el orgullo complacido por el trofeo humano, aquel que distinguía a esos guerreros sanguinarios que había conocido en su deambular forzado por las tierras de Italia. La guerra y el odio eran tan frecuentes entre los italianos que en todas las ciudades había divisiones y enemistad entre los dos partidos de los ciudadanos. Si éste resultaba ser, como parecía, un hombre riguroso hasta el final con sus compromisos, si detestaba la traición, muchos hombres como él serían precisos para alzar el espíritu corrupto de aquella península. Dante lo pensaba sinceramente, aunque militara en bando contrario y su rectitud y su afán por llevar a cabo sus juramentos le pudiera obligar a rebanarle el cuello a él mismo. Algo que no dudó, en ningún momento, que haría.

Capítulo 9

$\mathcal{H}$acía una semana desde que habían huido de Verona, cuando atravesaron el paso montañoso de la Futa. Más que en ningún momento anterior del viaje, Dante fue consciente de la proximidad de su auténtico destino final, Florencia, al reconocer los trazos de la campiña del Mugello, ese valle enorme excavado en la cuenca del río Sieve. Atravesando aquel tapiz verde acribillado de riachuelos y moteado de viñedos y olivos, de bosques de castaños, robles y encinas apuraron las últimas etapas del viaje con el ascenso hasta el monte Senario. No había caminante que al llegar a aquel paraje pudiera resistirse a contemplar la solemnidad del paisaje. A sus espaldas dejaban el Mugello. Allá delante, a no más de doce millas de distancia, estaban la mancha amplia y atravesada por el Arno, las imponentes murallas y las soberbias torres: los contornos de la orgullosa Florencia.

Aunque el trecho aún era largo, el caballero proporcionó en conversación íntima lo que habían de ser sus últimas indicaciones al carretero. Después, con la mano izquierda protegida por un improvisado vendaje a base de trapos, descendió casi a galope, colina abajo. Mostraba la urgencia de poner punto final a una misión cuyo desenlace parecía inmediato. A medio camino paró, se volvió hacia ellos y, con la mano herida, hizo un gesto apresurado para que lo siguieran.

Fue una jornada dura y sin paradas, un último esfuerzo que machacó cuerpos ya tan castigados por el cansancio crónico de la travesía. Parajes tan conocidos y placenteros para Dante se le mostraban ahora ajenos. Resultaban para él casi un descubrimiento porque lo veía todo con ojos nuevos. Lo pasaba por el filtro de una situación nunca antes vivida. Recorrieron bosques densos hasta que el manto del crepúsculo les fue cubriendo con rapidez, impidiéndoles gozar del espléndido panorama de Florencia a sus pies. Sin entretenerse tomaron el sendero en rampa que les debería llevar hasta la vecina Fiésole.

No entraron en ella. Apenas al final de aquel camino desviaron su marcha por una de las múltiples veredas y buscaron refugio entre altos pinos, a los pies de un extraño monolito, ancestral testigo del pasado etrusco de la zona; magnífico punto de encuentro para alguien que debiera aguardar la llegada de otros.

Esos otros llegaron cuando la noche borraba los perfiles de los pinos situados pocos pasos más allá del resplandor de su hoguera. Eran varios, a caballo, y el estrépito de su llegada desorientó a Dante sin que pudiera discernir algo más que agitadas siluetas. Súbitamente, todo se hizo aún más oscuro cuando, en una situación lamentablemente familiar para el poeta, sus ojos fueron cegados por un capuchón que alguien, a su espalda —quizá Michelozzo, en un peculiar gesto de despedida—, se había encargado de encasquetarle. Casi a la vez, se vio alzado por ambos brazos y depositado sobre una silla de montar, compartiendo montura con uno de aquellos nuevos guardianes. El vértigo del galope a ciegas le obligó por instinto a asirse desesperadamente a su compañero y guía. Los golpes de los cascos de los caballos martilleaban su cerebro.

De esta forma, nueve días después de su accidentada salida de Verona, tras más de ciento sesenta infernales millas recorridas, se iba a producir el retorno de Dante Alighieri a su patria. No iba a ser la vuelta anhelada y perseguida con ahínco. No le esperaban la gloria y los laureles, la soñada ceremonia en su «hermoso San Giovanni». A eso ya se había resignado día a día durante su cautiverio. Pero para su sorpresa tampoco era el retorno asumido, el acto de cruel triunfo de sus enemigos, la presentación pública y el escarnio de su honor a las masas, en una ciudad expectante por ver rodar la cabeza de uno de sus más señalados rebeldes. El auténtico regreso de Dante a la ciudad que le había visto nacer se diferenciaba bien poco de la salida de aquella otra que le había servido de refugio: de noche, a hurtadillas, traspasando las puertas de la ciudad dormida con la clandestinidad propia de un contrabandista.

II

(…) quod si per nullam talem Florentia introitur,
nunquam Florentiam introibo. Quidni? Nonne solis
astrorumque specula ubique conspiciam?
Nonne dulcissimas veritates potero speculari
ubique suo celo, ni prius inglorium ymo
ignominiosum populo Florentineque civitati reddam?
Quippe nec panis deficiet.

(…) si por ninguna vía honorable se entra en
Florencia, en Florencia no entraré nunca.
¿Y qué?¿Quizá donde quiera que esté no podré ver
la luz del sol o los astros? ¿O quizá donde quiera
que esté no podré bajo el cielo indagar la dulcísima
verdad, sin antes restituirme abyecto
y vil al pueblo y a la ciudad de Florencia?
Y ciertamente no me faltará el pan.

DANTE ALIGHIERI, *Epístola XII*
(Al amigo florentino)

Capítulo 10

*D*ante cerró instintivamente los ojos cuando éstos quedaron libres y expuestos a una nueva luz. Desde la entrada furtiva en Florencia, todo se había desarrollado con inusitada rapidez. Las escaleras, subidas a ciegas y atropelladamente, le confirmaron que se encontraba dentro de algún edificio. Una cárcel quizás, un indigno alojamiento para un recién llegado a su patria. Despojado bruscamente de su capuchón, el poeta fue acomodando su vista a los contornos de lo que parecía una gran estancia iluminada en el centro por grandes velones de cera. Dante, en pie, se encontró en el interior de aquel círculo de luz. Frente a él, adquiriendo nitidez ante sus ojos, pudo distinguir la figura de un hombre sentado tras un amplio y robusto escritorio. Apenas tuvo que escarbar en su memoria para comprender que se encontraba frente al vicario de Roberto en Florencia, frente a la persona que desempeñaba las funciones de *podestà*, que encarnaba la pactada protección del rey de Nápoles sobre la ciudad.

El conde Guido Simón de Battifolle le observaba en silencio y con gesto aparentemente amistoso desde el otro lado de su pupitre. Su cuerpo grande y pesado se mostraba semioculto por la gruesa mesa. A la luz de las velas, su rostro, anguloso y de nariz larga y afilada, era el escenario perfecto para un juego de innumerables luces y sombras. Físicamente, apenas había cambiado en cinco años, desde que había ofrecido refugio y calor en su castillo de Poppi al combativo Dante, en los ilusionados años en que el emperador Enrique VII intentaba maniobrar en la península. Políticamente, sin embargo, su transformación parecía haber sido radical y profunda. Resultaba difícil de creer que algún día hubiera sido un firme partidario de aquel desdichado emperador que había hecho temblar fugazmente a los güelfos negros de la Toscana y hasta al propio soberano napolitano. De aquellos tiempos, él conservaba recuerdos teñidos de amargura y decepción y la memoria de algunas cartas laudatorias escritas en nombre de Gherardesca, esposa de Guido, como «condesa palatina en Toscana», dirigidas a la emperatriz Margarita. Entonces, Dante desempeñaba un confuso empleo de secretario y el mismo Battifolle ni siquiera soñaba que el destino le iba a llevar a su actual papel en Florencia.

El conde rompió un silencio tenso.

—Podéis sentaros —dijo, indicando con su mano extendida un escaño situado tras las piernas de Dante.

Sin volver la vista, con los brazos vencidos a ambos lados de su cuerpo, Dante contestó sin ningún movimiento.

—Si no os importa, permaneceré de pie. Vengo de un largo viaje, en el cual he pasado la mayor parte del tiempo sentado.

Batiffolle sonrió tímidamente ante el sarcasmo de su interlocutor.

—Y yo debo pediros disculpas por las incomodidades de tal viaje —respondió, desviando la mirada hacia los pergaminos extendidos que invadían su mesa en pleno desorden—. No obstante, pronto comprenderéis que, dadas las circunstancias, no había mejor opción. Dudo mucho que hubierais querido venir de buen grado.

Dante también desvió su mirada hacia el escritorio. Un precioso crucifijo tallado en madera y plata, y un rosario de cuentas de marfil presidían un caos de documentos oficiales. El sello del Comune florentino era perceptible en algunos de ellos. Otros mostraban las trazas del característico lirio de la bandera de los Anjou. Dante sospechó que aquello formaba parte de una escena cuidadosamente preparada, una disposición que pretendía impresionar, dar una imagen de encuentro solemne. Había tomado parte en suficientes embajadas como para saber con cuánto placer se prodigaban las enseñas, sellos, lacres y emblemas entre cortes y repúblicas italianas. Las gentes de aquellas tierras se entregaban a la competición de símbolos de identidad casi con tanto ardor como empleaban en derramar la sangre de sus vecinos. Además, le resultaba poco creíble que a aquellas horas, cuando no debía de faltar mucho para que alboreara, el vicario se encontrara enfrascado en la lectura o revisión de tales documentos.

—¿Y quién querría hacerlo en manos de sus verdugos? —respondió Dante de manera casi mecánica, sin levantar la vista.

El poeta daba la impresión de encontrarse lejos de allí, en ensoñaciones o lugares muy distantes.

—¿Verdugo? —saltó el conde de inmediato, volviendo a mirar de lleno a Dante—. Yo no soy ningún verdugo. Si no me habéis reconocido aún, creo que podríais hacerlo a poco que recurrierais a la memoria.

—No debéis temer por eso —replicó Dante, cruzando su mirada con la del vicario de Roberto—. La memoria y los recuerdos son prácticamente el único equipaje que arrastro en mi peregrinar. Desde que mis conciudadanos decidieron expulsarme de mi patria he frecuentado muy diversas compañías. Algunas de ellas pasaron de ser amistosas a convertirse en hostiles; pero eso no quiere decir que me haya olvidado de ninguna de ellas.

Battifolle rehusó entrar en una confrontación dialéctica y volvió a posar la atención en sus documentos. Alzó uno de ellos entre sus manos para leer lo que allí estaba escrito.

—Durante de Alighieri, más conocido como Dante, nacido en Florencia en el año de la encarnación del Señor de 1265 en el *sesto* de San Piero Maggiore. Insigne poeta, ocupante en el pasado de notables cargos políticos, entre ellos prior de la república. En la actualidad, según propia opinión, injustamente desterrado de su patria…

El conde hizo una pausa deliberada para ver el efecto que hacía su alusión a la frase con la que Dante solía encabezar sus cartas: *exul immeritus*: «desterrado sin culpa». Después, enumeró los cargos en su contra y la terrible condena que, por ellos, quedaba pendiente de ejecución.

—¿Es por esto por lo que creéis que os he hecho venir? —dijo el conde.

El vicario se lo quedó mirando fijamente. Su gesto mostraba claramente que esta vez no iba a ser él quien rompiera el silencio.

45

—Eso que me habéis leído —replicó Dante sin perder la serenidad— es la máxima expresión del interés que mis compatriotas han puesto en mi persona en los últimos años. Por eso nada bueno espero de los florentinos ni de los que, no siéndolo, aquí moran.

—Pero también se os ofreció una amnistía antes de la última condena —objetó Battifolle—. Y no sólo la rechazasteis de plano, sino que lo hicisteis del modo más áspero. A través de una carta que sabíais que tendría gran eco en la ciudad. No es ésa la mejor forma de reconciliarse con los adversarios, Dante.

Ese ofrecimiento de amnistía había sido un duro ataque al orgullo del poeta. Según el proceso habitual, los amnistiados debían realizar una *oblatio*, una ofrenda económica a san Juan, el patrón de la ciudad, en su festividad del 24 de junio. El procedimiento incluía algunas condiciones degradantes, como formar parte de una procesión que partía de la prisión y en la que los implicados debían ir descalzos, vestidos con un sambenito penitencial y una mitra de papel en la cabeza en la que figuraba escrito el crimen cometido. Se debía portar, además, un cirio encendido en una mano y un bolso con el dinero en la otra, hasta llegar al baptisterio, donde los reos eran ofrecidos en arrepentimiento ante el altar, para conseguir así el restablecimiento en sus derechos económicos y políticos. En el caso de los exiliados políticos, como Dante, el procedimiento estaba, en realidad, reducido al mínimo, sin la mayor parte de las humillaciones anteriores. Pero, incluso así, era excesivo para él. No podía consentir ceremonia alguna, por mínima que fuera, que implicara un reconocimiento de culpabilidad. Su rechazo contundente a través de una carta dirigida a un familiar había alcanzado gran repercusión en la ciudad y su contumacia le había valido una nueva condena de muerte.

—No debería entonces, ya que la conocéis, repetir lo escrito en dicha carta —contestó Dante, inflamado de nuevo en su castigado orgullo—. No obstante, me reafirmo en que Dante Alighieri nunca pagará de su escaso patrimonio a aquellos que le han ultrajado y jamás se ofrecerá como un vulgar delincuente a nuestro santo patrón. Por esa misma razón, por cierto, no debería extrañaros que me califique como «desterrado sin culpa», porque ni una sola de las acusaciones de mis enemigos es verdadera.

—¡Y yo estoy convencido de ello! —dijo el vicario con pasión mientras se ponía en pie. Empezó a pasear su pesada mole por la estancia con las manos en la espalda. Con cada movimiento, los múltiples recovecos del rostro de Battifolle reflejaban las luces de las velas con ambigüedad: de amistoso y franco su gesto parecía convertirse en fiero y amenazador apenas daba un paso—. Por eso os acogí sin ningún recelo en mi casa de Poppi. Por mi cabeza nunca ha pasado la menor sombra de duda sobre la honradez de Dante Alighieri. Y sin embargo, vos, todo lo que hoy veis en mí es a un verdugo.

De repente, el súbito estallido del trueno y el golpear de la lluvia en las paredes del palacio subrayaron esas palabras.

47

Capítulo 11

*L*as palabras y movimientos de Battifolle confirmaban la solemnidad del momento. Dante volvió a guardar silencio porque sentía verdadera curiosidad por saber hasta dónde iría a parar el conde en sus devaneos.

—Sé que receláis de mi actual posición como rechazáis lo que consideráis un inaceptable cambio político —prosiguió el conde—. Sois un hombre orgulloso y tenaz en vuestras ambiciones, pero la pasión guía en exceso vuestras emociones y os lleva a adoptar a veces visiones un tanto sesgadas.

Dante asistía mudo a estos inciertos preámbulos. En estos largos años había sido objeto de innumerables acusaciones, algunas tan injustas como infundadas, pero en su fuero interno, el mismo Dante había reconocido más de una vez —especialmente en los momentos de mayor reflexión— las consecuencias negativas de algunos de sus actos y gestos desmesurados. Al menos, indicaba en el conde cierta agudeza y penetración que merecía mayor consideración que anteriores ataques de sus enemigos.

—O a olvidar que los vientos violentos que barren todas las tierras de Italia —continuó el vicario de Roberto aferrado a una sonrisa maliciosa—, lo mismo que cambian de orientación al conde Guido de Battifolle, también lo hacen con el mismísimo Dante Alighieri, desde una posición de combativo güelfo a la de representante de los más irreductibles gibelinos.

Tampoco ahora quiso el poeta reaccionar a sus palabras, encajando, sin dar muestras de impresionarse, esas alusiones directas a su propia evolución política en los exaltados años del destierro.

—Pero no es mi intención debatir sobre tal aspecto —siguió hablando Battifolle con el rostro cubierto con una máscara de seriedad—. Solamente quiero que comprendáis que mi adhesión a la causa del Emperador era tan sincera como lo podía ser la vuestra. Mi deseo ha sido siempre, tanto como lo ha sido el vuestro, la paz y la unidad de nuestra tierra; un poder fuerte capaz de frenar la anarquía y el derramamiento continuo de sangre que se extienden de norte a sur. O el éxodo masivo de miles de ciudadanos, como vos mismo, que no hace más que echar sal en esta herida que amenaza con no cerrarse jamás.

El viejo escepticismo de Dante asomó a través de una leve sonrisa, aunque ni una sola palabra que interrumpiera el monólogo de su interlocutor dejó traslucir su pensamiento. Aquéllos eran tiempos extraños. Uno podía oír a representantes de viejos linajes feudales hablar de unidad y poder centralizado, cuando habían basado su fortuna y pervivencia en la disgregación, en la inexistencia de una autoridad capaz de hacer frente a su autonomía sin límites. Tiempos en los que los más inflexibles seguidores del sacro Imperio romano germánico habían contribuido a su fracaso, restando a Enrique VII los apoyos necesarios, para dedicarlos a sus asuntos particulares.

—Y ese desafortunado alemán —continuó Battifolle refiriéndose al último emperador— parecía sinceramente capaz de realizar esos ideales. O, al menos —titubeó—, cuando contaba con el apoyo del papa Clemente y hasta el respeto y vasallaje de ciudades tan güelfas como Lucca o Siena. Y todo eso sin ser un hombre de grandes credenciales… No creo necesario recordaros las circunstancias de su elección.

La apuesta por el joven Enrique, natural del pequeño Estado de Luxemburgo, para el papel de emperador había resultado inesperada y sorprendente. El astuto papa Clemente V había maniobrado para atenuar la influencia francesa eligiendo un príncipe poco poderoso y, en teoría, con poco peligro. Además, se apresuró a ordenar a los italianos que aceptaran a su nuevo señor, prometiendo incluso que le coronaría en persona en Roma. Esto animó a Dante a cursar una de sus epístolas dirigida a «todos y cada uno de los reyes de Italia y los senadores de la santa Roma, además de a los duques, marqueses, condes y pueblos»,

49

en la que concluía que «el Señor del Cielo y la Tierra ha establecido para nosotros un rey». Después de nueve infructuosos años de exilio entre blancos y gibelinos, su corazón se había henchido de un nuevo entusiasmo, pero la realidad acabaría castigándolo con un nuevo desengaño. Clemente olvidaría sus promesas y los «malvadísimos florentinos» en el Gobierno no cedieron a sus pretensiones.

—Nuestro Enrique —siguió hablando Battifolle con cierta dosis medida de ironía—, al que vos no dudasteis en ungir nada menos que con los atributos de nuevo Cordero de Dios, recibió en sus manos una responsabilidad que excedía con mucho sus capacidades. ¡Pero si él lo que ansiaba era emprender una nueva Cruzada en tierra de infieles! Las estrellas le volvieron muy pronto la espalda. Ya visteis su misma coronación: una patética ceremonia, casi a escondidas; con Roma partida en dos, sin la presencia del Papa, y en San Juan de Letrán porque la iglesia de San Pedro estaba en poder de sus enemigos.

Ni los más acérrimos defensores de Enrique habían podido cerrar los ojos ante la dolorosa realidad. Su aventura se había convertido, desde sus inicios, en una tragicomedia absurda. Con una mezcla de vergüenza y de rabia por las chanzas de sus enemigos, Dante recordaba los elogios desmedidos que había dirigido a Enrique cuando soñaba con retornar algún día a Florencia, triunfante, entre las tropas imperiales. Había calificado temerariamente a aquel principillo luxemburgués como un nuevo «Cordero de Dios que quita los pecados del mundo», parafraseando lo dicho por Juan el Bautista al ver llegar al mismísimo Hijo de Dios. Y eso, tras la estrepitosa derrota, había sido utilizado como escarnio para el propio Dante. Ni los símbolos ni las ceremonias o rituales habían sido capaces de dar seriedad a su expedición. Cuando se dirigió a Roma para recibir la corona de Augusto, las tropas imperiales tuvieron serios problemas para entrar en una ciudad ocupada por sus enemigos. Apenas fueron capaces de ocupar la mitad de la Ciudad Inmortal, en un sector en el que no se encontraban ni el palacio ni la iglesia de San Pedro. Enrique, lleno de indignación y de rabia, tuvo que resignarse a ser coronado en San Juan de Letrán, a principios de agosto de 1312, y de manos del cardenal de Prato, legado del

Pontífice, que no había podido o querido salir de Aviñón. Para entonces, ya había abandonado a su suerte a un soberano con tan mala estrella.

—Vos mismo reprochasteis a Enrique su negligencia —continuó el vicario de Roberto con su monólogo, paseando ante la figura atenta de Dante—, sus errores. En una de vuestras misivas públicas criticabais su tardanza. Pronto todos nos dimos cuenta de que su aventura no podía llegar a buen puerto. Y gran parte del mérito de ese fracaso lo tuvo precisamente esta ciudad en la que ahora estamos. No busquéis responsables entre antiguos aliados, o incluso en la persona del rey Roberto, a quien ahora represento. Esta república no sólo derrota ejércitos con el hierro y el fuego. Vuestros conciudadanos han hecho de los banqueros sus mejores mercenarios. Son tan convincentes con sus créditos y florines en la tarea de comprar amistades y forzar alianzas como los más poderosos ejércitos engalanados con brillantes armaduras. —El conde se detuvo frente a la mesa inclinándose ligeramente, mientras volvía a revolver entre los documentos esparcidos—. Tanto rencor, tanto afán… Os puedo mostrar bandos que vuestros compatriotas rubricaban con la frase: «A honor de la santa Iglesia y a muerte del rey de la Magna». Y también documentos que ordenaban con saña eliminar las figuras de águila de puertas y de cualquier otro lugar donde estuvieran talladas o pintadas. Más aún, estableciendo severas penas a quienes las pintaran o no mostraran voluntad de borrarlas si ya estaban pintadas. Tras la muerte de Enrique dirigieron a las ciudades amigas cartas como ésta. —Battifolle seleccionó y alzó uno de los documentos frente al rostro de Dante—. Mensajes tan crueles como: «¡Salud y felicidad! ¡Regocijaos con nosotros!».

—No es extraño —dijo de golpe Dante, rompiendo su prolongado silencio para sorpresa del conde, interrumpido en su disertación—, si se tienen en cuenta los instrumentos tan divinos que fueron capaces de utilizar para su muerte.

La muerte sorprendió a Enrique en agosto de 1313, en Buonconvento, cerca de Siena, mientras se dirigía con sus fuerzas hacia el rebelde reino de Nápoles. Dante y el resto de los imperiales desahogaron su impotencia y desesperación difundiendo las sospechas de un envenenamiento frente a los que atribuían su fallecimiento a la malaria. Durante años, la lacra de su asesinato recayó en la persona de un supuesto fraile dominico que habría utilizado una hostia emponzoñada durante la comunión.

El conde sonrió de nuevo incorporándose frente a su interlocutor y dispuesto a retomar el hilo de su discurso.

—Sean verdad o no esas historias, lo cierto es que desde Lombardía a la Toscana muchas fueron las voces que se alzaron contra la presencia de estos alemanes...

—Para caer en brazos de los franceses —interrumpió Dante—. Para rendir pleitesía a papas simoniacos que han abandonado Roma a su suerte, que han dejado caer la sede de san Pedro en la desolación, la humillación y la rapiña de las facciones, que han iniciado una vergonzosa segunda cautividad de Babilonia en Aviñón. Todo para ceder la soberanía y la dignidad de Florencia a los caprichos de los angevinos.

—¡Por Cristo —contestó el conde con vehemencia—, considerad la cuestión con un poco más de realismo! Por mí, bien pueden arder eternamente en las hogueras del Infierno tanto Clemente como nuestro actual Papa si de veras han sido simoniacos, usurpadores o lujuriosos; ninguna lágrima derramaré por ellos. Pero de bien poco os sirve empecinaros en el origen francés de los Anjou. Roberto es el rey de Puglia[7] y, hoy por hoy, el único con fuerza y verdadero interés por establecer un orden unitario en Italia.

—Esa facultad sólo les corresponde legítimamente a los sucesores del Imperio romano —replicó Dante con gesto cansado, bajando el tono de su anterior protesta.

—¡Despertad, Dante! —espetó Battifolle, que acompañó sus palabras con una sonora palmada en la mesa—. ¿No estáis aún lamentando la ineptitud de Enrique? ¿Acaso confiáis todavía en las posibilidades de un imperio agonizante? Ese imperio que tanto añoráis tiene ahora mismo dos cabezas, dos emperadores en guerra abierta y ninguna posibilidad de florecer en Italia. De hecho, el propio Papa ha declarado vacante la sede imperial. ¿Y sabéis a quién está dispuesto a designar Juan XXII como vicario imperial para Italia? Sí, a Roberto.

Después, miró al poeta con gesto soberbio y el brillo del que sabe que sus argumentos son irrebatibles e invita a su interlocutor a unirse con él o a cabalgar a solas por inhóspitos territorios de soledad.

Capítulo 12

Dante sabía de la controvertida doble elección proclamada tras la muerte de Enrique VII. Tanto Luis de Baviera como Federico de Habsburgo pretendieron sacar adelante sus pretensiones enzarzándose en una violenta guerra civil. El recién nombrado Pontífice, un francés que había sido obispo de Aviñón y que consolidaría la Santa Sede a orillas del Ródano, no perdió el tiempo para aplicar su estrategia de debilitar a cualquier emperador. Declaró la nulidad de las elecciones y la vacante del Sacro Imperio, abriendo nuevas posibilidades de dominación a los angevinos del sur peninsular. Era muy cierto que si en alguien podía residir la capacidad aglutinadora del Imperio en Italia, sólo era en los Anjou.

—Roberto, vicario imperial... —prosiguió inclemente el conde sin perder de vista a Dante—, rey de Puglia, conde de Provenza y Piamonte, duque de Anjou y de Calabria, señor y protector de Florencia..., sin olvidar sus más que apreciables posibilidades de recuperar a los aragoneses el trono de Sicilia. ¿Precisáis una nueva aventura?

Dante sentía un vértigo familiar. La política italiana siempre le había parecido como un inmenso ajedrez, un enorme y confuso tablero con sus piezas siempre dispuestas al albur de los acontecimientos. Recordaba su años de infancia, cuando acudía entre un tropel de chicos y grandes frente al palacio del Podestà a contemplar las portentosas exhibiciones del ajedrecista Buccecchia, un árabe que paseaba sus habilidades a cambio de un buen beneficio. Evocaba con admiración su capacidad para jugar «a memoria» sin tener delante el tablero y esas partidas múltiples en las que el sarraceno se enfrentaba simultáneamente a varios rivales alcanzando casi siempre la victoria. Distintas partidas, distintas piezas y distintas estrategias bajo la mano de un mismo hombre que determinaba su desarrollo. A lo largo de su vida, Dante había tenido ocasión de sentirse como uno de esos peones impotentes sacudidos por los avatares del juego: en el ahogo del sudor, la sangre y el miedo de la guerra; en la agitación política y social de la paz. Piezas blancas y negras…, güelfos y gibelinos, güelfos blancos y negros… en primera línea, cubriendo las posiciones de un papa, un emperador, un rey…

—No ignoro que para vos —continuó hablando con dureza el conde, cuyo rostro, tallado en los claroscuros formados por las velas, se hizo pétreo— los angevinos son el centro mismo de vuestro odio. Y sé que es difícil persuadir a alguien como Dante Alighieri, un hombre de unas convicciones tan sólidas que le hacen preferir un exilio sin retorno a considerar las posibles virtudes de los que considera enemigos irreconciliables. Sin embargo, aunque sólo sea por mi honor comprometido ante vuestra opinión por la posición que ahora represento, debo recordaros que si Roberto es señor y protector de Florencia es porque acudió a una petición de ayuda por parte de esta ciudad, que temía su destrucción por los alemanes. ¿No es acaso más importante la pervivencia de la patria que sus ciudadanos?

Por supuesto que Dante estaba de acuerdo con esa premisa, pero no podía estar más radicalmente en desacuerdo con la utilización que de ella hacía Battifolle. No dijo nada, porque el gesto del conde dejaba poco margen a la discrepancia.

—También Roberto ha perdido mucho en estas guerras de las que vos mismo dudáis que sean verdaderamente suyas —continuó con el rostro aún más serio y duro, como una roca—. Apenas ha pasado un año del desastre de Montecatini, donde el Rey perdió a su sobrino Carlo y a su hermano Piero, del que ni siquiera le quedó el consuelo de recuperar su cuerpo para proporcionarle sagrada sepultura. Os aseguro que la muerte de su hermano menor y más querido ha marcado con un intenso dolor el alma de Roberto.

Montecatini había sido el último episodio sangriento en la turbulenta historia de los belicosos florentinos, obstinados en procurarse siempre enemigos con los que ensangrentar sus estandartes. Esta vez, el gran rival había sido Uguccione della Faggiola, ex caudillo militar de Enrique VII, que se había hecho con el dominio de Pisa y Lucca. Una dolorosa derrota en la que pocas familias habían podido evitar llorar a algún pariente. Era cierto que, tanto Carlo, hijo de Felipe, príncipe de Tarento y hermano de Roberto, como su otro hermano, Piero, habían caído en combate, sin que se pudiera recuperar el cadáver de este último. Políticamente, sin embargo, la contienda no había tenido grandes consecuencias para los florentinos.

—Por otra parte —prosiguió incansable el conde—, vos, que sois hombre de letras, tenéis que reconocer la importancia que para el mundo de las artes está adquiriendo la corte de Nápoles. En muchos lugares ya se empieza a conocer a Roberto con el sobrenombre de «el Sabio». Él mismo escribe sus discursos, e incluso es autor de algunos tratados sobre materia divina.

Dante pintó en su rostro una sonrisa leve. Roberto había intentado hacer de su corte napolitana un foco intelectual que brillara con luz propia dentro del mundo cultural italiano. Incluso había tanteado a importantes hombres de letras, pintores y escultores, y sabía que, incluso, su buen amigo Giotto había recibido insistentes proposiciones del soberano napolitano; sin embargo, sus sueños de esplendor y sus desesperados intentos por entrar en la vida intelectual de la época a través sus propias composiciones literarias no habían tenido mucho éxito. Dante, sin ninguna piedad, había calificado a Roberto como el «rey de los sermones» y se había burlado abiertamente de sus tratados teológicos aburridos y de esas prédicas públicas insulsas desarrolladas para captar el aplauso de sus cortesanos. Además, la piedad desmedida del monarca le había mostrado como un mojigato atrapado bajo la influencia de la Iglesia en su política pública y sus enemigos se dedicaban con saña a escarnecer esos aspectos de su personalidad. A pesar de todo, ningún observador imparcial —algo que no podía ser Dante en tales circunstancias— podía negar al rey de Nápoles el esfuerzo por hacer al menos un tipo de justicia que le separaba de la arbitrariedad de tantos tiranos como gobernaban la Italia de su tiempo.

Battifolle permaneció mudo y observando fijamente a un interlocutor que parecía extraviado. Finalmente, se volvió sobre sus pasos y se dejó caer pesadamente sobre su silla con un ademán entre resignado y desesperanzado.

—Decidme —volvió a hablar casi con desgana—, ¿es que nunca habrá nadie en esta ciudad vuestra que sea capaz de reconocer públicamente lo justificados que pueden estar los medios que se utilicen cuando se trata de alcanzar los fines deseados?

—Probablemente... —repuso Dante vagamente—. Sólo hará falta que alguien ponga por escrito lo que ya están practicando mis compatriotas desde hace mucho tiempo para beneficio propio.

El conde, sin abandonar su posición tras la mesa, giró la cabeza hacia su derecha y dirigió la vista a las profundidades de la estancia.

—¿Ves, Francesco? —dijo, y miró, para sorpresa de Dante, a esas profundidades en tinieblas—. Tal y como te dije. Nuestro admirado Dante Alighieri es un hombre sumamente inteligente y perspicaz, pero me temo que, a la vez, un tanto tozudo y dominado por un carácter pasional que le hace llegar a conclusiones precipitadas.

57

Capítulo 13

$\mathcal{L}$as últimas palabras del conde provocaron en Dante un respingo. Siguió con su mirada los ojos del vicario de Roberto. Entre las sombras que luchaban por introducirse en el círculo de luz divisó una figura. Una presencia invisible hasta ese preciso momento. La sorpresa aún fue mayor cuando sus ojos dieron forma a aquella silueta. Entonces, pudo distinguir al joven caballero que había sido su guía y su carcelero durante el penoso viaje desde Verona. Su aspecto fatigado, que denotaba que tampoco había descansado, le hizo preguntarse cuál debía de ser su propia apariencia. Inconscientemente, se pasó la mano por la cara palpando la barba cerrada y dura y trató de figurarse cómo sería su imagen. Francesco, como por fin sabía que se llamaba aquel joven decidido y misterioso que le había traído hasta Florencia, no dijo ni una palabra. Ni siquiera hizo movimiento alguno. Permaneció en la sombra en la que debía de estar instalado desde antes de la llegada de Dante, atento a la conversación. El conde tampoco volvió a interpelarle ni trató de introducirle en el coloquio, algo que Dante agradeció íntimamente porque se encontraba cansado y no se creía capaz de soportar algún tipo de interrogatorio ante dos personas a la vez. El silencio fue interrumpido nuevamente por Battifolle.

—En cualquier caso, disculpad mi franqueza si en algo os ha resultado desagradable, porque no es mi intención ser descortés. —El rostro de Battifolle se distendió en una sonrisa mucho más conciliadora—. Ni para eso ni, por supuesto, para ejercer de verdugo es para lo que os he hecho venir hasta Florencia. Y me imagino que os preguntaréis por qué he demorado tanto esta aclaración...

—«Siempre aquello que se propone decir el que habla se debe reservar para después, porque lo último que se dice queda mejor en el ánimo del oyente...» —citó Dante, de memoria, algo que había escrito en su *Convivio*. [8]

—Efectivamente —prosiguió el conde—. Y porque, además, resulta algo, digamos..., delicado. Pero os ruego una vez más, Dante, que toméis asiento. Sé que necesitáis descansar y no es mi intención apartaros durante mucho tiempo de ese merecido reposo; no obstante, es importante que lo que os voy a contar quede profundamente grabado en vuestro ánimo, como vos mismo decís, y me sentiría mucho más cómodo si pudiéramos hablar de igual a igual.

Dante consideró las palabras de Battifolle. Tenía curiosidad por conocer los verdaderos móviles de su interlocutor y comprendió que, probablemente, la explicación que le esperaba resultaría larga. Entonces, tanteó hacia atrás hasta que sus brazos toparon con lo que parecía una recia silla de madera. Dejó caer despacio su cuerpo dolorido, que inmediatamente le dio muestras de agradecimiento. Comprobó que estaba dotada de respaldo y recostó la espalda consiguiendo relajar la tensión acumulada. Battifolle amplió su sonrisa. Percibía cierta disposición de Dante a ser más receptivo a sus argumentos.

—Como ya os he dicho —siguió hablando Battifolle con parsimonia, calculando las palabras—, el asunto es delicado. Y creo que, antes de poneros en antecedentes, tenéis derecho a conocer las causas de este inesperado viaje a Florencia. La razón es que... —titubeó el conde— deseo solicitar vuestra ayuda.

La frase, por lo inesperado, impactó tanto a Dante como si le acabaran de emplazar para el patíbulo. Se removió en su asiento y espetó al conde, entre exasperado y burlón:

—¿Decís que me habéis arrancado de mi refugio de Verona, arrastrado por media Italia entre lodo, sangre y miseria —comenzó Dante desviando la vista con intención hacia el lugar que sabía que ocupaba Francesco—, para traerme a mí, al más humilde de los florentinos errantes, a vuestro palacio con el único fin de solicitarme ayuda? ¿Ayuda para qué y para quién? ¿Para vos? ¿Para el poderoso rey Roberto?

59

—Para todos… —contestó Battifolle—. Pero, sobre todo, para Florencia.

—¿Ayuda para Florencia? —respondió Dante con la misma elocuencia—. Mis atentos conciudadanos llevan años persiguiéndome a mí y a mi familia con saña. Han expoliado mis bienes entregándose a la más abyecta de las rapiñas. Son incapaces de proporcionarme un retorno medianamente honroso a la ciudad que me vio nacer y de la que ya nada espero, salvo que acoja mis restos. Y ahora, ¿me han hecho venir a escondidas a Florencia para que les preste algún tipo de ayuda?

—No es exactamente así —puntualizó el conde—. A decir verdad, muy pocas personas sabemos de vuestra presencia en la ciudad. Y nadie más debe enterarse. Por vuestra seguridad y por el éxito de la misión. Lo más probable, incluso, es que la mayor parte de los florentinos nunca lleguen siquiera a ser conscientes de vuestra ayuda.

—¿Misión? —requirió Dante, para arrellanarse después en su asiento mutando a una desesperanzada resignación—. Os burláis de mí…

—No se trata de ninguna burla —intervino el vicario—. Si me dejáis que os lo explique, pronto lo comprenderéis.

Dante, aplastado en su silla, parecía irremediablemente vencido. Con sorna replicó:

—El tiempo es vuestro. Podéis disponer de él a vuestro antojo. Por mi parte, no parece que tenga sitio mejor al que ir.

El conde volvió a mostrar su mejor sonrisa tratando de no desanudar esa atmósfera de cordialidad y complicidad que trataba de entretejer con su oponente. Con la misma meditada cautela prosiguió con su explicación.

—Bien… Ya conocéis cómo, hace tres años, cuando Florencia llegó a sentir verdadero temor de las posibilidades del Emperador, las partes más influyentes de esta ciudad solicitaron la protección del rey Roberto. Le concedieron la señoría de la ciudad durante cinco años. La situación supone cierto vasallaje de la ciudad a Puglia. Pero no hay que olvidar que para el propio Roberto implica cumplir una serie de obligaciones y compromisos que muchas veces resultan difíciles de ejecutar, sobre todo si tenemos en cuenta el natural carácter sectario de los florentinos.

En vuestras propias carnes habéis comprobado cómo las disputas internas de vuestros compatriotas tienen poco que envidiar en su violencia a las acciones de los enemigos de fuera.

Dante salpicó con una mueca de irónica conformidad el monólogo del vicario.

—Roberto aceptó la solicitud en mayo del año de nuestro Señor de 1313 —continuó Battifolle—. Ya había hecho lo mismo con otras ciudades de la Toscana, como Lucca, Prato o Pistoia. Y podéis creer que la mayoría opina que esta señoría fue la salvación de Florencia en un momento de feroces divisiones internas, porque, seguramente, los ciudadanos se hubieran destrozado entre sí y habrían vuelto a las andadas expulsando media ciudad a la otra media. Entonces, como muestra del nuevo poder del Rey, se determinó que le representaría un vicario que se cambiaría cada seis meses. Pues bien, ya el primer vicario, que llegó a Florencia en junio, *messer* Iacomo de Cantelmo, se llevó la desagradable sorpresa de ver cómo muchos le cuestionaban, cuando no rechazaban abiertamente, y estaban dispuestos a hacerle la vida imposible. El primer vicario. ¡Apenas un mes después de pedir ayuda para mantener la unidad de la ciudad, las disputas internas se volvían contra su mismo protector!

Battifolle miró fijamente a Dante, con los ojos muy abiertos, dibujando un gesto de incredulidad. Éste no respondió nada a pesar de cierta irritación interna que comenzaba a sentir ante los accesos de teatralidad del conde.

—Es verdad que ha habido momentos más dulces en las relaciones —siguió hablando el vicario—. Cuando vuestro antiguo aliado Uguccione della Faggiola consiguió conquistar Lucca, los florentinos olvidaron temporalmente sus rencillas y reclamaron a Roberto un capitán de guerra para dirigir sus ejércitos. Entonces, llegó a Florencia *messer* Piero, acompañado de trescientos caballeros, y recibió un gran apoyo, casi completo. Muchos piensan que el hermano menor de Roberto se hizo enseguida merecedor de ello y dicen que si hubiera tenido más vida por delante los florentinos incluso le hubieran nombrado señor vitalicio. Claro que, en Florencia, ni las vidas ni los cargos son lo suficientemente largos como para que vitalicio signifique mucho tiempo.

La sonrisa abierta del conde se convirtió en una carcajada leve que resonó en los rincones oscuros de la estancia. Dante evitó acompañar el gesto de Battifolle con alguna conformidad explícita, aun coincidiendo en su fuero interno con palabras que caracterizaban tan bien la política florentina. Por contra, el poeta se revolvió impaciente en su escaño. Todos esos datos no le eran desconocidos, ya que, aunque a distancia prudencial, Dante no había dejado de interesarse por los acontecimientos de su tierra natal. Lo que no era capaz de atisbar era en qué medida su ayuda podía ser útil al vicario del rey Roberto.

—No hubo demasiado tiempo para comprobarlo —dijo Battifolle prosiguiendo su soliloquio—, pues Piero murió en Montecatini. ¡Que sus restos descansen en paz donde quiera que estén! —El conde emitió un suspiro hondo antes de seguir hablando—. Por lo demás, a pesar de ser ésa una fecha maldita para Florencia, no fue tan decisiva la derrota como vuestros aliados hubieran deseado…

Dante interrumpió súbitamente.

—Me sorprende que conociendo tantas cosas de mí no sepáis de mi disposición, hecha pública hace ya bastante tiempo, a formar partido por mí mismo. Y no comprendo, pues, vuestra insistencia en atribuirme alianzas que no son tales.

—Disculpad entonces mi error —dijo Battifolle, volviendo a recurrir a su mejor sonrisa—. Conociendo vuestra trayectoria se me hace muy difícil pensar en un Dante Alighieri alejado de la arena política. —El conde guardó silencio por un instante y bajó los ojos hacia la mesa que se extendía frente a él. Parecía querer encontrar sobre su superficie desordenada el hilo del argumento que estaba desarrollando. Alzó la mirada hacia Dante para seguir hablando—. Decía que los florentinos no se dejaron acobardar por este contratiempo y volvieron los ojos hacia su señor y protector, el rey Roberto. Éste, aún impactado por la pérdida de su querido hermano, les envió sin demora al conde Novello, con la idea de que permaneciera aquí durante al menos un año. Pero no se repitió el recibimiento de Piero ni mucho menos. Es evidente que el conde no era igual que el hermano del Rey y quizá su comportamiento no era tampoco el que deseaban muchos florentinos. O quizá sea connatural a los florentinos que les irrite cualquier tipo de gobierno y siempre encuentren oportunidad de dividirse y luchar entre sí. No lo sé. Seguramente vos estáis más capacitado que yo para responder a eso.

»El caso es que, de una manera cada vez más visible, la ciudad se fue dividiendo en amigos y enemigos del Rey. No habría sido nada excepcionalmente grave si solamente se hubiera tratado de una cuestión de opinión contraria o incluso de un malestar que provocara pequeños disturbios. Pero lo verdaderamente grave es que, frente a quienes deseaban cumplir lo pactado con el rey Roberto, se alzaron importantes sectores dentro de los mismos güelfos cuya intención era revocar la señoría concedida y alzarse con un poder absoluto en la ciudad. Con cartas secretas, embajadores y todo tipo de artimañas trataron de hacer llegar desde Alemania, o incluso desde Francia, jefes militares y tropas para expulsar al conde Novello y todo lo que representara algún vestigio de la señoría del Rey en Florencia. Quiso Dios que no lo consiguieran, pero eso no quiere decir que los ánimos llegaran a calmarse y el cisma interno cada vez llegó a ser más profundo. Lo peor estaba por llegar. La oposición a la señoría del Rey cuenta con influyentes líderes. Simone della Tosa es la cabeza visible de un importante grupo de «grandes». Y, de su parte, los Magalotti arrastran importantes elementos populares. Con una indiscutible habilidad este partido ha conseguido hacerse con las riendas del gobierno de Florencia. Los seis priores, el *gonfalonero* de Justicia, los *gonfaloneros* de las Artes… Todos son de aquel partido. Todos ellos actúan por y para sus intereses.

Battifolle volvió a refugiarse en el silencio escrutando con atención el rostro de Dante. Éste, a su vez, observaba con no menos interés el juego de sombras que se desarrollaba en la faz del conde. Los esfuerzos de Battifolle por captar al máximo el interés del afamado poeta florentino estaban surtiendo efecto. Dante empezaba a sentirse atrapado en la telaraña de expectación que con tanto afán tejía el vicario de Roberto. Sentía una creciente curiosidad por conocer el desenlace de aquella interminable argumentación.

63

Capítulo 14

—No creáis, sin embargo, ver en esta secta alguna esperanza para los que aún permanecéis en el exilio —continuó hablando Battifolle—. Muy al contrario, os puedo dar fe de que fueron especialmente contrarios a esa amnistía que vos rechazasteis. Y si estuvo marcada por condiciones que considerasteis tan denigrantes fue, precisamente, porque ésa era la única forma de convencer a gente como ellos. De hecho, me temo que los primeros en sufrir las consecuencias de un triunfo completo de este grupo serían los que aceptaron dicha amnistía y ahora viven dentro de la ciudad.

—Podéis estar tranquilo —replicó Dante—. Ya os he dicho que nada espero ya de los florentinos, ni de los de dentro ni de los que permanecen fuera.

—Llegados a tal situación —retomó el conde su discurso como si no hubiera existido el inciso anterior—, este grupo, viéndose fuerte, alcanzó tal insolencia que decidió que era hora de demostrar a las claras su poder y con cuánta razón debían ser temidos por aquellos que se opusieran a sus caprichos. Y así, el Gobierno florentino, con la excusa de necesitar un ejecutor eficaz de las leyes ante los disturbios cada vez más numerosos, que provocan la propia secta que lo sustenta, creó el cargo de *bargello*,* y lo dotó de amplísimos poderes sobre los ciudadanos. Y después nombraron a quien se ha mostrado como el instrumento más útil para sus propósitos: *messer* Lando de Gubbio.

El conde volvió a interrumpir su discurso como tratando de

* Jefe de policía.

analizar en la expresión de Dante alguna reacción frente a ese nombre. No tardó mucho en retomar la palabra.

—No sé si habéis oído hablar del tal Lando…, pero os aseguro que si os lo han pintado como un tirano sanguinario y cruel, un despiadado expoliador, sin duda alguna se han quedado cortos. Nunca pudo haber nombramiento tan desafortunado para una ciudad en tan delicada situación, si lo que se buscaba era la concordia, claro; sin embargo, no es ése el caso de Florencia.

Battifolle volvió a levantarse con un gesto serio. Inició unos cortos paseos por el área iluminada de la estancia con el aire de un hombre sumamente preocupado.

—El pasado *Calendimaggio*, Lando tomó posesión de su cargo. Y no pudo haber forma más desgraciada de celebrar semejante fiesta.[9] Llegó a Florencia nada menos que con quinientos hombres armados hasta los dientes. Algunos de ellos vigilan día y noche al pie del palacio de los Priores con grandes hachas en las manos, que se han convertido en todo un símbolo de la severidad del *bargello*. Os aseguro que no son pocas las cabezas que han rodado por obra de esas mismas hachas. Lando no tiene límites en sus correrías, tanto en la ciudad como en el *contado*. Apresa a padres e hijos bajo acusaciones difíciles de sustentar; los condena a ser decapitados sin derecho a un juicio ordinario. En esta loca carrera por imponer el terror entre los ciudadanos ajenos a su partido, no ha dudado en eliminar incluso a algunos clérigos consagrados o a personas manifiestamente inocentes de cualquier delito, como ocurrió con un joven del linaje de los Falconieri, cuya injusta ejecución conmovió a todas las almas no contaminadas de esta ciudad. En su descarada corrupción ha llegado a acuñar una moneda falsa, una burda imitación de la prestigiosa moneda florentina: los bargellinos, como son conocidos por las gentes de Florencia, tan falsos como el alma de Judas, compuestos casi completamente de cobre con un poco de plata, algo que no justifica para nada su valor, que dobla lo que en realidad debería tener…

—¿Acaso queréis que os ayude a derribar el poder de dicho *bargello*? —preguntó Dante, que acompañó sus palabras con un gesto de irónica extrañeza.

65

—No —replicó el conde—. Eso no está tampoco en vuestra mano... Como os iba diciendo, eso sucedió en el mes de mayo. No llegó a mes y medio lo que el conde Novello pudo aguantar en Florencia desde este nombramiento, o lo que quiso soportar al no ser capaz de encontrar los medios para contrarrestar tanta oposición y verse, quizás, en peligro personal. No seré yo quien juzgue a mi antecesor, pero lo cierto es que muchos florentinos se sintieron angustiosamente desamparados ante su marcha. Algunos, sobre todo mercaderes y artesanos, gente honrada y laboriosa, desesperados y hartos de tanta arbitrariedad y tanto expolio, procuraron por todos los medios hacer llegar al rey Roberto sus quejas. Le suplicaron que no abandonara Florencia al capricho de su fortuna, que su indignación no le hiciera caer en la tentación de retirar su protección a la ciudad. Y fijaron su vista en mi persona. Por una razón o por otra depositaron en el conde Guido Simón de Battifolle sus esperanzas para salir de su inmenso atolladero. Me hicieron merecedor de una confianza ante los ojos del Rey que yo, desde el momento mismo en que acepté ser su vicario en Florencia, estoy dispuesto a honrar aunque agote todas mis fuerzas en el intento.

El conde detuvo sus interminables paseos situándose frente a Dante. Éste tomó de nuevo la palabra, entre ansioso y sarcástico:

—Una postura que os honra. Pero sigo sin comprender hasta qué punto os es necesaria mi modesta ayuda.

—Pues pronto lo entenderéis —dijo Battifolle, reanudando al mismo tiempo sus paseos y sus explicaciones desde el punto en que ambos se habían detenido—. Mi llegada a Florencia fue en julio. Dadas las circunstancias no me esperaba un recibimiento demasiado caluroso. Muchos se mostraron hostiles, contrarios sin disimulo a mi presencia, que entorpecía todos sus planes. Habían confiado en que el rey Roberto daría por concluida su señoría en la ciudad y se encontraban con todo lo contrario: les enviaba un nuevo vicario para reafirmar su poder. Aun así, no osaron enfrentarse abiertamente a mi llegada. El respeto al poder del rey de Puglia les hacía perder bastante de su valentía, aunque no de su insolencia. Además, debo confesaros que consideré oportuno hacer ciertos alardes a mi llegada con un exagerado despliegue militar. No sólo traje conmigo un generoso contingente de mis propias fuerzas de Poppi, sino también un buen puñado de mercenarios catalanes proporcionados por el rey Roberto. Demasiado alarde para un vicario que llega a una ciudad aliada y amiga; sin embargo, era algo imprescindible cuando se trataba de asegurar la convivencia en una localidad que sólo de nombre mantiene esa alianza y amistad. Los demás, los favorables a mi persona y vicariato, pocas manifestaciones públicas pueden hacer. Están atemorizados, casi proscritos. Ésa es su vida y la realidad de esta hermosa ciudad, vuestra noble hija de Roma...

El conde había llegado a la altura de su silla y volvió a tomar asiento desplomándose con pesadumbre. Reposó ambos brazos sobre la mesa, cabizbajo. La luz de las velas iluminó su frente ocultando entre sombras los rasgos de la cara.

—Pero aún hay algo más, ¿verdad?... —preguntó Dante con suavidad.

El conde levantó la cabeza permitiéndose una ligera sonrisa.

—Siempre hay algo más, Dante... Parece que en Florencia impera una ley misteriosa por la cual si algo puede empeorar no hay nada que se pueda hacer para que no suceda —bromeó el conde—. Con razón vuestros conciudadanos dicen que «si a alguien quieres hacer mal, envíalo a Florencia como oficial».

—Sí, ése es un antiguo y muy atinado refrán de nuestra tierra —contestó Dante, que deslizó también una sonrisa que quebraba un tanto la tensión generada en la conversación.

—Pero, como decís, sí que hay algo más... —volvió a hablar Battifolle—. Algo que agrava, y mucho, todo lo que os he relatado. Unos sucesos que se han producido en los últimos meses. Unos asesinatos que han soliviantado todavía más a la población de Florencia, enturbiando un clima ya tan enrarecido.

Battifolle miró fijamente a Dante y éste supo inmediatamente, como si pudiera leerlo en cada una de las arrugas de su rostro contraído con crispación, que el conde había llegado a la parte esencial de su relato. Apenas pudo reprimir un escalofrío y sintió la ansiedad de percibir que, por fin, el vicario de Roberto alcanzaba el punto que le incumbía.

—Al poco de establecerme en Florencia —prosiguió el conde—, bien entrados en el mes de agosto, se produjo el primero de estos casos. Estas lluvias que parecen destinadas a anegarlo todo ya empezaban a descargar con violencia por entonces. Algún día, incluso, sufrimos inesperadas descargas de granizos, gordos como avellanas, que los más viejos identificaron como funestos presagios de estos sucesos que os estoy narrando. Una mañana, tras una de estas noches tormentosas y oscuras en las que nadie se atrevía apenas a salir de sus casas, apareció muerto Doffo Carnesecchi, un «popular» de cierto patrimonio, miembro del Arte de los Curtidores y Zapateros. Era uno de los valedores de mi presencia y de la señoría del rey Roberto en la ciudad. Sus restos… —titubeó el conde—, o lo que quedaba de él, estaban casi sumergidos, mezclados con el fango en uno de los enormes charcos que se habían formado en una callejuela del *sestiere* de Santa Croce. Es una de las zonas más usadas por los curtidores y tintoreros de la ciudad y no es extraño encontrar charcos de agua sucia y maloliente que proviene de los arroyos que utilizan para sus actividades. Vos conocéis mejor que yo vuestra ciudad y comprenderéis que resulta bastante peculiar la presencia de personas ajenas a estas labores en lugares tan insanos. En cualquier caso, allí es donde apareció Doffo. Su cuerpo presentaba un aspecto verdaderamente terrible.

Battifolle calló durante unos segundos y Dante volvió a sentir el escalofrío propio de alguien que va a escuchar algo desagradable.

—Creo que no es momento de entrar en demasiados detalles. Además, están escritos y los podéis consultar si así lo deseáis —continuó el conde—. Pero para que os hagáis una idea, el desafortunado Doffo Carnesecchi estaba desnudo y completamente desfigurado. Sus verdugos se habían empleado a fondo. Le dieron una terrible paliza y le ataron por el cuello con una soga a un gran clavo que fijaron en el suelo. Al descubrir su cadáver hubo que retirar a lanzazos a un grupo de perros callejeros que se dedicaban a darse un festín con los despojos. —El conde hizo un mohín de repugnancia antes de continuar hablando—. Sus asesinos fueron tan despiadados que, seguramente, procuraron que el desdichado Doffo fuera devorado vivo por aquellos animales diabólicos. Dios mío…, ¿quién puede hacer una cosa semejante sin tener el mínimo aprecio por el destino de su alma?

Dante sintió cómo palidecía visiblemente. La escena, que trataba de imaginar, le revolvía el estómago. Semejante crueldad le producía algo más que miedo; un terrible presentimiento que le generaba una agitación difícil de ocultar. Sólo acertó a murmurar:

—¿Gente del *bargello*…?

—No lo creo —replicó Battifolle con firmeza—. Más aún, estoy seguro de ello. No es su procedimiento habitual. Lando es un hombre cruel, pero siempre consigue procurarse algún motivo para revestir su crueldad de legalidad. Aunque sea con argumentos falsos y retorcidos, ha justificado cada una de las cabezas que ha hecho rodar. Además, éstos no son acontecimientos que le favorezcan.

—Tal vez se les fue de las manos… Una tortura excesiva en algún interrogatorio policial… —dijo Dante con escasa fuerza y poco convencimiento, pero con la obstinación de quien trata de encontrar una explicación rápida que acalle sus temores.

—Me consta que más de una vez se les ha ido de las manos —replicó el conde con una media sonrisa—, pero cuando eso sucede, simplemente se ajusticia después a un cadáver. No, Doffo Carnesecchi ni siquiera había sido apresado por sus hombres. Permaneció en absoluta libertad para todos hasta que apareció su cadáver. Además… —continuó el vicario de Roberto—, otros acontecimientos posteriores nos hacen pensar que no ha sido obra suya…

Dante se quedó en silencio, paralizado, en una temerosa espera de más datos.

—El hallazgo, como podéis suponer —retomó Battifolle la conversación—, tuvo un inmenso eco en la ciudad. Los partidarios del Rey, además de soportar la arbitrariedad de los gobernantes y la violencia injusta de un *bargello* corrupto, veían que la mano del mismo diablo venía a castigarlos en la persona de uno de sus miembros. Alguien que nunca había destacado por hacer mal a sus semejantes. Terror, superstición, angustia, impotencia…, eso es lo que podíais respirar por las calles de Florencia; algo más denso que el propio aire. No fue localizado ningún responsable, pero tampoco pudo olvidarse, porque no habría de pasar mucho tiempo antes de que se repitieran tan malas noticias. En los primeros días de septiembre, nos volvimos a sobrecoger con un macabro hallazgo. O, mejor dicho, con dos, porque dos fueron esta vez los cadáveres que aparecieron. Con apenas un par de días de diferencia fueron asesinados dos destacados ciudadanos de Florencia y, de nuevo, la violencia extrema apareció…

Capítulo 15

*B*attifolle dirigió la mirada hacia el lugar que había estado ocupando Francesco. Dante se sobresaltó con ese gesto que le hizo volver a reparar en su presencia. Aquella terrible narración había capturado hasta tal punto su atención que se había olvidado del testigo oculto de su conversación. El conde volvió a hacer uso de la palabra con el tono tétrico que había elegido para esta parte de la historia.

—Primero apareció el cuerpo de Baldasarre de Cortigiani. Y éste no era del bando contrario a los intereses de Lando. Baldasarre pertenecía a una *consorteria* con lazos muy directos con el mismo Simone della Tosa y muy buenas relaciones, por tanto, con el Gobierno florentino. Pero como es costumbre en vuestra ciudad, los Cortigiani mantenían una ancestral enemistad con otra rama de su propia familia, los Corbinelli, cosa que no impide a los últimos ser tan hostiles al rey Roberto como sus rivales. ¡Complicado, pero muy florentino! —exclamó Battifolle—. Los ojos se dirigieron hacia los Corbinelli y todo el mundo pensó que el crimen iba a desatar una *vendetta* abierta por todos los rincones de Florencia. Por primera vez, el *bargello* tenía una misión delicada y difícil de cumplir: impedir un baño de sangre entre grupos de sus propios partidarios.

»Sin embargo, tampoco hubo ocasión de juzgar la diligencia de Lando, porque dos días más tarde fue Bertoldo de Corbinelli quien apareció muerto. Bertoldo era un destacado representante de aquel linaje. No obstante, no se trataba de una *vendetta*. Ni los Cortigiani habían dado buena cuenta de Bertoldo ni los Corbinelli, como explicaron a todos cuantos los quisieron oír, habían tenido nada que ver con la muerte anterior. Bueno, al menos Lando y Florencia misma se libraron de esa lucha anunciada entre familias, aunque a cambio de una incertidumbre creciente sobre los autores de estos crímenes y del pánico y la desconfianza con que se miran todos los florentinos, pues pocos piensan que no volverá a ocurrir. Todo el mundo ve asesinos por todas partes, pero, a decir verdad, nadie ha aportado ni un solo dato serio para resolver el asunto. Pero… no os he contado nada sobre las características de ambos asesinatos —dijo Battifolle con un tono malévolo—. Respecto a Baldasarre de Cortigiani, éste tenía por costumbre salir de la ciudad a cazar con sus halcones cerca de San Salvi. No era raro que, a veces, se separara a galope de sus halconeros, sirvientes y acompañantes y que éstos tardaran bastante rato en volver a verlo con sus presas al cinto. Aquella mañana, cuando ya empezaban a alarmarse por su ausencia, vieron volver a su caballo, pero sin jinete encima. A éste lo encontraron después de una exhaustiva búsqueda, aunque, seguramente, no era así como esperaban encontrar a su amo: Baldasarre estaba apoyado en un árbol, o sería más acertado decir que estaba clavado en un árbol, porque tenía ambos brazos anclados con dos gruesos clavos en el tronco. Para que no gritara simplemente le habían cortado la lengua… y con ella los labios. Le habían abierto en canal, como una res, desde el vientre a la barbilla. Tenía un profundo tajo que dejaba todas sus vísceras al aire, sus tripas le colgaban y se desparramaban por el suelo. Sus ojos estaban abiertos de par en par, seguramente para contemplar el rostro de sus asesinos en medio de su terrible agonía. Os podéis imaginar el horror de sus acompañantes ante semejante visión.

Battifolle calló. Era evidente que deseaba que Dante asimilara bien su información, que recreara la escena. Éste permanecía en un aturdido estado de espanto y repugnancia, un malestar físico que se traducía en una náusea que le ascendía por la garganta.

—Tampoco hubo menor violencia con Bertoldo de Corbinelli —dijo el conde, dispuesto a proseguir con previsibles nuevos horrores—. Como ya os he dicho, toda su familia vivía en alerta por el riesgo de una previsible *vendetta*, pero Bertoldo era capaz incluso de despreocuparse de su seguridad cuando daba rienda suelta a sus vicios preferidos: el vino y las mujerzuelas. Se aventuró una noche más, cuando las puertas de la ciudad ya llevaban un buen tiempo cerradas, despreciando cualquier peligro. Salió en busca de compañía de otros como él o del calor de alguna de las furcias que infestan la zona del Prato de Ognissanti. Se encontró algo muy diferente y acabó muerto entre los escombros de las obras de ampliación de la muralla desde el Prato hasta San Gallo. Los obreros lo encontraron al día siguiente y, como todos los testigos de estos actos, sufrieron una impresión que, a buen seguro, tardarán mucho en olvidar. Bertoldo no debió de ofrecer mucha resistencia. Probablemente, ya iba borracho. Quizá fue asesinado por sus mismos compañeros de juerga. Los asesinos le habían retorcido la cabeza como se hace con los pollos; sin embargo, no estaba totalmente desprendida del cuerpo. Para su obra diabólica, estos hijos de Satanás se valieron de un odioso instrumento que debieron de fabricar ellos mismos y que ni siquiera se tomaron la molestia de hacer desaparecer. Lo dejaron allí tirado, junto al cadáver, manchado de sangre, con trozos de piel y pelos de la víctima. Era una especie de jaula de madera con púas afiladas en su interior en la que encaja perfectamente una cabeza humana. De los lados sobresalen unas palancas. Si se mantiene bien sujeto el cuerpo, un solo hombre puede hacer girar ese mecanismo hasta el punto de darle varias vueltas a la cabeza alrededor de su propio cuello. Le acabaron dejando con la cara vuelta hacia su espalda. Los testigos no son capaces de describir la expresión de su cara.

La palidez de Dante se acentuaba por momentos en su rostro desencajado. Un negro presentimiento iba tomando cada vez más cuerpo y el horror le había enmudecido completamente. No podía pasar desapercibido a Battifolle, que escrutaba a ratos el rostro demudado de su interlocutor.

—Y no tardaríamos mucho en recibir otra de estas desagradables sorpresas —siguió hablando el conde con un tono seco y macabro que resonó como un tambor en la cabeza de Dante—. Nadie parece estar a salvo en Florencia. Da igual su partido o condición, o incluso su origen. La siguiente, y a Dios gracias última víctima hasta el momento, es un extranjero, un mercader boloñés llamado Piero Vernaccia. Este Piero hacía frecuentes

73

viajes de negocios a Florencia, pero esta vez se encontró en medio de un negocio del que no iba a sacar ningún beneficio —ironizó Battifolle con la crueldad y el desprecio tan común entre los nobles hacia esos hombres que se labraban sus fortunas a través del comercio—. Sus socios sabrán cuáles fueron sus pasos anteriores. A nosotros lo que nos interesa de él es que apareció muerto en nuestra ciudad en tan extrañas y crueles circunstancias como los tres anteriores. En esta ocasión, el cadáver apareció entre la mezcla de cascotes y materiales de construcción de la nueva catedral de Santa Maria dei Fiore. En esas obras que, por cierto, muchos ya califican de demasiado costosas y excesivamente lentas, especialmente desde el fallecimiento del *capomastro* Arnolfo. Han supuesto la demolición de muchos edificios y han dejado al descubierto solares sucios y descampados entre la plaza de San Giovanni y la misma plaza del Duomo. En ellos acampan indigentes y otras gentes de vivir dudoso. En esos improvisados campamentos suelen quedar rescoldos de hogueras, cenizas de leña o paja, tablones medio quemados… Además, muchos grupos de chiquillos han elegido esos lugares para sus correrías, sus juegos y sus peleas. El suelo está lleno de piedras de todos los tamaños y proporciona abundante munición para esas batallas salvajes a pedradas que tanto gustan entre nuestros jóvenes.

»Precisamente, uno de estos grupos en busca de piedras, en lo que parecía uno de esos campamentos furtivos, encontró el cuerpo de Piero Vernaccia. Os adelantaré que tanto su cabeza como parte del cuerpo estaban completamente carbonizados y habría sido difícil identificarle de no haber quedado intacto algo de su vestimenta. Eso sirvió para el reconocimiento por parte de sus socios florentinos. Para asesinarle sin problemas lo debieron de inmovilizar primero. Necesariamente tuvieron que intervenir varios hombres que le colocaron sobre el pecho y el vientre una losa de gran peso y tamaño. Según dicen los canteros, esa roca en sí no era suficiente para acabar con la vida de un hombre de forma inmediata, salvo que le cayera de golpe, claro. Colocada cuidadosamente, como parece ser el caso, le inmovilizaría consiguiendo asfixiarle lentamente. Uno de estos canteros afirma haber visto agonizar durante casi toda una tarde a un desdichado que, en un accidente en la cantera, quedó bajo varios bloques de granito que no hubo forma humana de retirar. Respecto a Piero Vernaccia, este peso, con toda probabilidad, le impediría gritar pidiendo socorro. Los brazos se los dejaron libres, como una parte más de su diabólico plan. Y después —Battifolle torció aún más el gesto, magnificando así su horror y repugnancia—, lo que hicieron fue quemarlo vivo. Parece que le fueron arrojando sobre la cara trapos ardiendo impregnados en aceite; quizás incluso el mismo aceite en llamas, a chorros. El desgraciado Piero debió de intentar quitárselo con sus propias manos, según le iba cayendo. Se achicharró las manos mientras que tuvo fuerzas. Al final, le acabaron cubriendo con todo este material ardiente. Una muerte horrible, sin duda… Un terrible castigo para cualquier pecado que hubiera podido cometer —recalcó el conde, mirando intencionadamente a Dante, mientras deslizaba esta última sentencia.

El poeta no replicó. En este momento, ni siquiera se sentía físicamente en aquel lugar iluminado por las gruesas velas del vicario de Roberto en Florencia. Su desfallecimiento era casi completo, sentía como si las fuerzas le hubieran abandonado hacía una eternidad. El conde, con tono pausado, se dispuso a dirigirse ya sin rodeos a Dante.

—Sois un hombre inteligente, Dante Alighieri. Y estoy seguro de que lo habéis comprendido todo desde el primer momento… Querríais pensar que no es así y lo entiendo de veras, pero no hay duda, ni la más mínima, porque un detalle más lo confirma completamente. —Battifolle se detuvo un instante, sin duda para retomar la cuestión con más fuerza—. En los escenarios de todos y cada uno de esos cuatro crímenes había algo más que permitía relacionarlos entre sí sin ningún género de dudas: unos trozos de pergamino escritos con algunas palabras sueltas, distintas en cada caso, pero con una unidad incuestionable en su contenido. —El conde volvió a rebuscar entre sus documentos, para acabar leyendo lo que estaba escrito en uno de ellos—. «Cerbero, fiera cruel y aviesa, con sus tres fauces caninas ladra sobre la gente allí inmersa…» «Un tonel, cuya duela del fondo o medianera perdiera, no se vería hendido, como yo vi a uno, abierto desde el mentón hasta donde se ventea…» «Sin

75

ningún reposo era la loca danza de las miserables manos, aquí y allí apartando de sí el fuego renovado...» —Battifolle dejó de nuevo la hoja sobre la mesa y, acodado sobre ella, clavó su mirada penetrante en las pupilas de Dante—. Os es familiar, ¿verdad?

—Son... —balbució Dante, estremecido, vapuleado por esta especie de pesadilla tan difícil de asumir.

—¡Son fragmentos de vuestro «Infierno»! —interrumpió bruscamente Battifolle—. Igual que los crímenes que os he descrito son imitaciones de las penas que en vuestra obra hacéis sufrir a los condenados. ¡Es vuestro «Infierno» en todo su esplendor trasladado a las calles de Florencia!

Capítulo 16

*T*ras las últimas palabras, Dante se sintió atacado por una acusación que su orgullo le impulsaba a rechazar. Que esos salvajes crímenes hubieran seguido de manera tan indigna el guion de su trabajo no le convertía en absoluto en culpable. Su soberbia renacida le permitió reaccionar, como si la sangre volviera a fluir por sus venas.

—¿Acaso pensáis que tengo algo que ver con toda esa aberración?

—No —respondió apresurado Battifolle—. Al menos, no directamente, pero no se trata sólo de lo que yo piense…

—¿Insinuáis entonces que es opinión generalizada que el desterrado Dante Alighieri está detrás de estos abominables asesinatos? —replicó Dante francamente afectado.

—No puedo aseguraros hasta qué punto está extendida tal creencia, pero sí que puedo deciros que todos los ciudadanos conocen estos sucesos como los «crímenes dantescos»… —Battifolle volvía a administrar sus silencios entre frases—. El pueblo común es ignorante y fácilmente impresionable. Defenderían hasta la muerte que el Sol tiene el tamaño de un pie porque así es como lo ven. Han oído hablar de un ilustre conciudadano capaz de adentrarse en las profundidades del Infierno, conversar con los muertos, codearse allí con notables personajes y volver a nuestro mundo por intercesión divina. No han leído vuestra obra. Quizá porque ni siquiera saben leer. Pero les han contado que habíais podido predecir, en el año mismo del Jubileo de 1300, cosas que habrían de ocurrir tiempo después. Ahora se reproducen en su ciudad las mismas escenas que vos habíais descrito con tanto lujo de detalles. No es extraño, pues, que puedan pensar que tenéis algún tipo de poderes, digamos…, especiales.

A Dante se le vino a la cabeza una situación vivida en Verona. En uno de sus paseos por la ciudad había escuchado murmurar a unas mujeres sentadas ante la puerta de una casa. Una de ellas le había identificado como «aquel que va al Infierno y regresa cuando le place». Otra, fijándose en el aspecto de Dante, le había respondido que aquello debía de ser verdad a juzgar por su barba crespa y tez morena, consecuencia lógica del calor y el humo presentes en aquel lugar maldito. Aquella anécdota reflejaba, a la vez que la ingenuidad y necedad del vulgo, lo muy extendida que estaba ya su obra entre sus contemporáneos.

—Y vos, ¿qué pensáis? —inquirió el poeta en un tono cortante.

—Yo lo que pienso —respondió el conde con franqueza— es que para tener todos esos poderes y estar bajo la especial protección de Dios nuestro Señor y algunas damas celestiales, podríais haber manifestado un poco más de confianza en aquel Infierno, en vez de mostrar tantas dudas, temores y lágrimas.

—Conocéis, pues, mi obra… —dijo Dante, casi para sí.

—Sí. Tengo más aprecio e interés por vuestra persona y vuestro trabajo que el que me suponéis —respondió el conde, que lució de nuevo su sonrisa conciliadora—. Conseguí un ejemplar de vuestro «Infierno» en Lucca, que he leído y releído con interés. Aunque os reconozco sin ningún pudor que algunas cuestiones tratadas en vuestros versos han escapado a mi entendimiento. Son enigmas que me veo incapaz de resolver…

La mención a aquella edición de Lucca trajo a la memoria de Dante algunas vicisitudes que la habían rodeado. En aquella ciudad habían circulado copias de su obra con estrofas o versos que el poeta hubiera preferido eliminar, porque no se ajustaban a su redacción definitiva. Pero eso era un problema de difícil resolución si se tiene en cuenta que la reproducción dependía de la labor de un copista que transcribía el ejemplar que caía en sus manos; era imposible controlar que el amanuense no acabara manejando la copia indeseada para seguir reproduciendo el error. De modo que algunos de estos ejemplares habían seguido circulando más allá de los deseos de su autor. Lo más probable era que el conde dispusiera de alguno de ellos. Dante no dijo nada al respecto porque, en realidad, aquel pensamiento le parecía sumamente fútil ante la gravedad de los hechos que acababa de escuchar.

—Y tampoco me veo capaz de encontrar una conexión, algún motivo para que estos crímenes sigan tan fielmente vuestra obra —dijo Battifolle mientras gesticulaba con vehemencia—. A no ser que verdaderamente sean obra del mismo diablo. Pero, por lo que a mí respecta, mientras no se demuestre tal cosa, los asesinos son hombres, seres humanos que se pasean con impunidad por las calles de Florencia, siembran el terror y hacen imposible cualquier intento de establecer un mínimo de paz y tranquilidad en la ciudad. Una tarea que ya de por sí es complicada con las fechorías del maldito Lando y sus secuaces. Y todo eso es algo que no estoy dispuesto a consentir mientras sea vicario del Rey —añadió el conde, acompañando su acceso de rabia con un sonoro puñetazo en la mesa.

Dante no osó inmiscuirse ni intervenir en medio de discurso tan apasionado.

—Para eso —continuó hablando más apaciguado— es para lo que os he hecho venir. Para que me ayudéis a encontrar qué o quién está detrás de todo esto.

—¿Cómo podría yo hacer tal cosa? —preguntó Dante con extrañeza.

—Ya os lo he dicho anteriormente —replicó el conde—. Sois un hombre inteligente, utilizáis vuestro raciocinio de una forma admirable, por mucho que a veces os ciegue la pasión. Y, lógicamente, conocéis vuestra obra mejor que nadie. Tal vez podáis reparar en aspectos que se nos escapan al resto; tal vez predecir y evitar nuevos crímenes. Además —añadió con malicia—, sois el primer interesado en que todo se aclare. Es vuestro nombre el que recibe una nueva mancha cada vez que actúan esos seres despreciables.

Dante sabía que aquello era cierto. Había sido muy doloroso imaginar su nombre voceado por las calles de Florencia en bandos que le acusaban de ladrón, malversador o bribón. Pero resultaba infinitamente más doloroso pensar ahora que ese mismo nombre fuera identificado con tan aborrecibles crímenes.

Desfallecía sólo de presentir un eterno exilio con tan terrible sombra sobre su persona y su honor.

—Por eso os he hecho venir a escondidas y en condiciones tan precarias —siguió hablando el vicario—. Vuestra presencia en Florencia debe ser un absoluto secreto. Deberéis pasar desapercibido. Tomad un disfraz, cambiad vuestro aspecto habitual para parecer un extranjero a los ojos de todos. Yo me encargaré de los medios que preciséis para realizar una investigación discreta. Francesco, a quien ya conocéis —dijo, volviéndose de nuevo hacia la porción de sombras que le escondían—, os acompañará en todo momento, os dará protección.

Dante permanecía en un hondo silencio rumiando para sí sus fúnebres pensamientos. Ni un solo gesto ni un movimiento que pudieran interpretarse como conformidad o disgusto con la propuesta del vicario de Roberto. El conde de Battifolle volvió a levantarse de su asiento, reanudó sus paseos y Dante no pudo evitar seguirlo fijamente con la vista, como si estuviera hipnotizado por sus movimientos.

—Y no es sólo vuestra reputación lo que está en juego —prosiguió el conde—. Es la misma Florencia. Quizás hasta su existencia como tal —añadió enfático—. Hoy por hoy, nadie se siente seguro, todos se miran como enemigos. Vivimos a un paso de un descontrolado baño de sangre. Apenas quedan unos días para que lleguen los idus de octubre, la renovación de cargos en el priorato. La incertidumbre es enorme. Debéis saber —dijo el conde con aire confidencial— que el propio Rey está cuestionándose si no sería mejor revocar su acuerdo de protección con la ciudad. Si eso sucede, las facciones se lanzarían unas contra otras como perros rabiosos —añadió con tono lúgubre.

Dante se sentía sobrecogido con los vaivenes del conde. Por un momento, se sorprendió a sí mismo admirando a aquel hombre. Su capacidad de persuasión, su habilidad dialéctica. El conde Guido Simón de Battifolle era un perfecto y astuto manipulador de conciencias. Se dio cuenta de cómo se estaba dejando atrapar en una sutil telaraña urdida a la luz de aquellas grandes velas y cayó en la cuenta de que, sin saberlo ni sospecharlo, también había estado atrapado tiempo atrás, en el castillo de Poppi, donde el conde le había dado alojamiento.

—¡Aprovechad el momento, Dante! —dijo el conde con un ímpetu tal que sobresaltó al poeta—. Limpiad vuestro nombre, restituid vuestro honor y posición injustamente mancillados. Eliminad cualquier duda respecto a estos abominables crímenes. Salvad Florencia. Vos también seréis recompensado. Como vicario del rey Roberto de Puglia os garantizo un retorno digno y honorable a Florencia. Mientras Dios me dé fuerza y salud en el desempeño de ese cargo procuraré que todos los florentinos reconozcan vuestros méritos injustamente cuestionados. ¿No es acaso eso lo que reclamabais en vuestra renuncia a la última amnistía? ¿No retornaríais así con pasos no lentos?[10] ¿No asegurasteis una vez al salir de Florencia: «Si yo me voy, quién se queda»?

Dante escuchó esas referencias a sus propias palabras encerrado en el hermético bullir de sus pensamientos. Replicó lo primero que se abrió camino desde ellos hasta sus labios. Una objeción, no muy firme; en realidad, el reflejo de una íntima rebelión a las evidencias que le habían sido presentadas.

—¿Y si… rehúso?

El conde frenó en seco sus paseos. Lentamente, retornó a su posición inicial, a su escaño frente a Dante y adoptó una pose de hombre decepcionado. La imagen misma de la desilusión.

—Entonces —contestó sin apenas énfasis en su voz—, os procuraré un retorno rápido a vuestro escondrijo de Verona. Quizá pueda asegurar una vuelta más agradable, ya que no serán necesarias tantas precauciones. Allí podréis tranquilamente consumir vuestros últimos años como amargado «desterrado sin culpa» —añadió con sarcástica acritud—, dependiendo de la hospitalidad de Cangrande o de cualquier otro, esperando quizás el advenimiento de otro «Cordero de Dios» en Alemania, observando desde la lejanía qué suerte le deparan a Florencia los dados de la Fortuna…

Dante ni siquiera protestó por las invectivas del conde, evitando cualquier nuevo enfrentamiento. A cambio, un espeso silencio se instaló en la sala precediendo a la enésima intervención del vicario. Tenaz, voluble en su comportamiento, desde cordial hasta cercano a la ofensa, no parecía una persona dispuesta a darse fácilmente por vencida.

81

—Dante… —dijo suavemente—, pensadlo. Se os ha dispuesto una estancia para que descanséis sin más demora. Hacedlo, evaluad cuanto os he contado y tomad entonces una determinación. Sería conveniente, en cualquier caso, que tranquilizarais a vuestros familiares y amigos; especialmente a Cangrande. Tenéis preparado el material para que les escribáis unas líneas. Creo que no es necesario que os ruegue absoluta discreción sobre todo esto en vuestro mensaje. Mis mensajeros llevarán con la máxima celeridad vuestra misiva a Verona. Dormid después, aclarad vuestros pensamientos y tomaos el tiempo preciso para decidir. Lo que no os recomiendo —añadió el conde con una sonrisa mientras escrutaba con descaro las facciones desarregladas de Dante, su barba densa y cabello crecido— es que intentéis reparar vuestro aspecto personal en exceso. Resulta un perfecto camuflaje, tanto para permanecer en Florencia, si así lo decidís, como para iniciar un viaje secreto de retorno.

Acto seguido, el conde se puso en pie dando por entendido que la entrevista había llegado a su fin. Dante observó a su lado a un par de sirvientes dispuestos a acompañarle hasta sus aposentos. Habían aparecido tan de repente, que tuvo la impresión de que esas sombras que le rodeaban tenían más vida de la que él había sido capaz de advertir. Esas mismas sombras se tragaron con rapidez la figura corpulenta de Guido Simón de Battifolle un instante después de que éste, dirigiéndose al poeta florentino, exclamara:

—Volveremos a hablar, Dante.

Capítulo 17

*U*n estruendo de viento y murmullo como de hojas secas inundaba sus oídos. Por momentos, las nubes, negras como carbón, se anidaban como un manto oscuro escondiendo la luz del cielo. Tronaba con fuerza, pero ni una sola gota de lluvia caía sobre la tierra seca y resquebrajada. Apenas unos rayos de sol, como flechas luminosas que se estrellaban con violencia contra el suelo, vencían la tupida red de tinieblas. Pero, a pesar de todo, veía. Distinguía con nítida claridad, a despecho de la reinante sensación de oscuridad, todo cuanto pasaba ante sus ojos. Suponía que eran sus ojos, porque ninguna parte más de su cuerpo le era visible; su esencia era poco más que esa mirada, testigo y protagonista de la escena. Ante él desfilaban, dando vueltas en círculo y sin dejar de mirarle, tres perros grandes y temibles; la mirada furiosa y penetrante, la rabia asomando en sus colmillos, supurando baba venenosa de puro odio. Eran blancos, casi albinos, y llevaban alrededor del cuello un curioso babero negro con capucha que el viento agitaba y hacía revolotear cerca de sus fauces. No paraban de ladrar y supo a través de esa parte de su existencia que vivía en su mirada que, a su manera, las bestias le recriminaban, le cubrían de insultos e ignominia. Esos mismos ojos, espías inconscientes, transmisores del horror que encogía un corazón cuyo latido no podía sentir, vieron cómo uno de los perros llevaba entre sus dientes un bloque irregular de pergaminos escritos y avanzaba a paso firme hacia una inmensa hoguera que debía de haber estado siempre allí, pero que él no había visto hasta ahora.

El fuego se consumía entre chispas de colores, como si estuviera alimentada con leña húmeda, y su crepitar se mezclaba con lamentos y gemidos claramente audibles. El fuego estaba cercano, casi podría tocarlo por momentos si tuviera extremidad alguna con qué hacerlo; sin embargo, sentía frío: el frío desapacible de la tristeza. El perro agitó su cabeza dejando caer con desprecio los pergaminos, que volaron un instante como ánimas en fuga antes de caer entre las llamas, el tiempo suficiente para que él asumiera, sin verdadera necesidad de descifrarlo, que era su letra la que estaba grabada en ellos. Luego se consumieron lentamente y un suspiro —no sabía si era el suyo propio— acompañó su tormento. Los perros ladraron aún más fuerte. Parecían reír y quizá lo hicieran, porque allí nada parecía imposible, pero no abandonaron su solemnidad y fiereza. Seguían dando vueltas, avivaban las llamas agitando sus colas, azuzaban el miedo con sus gestos feroces. El tumulto de fondo crecía adoptando caracteres humanos: un *crescendo* de voces, una multitud exultante jaleando a los perros, vociferando desprecio desde ninguna parte, pues alrededor de aquella indigna pira no había nada sino vacío y penumbras. Otro perro apareció de pronto en la escena tirando con sus mandíbulas de un saco. Disputaba con otro su posesión, luchaban para hacerse con su desconocida carga reculando con furia siempre hacia la hoguera. Acabaron desgarrando la tela y su contenido se desparramó por los suelos. Sus ojos, esos ojos que veían, escuchaban, olían y tocaban tanto como le era imposible al resto de su ser invisible, se cargaron de lágrimas, temblorosos de angustia, cuando vieron los huesos, míseros restos humanos descarnados y sucios, que rodaron por el suelo. Después, esos canes rabiosos arrojaron los despojos al fuego. Y sintió, ahora sí, un ardor como un río de plomo fundido consumiendo los tuétanos. Y gritó; o creyó que habría gritado si tuviera con qué hacerlo. Luego, tuvo compasión de sí mismo, o la tuvo la Divina Providencia, que le permitió cerrar los ojos mientras todo se alejaba poco a poco y en su mente retumbaba, en un frenético coro de mil voces, la monótona letanía de un miserere…

La pesadilla, su recurrente delirio de los últimos tiempos, había sido el punto final del sueño agitado de Dante. Se incorporó sudoroso en el lecho y lanzó un vistazo a la estancia, ahora iluminada por el sol que penetraba a través de un gran ventanal con los postigos abiertos. La madrugada anterior, el cansancio y las revelaciones del conde de Battifolle martillearon su cerebro y le habían hecho despreocuparse completamente del aspecto de su alojamiento. Mecánicamente, se había limitado a trazar con la pluma unas frases tranquilizadoras para su entorno de Verona; palabras ambiguas, en tono críptico y hermético. Algo que no extrañaría a nadie que de veras le conociera. Después, se había deslizado en aquella suntuosa cama con dosel y su cuerpo se había hundido con urgencia en un confortable colchón de plumas. Su descanso había estado jalonado con continuas referencias oníricas a esos dolorosamente llamados «crímenes dantescos», los cuales habían dejado paso a su inexorable visión: su martirio particular que le impedía evadirse de la melancólica realidad —como hacen muchos otros mortales—, sumergiéndose en la acogedora calidez irreal de los sueños.

La estancia que le acogía debía de ser una de las mejores del palacio del Podestà, reservada a huéspedes de cierta importancia. Era una paradoja irritante aquella que le transformaba de exiliado de su patria en secreto invitado de lujo en la misma. Los suelos, finamente embaldosados, estaban parcialmente recubiertos de alfombras, a pesar de que apenas habían dejado atrás el verano. Varios arcones de madera oscura proporcionaban abundante espacio de almacenamiento. No faltaban candiles de aceite y velas de auténtica cera —nada de sebo— diseminados por toda la habitación. Por el amplio ventanal, situado a una altura que impedía asomarse, se colaba el bullicio de la ciudad en plena actividad. Dante supuso que se abría a la vía del Proconsolo. Las paredes estaban decoradas con sobrias pinturas al temple hasta media altura, simples motivos geométricos o tenues figuras realizadas a mano libre con colores suaves y algo deslucidos. Hacia abajo, los muros estaban revestidos con tablas de madera unidas; las espalderas, habituales en las casas nobles, preservaban del frío y la humedad.

Bajo el chorro de luz que filtraba el ventanal, apoyada o tal vez formando cuerpo con la misma espaldera, el poeta divisó una mesa sobre la que habían sido dispuestos de manera nada casual una serie de documentos. Dante abandonó el lecho y se encaminó hacia allá. Hizo uso de un banco, mullido por un cojín, situado junto a la mesa. No tuvo que fijarse demasiado para descubrir que aquello eran actas notariales, apuntes legales preñados de todos los formulismos pertinentes al caso. Formaban una especie de memoria con varias hojas cosidas entre sí. En ella se detallaban pormenorizadamente los hechos que ya le habían sido resumidos la noche anterior por el vicario del rey Roberto, formalizados para su posterior incorporación en un proceso. Pensó que el conde de Battifolle, tan insultantemente seguro de sus dotes de persuasión, daba casi por hecha una conformidad que en absoluto se había producido. En un acceso de rabia empujó lejos de sí aquellos documentos, que se deslizaron sobre la mesa hasta caer al suelo. Después, dirigió la mirada hacia la pared de enfrente intentando recuperar la calma. Sus ojos se clavaron en una de aquellas pálidas figuras que adornaban la estancia: una imagen de la diosa Fortuna, con el timón que representaba su función de guía del destino mundial en una mano y la cornucopia proveedora de abundancia en la otra; entonces, pensó en su propia situación.

Dante apoyó la cabeza entre las manos, abatido, sopesando sus posibilidades. De rechazar el ofrecimiento del conde su única salida era la vuelta a Verona, una solución que él reconocía como precaria. Como hombre agradecido, Dante estimaba a Cangrande, alababa su franqueza y generosidad, pero el príncipe Escalígero distaba mucho de tener la sensibilidad artística y la altura intelectual adecuada para apreciar en su justa medida el trabajo de un hombre como aquél. El poeta tenía la triste sensación de no haber sido capaz de encontrar un albergue definitivo donde atenuar la añoranza de Florencia. Ahora, ante él, si bien entremezclado con unos hechos horribles y peligrosos para su vida y su fama, se le planteaba la perspectiva de volver a su patria. La posibilidad de reunirse con los suyos, de congregarlos a su lado en un lugar estable y seguro, algo de lo que no había sido capaz durante todos esos años de incertidumbre. Eso ya casi lo había desterrado de sus esperanzas. Por eso, aquélla era una oferta que no podía rechazar sin más.

Capítulo 18

*B*ajó la vista hacia los documentos que reposaban en el suelo y los recogió para extenderlos sobre la mesa. En realidad, revisar aquellas anotaciones no le obligaba a nada ni suponía, a priori, claudicación alguna. Las actas estaban ordenadas cronológicamente. Desde el primer folio, a pesar de la enrevesada jerga notarial, Dante se sintió impregnado del horror, la maldad y la violencia que destilaban aquellos sucesos. Los detalles escabrosos que completaban la narración del conde poco aportaban de nuevo, salvo constatar que los parecidos con su «Infierno» eran indiscutibles y resultaba absurdo hablar de meras coincidencias. Más aún teniendo en cuenta aquellas notas. Era la auténtica firma de los asesinos que se había hecho indispensable en las escenas de los crímenes. Hubo algo, sin embargo, que llamó su atención. La transcripción literal de esas notas ponía el colofón a cada una de las actas, después de la descripción minuciosa de los acontecimientos. Precedía a la firma y al sello del notario que la había formalizado. Pero en dicho procedimiento había una excepción. Tras releer detenidamente la reseña referente al primero de los crímenes, el horrible festín de los canes que la mente enfermiza de los criminales había elegido para sustituir a su Cancerbero mitológico, Dante encontró, a renglón seguido, tal rúbrica:

> Yo, *ser* Coppo Sassolini, notario del Comune de Florencia, al servicio del *podestà* y vicario del rey Roberto, fui notificado de tales acaecimientos y rogado de labrar escritura pública. Lo que hice

en Florencia en el día VIII antes de las calendas de septiembre del año del Señor de 1316.[11]

Bajo ésta, incorporada con posterioridad, había sido transcrita la nota encontrada en el lugar del crimen:

> Granizo grueso, agua negra y nieve / que se vuelca por el aire de tinieblas / pudre a la tierra que los recibe. / Cerbero, fiera cruel y aviesa, / con sus tres fauces caninas ladra / sobre la gente aquí inmersa. / Ojos bermejos, unta y negra la barba, / amplio el vientre y uñosa tiene la zarpa, / a los espíritus clava, destroza y desgarra.[12]

Dejando al margen el ominoso parecido de tales palabras con su obra, Dante reparó con algo de sorpresa en las irregularidades formales patentes. Habitualmente, el notario daba fe de todo cuanto antecedía a su firma. Pero es que, además, existía otra particularidad que aún lo hacía más extraño. La caligrafía de este añadido no era la misma. Eso era algo que se podía apreciar a simple vista. Y tampoco resultaba difícil constatar la pluma de la que había salido. La nota había sido copiada de puño y letra por la misma persona que se había ocupado de extender las restantes actas. Otro notario distinto, un tal *ser* Girolamo Bencivenni, que firmaba ostentando los mismos cargos que su compañero. Antes de leer con más detalle el resto de la memoria, Dante revisó los restantes folios y confirmó que en todos los demás casos se había actuado del modo regular. Es decir, las notas estaban recogidas antes de la firma y sello del fedatario público.

Tras la sorpresa inicial ante lo insólito del procedimiento, Dante no concedió excesiva importancia a su descubrimiento. Probablemente se había subsanado un error sin más; una omisión por parte del primer notario que, después, se había visto incapacitado para rellenar el resto de las actas. La trascendencia era mínima si se tenía en cuenta el previsible destino de aquellos documentos. Si se conseguía llevar vivos a juicio a los responsables de aquella demencia sin sentido, de poco les iba a servir una anotación más o menos en el procedimiento. Además, los hechos en sí eran tan sumamente repugnantes que cualquier otra consideración quedaba relegada y oscurecida por esta inmensa mancha sangrienta. En varios pasajes del escrito, Dante se sobrecogió, y tuvo que interrumpir su lectura con aprensión ante tanta crueldad, tanto sufrimiento. ¡Qué doloroso resultaba verse involucrado de esa forma! Eso era algo que ni Guido de Battifolle ni nadie podía comprender. Quizás el conde consideraba que no podían impresionarle acontecimientos tan familiares que ya había proyectado para otros seres en la ficción. Y tal vez estaba convencido de que había encontrado verdadero placer escribiéndolo. Nada más lejos de la realidad. Dante había reflejado un reino de amargura, una representación literaria del Infierno cristiano en el que se castigaban los pecados. Cierto era que muchos de esos pecadores eran enemigos directos del propio Dante, que encontraba así un leve resarcimiento moral para sus padecimientos. Pero en su «Infierno», sus condenados estaban sometidos a un juicio racional con efectos simbólicos. Eran las potencias celestiales y no su voluntad caprichosa quienes establecían los castigos ateniéndose a argumentos de estricta justicia divina. Eran, en fin, espíritus, no verdaderos seres humanos, los que sufrían padecimientos y mutilaciones. Dante, ni en la zona más oscura de sus pensamientos hubiera albergado nunca la tentación de hacer sufrir a ningún ser vivo de tal forma, ni de impulsar, apoyar o llevar a cabo una *vendetta* sangrienta de tal magnitud. No habría sido el Dante Alighieri orgullosamente imparcial que había obrado con rectitud tal durante su participación en el priorato, que se había granjeado enemistades en las que él mismo encontraba la razón de su injusta pena de destierro; el mismo que había renegado de sus circunstanciales aliados de la *Universitas Alborum* por acabar descubriendo en ellos una compañía «necia y malvada». Nunca hubiera sido capaz de descender a tal bajeza. Pero había una realidad insoslayable: unos horribles sucesos que alguien, deliberadamente, quería ligar a su nombre. Dante releyó una y mil veces esas pequeñas citas incriminatorias, como si haciéndolo pudiera encontrar un indicio, una señal que le permitiera renegar de su indirecta paternidad.

En el segundo de los crímenes, el sangriento desgarramiento de Baldasarre de Cortigiani, la nota, clavada en el mismo árbol

89

que sostenía su masacrado cuerpo, reflejaba con indiferente crueldad un pasaje del noveno foso de Malebolge:

> Un tonel, cuya duela del fondo o medianera perdiera / no se vería hendido, como yo vi a uno / abierto desde el mentón hasta donde se ventea. / Entre las piernas pendíanle las tripas, / se veían las entrañas y el triste saco / que hace mierda de lo que engulle…[13]

En el asesinato de Bertoldo de Corbinelli, el mismo artefacto diabólico que había servido para arrebatarle la vida había sido utilizado para albergar la nota correspondiente. En este caso, una cita perteneciente al círculo dantesco donde la imaginación del autor había dispuesto colocar, para su eterno penar, a los falsos adivinos:

> Inclinado mi rostro abajo hacia ellos, / observé asombrado que estaban retorcidos, / cada uno entre el mentón y el pecho, / que el rostro a las espaldas tenían vuelto, / y para andar hacia atrás les era necesario, / porque ver hacia delante no podían.[14]

Con el mercader Piero Vernaccia, la última de las víctimas de aquel macabro juego, los asesinos debían de haber puesto especial cuidado para evitar que su característica nota quedara chamuscada entre tanto rescoldo y ceniza ardiente. El texto pertenecía al séptimo círculo infernal de su obra:

> Por todo el arenal, en forma lenta / llovían grandes copos de fuego / como cae la nieve en la montaña si no hay viento, / tal descendía el sempiterno ardor / y así la arena ardía, como yesca, / bajo el pedernal y duplicaba el dolor. / Sin ningún reposo era la loca danza / de las miserables manos, aquí y allá / apartando de sí el fuego renovado…[15]

Con razón —concluyó con resignada tristeza— las gentes de Florencia habían bautizado estos asesinatos como los «crímenes dantescos». Dante, abstraído durante su lectura, volvió a ser consciente del bullicio que se colaba por el ventanal situado sobre su cabeza. Un *crescendo* de voces y sonidos diversos que hacían que las calles de Florencia fueran de todos conocidas con el calificativo de *rughe*. Especialmente, en la jornada laboral, desde que las campanas de la Badia tocaban a tercia y hasta poco después de que repicaran a nona, las calles y plazas de toda la ciudad bullían en plena actividad. Una fauna diversa y variopinta se dibujaba en el recuerdo de Dante; se agolpaba por vías angostas, compartiendo estrecheces con carros y caballos cuyos jinetes intentaban abrirse paso desplegando las rodillas y que habitualmente eran saludados con una sarta de insultos. Compraban y vendían todo tipo de objetos, animales o alimentos en los numerosos comercios de las calles, en la plaza del mercado Viejo o en las múltiples plazas de la ciudad. Dante, en su edad madura, era hombre poco amante de tales bullicios, bastante más orientado hacia ambientes tranquilos y solitarios, pero, en aquella ocasión, quizá por las especiales circunstancias que rodeaban a su nueva presencia en Florencia, con una prolongada ausencia incluida, deseaba perderse por aquellas calles atestadas. Quería redescubrir bajo su anonimato su ciudad natal, prohibida durante más de una década. Una ciudad de la que, tal vez, apenas le quedaran unos recuerdos que tenían poco que ver con la realidad.

91

Capítulo 19

Cuando volvió a encontrarse con el conde de Battifolle, Dante no estaba provisto de una firme determinación. Pero sí que era, o creía ser, al menos, un hombre más reforzado y seguro a la luz de sus nuevos conocimientos y los horizontes que se le abrían. Un descanso reparador, un almuerzo frugal y la atención en la capilla de palacio a sus deberes religiosos, tan descuidados durante las últimas semanas, le habían proporcionado una fortaleza física y espiritual que estaba muy lejos de sentir durante la noche anterior. Sin pedir nada más a cambio, de momento, Battifolle se mostraba satisfecho con la decisión de su huésped de reencontrarse con su ciudad. Sin duda, el astuto vicario de Roberto interpretó como muy favorable para sus planes esta determinación. Para su anonimato, Dante había elegido la personalidad de un visitante boloñés. Su nuevo aspecto físico —barba crecida y cabello más largo de lo habitual—, una vestimenta adecuada al caso y su conocimiento de la lengua y acento de la vecina ciudad transapenina le facilitarían pasar lo más desapercibido posible.

El conde bromeó, haciendo gala de su sorna particular, acerca de la conveniencia de que Dante no olvidara cambiar el «sí» por el *sipa* característico de la lengua boloñesa. Inopinadamente, Francesco, ceñudo y hostil, presente de manera visible en esta nueva entrevista, había roto su silencio para expresar su desacuerdo con la decisión de Dante de sumergirse en las calles de Florencia sin ninguna compañía. Para él, eso era algo impensable y absolutamente fuera de lugar. Dante, tan sorprendido por volver a escuchar la voz de Francesco como por la prohibición, se limitó a observarle con cierta perplejidad, sin articular palabra. El conde, también en silencio, parecía mostrar no menos asombro y cierto temor a la reacción de Dante. Dirigió su vista hacia éste para preguntarle:

—¿Aceptáis, pues, ir acompañado?

—Puedo precisar guía para atravesar el valle del Po o para cruzar los Apeninos, pero en absoluto para orientarme por las calles de Florencia —respondió Dante, con aplomo y derrochando una ironía que hizo sonreír abiertamente al conde.

—No se pueden garantizar en absoluto —volvió a hablar Francesco con severidad— ni la seguridad ni el éxito de la misión si…

—Os recuerdo, *messer* Guido, que aún no he aceptado formar parte de ninguna misión —interrumpió Dante con brusquedad, dirigiéndose en todo momento al conde—. Sólo cuando lo haga, vos podréis, tanto como yo, acordar las condiciones de la misma. Entretanto, quien os habla no saldrá por las calles de Florencia rodeado de guardianes o arrastrado por una cadena como si se tratara del oso de unos feriantes.

El símil de Dante amplió la sonrisa del conde hasta cerca de la carcajada, mientras prendían chispas de furia en los ojos duros y fríos de Francesco.

—Si no estáis de acuerdo —prosiguió Dante con firmeza—, podéis disponer lo necesario para mi regreso, porque sólo saldré del palacio para dirigirme a Verona.

El conde de Battifolle, sin borrar la sonrisa de su rostro, miró con suavidad al joven disconforme para mediar en la conversación.

—Cesco, ¿qué hay de malo en que nuestro invitado recorra las calles de su propia ciudad en solitario? Está claro que el primer interesado en preservar su anonimato y velar por su seguridad es él mismo; del mismo modo, es el mayor perjudicado en caso de no hacerlo —añadió, volviéndose a Dante con intención.

Francesco, cegado por la ira, dio media vuelta bruscamente y se marchó de la estancia sin despedirse. Dante, con la viva impresión que siempre le causaban los movimientos de aquel joven impulsivo, le contempló mientras desaparecía. Comprendía, por lo insolente de su actitud y la benevolencia del conde, que su re-

93

lación con Guido Simón de Battifolle tenía que ser profunda, que no sólo era una mera cuestión de servidumbre. La curiosidad pesó más que la discreción y Dante no pudo evitar dirigirse al conde.

—Vuestro Francesco..., ¿por qué...? —titubeó el poeta.

—¿Por qué os odia? —completó el conde con agudeza.

—Sí —afirmó Dante—. Desde que le vi por primera vez distinguí claramente desprecio en su mirada, como si mi persona le resultara aborreciblemente familiar. Sin embargo, yo... creo no saber nada de él.

El conde suspiró, dirigiendo su mirada en la dirección que marcaba la precipitada salida de Francesco.

—No se trata de vos de manera particular —dijo Battifolle—, como tampoco creo que se trate de auténtico odio. Más bien es una especie de incomprensión ante las cosas que están sucediendo; él culpa de todo ello a gente como vos. Pero no os apuréis. Creo que también me responsabiliza a mí, aun cuando esté a mi servicio. Nuestro Francesco se encuentra en el centro de esta gigantesca rueda de molino que es la política italiana, y tantas vueltas le tienen confundido, aturdido. Sospecho que en algún momento tiene que salir despedido y ni yo mismo sé en qué dirección lo hará —completó, acompañándose de un leve encogimiento de hombros.

Dante observó con atención al conde. Los surcos de su rostro curtido se endurecían y se distendían casi a voluntad en ese hombre experimentado en artificios diplomáticos. Pero esta vez Dante creyó observar algo más sincero y profundo en su semblante. Battifolle lo advirtió, o al menos supo que su interlocutor buscaba algo más que una mera explicación circunstancial y, quizá por eso, se mostró dispuesto a ampliar esas explicaciones.

—Estas guerras y conflictos en los que todos estamos metidos no sólo los pagan personas como vos, que os veis obligados a deambular por tierras lejanas a vuestra patria, o esos otros que se dejan la vida luchando por ideales propios o ajenos. Ésa es la parte visible. Hay otra mucho menos visible y que afecta a bastantes más. Bien lo entenderéis vos, ya que tenéis hijos...

Dante asintió, en silencio, y agachó la cabeza evitando cruzar su mirada con la del conde. Trataba de evitar que un punto débil como aquél ampliara una brecha por donde Battifolle pudiera conquistarle definitivamente.

—Los derrotados y los errantes suelen arrastrar con ellos una corte de desdichados que comparten su destino sin entender por qué. Como estaréis suponiendo, Francesco es uno de ellos.

Dante escuchó con atención el relato de esa trastienda no menos dolorosa de sufrimiento y tristeza. La historia de Francesco de Cafferelli, como se llamaba aquel joven áspero, poco se diferenciaba de la de muchos otros, mujeres y niños, que compartían la fortuna adversa del cabeza de familia. Su padre, Gherardo de Cafferelli, había formado parte de ese extenso repertorio de más de seiscientos nombres —entre los que había figurado el de Dante Alighieri— que habían sido condenados al ostracismo durante las negras jornadas de noviembre de 1301. Pero Gherardo no era un hombre de partido. Era más bien un hombre que se adhería a las causas que, personalmente, consideraba justas. Y la agobiante presión del papa Bonifacio sobre Florencia, que culminaría con el golpe de Estado apoyado por las armas de Carlos de Valois en 1301, distaba mucho de parecerle justa o siquiera razonable; a pesar de situarle contra la opinión mayoritaria del resto de su familia y *consorteria*. Y eso era algo que se pagaba muy caro. Eran hombres valientes, y por ello temerarios, que se quedaban en una incómoda tierra de nadie porque permanecían al margen de alianzas que los arroparan. Gherardo era uno de esos casos del que Dante ni siquiera había oído hablar. Aunque expulsado, desarraigado y proscrito de familiares y consortes, Gherardo de Cafferelli era un güelfo estricto y nunca hubiera aceptado ir de la mano de gibelinos e imperialistas. Eso era tanto como decir que estaba solo; con él, en esa soledad peligrosa y amarga, iban todos los suyos, entre ellos, el primogénito, Francesco, un muchacho de apenas quince años arrancado de su confortable estatus en plena pubertad.

Gherardo no tuvo que reflexionar mucho para doblegar sus reticencias —si es que las tuvo— y pasar el amargo trago del orgullo vencido a cambio de pan seguro para su familia. Se dirigió hacia el Casentino y allí, en Poppi, echó mano de una vieja amistad con los Guidi ofreciéndose al servicio del conde Guido Simón de Battifolle. De ser ciertas las palabras de éste, los había

95

recibido con los brazos abiertos, dando por buena la única esperanza del rendido Gherardo. Y a juzgar por las relaciones visibles de Battifolle con Francesco —«como un hijo», según propia confesión—, no parecía justo albergar dudas sobre la veracidad de tales afirmaciones.

El mismo Dante debía de haber coincidido con él en 1311, durante su estancia en el castillo del conde. Sería entonces un joven que rondaría los veinticinco años. No había sucedido así con Gherardo de Cafferelli, a quien, consumido por su destino, la Divina Providencia le había librado de prolongar un futuro sin esperanza. Francesco había sido capaz de fortalecerse como una roca, acorazado con lo mejor del recuerdo de su valiente padre. Se había ganado el cariño y la confianza del conde con su fidelidad y bravura. Pero había conservado en su interior ese amargo rencor que envolvía la mancillada memoria de su padre. Francesco, florentino de nacimiento, como él, probablemente se sentía aún más extraño e incómodo que Dante en Florencia. Despreciando a unos y otros, con el solo cariño de un señor que, paradójicamente, le ponía al servicio de aquellos a quienes aborrecía. Condenado, tal vez, a coincidir a diario con elementos de su propio linaje que habían desgajado a su familia como una rama podrida. No parecía, a priori, el mejor candidato si lo que Dante pretendía era hacer un amigo. De todos modos, era el hombre encargado de acompañarle y velar por su seguridad en caso de aceptar embarcarse en tal aventura en Florencia; en una aventura que a Dante se le antojaba cada vez más y más peligrosa…

Capítulo 20

*D*ante Alighieri, nacido en la ciudad del Arno en el seno de una familia arraigada y de ilustre pasado en su centro urbano, no pudo reprimir una vaga sensación de ansiedad, un vacío en el estómago, cuando volvió a pisar las calles de Florencia. Había pasado la hora tercia de aquel 3 de octubre de 1316 cuando, tras vencer el vértigo, salió del palacio del Podestà, enfilando la vía del Proconsolo, donde ya se apreciaban síntomas de actividad propios de la jornada laboral florentina. Respiró profundo, tomando aire a fondo, como si fuera a necesitarlo durante todo el recorrido. Giró sobre sí mismo y observó la fachada del palacio del que acababa de salir. Una recia construcción en la que destacaba la imponente torre Volognana, que albergaba lúgubres mazmorras en las que solían languidecer olvidados prisioneros de guerra. Terminar en una de ellas es lo que Dante había esperado desde el momento en que había sido consciente del lugar en que se encontraba.

Desde allí juzgó que lo más sensato era dirigirse hacia el sur, en dirección al Arno, porque seguir dicha vía hacia el norte hubiera supuesto adentrarse en un terreno demasiado familiar para él. Apenas un corto paseo le hubiera bastado para plantarse frente a la casa en la que vio la luz primera, para adentrarse en las calles en las que los suyos habían convivido durante generaciones con amigos y enemigos. La misma zona en la que había deseado a la hermosa Beatrice Portinari y en la que había contraído matrimonio con su esposa, Gemma Donati. En suma, un acercamiento doloroso y arriesgado, una dura prueba que podía hacer de su disfraz algo precario.

Doblegando los recuerdos, enfocó sus ojos hacia la dirección elegida, donde se podía ver entre los edificios irregulares que flanqueaban la vía, la silueta recortada de uno de los nuevos símbolos de la ciudad. Una de esas construcciones que Dante no había visto concluida, aunque había asistido al inicio de su construcción en 1298. Era el palacio de los Priores, con sus duras almenas y su elevada torre de más de 160 brazas que se había convertido en el techo de la ciudad. Sin perder de vista el robusto torreón, Dante caminó hasta encontrarse en la extensa explanada frente a la enorme masa del edificio. La plaza se había convertido en el verdadero corazón político de la ciudad, el centro del nuevo poder de la clase dirigente florentina, que se había refugiado en una mole granítica e inexpugnable. El palacio estaba planeado para alojar al *gonfalonero* de Justicia y a los priores, para servirles de hogar y casi de prisión durante los dos meses que ostentaban su cargo, ya que las leyes les impelían a hacer una vida en común. Se trataba de huir de influencias externas, de librarse de las presiones de los poderosos. Pero, en la realidad, la oligarquía negra había conseguido un control político estable, invulnerable a cualquier amenaza de blancos o gibelinos.

Dante contempló con detenimiento a una hilera de hombres situados a los pies de palacio, y que se extendían desafiantes con aspecto fiero y sus hachas al hombro. Comprendió de inmediato que aquellos eran los hombres del *bargello* a los que se había referido el conde de Battifolle. Día y noche a pie del edificio, resguardando el poder de sus amos. Altaneros, chulescos, miraban con insolencia a los ciudadanos que se aproximaban al edificio, y con lujuria, a menudo explícita, a las pocas ciudadanas que osaban hacer el mismo recorrido.

El poeta dudó si todo aquello era algo que mereciera la pena salvar. Allí estaban los priores encerrados en un grandioso edificio —un fuerte provisto incluso de troneras a través de las cuales arrojar piedras o aceite hirviendo sobre hipotéticos asaltantes, como si se tratara del castillo o la torre de algún belicoso «grande»—, aislados en su encierro dorado del resto de los ciudadanos, según él lo veía ahora. La desafiante inscripción tallada sobre la puerta principal, «*Jesus Christus, Rex Florentini*

Populi S.P. Decreto electus»,[16] pretendía ser un retrato de los florentinos, siempre orgullosos. Para Dante las cosas ya no eran así. Veía a sus compatriotas como enfermos de miedo o cobardía en su interior, o de simple complacencia con la nueva situación. En su opinión, se encontraban sumidos con desidia en la decadencia y ruina moral, muy lejos de aquella noble gente a la que hasta un pontífice, Bonifacio VIII, había calificado como «el quinto elemento de la Creación». Eso no impedía que Florencia entera se empeñara en dotarse de una apariencia cada vez más esplendorosa, más grandiosa; en camuflar las trazas de lo que Dante había calificado como «ciudad dividida». Un afán que les había llevado a hacerse con los servicios del mayor escultor y arquitecto que la Italia del momento podía proporcionar, Arnolfo de Cambio, que se había convertido en una especie de rehabilitador en exclusiva de la ciudad y había dejado bastantes obras pendientes de conclusión por su fallecimiento prematuro.

Dante interrumpió sus amargas reflexiones cuando fue consciente de que, plantado sobre la plaza, con la mirada fija en aquel edificio, podía empezar a resultar sospechoso para sus guardianes. De inmediato, reanudó su marcha, atravesando la explanada hacia el lado más distante de palacio, decidido a proseguir su camino más al norte, hasta la misma plaza que acogía el Duomo.

Capítulo 21

El poeta erró por la Vacchereccia hasta que en la confluencia con la vía de Por Santa Maria se dejó vencer por la tentación de contemplar el Arno y dejarse llevar por el bullicio, que siempre conllevaba tomar las vías de comunicación con Oltrarno. Despacio, con la emoción contenida de saber que sus pupilas se volverían a impregnar con la imagen añorada del puente Viejo, Dante dejó que sus pies le llevaran hasta allí, sufriendo más de un empujón en su recorrido. Sabía que parte de esos empujones respondían a un vano intento por parte de los muchos ladrones que infestaban las calles de robarle por descuido una bolsa que, en realidad, no llevaba consigo.

Cuando alcanzó a divisar la imagen sesgada del puente, casi perpendicular a su posición, sus pasos se hicieron aún más lentos, provocando con ello algún que otro comentario airado por parte de los viandantes. Los reflejos del sol en la superficie en calma del Arno, la estampa del más antiguo de los puentes de Florencia, apaciguaron su espíritu y casi le forjaron la ilusión de que todo seguía igual, de que nunca había tenido que abandonar su patria, de que todo había sido un mal sueño que se esfumaba en el peculiar aroma del río. Según avanzaba el día y el sol cobraba mayor fuerza, ese aroma acababa convirtiéndose en pestilencia por los desechos orgánicos que dejaban caer en la corriente los tenderos establecidos sobre el puente; la mayoría curtidores de pieles y algunos carniceros. Desde allí, alzando la vista a la lejanía verde de las colinas del otro lado del río, podía divisar, empañado en la bruma, como si la contemplara a través de un ojo anegado por las lágrimas, la silueta frágil y blanquecina, como un fantasma, de San Miniato. Dante, casi a la altura de la cabecera del puente, contempló distraído la maltrecha estatua de Marte. El busto mutilado del primer patrón de Florencia que, aun siendo sustituido en su patronazgo por san Juan Bautista, había sido capaz de imprimir con fuerza su naturaleza belicosa en el espíritu de los florentinos. Ante sus ojos de piedra se habían escrito muchas de las páginas de la historia de su patria.

El poeta dio media vuelta desandando con calma sus pasos hasta que se encontró en la vía que había tomado su nombre del Arte de Calimala —una de las siete artes mayores que tenían el poder efectivo de la república—, donde se habían establecido numerosas tiendas especializadas en teñir y refinar ropas de lana. Dante pudo constatar que su disfraz cumplía satisfactoriamente su función, cuando pasó junto al bullicioso hormiguero del mercado Nuevo, por los continuos ofrecimientos para comprar todo tipo de objetos y, sobre todo, por los precios que le pedían, impensables para cualquiera que no fuera forastero en la ciudad. En cualquier caso, pasar desapercibido en aquellas calles del centro, repletas y agitadas en un continuo movimiento humano y animal, no era una tarea excesivamente complicada, porque Florencia entera era en la práctica un inmenso taller y mercado en casi toda su extensión.

El Comune se encargaba de habilitar lugares para las transacciones comerciales, establecía el día y el horario, los lugares asignados a cada vendedor, e incluso indicaba las dimensiones máximas de los bancos o tiendas. Pero, en la práctica, producción y comercio se desarrollaban en cualquier lugar donde hubiera sitio y oportunidad de hacerlo; lo mismo al aire libre o a cubierto, en espacios públicos o privados, frente a los talleres ubicados en la planta baja de los edificios, exponiendo las mercancías sobre rudimentarios escaparates fabricados en albañilería o madera, o sobre el propio suelo. A los numerosos vendedores que jalonaban el camino había que añadir los arrieros que transportaban mercancías y materiales de un lado a otro a lomos de mulas y asnos, los inevitables mendigos que revoloteaban y acudían como moscas al reclamo del más leve tintineo de una moneda y los pregoneros y heraldos del Comune que a voz en grito comunicaban informaciones, disposiciones municipales, leyes o sentencias a los pocos que se mostraban interesados en enterarse. En aquellas condiciones, la circulación era extremadamente difícil, por lo que Dante entretuvo su lento caminar en observar cómo había cambiado la fisonomía de su ciudad.

A pesar de las medidas que el Comune había adoptado para reducir la altura de las torres, en estas vías angostas la presencia de estos gigantes de piedra y ladrillo proporcionaba una perspectiva marcadamente vertical. A los ojos de un observador como Dante, no se escapaba una evidente transformación en cuanto a las dimensiones de las viviendas más comunes. Eran bastante más reducidas, un síntoma del encarecimiento del terreno; además, solían compaginar la función de residencia y la actividad comercial o artesanal, con sus tiendas o talleres ubicados a pie de calle. La madera había desaparecido prácticamente, sustituida por materiales más sólidos y estables como el ladrillo o la piedra.

Según avanzaba, Dante se sintió paulatinamente empujado por una marea que le conducía hasta las cercanías del mercado Viejo. El espacio que éste ocupaba se asemejaba a un enjambre, con ciudadanos curiosos arremolinados en torno a los bancos y puestos. Aunque estaba dedicado principalmente al comercio de todo tipo de vituallas, gran variedad de carnes, frutas y verduras, en aquella plaza se podían encontrar todo tipo de artículos y utensilios, más o menos comunes, lujosos, pintorescos o extravagantes. Aportaban también su dosis de animación y estrépito juglares y músicos, saltimbanquis y mimos, tahúres que incitaban a los viandantes a participar en juegos de azar, partidas de *zara* con naipes, tabas…

Dante luchó por evadirse de la masa y a duras penas se abrió camino hacia la plaza de San Giovanni. En el baptisterio, su «bello San Giovanni», en su serena geometría de mármoles blancos y verdes, habían tomado forma e imagen muchos de sus delirios de retorno a su ciudad. Ahora, su visión le afianzaba en la sensación de que todo aquello siempre había formado parte de su ser sin que alejamiento alguno hubiera tenido fuerza suficiente para generar el desapego. La vida resultaba un curioso círculo en el que partir no es sino el necesario primer paso para volver al principio. Nacer y morir, principio y fin. Los lugares queridos a los que se retorna para descubrir que siempre han estado allí, esperando una vuelta, una revolución en ese círculo que nos plante de nuevo ante sus pies. Bordeó la mole octogonal del venerable edificio, conmovido, sin perder de vista a la vez el armazón cercano de la futura Santa Maria dei Fiore, llamada a ser algún día la nueva catedral de Florencia. Aquél era el verdadero corazón religioso de la metrópoli. En aquel vasto espacio rectangular que, en realidad, acogía dos plazas diferentes, residía para cualquier florentino el alma, el espíritu de aquella ciudad que tan agresiva y viril se mostraba en la masa compacta de sus piedras marrones.

El cielo oscureció levemente y Dante temió la descarga de un nuevo aguacero. Se aproximó hasta Santa Maria y sus ojos no fueron capaces de distinguir grandes variaciones en una obra cuyo comienzo, en septiembre de 1296, había conocido y seguido con bastante atención desde los primeros trabajos de construcción. El proyecto de Arnolfo era grandioso. Los amplios cimientos de su planta en forma de trébol ocuparon una vastísima zona y se llevaron por delante un buen número de construcciones anteriores. Sin embargo, la antigua Santa Reparata no había sido demolida. La nueva construcción la abrazaría con sus paredes dejándola en pie y en servicio, en tanto no finalizara la obra. Resultaba curioso ver cómo aquel antiguo templo, que apenas cubría un tercio del tamaño previsto para Santa Maria, iba siendo engullido por aquel ambicioso edificio.

En aquel momento, en el que Dante admiraba el esqueleto dormido de Santa Maria, ni siquiera se había encontrado sucesor para continuar con el trabajo que había interrumpido la muerte de Arnolfo. La paralización de las obras había dejado en pie la estructura de algunos muros en su parte inferior; por otro lado, la nueva fachada solamente estaba decorada en su mitad y sin los revestimientos completos de mármol que deberían repetir los del baptisterio. La fachada, pletórica de hornacinas y estatuas, mostraba que Arnolfo era, ante todo, un gran escultor.

Mientras tanto, alrededor de los cimientos de esta embajada de Dios reinaba un caos de piedras, losas, troncos, barras de hierro, grandes sogas retorcidas, entremezclados con todo tipo de útiles y materiales de construcción que, aun cuando la obra es-

103

taba paralizada, seguían acumulándose procedentes de toda la Toscana. Tal desbarajuste le trajo al pensamiento que en alguna de esas aglomeraciones había dejado su vida de un modo terrible el mercader Piero Vernaccia. Y de un modo súbito y cruel se le desveló el recuerdo del verdadero motivo de su presencia en Florencia: aquellos repugnantes crímenes que se le había invitado a investigar. La idea ensombreció más su alma que los negros nubarrones que flotaban sobre su cabeza. Cabizbajo y sombrío consideró que tal vez fuera el momento de retornar a su estancia, de afrontar la presencia del vicario del Rey, de responder sin demora a su propuesta. En definitiva, debía tomar una decisión y esperar que esta vez no resultara tan equivocada como otras.

Capítulo 22

*L*os mismos deseos de discreción que le habían impulsado a dirigirse hacia el sur horas atrás, le impedían ahora tomar esa misma dirección. Pese a la cercanía del palacio, decidió dirigirse hacia el este dando un rodeo. Inició este recorrido en la vía Buia para callejear luego hasta acercarse a su destino, un camino plagado de reencuentros por callejuelas distantes del centro que apenas habían variado su fisonomía, ajenas a remodelaciones. Pero cuando pasó junto a la siniestra cárcel de los Stinche y divisó el peculiar trazado semicircular basado en la silueta del desaparecido anfiteatro romano que conformaban las casas de los Peruzzi, un nuevo pensamiento estalló en su cabeza. Su devenir irregular le había traído muy cerca de la plaza de Santa Croce, del convento de los hermanos menores de Francisco, que también había gozado de la mano omnipresente de Arnolfo en una controvertida rehabilitación. En su colegio religioso, el joven Dante Alighieri había completado su formación y se había impregnado con sus enseñanzas sobre la vida ascética y las profundas experiencias místico-proféticas. Sabía que en su ausencia, su buen amigo Ambrogiotto de Bondone había trabajado en la decoración de una de sus capillas. Dante no podía privarse de ver la hermosura que fluía de la mano de Giotto y que impregnaba todo aquello que tocaba.

Atravesó, pues, el estrecho peine de calles que conducía a Santa Croce, dejando a su espalda el palacio y la abadía. Penetraba en un barrio obrero popular, sucio e insalubre, cuyos habitantes se dedicaban principalmente a la tintorería y a otros pesados procesos de la lana. La extensa plaza de Santa Croce, ese enorme espacio rectangular frente a la basílica franciscana, solía alojar con frecuencia a masas de ciudadanos en variopintas manifestaciones civiles y religiosas. Competiciones, juegos o fiestas con ocasión del *Calendimaggio* alternaban con todo tipo de predicaciones, y no sólo las que llevaban a cabo los frailes menores. Circulaban por allí muchos grupos pequeños formados por personas con una condición ambigua, entre laica y espiritual, «terciarios» al margen de la disciplina y las reglas de las órdenes, pero con una vida tan austera y devota que en poco se diferenciaban de los mismos frailes. Conocidos popularmente y de forma algo despectiva como «beguinos», todos estos fervorosos hombres y mujeres, que se ganaban la vida mendigando, eran mirados con frecuente recelo por la facilidad con que se creía que en ellos prendían pensamientos y actitudes heréticos.

Dante se adentró decidido en la plaza, que mostraba los signos de actividad característicos de Florencia. La inminente caída del sol hacía que el bullicio se fuera diluyendo en grupos más o menos aislados. A media plaza, llegó a la altura de un curioso predicador que, subido sobre un grupo de rocas, atraía la atención de un nutrido y ruidoso corro, demasiado ruidoso para suponer que asistían con seriedad a una prédica instructiva. El orador era un anciano desaliñado y febril, agitado en una pasión que sobrepasaba con mucho la fragilidad de su cuerpo. Iba cubierto con los restos de un harapiento hábito marrón que más le hacía parecer un vagabundo que un ermitaño. En cualquier caso, el viejo, cuya barba vibraba con intensidad en sus esfuerzos por hacerse entender sobre tal algarabía, parecía ser muy familiar para aquel grupo, formado en exclusiva por hombres rudos y burlones.

—Gracias a Dios, nuestro Señor, que no ha consentido que en estos tiempos malditos esté todo perdido —decía el viejo con pasión—. Aún quedan hombres santos, buenos cristianos que hacen prodigios entre tanto pecador…

Sus palabras iban siempre acompañadas de un coro de comentarios impropios y risas groseras.

—Y, ¿dónde están, que no los vemos? —destacó una voz con tono de burla sobre el bullicio.

—¡Vosotros no sois capaces de ver más allá de vuestras narices! —replicó furioso el predicador—. Además, ¿por qué iban a venir a una ciudad condenada como ésta?

Los espectadores no paraban de reír. Se diría que no veían a Florencia más condenada o maldita que cualquier otra ciudad. Y si compartían su opinión, parecía importarles bien poco.

—¿A divertirse? —decía uno, burlón.

—¿A trabajar por una miseria? —apuntaba otro, diluyendo en su broma la amargura de su situación.

—¿A oírte decir tonterías? —dejaba escapar otro con algo más de agresividad.

—Tendríais que buscar fuera —continuó el viejo tratando de hacerse comprender—. En Vicenza conocí a un hombre verdaderamente elegido por Dios, fray Giovanni, a quien mis ojos pecadores vieron hacer levantar gente de entre los muertos —completó entornando esos mismos ojos con arrobo y verdadera devoción.

Pero ni siquiera ese forzado semiéxtasis detuvo el jolgorio de la peculiar audiencia, la escalada de mofas y comentarios.

—Por Dios bendito, que no le dejen venir aquí —gritó una voz en falsete imitando un tono implorante—. ¡Si ya no cabemos más en la ciudad, sólo falta que encima resucite a los muertos!

Una estruendosa risotada celebró el ingenio del desconocido y el iluminado abrió sus ojos de golpe abandonando su arrebato místico para alcanzar un estado de absoluta indignación. Dante había eludido mezclarse con estos desconsiderados espectadores, prosiguiendo su camino hacia la basílica, decidido a no prestar ninguna atención a esta sarta de incongruencias. Pero, de repente, algo le hizo frenar en seco. Unas palabras del estrafalario predicador que actuaron como un rayo en su conciencia.

—¡Estáis ciegos! Zafios ignorantes, no abriréis los ojos hasta que el demonio mismo os venga a visitar y seáis víctimas de uno de esos crímenes dantescos…

Dante se aproximó lentamente, con un renacido interés.

—Esos beguinos de Satanás —prosiguió apasionadamente el anciano—, esos herejes con los que no os importa convivir os exterminarán a todos como ratas cobardes…

Un abucheo de protesta se alzó entre la concurrencia.

—… porque no sois lo suficientemente hombres como para

achicharrarlos en esta misma plaza, como se hizo a gloria de Dios con esos criminales cátaros...

Arreciaron las burlas y las expresiones de incredulidad en los presentes, firmemente convencidos, según todas las apariencias, de la imposibilidad de que eso sucediera en Florencia.

—Cuéntanos otra vez eso de que fornican después de muertos —gritó uno de los presentes, un hombre de aspecto zafio que roía una manzana.

Dante supuso que el predicador les habría hablado más de una vez de una de las más peregrinas creencias de los heréticos seguidores del Libre Espíritu, la promiscuidad sexual de las almas tras el fallecimiento de los cuerpos.

—Eso es lo que más le interesa a Carlotto —respondió entre risas otra voz emanada del grupo—. Follar algo más en la otra vida de lo que lo hace en ésta.

Todos rieron con ganas y complicidad, hasta el aludido, que no dio muestra alguna de enfadarse. El predicador redobló su temblor de indignación, ahogado entre tanta incomprensión, y replicó con el rostro congestionado de ira.

—¡Preocúpate más bien de que esos herejes no vayan a tu propia casa a fornicar con tu hembra y preñarla con la semilla del mismo Belcebú!

Las carcajadas resonaron con fuerza en toda la plaza y, esta vez, el sorprendido Carlotto sí que se mostró ofendido. Sin pensarlo, lanzó la manzana contra el anciano mientras decía: «¡Será cabrón!». La fruta le impactó en plena cara, aunque el predicador se mantuvo a pie firme en un alarde de dignidad. La respuesta generalizada fue un tanto ambigua, pues, aunque se mofaban abiertamente del orador, no aprobaron la reacción de su compañero. Incluso alguno llegó a recordarle, con palabras difíciles de distinguir entre la sinceridad o la burla, que aquél era un «hombre de Dios». Carlotto, encogiéndose de hombros con indiferencia, decidió marcharse y dar por finalizada aquella diversión que, al fin y al cabo, le había costado una manzana a medio comer.

—¡Sigue, viejo! —gritaron otros que no parecían dispuestos a que el espectáculo finalizara para ellos.

El anciano se inflamó de orgullo ante tales muestras de interés y rápidamente encontró una nueva vía abierta para sus desvaríos.

—Alejaos de todas las obras de Satanás —continuó con ímpetu—. No caigáis, como hacéis a menudo, en la impía práctica de la usura…

Un murmullo amplio, salpicado de expresiones obscenas, acogió el cambio de argumentos. Las cuestiones del préstamo y de la usura eran asuntos controvertidos y delicados. La Iglesia condenaba esta práctica, sin paliativos o atenuantes, pero en la realidad terrenal pocos eran los que podían sobrevivir con sus escasos salarios sin recurrir a algún usurero. Por eso, la sociedad civil lo consentía y, como su práctica no era de buen cristiano, permitía que ejercieran esa función los judíos. Éstos se enriquecían y, a la vez, concentraban el odio de los que se empeñaban a su costa. Por eso, era un tema que siempre aseguraba la atención a los predicadores que lo comentaban.

—Yo os digo que es un pecado grandísimo; y aunque algunos se crean que Dios ni ve ni entiende y lo llaman de muchas maneras, como donación temporal o interés, la usura está en la obra, no en el nombre —predicó el viejo, con la frente elevada y la altivez que le permitían sus andrajos—. ¡No prestéis! ¡Guardaos de dejar vuestro dinero para enriqueceros!

Volvieron a aflorar las risas y burlas. No parecía el auditorio adecuado para tales consejos y eso se hizo sentir.

—¿Prestar? —dijo uno en tono de admiración—. ¡Como no prestemos piojos o chinches!

Pero no todo eran risas. Algunos se mostraban ofuscados, seriamente enfadados por la cuestión y sus comentarios resultaban más agresivos.

—¡Eso díselo a los putos judíos! —gritó uno con violencia—. ¡Ellos son los usureros!

—¡Mataron a Cristo y ahora quieren acabar con nosotros! —mostró otro su acuerdo.

—¿Y qué me dices de los que consienten que nos maten de hambre? —preguntó otro con un aire claramente subversivo.

El fermento del odio cuajaba fácilmente en la población disgustada cada vez que se reunían unos pocos ciudadanos. Dante comprendió que el discurso ya iba a deslizarse definitivamente por otros derroteros. Así pues, aunque algo intrigado por las palabras del peculiar predicador, optó por reemprender su marcha hacia el templo franciscano que se alzaba cerca de él.

Sin detenerse de nuevo, sintiendo como un coro cada vez más lejano las risas y gritos emanados de aquella reunión, se plantó ante la fachada misma de Santa Croce. Tosca, sin apenas ornamentación, contrastaba con la grandiosidad espacial del interior. Dante penetró sin oposición en la basílica, y advirtió la presencia de varios fieles diseminados por el templo. Eran almas solitarias, pues no había ningún servicio religioso en aquel preciso momento. Por dentro, la iglesia impresionaba tanto por su longitud, como por la amplitud de sus tres naves y los enormes pilares octogonales. Santa Croce parecía un inmenso establo a la primera impresión, cuando la vista reparaba en los techos lisos cubiertos de modillones de madera y en la escasa iluminación.

Dante se dirigió hacia el fondo de la iglesia y ojeó el interior de las capillitas que se distribuían a ambos lados de la capilla central, hasta que encontró aquella que adoptaba el nombre de sus acaudalados financiadores, los Bardi. Desde la semioscuridad, divisó el interior de la estancia rectangular y no demasiado grande. Dentro de ella, la iluminación natural, filtrada a través del ventanal de la pared del fondo, era ya notablemente escasa. Las pinturas de las paredes representaban algunos episodios de la vida de san Francisco. Giotto era un maestro en aquella técnica complicada y costosa de la pintura al fresco. Nadie como él era capaz de obrar el milagro de encerrar tan hermosa gama de colores dentro de una delicada lámina de cristal, cuando los muros se secaban. Siempre que había tenido ocasión de observar sus pinturas, Dante había sentido un profundo estremecimiento ante ese desfile de figuras y rostros de apariencia tan cotidiana articulados de todos los modos posibles. Aparecían incluso de perfil, después de siglos de representación frontal, con la cabeza girada, con actitudes y expresiones tan cuidadas como habituales. Los pliegues de sus ropajes caían con la mayor naturalidad; sus sentimientos y emociones estaban representados a flor de piel hasta llegar al corazón del espectador. Absorto en la contemplación, sólo reaccionó al ser consciente de la velocidad con la que se escapaba la luz del día. La misma celeridad con que a él mismo se le agotaba el margen para tomar una decisión difícil. Era hora de retornar al palacio, sopesar sin más demora cuántas y qué cosas valía la pena arriesgar, y a cuántas otras se vería obligado a renunciar según cuál fuera su decisión.

Capítulo 23

Dante atravesó precipitadamente la nave central de Santa Croce acompañado solamente por el eco de sus pisadas. Al cruzar el umbral de la entrada lamentó haberse demorado tanto en su retorno, porque las sombras le habían ganado casi definitivamente la batalla al día y el crepúsculo caminaba deprisa hacia una noche con una luna tímida. La torre Volognana y el mismo campanario de la abadía eran ya referentes confusos que se difuminaban en el cielo cuando comenzó a cruzar a buen paso la plaza de Santa Croce. Ni veía ni escuchaba vestigio de presencia alguna a su alrededor, hasta que tropezó con algo que casi le hizo caer de bruces, a la vez que oía una expresión de queja. Observó que su traspié había sido con una de las piernas, extendidas en el suelo, del estrafalario predicador. El resto de su cuerpo estaba acurrucado entre las mismas rocas que de día le servían como púlpito. Dante sintió verdadera lástima por aquel pobre diablo tirado a la intemperie que ni siquiera disponía de un techo para cobijar su locura. Se agachó hasta una altura que le permitiera distinguir sus facciones y dio un respingo cuando advirtió que el viejo le miraba con los ojos muy abiertos y la boca contraída en una horrible mueca.

—¡No tengo dinero ni nada que pueda satisfacerte! —le escupió de repente—. Y mi muerte no te daría mayor recompensa que una eternidad de horribles sufrimientos en el Infierno…

—Nada de eso quiero de ti —replicó Dante, algo fastidiado por ser confundido con un ladrón o un asesino.

El viejo alargó una de sus manos huesudas y, asiendo al poeta de su vestido, le atrajo algo más hacia su rostro escrutándole sin disimulo.

—Sois algún mercader extranjero, ¿verdad? —le dijo con esfuerzo.

Dante no pudo reprimir un mohín de asco por el olor que emanaba, al tiempo que se desprendía bruscamente de su presa. Loco y borracho; la perfecta combinación para que alguien no merezca ser tomado demasiado en cuenta. Sin embargo, la curiosidad, más que la auténtica esperanza de sacar algo en claro, mantuvo a Dante acuclillado frente al viejo.

—Venís todos con la esperanza de enriqueceros, engañados por el mismo demonio que está llenando Florencia de gente impía… —continuó el viejo, dando rienda suelta a su obsesión.

—He oído con gran interés parte del sermón —atajó Dante.

—¿De veras? —preguntó el hombre con ilusión en su voz—. En verdad no soy más que un humilde siervo de Dios —completó con complacencia y falsa modestia.

Dante entrevió entre las sombras el brillo mortecino de algún diente aislado en la boca abierta, sucia y despoblada, que esbozaba una sonrisa.

—Y decías algo de unos beguinos… —atacó Dante sin más preámbulos.

El viejo cerró la boca bruscamente y escupió con desprecio.

—¡Hijos de Satanás! —contestó con violencia—. Acabad con todos y expulsaréis al Maligno igual que el santo Francisco hizo volar a los demonios de Arezzo…

—Pero dicen que algunos de ellos llevan una vida de sincera santidad… —replicó Dante con intención, intrigado por el origen del odio visceral del viejo.

—¿Santidad? —vociferó el tipo, fuera de sí—. ¡Putas, ladrones, asesinos, herejes, malnacidos…! Viven juntos para cometer actos impuros. Andan desnudos como animales, gozan en orgías incalificables, planean horrendos crímenes… Rechazan la Santa Madre Iglesia, los sacramentos y las Sagradas Escrituras. Se oponen al correcto orden social bendecido por Dios… —Tomó aire para proseguir con una nueva bocanada—. Veneran la figura de ese mago descreído de Federico, conspiran con los gibelinos… ¿Dónde veis la santidad?

Dante iba consolidando la idea de que el rencor de aquel predicador furioso se basaba sin más en una serie de presunciones y habladurías, prejuicios populares oídos aquí y allá que iban arraigando cada vez con más fuerza contra esos hombres y mujeres apartados del mundo. Todo ello mezclado en un demencial *totum revolutum* con las acusaciones de herejía y epicureísmo formuladas contra la memoria del emperador Federico II y sus protegidos, los «patarinos» milaneses, o los temidos seguidores del Libre Espíritu, una secta con rasgos más míticos que reales y, en cualquier caso, con muchos menos seguidores potenciales que lo que estas habladurías pretendían.

—Tal vez no sean todos así… —insistió maliciosamente Dante—. Se dice que el propio papa Juan está preparando una encíclica en la que defiende a los buenos beguinos, a los que llevan una vida estable y no se meten en discusiones teológicas sobre…

—¡Mentiras del demonio! —atajó el viejo hecho un energúmeno—. ¡La Santa Madre Iglesia ya se ha posicionado en el último concilio contra esa secta abominable del Libre Espíritu! ¡Blasfemos libertinos que se creen dioses y anidan entre esos otros hipócritas! ¿Acaso no era una beguina esa puta francesa, la Porete? —añadió santiguándose con superstición al mismo tiempo—. Esa que ardió en París hace pocos años…

El caso de Margarita Porete no era desconocido para Dante. Era una beguina de Hainault que había escrito un libro llamado *Espejo de las almas sencillas*. Fue acusada de misticismo herético y de difundir la herejía entre el pueblo sencillo y los begardos. Acabó en la hoguera en 1310. El episodio de Margarita Porete había hecho daño al movimiento beguino, que había entrado en los primeros años del siglo con la reputación muy dañada, aunque no hubiera ninguna imputación concreta de herejía. Por lo demás, el concilio de Vienne —al que hacía referencia el viejo—, en su ataque contra el Libre Espíritu, había dejado cierto matiz de sospecha que tampoco obraba a favor de estas personas. Eran acusaciones un tanto peregrinas, pero no se podía negar la existencia de auténticas herejías violentas, si bien muy localizadas, como los picardos de Bohemia, instalados entre los tejedores flamencos, verdaderos anarquistas portavoces de una revolución social, o la sangrienta rebelión armada promovida por Dolcino al frente de la Hermandad Apostólica que había fundado Gerardo Segarelli inspirándose en las frecuentes distorsiones de la idea franciscana. Por eso, Dante siguió la conversación con aquel exaltado.

—Y hablabas algo de unos crímenes… —dejó caer con fingida tranquilidad—, ¿cómo los llamabas?… ¿Dantescos?

—Dios nos ampare… —murmuró sobrecogido el viejo—. Ésa es la peor muestra de cómo la iniquidad y la mierda nos llegan ya hasta el cuello en Florencia.

—¿Sospechas quiénes son los autores? —preguntó directamente Dante.

—¡El mismo Satanás! ¿Quién si no? —replicó el hombre con miedo y la voz quebrada—. Por causa de esos bastardos y sus horribles pecados, el Arno se convertirá en sangre y los peces que hay en el río morirán, y el río criará ranas, las cuales subirán y entrarán en tu casa y…

—¿Quiénes son esos bastardos que dices? —urgió Dante con precipitación.

—… y Él hará llover granizo muy fuerte que matará a todo hombre o animal que se hallare en el campo —continuó aquel individuo, ensimismado, como si se encontrara en medio de una de sus predicaciones—, y traerá la langosta cubriendo la faz de la Tierra y comiéndose todo lo que quedó a salvo…

Dante, convencido de la inoportunidad de repasar en tal momento todas las plagas bíblicas, intentó hacer retornar al otro de su fantasía.

—Pero ¿a quiénes te refieres? —preguntó sacudiendo con impaciencia al viejo por uno de sus brazos.

El hombre interrumpió su monólogo y susurró con aire misterioso:

—Los demonios mudos de las uñas azules…

Aquéllos, desde luego, no formaban parte de ninguna de las plagas de Egipto, pero Dante no entendía su significado.

—¿Cómo dices? ¿Qué demonios son ésos?

—Pasean por los secaderos de los bueyes —completó el viejo con esfuerzo.

Tratando de asimilar estas palabras, Dante ni siquiera prestó atención a un chasquido cercano a su pierna izquierda; sin embargo, instantes después, fue consciente de que algo estaba ocu-

115

rriendo, justo cuando algo silbó por encima de su cabeza estrellándose en algún destino lejano. Se medio incorporó y entonces advirtió un estallido cercano contra una de las rocas que cobijaban al anciano. Sintió en la piel una lluvia de fragmentos menudos y comprendió que estaba siendo objeto de un ataque con piedras, probablemente lanzadas con hondas, por la fuerza que éstas parecían llevar, aunque no podía ver de dónde provenían. Su sorpresa se convirtió en pánico cuando otros dos proyectiles le rozaron y supuso que, seguramente, sus agresores también disparaban al bulto. El viejo ya había debido de percibir lo que pasaba porque se puso a rezar con voz descompuesta.

—*Credo in unum Deum, Patrem omnipotentem, factorem Caeli et Terrae...*

Aterrorizado, casi a ciegas entre aquella lluvia de piedras, Dante comprendió que debía tomar una rápida determinación antes de que alguno de aquellos proyectiles le alcanzara de lleno. Pensó en acurrucarse entre las rocas junto al viejo, que lloriqueaba el Credo a sus pies: «*visibilium ominum et invisibilium... Et in unum Dominum Iesum Christum Filium Dei unigenitum...*»; pero intuyó que tal salida no suponía más que demorar una muerte segura. Por su mente desfilaron imágenes casi olvidadas, sus años juveniles en la milicia, su participación en la batalla de Campaldino como jinete de las tropas florentinas contra los gibelinos de Arezzo. El feroz ataque de la caballería enemiga que había desbordado sus filas descabalgándole a él con violencia. Y entonces, como ahora, pie a tierra —allí cegado por el polvo, aquí por la oscuridad—, la angustia, el miedo al golpe definitivo y mortal salido de cualquier sitio. Y ahora, como entonces, la misma reacción: correr, escapar de allí a toda costa. Corrió, poniendo toda la esperanza en sus piernas cansadas, en la misma dirección que llevaba antes de detenerse a hablar con el anciano. Se sintió mal por dejarle solo, aunque sin tener el valor suficiente para quedarse. En su carrera escuchó cómo su débil voz se perdía entre las sombras...

—*Et ex Patre natum ante omnia saecula... Deum de Deo, lumen de lumine, Deum verum de Deo vero...*

Apenas tuvo tiempo de pensar cómo podría salir de aquella situación, pues se vio frenado en su carrera por el choque contra algo que venía en su dirección, resoplando. Se abrazó al pecho robusto y cálido de lo que enseguida identificó como un caballo. Y casi antes de que éste emitiera algún relincho, sintió cómo un brazo fuerte tiraba de su propio brazo ayudándole a subir a toda prisa sobre la grupa del animal. Dante no ofreció ninguna resistencia, más bien aportó su propio esfuerzo para verse de inmediato sobre la montura de su inesperado salvador. Cerró los ojos mientras escapaba de allí a galope, no sin antes cerciorarse de quién era el jinete al que le debía la vida: Francesco de Cafferelli.

117

Capítulo 24

*E*l conde de Battifolle no pareció sorprendido en exceso al ver entrar a Dante con el rostro demudado. La estancia, más recogida y cálida, carecía del efecto teatral de su primer encuentro. El vicario, con apariencia afable y un tanto divertida, le había recibido sin apenas demora. El tiempo suficiente para ser puesto en antecedentes, sin duda, por aquel ceñudo rescatador, que le había abandonado apenas entraron en el palacio. El poeta, sin esperar invitación, con la sangre aún ausente de su rostro tomó asiento en un escaño y dejó escapar un hondo suspiro mirando al suelo.

—¿Ha sido fructífero vuestro reencuentro con Florencia? —preguntó Battifolle en un tono amistoso.

—Mucho —contestó Dante sin matices y sin alzar la vista—. Y muy entretenido en su parte final, como sin duda ya debéis de saber…

El conde amplió su sonrisa sin decir nada, como si estuviera buscando las frases oportunas.

—Indudablemente —continuó Dante en el mismo tono—, debo sentirme muy afortunado por la presencia casual de vuestro oportuno Francesco en Santa Croce.

—Ya os avisé de que, hoy por hoy, Florencia es una ciudad peligrosa en muchos aspectos —dijo el conde.

—¿Por eso me habéis hecho seguir? —replicó Dante, alzando la vista por primera vez—. No creo que ésas fueran las condiciones que…

—Vamos Dante… —atajó Battifolle, aunque con suavidad, sin perder los buenos modales ni la cordialidad—. Vos mismo dejasteis claro que no era momento de establecer condiciones.

Consideradlo sólo como una discreta protección. No se os ha impedido moveros libremente por dónde habéis deseado. Y deberéis reconocer que ha sido crucial para vuestra seguridad...

—¿Debo agradeceros, pues, que me hayáis espiado? —insistió Dante.

—Os dije que contaríais con la protección de mis hombres. Comprendí que no quisierais pasear del brazo de un escolta, pero eso no quiere decir que estuviera dispuesto a dejaros correr peligros innecesarios. —Battifolle guardó un silencio pensativo durante un instante—. Desgraciadamente, los acontecimientos parecen haberme dado la razón.

—¿Creéis que alguien sabe de mi presencia en la ciudad y...? —preguntó Dante.

—¡No! —negó contundentemente Battifolle—. Estoy convencido de que ese ataque no ha tenido nada que ver con vuestra personalidad auténtica, más bien con vuestra nueva apariencia ficticia: un extranjero, con un posible y prometedor botín en su bolsa, deambulando por la ciudad y dejando caer el anochecer en un barrio como Santa Croce. Tengo la sensación —añadió irónicamente el conde— de que Francesco no es el único que hoy ha seguido vuestros pasos por Florencia.

—Aquel pobre loco puede estar ahora muerto —murmuró Dante, apesadumbrado, dirigiendo el rostro de nuevo hacia abajo.

Battifolle se encogió de hombros. La vida y la muerte parecían conceptos muy por debajo de los intereses políticos coyunturales en Florencia.

—Si es así, y Dios guarde su alma, probablemente no era más que una cuestión de tiempo —respondió el conde, quitándole importancia a un suceso que consideraba como una minúscula gota de agua en el torrente vertiginoso que atravesaba Florencia—. Malhechores, frío, enfermedades..., suele ser el final de los vagabundos.

—¿Sabéis que estaba convencido de conocer a los responsables de los crímenes que os preocupan? —preguntó directamente Dante clavando sus ojos en los del conde.

—¡Vaya! —replicó éste, divertido y escéptico—. De haberlo sabido antes no os hubiera importunado en vuestro retiro de Verona. ¿Y quiénes son esos criminales?

—Hablaba de unos… —titubeó Dante, consciente de lo precario del argumento que estaba a punto de exponer— demonios mudos de uñas azules…

Battifolle sonrió sin decir palabra. Dante, que volvió a retirar la mirada de su interlocutor, se dio cuenta de que el conde no tenía intención de ayudarle a salir de tal incongruencia. Por eso siguió hablando sin verdadera convicción:

—… unos beguinos, según el viejo…

—Delirios —intervino por fin el conde—. No sé cuánta responsabilidad le corresponde al mismísimo diablo, pero, por lo que a mí respecta —completó Battifolle sin dejar lugar a dudas—, las manos y las uñas de los que han ejecutado esos crímenes son tan humanas como las de los que os han apedreado esta misma noche.

Battifolle echó las manos a la espalda iniciando uno de sus característicos paseos cortos.

—Respecto a los beguinos y todos esos místicos, pordioseros y pedigüeños —continuó el conde—, bien poco entiendo de materias religiosas. Sí os puedo asegurar que ni por autoridades eclesiásticas ni por cualquier otra fuente respetable han llegado acusaciones concretas en su contra. Y si diéramos crédito a todas las habladurías que circulan por la ciudad, os garantizo que pocos frailes, prelados y curas reservarían intacta su reputación.

Dante reconoció íntimamente que probablemente ésa era la realidad. De hecho, sólo la impresión ante el inopinado ataque de que había sido objeto le había hecho dar alguna importancia a las palabras del anciano.

—Lo que sí es evidente —continuó Battifolle— es que la obsesión por la pobreza y por considerarse religiosos cuando no lo son le crea no pocos problemas a la señoría; sobre todo cuando hay que pagar tributos, prestar juramento o servicios de armas —explicó el conde, que inmediatamente inundó los pliegues de su rostro anguloso con una peculiar sonrisa maliciosa— Lo cual, no lo ocultaré, a mí me produce una enorme satisfacción.

Dante apenas pudo evitar otra sonrisa. No se podía negar la fascinación que le producía aquel hombre y su capacidad de seducción. Se preguntó si era posible que una persona con quien apenas había tratado en tiempos de alianza pudiera llegar a convertirse en amigo, instalado como estaba en una posición en la que resultaba más lógica la enemistad.

—En cualquier caso —siguió hablando Battifolle mientras le dirigía una mirada cargada de intención—, si así lo deseáis, podéis investigarlo…

—Así lo haré —respondió Dante, sin apenas pensar lo que decía.

No le fue necesario observar la reacción del conde para darse cuenta de la trascendencia de tan breve respuesta. Battifolle frenó en seco, encaró a Dante jovial, como un niño ilusionado y arrastró un escaño vacío para sentarse frente a él, cara a cara.

—¿Lo haréis? —repitió—. ¿Queréis decir que aceptáis?

Dante no habría sido capaz de determinar el momento exacto en que había tomado la decisión. Tal vez desde que había escuchado la propuesta algo en su espíritu se había afianzado a la esperanza de retornar a su patria; o tal vez se había reafirmado a la vista de los lugares más queridos de Florencia. Sin duda, tampoco había sido ajena la sutil actitud del vicario del rey Roberto, la confianza que le infundían las palabras de aquel hombre de quien, sin embargo, la razón le impulsaba a desconfiar.

—Supongo que sí. —Dante tomó aire a fondo y dio por finalizada su resistencia—. Dios es testigo de que no sé muy bien cómo podría ayudaros, pero lo intentaré.

El conde tomó ambas manos de Dante en señal de reconocimiento y amistad, sin difuminar la satisfacción que iluminaba su rostro.

—No os arrepentiréis —dijo.

—O quizá sí… —replicó Dante con una resignación y un recelo cimentados en tantas otras experiencias.

—Aun así, vale más actuar exponiéndose a arrepentirse de ello que arrepentirse de no haber hecho nada —contestó el conde con solemnidad.

La frase resonó hueca y artificial en los recovecos de la conciencia de Dante. El poeta respondió, sin más, con una sonrisa escéptica que ponía fin a la conversación.

121

III

Ma io perché venirvi? O chi 'l concede? Io non Enea,
io non Paulo sono: me degno a ciò né io né altri
'l crede. Per che, se del venire io m'abbandono,
temo che la venuta non sia folle. Se' savio;
intendi me' ch'i' non ragiono.

(…) Pero yo, ¿por qué he de ir? ¿Quién me lo
permite? Yo no soy Eneas ni san Pablo; ante nadie,
ni ante mí mismo, me creo digno de tal honor,
porque si me lanzo a tal empresa, temo
por mi loco empeño. Puesto que eres sabio,
comprenderás las razones que me callo.

DANTE ALIGHIERI
«Infierno» II, 31-36

Capítulo 25

*E*l segundo día de permanencia de Dante en Florencia se abría aún más repleto de incertidumbres. Aceptar la misión suponía encarar todas las dificultades, pasar a la acción cuando apenas sí sabía por dónde comenzar. Las emociones del día anterior y la postrera conversación con el vicario del rey Roberto habían tenido consecuencias en una noche turbia de visiones y pesadillas. A sus imágenes habituales —la familiar jauría inflamada de odio—, se habían unido y entrecruzado inconexos delirios sobre demonios mudos con las uñas azules o infernales guerreros que le apedreaban, provocándole más daño en su espíritu que en su cuerpo.

Al alba se abrieron los ojos del poeta y se escapó con alivio de todos esos sueños que le corroían el alma. Sentado bajo el gran ventanal abierto de su habitación, se limitó durante un buen rato a observar el pedazo de cielo que le era accesible; el sacrificio diario de las estrellas engullidas progresivamente por la luz del día. Con el triunfo del sol y los primeros cantos de celebración de los pájaros, dedicó su atención al panorama que tenía ante sí. Pergaminos esparcidos sobre la mesa en los que el propio Dante había escrito unas notas apresuradas. Como si de otro se tratara, observó su propia mano posada junto al tintero y la pluma que le habían servido de instrumentos. Juan, el evangelista, había dicho: «Buscad leyendo y hallaréis meditando». Algo semejante había tratado de hacer Dante. Tras su charla nocturna con Guido de Battifolle, encerrado en su alcoba a la luz de una vela y con rapidez febril, había usado esa misma pluma para transcribir datos y experiencias, pensamientos y emociones; para resumir, en definitiva, lo poco que había sacado en claro. Se frotó los ojos, como si aclarando su vista pudiera ser capaz de traspasar esa claridad a sus pensamientos, y tomó una de las hojas escritas.

Nada había que objetar respecto a los evidentes paralelismos entre los crímenes y la estructura de su propia obra. Los infames asesinos se habían tomado todas las molestias para eliminar cualquier atisbo de duda. Hubiera estado claro aunque no hubieran incluido los fragmentos del «Infierno» en los macabros escenarios que habían diseñado; sin embargo, además, lo habían hecho y eso estremecía aún más a Dante, porque resultaba obvio que aquellos canallas no estaban dispuestos a escatimar medios para involucrarle a él, o al menos a su obra, y eso era algo que escapaba de la comprensión del poeta. Pensaba con rabia qué ventaja podían sacar los asesinos de ello. Era un absurdo sin sentido ver cómo entre las filas de sus enemigos se estaba produciendo una masacre que ponía en primer plano la figura de uno de sus exiliados con menor influencia política en aquellos momentos. Eran, además, acciones complicadas de ejecutar y que implicaban la necesaria existencia de un plan elaborado diabólicamente complejo. O quizá, después de todo, eran obra directa de Satanás. Como explicación, ésta era la opción más sencilla y eliminaba cualquier otro planteamiento, conjetura o análisis. Pero Dante sabía que las obras del Maligno rara vez se manifiestan a través de otras manos que no sean las humanas. Y esos seres de carne y hueso se habían dedicado con demasiado empeño a planificar sus fechorías como para pensar que no había ningún otro interés o motivación detrás de sus actos. El fundamento diabólico era algo que había que dejar sencillamente al margen, porque no sólo no aclaraba lo sucedido, sino que impedía predecir y atajar futuras acciones. De eso, al fin y al cabo, era de lo que se trataba, pero ante todo dejaba sin restaurar la mancillada imagen de Dante. Escrutar un móvil en aquellas condiciones era casi tanto como buscar una aguja en un pajar.

Dante barajó sus notas, las colocó aleatoriamente, como si esperara que el azar le proporcionara una pista que la razón no era capaz de atrapar. Ni siquiera de la comparación entre cada uno de los crímenes y el esquema de su libro se podía extraer una conclusión lógica, un patrón determinante que permitiera predecir operaciones futuras. Cronológicamente, no se había respetado el orden del «Infierno». Los imitadores no habían atravesado los círculos trazados por Dante en la misma dirección que éste lo había hecho en su mundo de ficción en compañía de Virgilio. Así, el primero de los crímenes —el cruel remedo de Cerbero y el fango pestilente— pertenecía al tercer círculo infernal, que Dante había dibujado en el canto VI de su obra. A la hora de diseñar el segundo crimen —el sangriento destripamiento de Baldasarre de Cortigiani—, los verdugos habían dado un salto notable, yendo a parar nada menos que al noveno foso del octavo círculo, recogido en el vigésimo octavo canto de su obra. Sin embargo, en el casi simultáneo tercer caso, habían dado varios pasos atrás, hasta calcar los hechos narrados en el canto vigésimo, dentro del cuarto foso del octavo círculo. La tendencia se hacía aún más errática en el cuarto y último asesinato, el que del mercader extranjero. Aquí, el retroceso alcanzaba el canto XIV, entre los condenados que se debatían en el arenal de fuego del séptimo círculo infernal. En definitiva, estos datos hacían imposible rastrear la dirección de aquellos desalmados. Dante pensó con desesperación que lo mismo podían avanzar hasta lo más profundo de los hielos perpetuos del fondo del averno, que retroceder hasta la puerta misma del Infierno, donde un cartel avisa a todos los que entran de que deben «abandonar toda esperanza».

Tampoco la elección de los castigos y las personas en los que éstos habían recaído aportaba mucha claridad, porque una vez más los hechos no parecían ajustarse de manera inequívoca al esquema dantesco. Considerándolo en términos estrictamente literarios o incluso morales —porque Dante no estaba dispuesto de ningún modo a justificar tan brutales asesinatos en el plano real—, el castigo más justo o apropiado habría sido el recibido por Baldasarre, en cuanto había sufrido la pena destinada a aquellos que siembran la discordia y el cisma. Y los Cortigiani, como muchas otras de las familias dominantes en Florencia, habían sido culpables de las frecuentes divisiones de la ciudad. Para ser justos, entonces, más de media ciudad debería de llevar tras de sí, como en su «Infierno», un demonio armado con espada afilada para trazar, tajo a tajo, las huellas de tanta iniquidad. Pero en los otros casos, a no ser que los autores manejaran una información desconocida, era complicado encontrar una relación. Resultaba difícil en el caso del popular Doffo Carnesecchi. Había sido desafortunado protagonista de un hecho que reproducía el atroz espectáculo de las almas abatidas por la lluvia y el granizo y atormentadas por las tres fauces caninas de Cerbero, pero no parecía ni más ni menos adicto a la gula que el resto de sus conciudadanos. Era muy difícil respecto al mercader Piero Vernaccia, porque en el arenal de fuego dantesco, donde las tristes almas se consumen, pagan sus deudas los blasfemos de Dios. Era una atroz acusación sin fundamento para la víctima. Y, por último, resultaba prácticamente imposible en el caso del libertino Bertoldo de Corbinelli, castigado como los adivinos, que en la obra de Dante llevan la cabeza dirigida hacia atrás para que caminen con la vista en esa dirección quienes pretendieron ser profetas del futuro.

Abrumado por esta maraña de pensamientos dispersos que no conseguía enfilar en una correlación lógica y útil, Dante echó la cabeza hacia atrás. Deseaba sentir el aire de la mañana corriendo por su rostro. Algo que, de alguna forma, refrescara y pusiera en orden esas ideas.

128

Capítulo 26

*U*nos golpes leves en la puerta interrumpieron sus bulliciosas especulaciones. La hoja se abrió a medias, asomando la cara sonriente de un curioso personaje. Con suma cortesía y voz suave, se dirigió a Dante:

—*Messer*, ¿dais vuestro permiso?

Dante le concedió la entrada que solicitaba con un gesto breve y le examinó según traspasaba el umbral. Era un criado bastante entrado en años, demasiado, quizá, para prestar un servicio ágil, pero de aspecto jovial y con un derroche de suma amabilidad. En su rostro, plagado de arrugas, destacaban marcados surcos verticales propios del hombre que ha gozado largos años de la risa, que ha hecho del buen humor un antídoto contra una vida dura. Tras unos pocos movimientos lentos se plantó en medio de la estancia, mirando al huésped con simpatía y los ojos ligeramente entornados.

—El conde os envía algunas viandas.

Se volvió, haciendo una seña hacia la oscuridad más allá de la puerta entreabierta. Esto dio entrada a tres jóvenes pajes cargados con bandejas repletas de frutas, pan blanco de harina fina y sendas jarras de vino y agua. Depositaron su cargamento en el otro extremo vacío de la mesa e inmediatamente desaparecieron, alternando profundas reverencias. El criado permaneció allí parado; Dante, temporalmente liberado de sus agobiantes tribulaciones, no pudo evitar ver en la escena algo cómico. Era tan distinto aquel hombre de sonrisa afable de los relamidos sirvientes de inmaculada y conjuntada librea que le atendían en Verona, que la situación en sí le infundía confianza. El envío de comida encerraba algo más que un mero signo de hospitalidad del conde. Era un acuerdo expreso de evitar la presencia del falso boloñés en la mesa del vicario de Roberto, de esquivar la posible curiosidad del resto de los invitados. Eso convertía a Dante en algo parecido a un ermitaño de lujo entre sus cuatro paredes. Por su parte, él ni aborrecía la soledad ni esta situación le era en absoluto incómoda. Más bien le hubiera resultado insoportable tener que alternar con tan distinguidos florentinos, enemigos hipócritas, fingiendo simpatía ante sus caras jubilosas de triunfadores y amos de la ciudad.

—Por supuesto —volvió a hablar el criado—, podéis pedir cualquier otra cosa que deseéis en cualquier momento. Será un placer serviros.

—Está bien. Gracias —replicó Dante, acompañando su respuesta con un gesto de sincera gratitud.

Dante se sorprendió de que aquel hombre no diera por concluida su visita. Permanecía allí, titubeando, como si dudara entre decir algo más o dar media vuelta y marcharse. El poeta, divertido, decidió echarle una mano.

—¿Algo más?

—Sí —respondió ampliando su sonrisa y entornando aún más los ojos, que apenas pasaban de ser más que un par de rendijas cuando trataba de fijar la vista—. Me pregunto si… no os importaría que os arreglara la estancia mientras estáis vos presente.

La petición no era nada usual y desde luego rompía todas las reglas del protocolo. En condiciones normales, el poeta no hubiera traicionado su reflexiva soledad, pero aquéllas no eran condiciones nada normales y hasta la compañía de aquel hombre se le antojaba más apetecible que bregar de nuevo con sus confusos pensamientos. El criado se encaminó directamente hacia el lecho que había soportado los sueños agitados de Dante. Por el camino, dio un par de traspiés y acabó tropezando con los pies de la cama.

—Debéis excusarme —dijo—, pero mi vista deja mucho que desear. Para poder ver algo tengo que cerrar mucho los ojos, así que parezco uno de esos paganos de los países en donde nace el sol.

Dante sonrió divertido por el resumen que el viejo criado hacía de su mirada de miope.

—Dicen que algún sabio ha inventado unos cristales mágicos que hacen volver a ver hasta a los ciegos, ¿sabéis? —siguió hablando—. Yo me pregunto, ¿cómo sería posible tal cosa?

Dejando al margen la descabellada exageración, efectivamente circulaban por Italia unos vidrios pulidos cuya virtud era ampliar la imagen de todo aquello que se observaba a través de ellos. Dante los conocía, los había tenido en sus manos y ante sus ojos, aunque desistió de intentar dar explicaciones.

—Yo también he oído hablar de ello —se limitó a contestar vagamente.

El criado se agachó. Tanteó bajo la cama hasta que extrajo una especie de vara con mango que se ensanchaba en el otro extremo. Después, dio con ella en el colchón un par de golpes suaves que alzaron dos pequeñas columnas de polvo.

—Pues si eso es así —dijo el criado—, habrá que reconocer lo mucho que avanzan estos tiempos. ¡Demonios! Pero si siempre dicen que los tiempos pasados fueron mejores.

Dante calló. Él mismo era de los que lo afirmaba, al menos respecto a algunas cuestiones.

—Pero —continuó el hombre— cuando yo era joven, los viejos decían lo mismo…, y cuando ellos eran jóvenes seguro que sus abuelos también… Si seguimos así hacia atrás, sólo Dios sabe cuándo podríamos llegar a los tiempos buenos de verdad. Y encima —añadió con una sonrisa pícara—, buscando esos buenos tiempos, acabaríamos llegando al año 1000. Pero ése sí que debía de ser malo de verdad, porque la gente pensaba que iba a ser el fin del mundo, aunque al final no pasó nada. Un lío —concluyó, moviendo la cabeza a ambos lados—, un lío de verdad.

Dante rio abiertamente ante las curiosas explicaciones de aquel hombre.

—Pero —dijo el criado con humildad y en apariencia algo azorado— quizás os esté molestando con mi tonta cháchara.

—No, en absoluto —replicó Dante tranquilizador—. ¿Cuál es tu nombre?

—Chiaro es el nombre que me dieron en la pila. Aunque todos me llaman Chiaccherino —respondió el criado con una sonrisa, mientras comenzaba a sacudir el colchón—. Por algo será.

—¿Llevas mucho tiempo al servicio del conde? —preguntó Dante, divertido también por el apodo, que calificaba al criado como parlanchín y chismoso, en un acertado juego de palabras.

—No, *messer* —contestó Chiaccherino—. Yo soy sirviente del Comune. Desde hace tanto tiempo que ya ni me acuerdo... Yo creo que no debía de estar muy lejana la desgracia de Montaperti, y no haría mucho de la entrada del conde Guido Novello en Florencia —completó el criado con aire pensativo, interrumpiendo su trabajo. Después, volvió a ensañarse con el edredón y retomó la palabra—. Pero soy florentino, vaya que sí. Para bien y para mal —dijo con una sonrisa—. En Florencia eché los dientes y en Florencia los estoy perdiendo todos... Ya sabéis, el polvo al polvo.

Chiaccherino se explayaba como un redomado charlatán. Dante se dio cuenta de que pocos motes podían ser más apropiados que el suyo. A poco que se le diera pie, desataba la lengua de modo incansable. Consideró las posibles ventajas. Una posibilidad de ser informado sin abandonar la propia habitación, aunque, para evaluar la verdadera utilidad de la información tuviera que separar la paja y el grano tan entremezclados en sus palabras.

—El conde se trajo sus propios servidores —continuó hablando—, pero muchos otros le hemos sido cedidos por el Comune, y aceptados amablemente por el conde, que es un gran amo. La verdad es que en esto el Comune no ha sido muy generoso con el vicario del Rey —añadió guiñando un ojo en un agudo ejercicio de autocrítica.

Dante observó que Chiaccherino estaba dotado de notable perspicacia: un caudal de picardía popular. Y descubrió que a él —hombre famoso por sus escasas palabras y poco apreciado como conversador cortesano— le placía sinceramente charlar con aquel criado.

—Debes de saber entonces muchas cosas sobre Florencia —dijo el poeta.

—Sí, no lo dudéis —aseguró Chiaccherino—. Demasiadas según piensa más de uno y entre ellos mi santa esposa —dijo irónicamente—. Y lo mismo tienen razón. ¿Para qué le puede servir a un ignorante como yo enterarse de tantas cosas?

—Bueno —respondió Dante de buen humor—, dice el Filósofo que todos los hombres, por naturaleza, desean saber.

Chiaccherino le miró con cara de extrañeza.

—Aristóteles —aclaró vagamente el poeta.

—Pues debe de estar en lo cierto ese Oriosto Telles —celebró Chiaccherino. Dante desistió de corregirle—. Aunque muchas de las cosas que aquí pasan son tristes de conocer y recordar —añadió el criado en tono melancólico.

—¿Cómo cuáles? —preguntó Dante, muy interesado en los posibles derroteros de esta conversación.

—Bueno… —vaciló Chiaccherino, como si quisiera buscar unas palabras que no le comprometieran en exceso—. Yo no entiendo nada de eso que llaman política… Y no dudo de que, con la ayuda de Dios, los que nos gobiernan hagan lo justo. Pero a mí me parece que eso de expulsar a tanta gente de su tierra no puede ser cosa buena. La última vez, más de mil personas salieron de Florencia —completó en voz baja, apropiada para las confidencias.

A pesar de la exageración, Dante recibió estas palabras con ilusión y la esperanza de que el pueblo más llano —aunque se tratara de aquellos que no tenían ni voz ni voto en las decisiones del Estado— compartiera esta opinión. Quizás algún día tuvieran la fuerza y el empuje necesario para impedir estas sangrías periódicas que tanto dolor causaban.

—¿Tienes amigos entre los exiliados? —preguntó Dante en tono comprensivo.

—Si hay alguien en Florencia que no tenga amigos o familia entre ellos —contestó el sirviente—, bien podéis decir que está solo en el mundo. Además, siempre que ha habido desterrados han sido gibelinos. Pero esto… entre güelfos… no puede ser cosa buena, no —repitió, cabeceando de nuevo con aprensión.

—¿Y por qué crees que se ha llegado a esta situación? —preguntó Dante, curioso por conocer el punto de vista de un testigo que parecía imparcial.

—¡Qué sé yo! —respondió Chiaccherino, encogiéndose de hombros—. Yo os podría hablar sobre lo que ha pasado. Para saber por qué habría que ser tan sabio, al menos, como ese Telles del que habláis.

133

Chiaccherino, mirando al huésped, se apoyó sobre la vara, inoperante, demostrando la poca diligencia e interés que sentía por su tarea. No rechazaba dar su propia versión de los hechos.

—Yo creo que las cosas estaban mal desde mucho tiempo atrás, aunque por Dios que parecía que la paz había arribado por fin a Florencia. Hasta que nos llegó esa maldición desde Pistoia —dijo con tristeza—. Pero supongo que ya conoceréis de sobra la historia —completó con modestia.

—No supongas tanto y cuéntamelo —respondió Dante con una sonrisa afectuosa.

Chiaccherino parecía sinceramente satisfecho por la posibilidad que se le brindaba de relatar una de sus historias y empezó la narración sin más preámbulos.

—Bien, pues cuentan que fue en Pistoia donde empezaron estas disputas entre blancos y negros. Parece que hubo allí un tal *ser* Cancellieri que se había hecho muy rico y había tenido muchos hijos. Lo malo —añadió guiñando el ojo— es que no eran todos de la misma mujer y no se llevaban todo lo bien que debían estos hermanos… o medio hermanos. —Tomó aire antes de proseguir—. Pues, por lo visto, una de esas dos esposas tenía por nombre Blanca y los de su lado, para darle homenaje, se llamaron a sí mismos «blancos». Comprenderéis que los otros, para ser todo lo contrario, se pusieron por nombre «negros».

Dante conocía de sobra la historia, pero sabía que las cosas no eran tan simples en la política italiana. Las diferencias tenían una base más profunda que ese contagio pernicioso procedente de Pistoia. Progresivamente, los llamados blancos se habían ido mostrando más reacios a la creciente intromisión papal, sin hacer ascos a un acercamiento conciliador con los gibelinos. Por el contrario, los negros constituían la facción más intransigente del güelfismo, celosa de conservar sus privilegios. Más turbulentos y aristocráticos, aunque astutos al hacerse con el apoyo del populacho, apoyaban abiertamente al Papa y se fortalecían con el recíproco favor de éste, que acabó por detestar y perjudicar abiertamente a esos blancos contumaces que se le oponían.

—Y como ambas partes tenían mucha familia y amistades en Pistoia —siguió hablando el criado, ajeno por completo a su trabajo—, pues hizo lo posible el diablo para que creciera la soberbia y el odio entre ellos y que se derramara mucha sangre. Y ojalá que hubiera quedado allí encerrada esa maldición —añadió tristemente, con la vista perdida en el suelo—. Pero parece que a nuestros gobernantes les preocupaba mucho lo que podía pasar en Pistoia, así que tomaron la señoría de la ciudad para poner paz y no se les ocurrió mejor idea que expulsar a los más belicosos de los Cancellieri, desterrándolos ¡a Florencia! ¿Sabéis lo que ocurre con un cesto de manzanas cuando se pone entre ellas una que esté podrida? Pues eso es lo que pasó en nuestra ciudad. Pronto, en toda Florencia no se hablaba más que de blancos y negros. Fijaos…, ¡no sólo no se reconciliaron los de Pistoia, sino que encima, los buenos güelfos de Florencia se dividieron y partieron entre ellos! Y se acabó la tranquilidad.

—¿Quieres decir que los Cancellieri de Pistoia vinieron a Florencia a abanderar facciones opuestas de güelfos florentinos? —preguntó Dante con intención.

—¡No, no! —replicó Chiaccherino con sorna—. Los florentinos no necesitamos extranjeros para matarnos y hacer fechorías. Los blancos buscaron refugio con los Cerchi, que eran una familia poderosa. Su jefe era *messer* Vieri de Cerchi, que vivía en el *sesto* de Porta San Piero, que, desde entonces, por todo lo que allí pasó, se llama el «*sesto* del escándalo».

Dante no pudo reprimir una sonrisa. Poco podía imaginar el charlatán de Chiaccherino que su interlocutor había sido convecino de dicho barrio.

—Pero tenían unos vecinos que deseaban su perdición, los Donati —continuó Chiaccherino—, una familia de nobleza muy antigua, pero, según dicen, sin tanta riqueza y un poco pendenciera. Aunque sólo fuera por fastidiar a sus enemigos, se convirtieron en los principales aliados de los negros. Su jefe era *messer* Corso Donati —añadió en un tono de temeroso respeto—. Un hombre valiente que ya dejó nuestro mundo y a quien Dios perdone sus pecados; sus seguidores lo llamaban el Barone. ¡Odiaba a muerte a *messer* Vieri! —dijo con énfasis—. Fijaos bien si lo despreciaba que cuentan que todas las mañanas cuando salía de su casa gritaba a voz en grito: «¿Ha rebuznado hoy el asno de la Porta?», refiriéndose a *messer* Vieri.

135

Dante conocía muy bien a estos convecinos suyos. La sola mención del belicoso Corso Donati le producía escalofríos. Excelente y retorcido orador, de ingenio sutil y malicioso, tenía un ánimo siempre dispuesto al mal y era una constante amenaza para las ordenanzas de la justicia florentina. Resultaba ser la peor enemistad que uno podía granjearse en aquellos agitados tiempos y Dante había sufrido las consecuencias de su sectaria ambición sin límites. Esa misma codicia le había hecho enfrentarse a sus antiguos aliados y eso había sido su perdición. Porque ellos, aún más taimados y astutos, terminaron por acusarlo de déspota y traidor y acabó sus días tan violentamente como había vivido.

De repente, una nube densa y oscura debió de cubrir en su parsimonioso camino la esfera del sol, porque la habitación se ensombreció tenuemente. Un juego de sombras y leves claridades, como de gasas, atrapó la atención de ambos hombres. Un eclipse espontáneo que podía anunciar, en cualquier momento, el chaparrón.

Capítulo 27

$\mathcal{A}$l disiparse las sombras, el viejo criado continuó animadamente con su narración.

—Las cosas fueron de mal en peor en la ciudad. Lo que antes eran fiestas ahora eran momentos elegidos para pelearse; hasta en un funeral, en casa de los Frescobaldi, llegaron a las armas —añadió con tristeza—. Tan grave sería la cosa que el Santo Padre envió en su nombre a un cardenal, pero ni eso valió para pacificarnos y se marchó dejándonos una vergonzosa excomunión. Y al final —dijo, acompañando su tristeza con un nuevo cabeceo rítmico— hasta nuestro santo patrón se vio manchado con tanta vergüenza. Se me saltan las lágrimas al recordar la pelea que se organizó en la procesión de las Artes en la vigilia de San Juan. Espero que nuestro patrón nos perdone algún día y deje de castigarnos. En mi modesta opinión —completó, bajando ostensiblemente el tono de voz—, los priores hicieron muy bien en echar a los jefes de ambos bandos.

Dante permanecía ensimismado. Admiraba la forma sencilla en que su interlocutor narraba aquellos sucesos y recreaba esos tiempos azarosos previos a su expulsión de Florencia. Se refería a los priores del bimestre del quince de junio al quince de agosto de 1300, entre los que se encontraba el propio Dante. Él siempre había sostenido que todos sus males posteriores habían tenido causa y comienzo en esos dos meses que duró su representación en la máxima magistratura del Estado. Esa expulsión a que hacía referencia el criado se había adoptado para intentar atajar un cruento enfrentamiento civil y al final no había dado resultado. La decisión había sido particularmente dolorosa para Dante, no sólo por haber tenido que actuar sin verdadera convicción de culpa contra aquellos que estaban más cerca de sus ideales, sino también por haber tenido que expulsar a un hombre como Guido Cavalcanti, poeta como él y amigo íntimo, que moriría de fiebres en su destierro.

—Aunque —prosiguió incansable Chiaccherino—, si queréis saber mi opinión, la verdadera causa de tantos desastres fue esa estrella cometa que apareció en el cielo de septiembre hacia poniente, con esos grandes rayos de humo por detrás. Hasta enero estuvo allí paseándose por nuestro cielo, y gente mucho más sabia que yo decía que era la señal de futuros daños que iba a haber… y de la llegada de un gran señor a Florencia… ¡Y no digo yo que las dos cosas sean lo mismo, claro! —se excusó con premura al darse cuenta de las posibles interpretaciones de su última frase.

—¿Y viste la llegada de ese gran señor? —preguntó Dante con ironía.

—¡Claro que la vi! —apuntó el hombre, como si lo contrario fuera algo impensable—. Y creedme que fue algo digno de verse por lo llamativo de su entrada en Florencia. Fue el primer domingo de noviembre, lo recuerdo muy bien. Sobre la hora tercia. Venía con las banderas reales francesas y las enseñas del Papa, rodeado de caballeros franceses, muy elegantes, y algunos florentinos, como los Franzesi, que no se separaban de él, como si fueran su sombra. Se quedó en Oltrarno, en las casas de los Frescobaldi.

—Y nadie se opuso a su entrada… —dijo Dante con amargura contenida.

—¿Oponerse a tan gran señor? —replicó Chiaccherino, dibujando un gesto de incredulidad, como si se le estuviera proponiendo una herejía—. ¡No, *messer*! ¡Pero si venía como pacificador directamente enviado por nuestro Santo Padre! Todos los ciudadanos importantes y los cónsules de las artes mostraron su acuerdo.

Cuando se produjo la entrada de *messer* Carlos, conde de Valois y hermano de Felipe IV, rey de Francia, en noviembre de 1301, Dante Alighieri ya no se encontraba en Florencia. Había sido comisionado a finales de septiembre para una embajada desesperada en Roma ante el papa Bonifacio. En realidad, él mismo se consideraba el mediador menos indicado para esta misión, ya que se había opuesto anteriormente a la solicitud de ayuda militar del Papa en sus ambiciosas guerras de expansión en la Maremma. En cualquier caso, poco importaba, porque Bonifacio ya había decidido el destino de Florencia y Carlos de Valois ostentaba el título de capitán general de los territorios de la Iglesia, así como de pacificador general de la Toscana. Dante había permanecido con incertidumbre y amargura en la corte papal hasta que llegaron noticias de aquello que ahora le narraba Chiaccherino y fue consciente definitivamente de la inutilidad de su misión en Roma y del peligro que allí corría.

—Pues, como os decía, se quedó en Oltrarno —continuó Chiaccherino—. Y enseguida pidió la custodia del *sesto* y que se le diera la vigilancia de las puertas.

—Y se le dio, claro —apuntó Dante.

—¡Claro! —confirmó el criado—. Se quitaron de allí los florentinos y se pusieron los franceses. Y se decía —afirmó con aire confidencial— que aquellas puertas eran un auténtico coladero.

—¿Y lo eran? —preguntó Dante con una sonrisa.

—No lo sé —dijo el otro—, pero el caso es que al día siguiente ya estaban en Florencia algunos de los desterrados. ¡Y por algún sitio tuvieron que entrar! Como el mismo *messer* Corso, que reunió a sus hombres, se fue a abrir las cárceles del Comune y soltó a los prisioneros.

La entrada de Carlos en Florencia había supuesto el primer acto de un inevitable golpe de Estado. De poco les había servido a los florentinos nombrar una nueva señoría de compromiso, mitad blanca, mitad negra. Los intereses del supuesto pacificador fueron claros desde un principio, aun cuando el conde de Valois no renegó en ningún momento de su cínica fachada de imparcialidad.

—Durante más de cinco días —añadió el criado parlanchín— todo fueron violencias y era mejor no salir a la calle, porque había incendios y robos por todas las esquinas. Y dicen que en el *contado* todavía duró más tiempo. Después hubo un tiempo de cierta tranquilidad, es cierto, pero —añadió meneando la cabeza con tristeza— qué poco dura la paz cuando el demonio no para de enredar.

139

—¿La expulsión de los blancos? —abrevió Dante.

—Sí —afirmó cariacontecido—. A causa de esa conspiración…

—Cuéntame —dijo el poeta.

—Fue hacia el mes de abril —continuó Chiaccherino—. *Messer* Carlos estaba en Roma y en su ausencia parece ser que algunos de la «parte blanca» trataron de ganarse el favor de uno de los barones franceses y le mandaron cartas donde le proponían, a cambio de dinero, una traición a su señor. Aunque dicen las malas lenguas —añadió guiñando un ojo— que todo era una invención, que esas cartas eran más falsas que la fe de Judas, ya me entendéis…

—Y no hubo traición —dijo Dante con una sonrisa sarcástica.

—Claro que no —confirmó el criado—, porque ese barón lo descubrió todo. Luego, se llamó a los que estaban en el lío. Pero se olieron lo que pasaba y, por miedo a perder la cabeza, se marcharon a toda prisa. Así que fueron condenados como rebeldes y perdieron sus posesiones. Hasta los antiguos amigos se volvieron enemigos para no sufrir el mismo castigo. Muchos fueron desterrados hasta más allá de sesenta millas y perdieron tierras y riquezas.

Cartas y acusaciones falsas, montajes fraudulentos y retorcidos. El espurio pacificador de Florencia no había desperdiciado ninguna excusa para recaudar el dinero que precisaba para su verdadero objetivo: la conquista de Sicilia; sin embargo, una vez en el sur comprendió que no resultaba tan fácil doblegar a las tropas sicilianas de Federico de Aragón como lo había sido expulsar a gran parte de florentinos. Tras una serie de desastres militares, se vio obligado a concertar la paz y retornar con poco honor a Francia. Sus andanzas en Italia dejaban como recuerdo una frase que corría de boca en boca: «*Messer* Carlos vino a Florencia como pacificador y dejó el país en guerra; y marchó a Sicilia para hacer la guerra y consiguió una paz vergonzosa». Ahora, el semblante serio y pensativo de Dante debió de ser interpretado por Chiaccherino como disgusto por sus palabras. De modo que, rápidamente, con la modestia que solía imprimir a sus agudas opiniones, volvió a tomar la palabra, contemporizando.

—Aunque también muchos dicen que estos expulsados son en realidad una pandilla de traidores que sólo quieren hacer daño a Florencia y por eso han tomado las armas contra su patria —añadió con gesto serio en un evidente intento de congeniar sus opiniones con la doctrina del partido dominante en la ciudad.

Chiaccherino ponía una vela a Dios y otra al diablo, y Dante asumía, con una mezcla de tristeza y de ira, que el miedo encubría con un velo de precaución el rostro y los sentimientos de los florentinos. Como forzados hipócritas pensaban o dejaban de pensar aquello que resultaba más adecuado a sus intereses o seguridad.

—No siempre son las cosas tan claras, Chiaccherino —dijo Dante, íntimamente dolorido por estas palabras y tristemente de acuerdo con Cicerón en que nada se expande tan rápido y con tanto éxito como una calumnia—. También hay quien asegura que ningún hombre es tan necio como para desear la guerra en lugar de la paz, porque en la paz los hijos llevan a los padres a la tumba, que es lo natural... Pero en la guerra —completó con tono triste— son los padres quienes llevan a los hijos a la tumba...

—Son bonitas esas palabras —dijo Chiaccherino con gesto conmovido—. ¿Son de ese Oriosto Telles vuestro?

—No —respondió Dante, lacónico y con una débil sonrisa en los labios. De inmediato, temió que un interlocutor tan agudo como aquél pudiera interpretar en sus palabras un implícito apoyo a los rebeldes y decidió, por ello, poner inmediata distancia con los hechos—. En cualquier caso, yo tampoco entiendo mucho de política..., sólo llevo dentro de mí, como todos, mi propio infierno —añadió sin pensar demasiado en sus palabras.

—Vos sois boloñés, ¿verdad? —preguntó Chiaccherino, que al instante pareció darse cuenta de su indiscreción y la suavizó con una reverencia—. Y disculpad mi insolencia.

—Sí —respondió otra vez lacónico Dante, sin verdadero interés en profundizar tampoco en ese aspecto—. O «sipa», como sin duda estarás esperando que diga —completó con una sonrisa.

El criado emitió una risita leve, aunque esta vez se guardó de hacer algún comentario, retomando un tímido intento de reanudar su tarea.

—Pues de infiernos sabemos algo en Florencia, vaya que sí —dejó caer Chiaccherino con una sonrisa perdida, sin demasiada intensidad, mientras golpeaba el colchón con indolencia.

Para Dante, sin embargo, estas palabras supusieron un impacto que ni hubiera soñado su interlocutor. La referencia al Infierno le había trasladado con brusquedad a su verdadera situación en Florencia. En la extensa perorata de Chiaccherino parecía abrirse, de repente, una nueva vía de información.

—¿Cómo dices? —preguntó súbitamente Dante, con tal pasión que sobresaltó a Chiaccherino.

El hombre volvió a interrumpirse en una actividad condenada a eternizarse.

—Bueno… —dijo tímidamente, algo confuso—. Vos hablabais de un infierno particular y…

—Ya sé lo que dije yo —interrumpió Dante intentando disimular su ansiedad—, pero tú hablabas de infiernos en Florencia.

—Sí… —titubeó el sirviente, que miró al huésped con aturdimiento y el gesto desorientado de quien sospecha haber dicho algo inconveniente sin saber muy bien lo que ha sido—. Bueno…, en realidad, yo estaba recordando una cosa que pasó cuando…

En ese preciso e inoportuno momento, sonaron en la puerta tres golpes apresurados y firmes que les sobresaltaron a ambos y cortaron de raíz la intervención del viejo criado.

Capítulo 28

*L*a puerta se abrió y el torso de un hombre de gesto recio y adusto invadió el espacio. Miró fijamente a Dante y se inclinó con un respeto profesional, dirigiéndose hacia él con cortesía.

—Disculpadme, *messer* Benedetto.

Dante recibió su acordado nombre ficticio con la extrañeza que le producía ser nombrado de ese modo. Dedujo que este nuevo personaje también era un criado, pero superior jerárquico de Chiaccherino. Éste, súbitamente, se había afanado en una desenfrenada actividad de golpes sobre el colchón. Acto seguido, el recién aparecido se encaró con el viejo sirviente.

—¡Aquí te escondes Chiaccherino del demonio! ¿Cómo te atreves a importunar a los huéspedes del conde? ¡Deja esa vara antes de que te la rompa en los lomos y vete a continuar con tu trabajo!

Dante comprendió los motivos que habían impulsado al criado a remolonear en su estancia y a hacerle una petición tan inusual. Chiaccherino era un viejo curtido en mil lides en las labores del servicio y, sin duda, había adquirido una especial habilidad para esquivar las tareas más duras, escondiendo sus doloridos huesos en cualquier lugar que le permitiera estar alejado de ellas. De un vistazo, creyó ver miedo en los ojos miopes de Chiaccherino y, vencido por una creciente simpatía hacia él y por las ganas de seguir escuchando sus explicaciones, decidió echarle una mano.

—Disculpa —atajó, dirigiéndose al recién llegado—. Es culpa mía, no de Chiaccherino. Yo he sido quien le ha entretenido pidiéndole expresamente que arreglara mi colchón. Está todo bien, puedes retirarte.

—Pero… —intentó una débil protesta.

—Gracias —interrumpió tajante Dante con visible impaciencia—. Puedes retirarte.

El recién llegado completó una nueva reverencia, obediente y disciplinado. Pero por la última mirada que lanzó al viejo y el brillo que desprendían sus pupilas, Dante se dio cuenta de que no se iba especialmente satisfecho y que, seguramente, a partir de ahora, le iban a quedar pocas oportunidades de hablar con Chiaccherino. Éste, sin embargo, parecía sinceramente agradecido y con una resignada convicción de que iba a recibir algún castigo por su comportamiento.

—Os lo agradezco, *messer* —dijo con cierto asomo de vergüenza por haber sido cogido en falta—. Quizá debería retirarme ya. Es cierto que os estoy importunando. Soy un viejo necio y pesado…, demasiado viejo, me temo, para cambiar.

—De ningún modo —replicó Dante con una sonrisa tranquilizadora—. No te irás hasta que me cuentes algo sobre ese infierno.

Por su gesto de satisfacción, el criado demostró que, a su edad y con su experiencia, bien poco le afectaban las recriminaciones si alguien estaba sinceramente dispuesto a escuchar alguna de sus historias.

—Pues os hablaba de un extraño y terrible suceso que conmovió a Florencia hace algunos años —comenzó con tono misterioso; a Dante esas primeras palabras no le parecieron buenos augurios, porque los acontecimientos que le habían traído de nuevo a Florencia no tenían, ni mucho menos, tanta antigüedad—. En un día de *Calendimaggio* de hará más de diez años. A los florentinos nos gusta pasárnoslo bien y en esas fechas se hacen siempre fiestas, bailes y juegos por toda la ciudad, deberíais verlos. Cada uno hace lo que mejor sabe y puede para ser mejor que los demás. Y los del borgo San Frediano son desde antiguo los que hacen los juegos más nuevos y raros. Y aquel año, desde luego que se superaron.

Dante ya era consciente, con atemperada desilusión, de que la historia no tenía nada que ver con los acontecimientos que realmente le preocupaban. Sin embargo, permaneció callado sin hacer además alguno de interrumpir. Ni siquiera cuando Chiaccherino hizo una pausa para tomar aire.

—Se les ocurrió mandar un bando por todos los rincones de la ciudad avisando de que cualquiera que quisiera tener noticias del otro mundo debería estar ese día sobre el puente de la Carraia y sus alrededores —continuó Chiaccherino—. Colocaron en el Arno barcas y balsas adornadas de tal forma que eran ¡una figuración del mismísimo Infierno! En verdad que era algo horrible, con esos fuegos, penas y martirios que no pueden ser muy diferentes allí mismo. Había hombres disfrazados de demonios, horrorosos de ver, que chillaban y daban ladridos como de perro y otras figuras de ánimas desnudas que estaban puestas en terribles martirios. Y daba miedo de verdad oír, entre el humo, gritos grandísimos y ruido como de tempestad; no sé cómo lo harían, pero era todo espantoso. Tan bien hecho estaba que se corrió la voz por todas partes y allí fuimos todos a verlo. Los que llegamos tarde, como yo, tuvimos que ponernos alrededor del río, porque el puente estaba lleno de gente. Y luego tuvimos que dar gracias a Dios por ello. Porque, como era de madera, no pudo con tanto peso y se rompió haciendo un ruido horrible y cayéndose al agua con quienes estaban encima. ¡Se ahogaron muchos! —dijo conmovido—. Todos lloraban y gritaban porque les parecía que entre los muertos podía estar su hijo, su hermano, su padre, amigos, qué sé yo...

Dante había respetado en silencio la narración de los pormenores de ese accidente que había acabado en 1304 con uno de los puentes de la ciudad y, al mismo tiempo, con un buen puñado de ciudadanos. Ahora se debatía en una nueva duda. O bien dejaba pasar la ocasión de recoger opiniones sobre los odiosos crímenes que debía investigar, provenientes de alguien tan bien enterado en acontecimientos ciudadanos, o bien mostraba un interés claro y directo por tales sucesos. Adoptó la segunda opción, aun a sabiendas de que ignoraba en quién podía realmente confiar y de los riesgos que suponía dar cualquier paso sin extremar la prudencia. Carraspeó e intentó adoptar cierto aire de indiferencia para cambiar de tema.

—Cuando mencionaste la palabra «infierno» pensé que te referías a otros tristes sucesos... muy recientes, de los que han llegado noticias hasta Bolonia —tanteó Dante con cautela, pero el criado permaneció mirándole fijamente, sin tomar la palabra, lo que le obligó a ser más explícito—. Me refiero a unos abominables asesinatos… «Crímenes dantescos» creo que los llaman —completó Dante, resignado a recurrir a este indignante calificativo que tanto le repugnaba.

—¡Dios santo! —exclamó Chiaccherino con cara de terror mientras se santiguaba—. ¡Hasta tan lejos han llegado tan horrorosas nuevas! Quiera el Creador en su inmensa bondad guardarnos de tales cosas. ¡Pero es mejor no hablar de eso, *messer*! Es todo obra directa del demonio.

El criado miró de reojo, como si temiera verdaderamente que toda la corte infernal apareciera en cualquier rincón de aquella habitación.

Dante confirmó, al menos, que había auténtico pánico en Florencia. Aquellos compatriotas suyos trataban de olvidar las penas que les atormentaban no hablando de ellas, como si eso las hiciera menos reales. Pero apenas se las sacaba a la luz, reaccionaban como conejos asustados, temerosos e impotentes.

—¿No crees que los asesinos sean hombres como nosotros? —preguntó Dante, un tanto burlón, evocando los delirios del predicador de Santa Croce.

—¡Como nosotros, desde luego que no! Y si son hombres —respondió Chiaccherino sin perder su gesto compungido—, tienen su alma tan perdida que en poco se diferencian de los demonios…

—Y se dice que los crímenes siguen fielmente escenas del libro que escribió uno de vuestros más afamados poetas —continuó tenaz Dante, con un oculto matiz de orgullo y sin hacer caso de aspavientos y mojigaterías.

El poeta reparó con ánimo burlón en todo lo que podría decir de sí mismo desde su anonimato, así como todo lo que podría escuchar. Nunca le había parecido muestra de excesiva virtud en un hombre hablar de sí mismo. Quizás ahora tendría utilidad para conseguir información.

—Sí…, las de un ilustre poeta desterrado entre los blancos —contestó Chiaccherino, que se mostraba un tanto nervioso—. Pero yo no soy hombre de letras… Poco sé de esas cosas…, lo que oigo y poco más.

—¿Y qué has oído sobre eso concretamente? —insistió Dante, que ya metido en materia estaba poco dispuesto a abandonar su presa.

—Pues se dice que aparecieron junto a esos desgraciados notas escritas por ese poeta… —dijo Chiaccherino con desgana—. Pero, ¿sabéis?, ¡es que lleva años a millas de distancia, si es que aún sigue vivo! No le deis vueltas a esto *messer* —completó con su característico cabeceo melancólico—. No es una cosa buena, no.

Dante desvió la vista, un tanto desolado, hacia el gran espacio abierto que marcaba el ventanal. Ya debería haber supuesto que para la mayoría esas notas habían salido de su puño y letra y su implicación debía de parecer más que evidente a los ojos de los florentinos sencillos.

—Cuatro misteriosos asesinatos… —dijo Dante, con la mirada perdida en el rectángulo de luz por el que penetraban los consabidos rumores urbanos y como si en realidad estuviera pensando en voz alta.

—Tres… ¡Y quiera Dios que no haya un cuarto! —puntualizó Chiaccherino.

—¿Tres? —preguntó Dante, con súbita extrañeza, volviendo a mirar al otro.

—Sí, *messer* —respondió éste, serio y con una incomodidad cada vez más visible—. A no ser que mi memoria me falle tanto como mi vista, así es.

—Vaya…, me habían hablado de cuatro —insistió Dante, algo intrigado por la omisión.

Chiaccherino miró hacia el techo y su gesto parecía delatar un recuento mental de cierta dificultad matemática. Tras un instante de pensativo silencio, volvió a tomar la palabra.

—Tres, *messer* —se reafirmó—. *Messer* Baldasarre de Cortigiani, el de los halcones. Ese otro…, un tal *messer* Bertoldo, y el mercader extranjero aplastado entre los escombros de la nueva Santa Reparata. Eso hacen tres, ni más ni menos… ¡Demasiados, diría yo!

—Y todos con sus correspondientes notas escritas —comentó Dante.

—Los tres —respondió el criado, más lacónico de lo usual y visiblemente molesto con los derroteros de la conversación.

Dante no quería aludir de modo directo al espantoso martirio de Doffo Carnesecchi, que no entraba en las cuentas de Chiaccherino. Una cosa era interesarse en unos sucesos tan notables que habían podido trascender más allá de las fronteras de Florencia, pero otra muy distinta era indagar sobre hechos cuyo conocimiento pormenorizado requería una familiaridad con la ciudad, impropia en un extranjero de visita. Y menos ante un chismoso como aquél, dispuesto a divulgar todas sus experiencias a cualquiera que le prestara oídos. Por eso el poeta se encerró en sí mismo recapacitando en silencio, casi olvidándose de la presencia de un Chiaccherino sorprendido por su actitud. Para Dante, el parecido de la escena del crimen del desdichado Doffo con su obra era tan evidente como en los otros tres casos. Claro que para llegar a esa conclusión se debía haber leído el «Infierno», algo que, obviamente, no estaba al alcance de Chiaccherino, de quien incluso dudaba que supiera leer. Otra opción era contar con un eficaz indicador externo que despejara las dudas incluso de los iletrados: las notas escritas. Si el criado no había incluido ese crimen concreto dentro de la infame serie era, entonces, porque no se había hablado en su ciudad de esa prueba consustancial a los hechos. En el caso de Chiaccherino, el desconocimiento de un evento público y notorio era un factor que tener poco en cuenta. Pero lo cierto es que las actas notariales recogían en los pormenores de este suceso la existencia de una nota escrita, aunque lo hicieran con una letra diferente y en una posición formalmente insólita. Decididamente, algo no encajaba; el poeta intuyó, abatido, que las dificultades iban a ser inseparables compañeras en cualquier paso que diera en sus investigaciones.

Dante salió de su ensimismamiento temporal en el mismo momento en que se produjo la tercera visita de la mañana. Ahora fueron dos golpes secos y rápidos en la puerta los que les sobresaltaron. Después, el visitante penetró con resolución en la estancia, sin pedir permiso y murmurando apenas un «saludos, poeta». Con ligereza, Francesco de Cafferelli se situó al otro lado de la mesa, justo frente a Dante, que le miró con la inquietud que siempre le producía la presencia de aquel joven. Permaneció de pie, tomando un par de uvas del frutero del que Dante

148

aún no había probado nada. El poeta se fijó en la venda de su mano izquierda y recordó la desagradable escena con el difunto Birbante. Sin mirarle, mientras mordisqueaba una uva, se dirigió al criado con firmeza señalándole el camino con un dedo extendido.

—Vete.

Chiaccherino, no menos sorprendido por la extemporánea aparición de Francesco, tardó un poco en reaccionar, embelesado, con la boca abierta, en la contemplación del joven caballero.

—¡Fuera! —rugió de repente Francesco.

Ahora sí que el sirviente reaccionó. Dejó caer la vara sobre la cama y de un salto se puso a la carrera camino de la salida, mostrando una agilidad sorprendente e insospechada para Dante en los momentos previos a la llegada de Francesco. Poco antes de que atravesara el umbral, Dante recordó algo y fue capaz de llamarle antes de que desapareciera definitivamente.

—¡Chiaccherino!

El sirviente frenó en seco, con un respingo y medio cuerpo ya fuera de la estancia. Se volvió dejando ver un rostro pálido y descompuesto.

—¿Sabes dónde están los «secaderos de los bueyes»? —le preguntó Dante.

—En las calles de los tintoreros, junto al Arno..., más allá de la puerta de Rubaconte —contestó nervioso—. Antes se llamaba puerta de los Bueyes porque por allí entraban las reses que desembarcaban del río.

Sin más demora, se escabulló entre las sombras con todas las energías que escatimaba para sus labores de servicio.

—Veo que ya habéis hecho amigos en vuestro retorno a Florencia, poeta —ironizó Francesco.

Volvió su mirada hacia aquel hombre, que, a su vez, le observaba con un gesto burlón que no llegaba a ser sonrisa. Le chocó oír su voz directamente dirigida a su persona. Era la primera ocasión en que parecía posible entablar una auténtica conversación, aunque albergaba serias dudas sobre que ésta pudiera ser muy cordial.

—Sólo trato de ser cortés con mis anfitriones —replicó Dante,

149

molesto con la hostilidad del joven y dispuesto también él a refugiarse tras un escudo de sarcasmo—, ya que algunos de ellos no parecen dispuestos a serlo conmigo.

Francesco no se quiso dar por aludido con ese comentario. Señaló con un gesto de la cabeza las bandejas repletas de alimentos que reposaban sobre la mesa.

—Quizá deberíais comer algo —dijo con actitud misteriosa—. Tenemos que salir apresuradamente.

Dante le interrogó con la mirada, pero no quiso darle la satisfacción de preguntarle directamente qué estaba sucediendo.

—Tenéis la oportunidad de conocer de primera mano uno de esos «crímenes dantescos» —sentenció Francesco, brusco e inmisericorde, congelando con aquellas palabras el alma de Dante.

Capítulo 29

Desde su retorno secreto a Florencia, era la segunda vez que Dante Alighieri salía del palacio del Podestà. Si anteriormente lo había hecho solo y con la emoción contenida del reencuentro, en esta ocasión lo hacía con el ánimo encogido y en compañía de Francesco de Cafferelli. Lo que parecía destinado a contemplar en esta segunda visita le generaba más desasosiego que expectación. Francesco había mantenido un malicioso hermetismo sobre los detalles del nuevo suceso. Dante, armándose de valor y más vencido por la angustia que por una verdadera curiosidad, le había interrogado al respecto, pero él se había limitado a contestar con un seco «ya lo veréis» que zanjaba cualquier amago de conversación y conservaba intacta para la desagradable sorpresa todos los detalles más macabros.

Encontraron dos caballos preparados a pie de palacio y sobre ellos comenzaron un peculiar paseo en el que Dante se limitaba a seguir a un acompañante silencioso que le hacía de guía un par de pasos por delante. Atravesaron las calles del centro en dirección sur, hacia el Arno. Miró al cielo y le sorprendió: azul y despejado, como si las nubes que habían formado parte habitual del paisaje se hubieran cansado de existir. Un patético contraste con su oscuro ánimo. Francesco le siguió guiando sin decir palabra. Al llegar a la orilla del río, enfilaron hacia la izquierda, donde destacaba la figura del puente Rubaconte. Este recorrido sin saber adónde ni para qué no cesaba de mortificar al poeta. Se preguntaba, desasosegado, qué parte de su obra habría sido mancillada. Recorría mentalmente sus círculos de angustia y dolor imaginando en qué punto concreto se habrían querido detener sus imitadores, con qué burla diabólica habrían manchado su fama y su prestigio. En un par de ocasiones, estuvo a punto de detenerse, al borde de plantarse y enviar a aquel joven soberbio y agresivo al mismísimo Infierno; se sintió tentado de abandonar todo y dejarse vencer, harto ya de tantas luchas estúpidas en las que no conocía más que el amargo sabor de la derrota. No obstante, siguió por inercia, por orgullo o por la simple convicción de que tenía un único bien que le sostenía y del que nada ni nadie podrían nunca hacerle renegar: ser el que era, Dante Alighieri, con todo lo que siempre había defendido a lo largo de su vida. Apuntalado en esa mezcla de rabia y dolor, desesperanza y orgullo, que había conservado sus fuerzas en los últimos tiempos, se mantuvo firme y erguido.

Atravesaron el puente Rubaconte y entraron en Oltrarno. Cuando al fin se vieron al margen de las vías más transitadas, Francesco inició con su montura un medio galope al que Dante respondió de igual forma. El poeta vio frente a él, en la cima del monte de las Cruces, la venerable figura blanca y verde de la iglesia de San Miniato y supuso que hacia allí se dirigían. No tardaron en llegar a las faldas del monte, donde ya se divisaba cierta aglomeración de personas. Según se aproximaban, Dante comprobó cómo aquella multitud se agrupaba en una especie de semicírculo alrededor de dos o tres árboles grandes y frondosos. Entre la muchedumbre y dichos árboles había un espacio vacío vigilado por varios hombres armados con ballestas. Poco antes de llegar, Francesco aminoró la marcha y, por primera vez, se puso a la altura de Dante requiriéndole que cabalgara despacio.

Al aproximarse, Dante distinguió con claridad a dos grupos diferentes de soldados. Se miraban entre sí con no menos precaución y aire amenazador que lo hacían con el grupo cada vez mayor de curiosos que observaban la escena. Supuso que unos eran hombres del *bargello*, aquellos que se distinguían por su aire chulesco y feroz y portaban amenazantes hachas. Los otros, que no querían quedarles a la zaga en cuanto a poses desafiantes, debían de ser los efectivos del vicario Guido de Battifolle, sus propios mesnaderos y algunos mercenarios cedidos por el rey Roberto. Se aproximaron a este último grupo procurando no hacer demasiado alarde de su presencia entre los transeúntes que se iban arremolinando y hacían crecer la marea de voces en un batir de múltiples gritos y comentarios. En el momento de ir a descabalgar, dispuestos a atar sus monturas en unos postes, la sangre se heló en las venas de Dante. Estuvo a punto de caer de su caballo, resbalando del estribo, cuando alcanzó a distinguir entre las ramas de uno de los árboles unos despojos sanguinolentos que debían de haber pertenecido a alguno de los miembros de la comunidad. Pie a tierra, Dante tuvo que contener una nueva náusea al asimilar la escena que se desarrollaba ante sus ojos. Oía voces a su alrededor, pero ni siquiera era capaz de distinguir entre los comentarios de horror e indignación que los testigos dejaban escapar por doquier.

Alguien había fijado una escala en aquel árbol, que tenía una altura de cerca de veinte brazas. Por ella se desplazaba un empleado del Comune, con el rostro encogido de asco y horror. Otro empleado, no menos afectado en su expresión, sujetaba la escala desde el suelo y miraba con espanto el montón sanguinolento que se acumulaba a sus pies. Un hombre trepaba y recogía alguno de esos restos, que dejaba caer de inmediato en la pila de despojos. En aquel charco de sangre y carne, Dante creyó distinguir una mano, tal vez un pie. Era una demencial carnicería que le hizo adentrarse en su memoria en busca de una escena de su «Infierno» a la que equiparar aquella tragedia. Tan atónito estaba que Francesco tuvo que asirle disimuladamente de sus ropas para tirar de él con el objetivo de acercarse al lugar donde se habían establecido sus tropas aliadas. Pasaron con cierta dificultad entre los curiosos sin que Dante perdiera de vista las operaciones de rescate y sin que su pensamiento diera vueltas a otra cosa que no fuera a ubicar la escena. Oyó la voz de su acompañante, un susurro cercano que le sacó a medias de su ensimismamiento.

—Cuando atravesemos toda esta masa, quedaos en primera fila. Procuraré estar cerca para que oigáis cuanto me dicen, pero no se os ocurra decir nada ni llamar en modo alguno la atención.

Dante murmuró una expresión de conformidad, con los ojos siempre fijos en el árbol maldito. Poco antes de llegar a la primera fila, Francesco volvió a dirigirse a Dante que, paulatinamente, parecía salir de su letargo.

153

—¿Queréis que pregunte algo en especial?

—No sé… —titubeó Dante—. Quizá si se conoce la identidad de… —dijo, sin decidirse a escoger ningún calificativo—. O si existe alguna nota escrita —añadió como si la idea le hubiera venido a la cabeza repentinamente, aunque estaba seguro de que existía.

Dante consiguió situarse en la primera fila de aquella muchedumbre indignada de curiosos que aumentaba progresivamente el tono de sus protestas. Desde allí pudo observar la presencia de otras figuras que miraban desde cerca los escabrosos trabajos de recogida de despojos. Una de esas personas, un notario de servicio, a juzgar por su apariencia, con la toga roja, hacía continuas anotaciones con su pluma sobre un tablero que, a modo de improvisado escritorio, sostenían dos sirvientes a ambos lados. Dante supuso que aquél debía de ser el tal *ser* Girolamo Bencivenni, cuyas actas le habían puesto al corriente y, al mismo tiempo, le habían intrigado. De buena gana se adelantaría a entablar una charla con él, aunque la situación y la prudencia lo desaconsejaran por completo. Francesco dio un par de pasos al frente y se internó en aquella tierra de nadie que custodiaban los guardianes. Dos de ellos también dieron un paso en su dirección, con gesto áspero y alzando sus amenazadoras ballestas; sin embargo, al momento lo reconocieron y volvieron a adoptar su posición de vigilancia. Francesco hizo un gesto a uno de los soldados para que se aproximara. Era un hombre recio y maduro de barba poblada en un rostro atravesado de parte a parte por una profunda cicatriz. El soldado, sin duda un sargento al mando de aquella patrulla, llegó hasta su altura e hizo un breve y desganado saludo militar. Tal y como Francesco le había asegurado, a poco que se abstrajera de las voces de sus vecinos y pusiera en ello su atención, Dante era capaz, desde su posición, de escuchar lo que ambos pudieran hablar.

—¿Cuánto tiempo lleva ahí? —preguntó Francesco sin más preámbulos, señalando hacia el árbol con un sencillo movimiento de la cabeza.

—¿Quién sabe? —respondió el soldado, que acompañó su voz ronca con un encogimiento de hombros—. Desde esta misma mañana…, desde ayer… No se puede decir hasta que no se sepa si alguien lo ha echado de menos antes. Porque por aquí no parece que venga mucha gente. De vez en cuando alguna doncellita que se pierde camino del pozo para venir a fornicar con algún paje —explicó guiñando un ojo—. Y si alguien lo ha visto antes, pudo pensar que eran los restos de algún animal atacado por un halcón, o de un gato descuartizado por los zagales.

—¿Quién lo ha descubierto? —dijo Francesco.

—Unos muchachos que correteaban por ahí dando patadas a un pelota de trapo. Uno de ellos se confundió y le dio una patada a eso —dijo, terminando la frase en una carcajada desagradable, mientras señalaba con el dedo un bulto situado junto al tronco del árbol.

Dante, tratando de no perder detalle de la conversación, siguió con la vista la estela que marcaba el dedo del soldado y se dio cuenta, con un respingo de repugnancia, de que aquello que señalaba era una cabeza.

—¡Se cagó encima! —continuó diciendo, risueño—. Seguro que se le han quitado las ganas de volver a jugar al aire libre.

—¿Lo ha reconocido alguien? —interrogó Francesco, serio y con brusquedad, dando a entender a las claras que no participaba de las bromas de su interlocutor.

—¡Ja! —respondió sin abandonar su tono burlón—. Como para reconocer eso… He visto cerdos en las matanzas de mi pueblo con mucho mejor aspecto.

—¿Ni por la ropa?

—Nada, no hay ropa —contestó el soldado—. Tan desnudo como Dios nos pone en el mundo.

Francesco miró de reojo, brevemente, hacia la posición que ocupaba Dante. Una vez que se hubo asegurado de que éste estaba en buena disposición de escuchar todo lo que se hablaba, continuó su conversación con aquel hombre.

—¿Ha aparecido algo extraño junto con el cadáver?

—No que yo sepa —replicó el sargento.

—¿No había ninguna nota escrita? —insistió Francesco.

—Pues, de momento no me…

En ese preciso instante, la atención de todos los presentes se dirigió bruscamente al empleado que trabajaba en lo alto de la escala, que comunicaba a gritos un nuevo hallazgo. La poca dis-

155

creción en su labor y su actitud escandalosa mostraban su intención de que todos los espectadores se enteraran bien de lo que había encontrado. Y dejaba claro que el hallazgo respondía a una expectación generalizada. Desenganchó de un tirón este trofeo de una de las ramas. Era un trozo de pergamino cuya visión generó un escalofrío en la espalda de Dante. Comenzó el descenso, desdoblando por el camino la nota recién encontrada. Antes de llegar al suelo, la mostró en alto a la concurrencia. Desde su primera fila, Dante volvió a oír la voz áspera del sargento.

—Ahí tenéis vuestra nota.

Y antes de que se retirara a su puesto, Francesco, señalando discretamente en dirección al notario, le dio una orden clara y tajante:

—Consigue esas actas para el conde. ¿Has entendido? Me da igual cómo lo hagas, pero lleva esas actas a palacio.

Apenas hubo tocado el suelo el indiscreto empleado del Comune, otra persona corrió en su dirección. Literalmente, le arrebató la nota, y se la llevó de inmediato al notario. Mientras tanto, en el gentío arreciaron las protestas, los improperios, imprecaciones, ruegos, maldiciones... Aquello bullía como una caldera a punto de estallar y Dante temió de veras que se produjera allí mismo un motín. Con la misma sospecha, los soldados tomaron posiciones: en esto coincidieron los dos bandos. Mostraban su neta disposición a emplearse con toda contundencia. Francesco se reintegró a la masa y volvió a tirar de Dante para salir de aquel maremágnum de desesperación e ira a flor de piel.

Mientras lo atravesaba, con tristeza y miedo, algunas frases sueltas se le clavaron en la conciencia.

—¡Otro crimen de ese maldito Dante! ¡Santa María, Madre de Dios! ¿Cuándo cesará este castigo? ¡Nos dejarán morir a todos como ratas! ¡Satanás se ha apoderado de Florencia!

El autor de aquellos gritos llamó sobremanera la atención de Dante. Se trataba de un individuo extrañamente apasionado que clamaba a las multitudes como si esperara de ellas algo más que un apoyo implícito. Era un hombre grande y desaliñado, de gesto torvo y rostro de truhán violento y sin escrúpulos. Tocado

156

con un bonete verde y mugriento de apariencia añeja, apenas ocultaba la falta de ambas orejas. Iba descalzo, portaba los restos de unas calzas sucias y roídas, y vestía su cuerpo con una casaca basta de color indefinido, agujereada y con las mangas arrancadas. El poeta observó que también le faltaba una mano, que le había sido seccionada limpiamente a la altura de la muñeca. Era un ladrón, carne de cepo y tajo, castigado y reticente. Su presencia y sus palabras, sus reivindicaciones y enardecidas quejas eran mucho más que sorprendentes. En aquel ambiente de tensión, algunos grupos se enfrentaban con gran violencia verbal. Se mostraban casi a punto de llegar a las manos, se recriminaban entre sí, defendían la opción política propia y escupían su odio hacia la de los adversarios.

—¿Qué hacen el Rey y sus lacayos para protegernos? —decían unos.

—¿A qué dedican nuestros impuestos el Comune y los corruptos que lo sustentan? —replicaban los otros.

—¿Encerrado en su lujoso palacio pretende proteger a los florentinos el vicario de Roberto? —vociferaban los contrarios.

—El *bargello*, ¿sólo sabe cortar cabezas de inocentes? —respondían con rabia los aludidos.

Recogieron los caballos y se fueron a galope sin esperar al desenlace. Y Dante no tuvo más remedio que reconocer, íntimamente, lo acertado de las predicciones del conde de Battifolle.

Florencia y todos sus ciudadanos se encontraban al borde de un cruento enfrentamiento. El camino de retorno fue aún más silencioso y sombrío que la ida, porque el mismo Dante, encerrado en su pesadumbre, tenía pocas ganas de hablar. Ni siquiera le quedaron ganas de protestar por el evidente retorno al palacio al que le dirigía Francesco, porque, en ese momento, dudaba de contar con fuerzas suficientes para seguir moviéndose por su ciudad.

Capítulo 30

$\mathcal{Y}$a en palacio, Dante no pudo hablar con el conde de Battifolle, aparentemente ocupado en otro tipo de obligaciones. Aprovechó para comer algo y tratar de descansar. Fue un desesperado intento de arrinconar los aspectos más horribles, aquellos que enturbiaban como la paja en el grano e impedían razonar convenientemente sobre los hechos. No volvió a ver a Chiaccherino y sintió cierta nostalgia de su locuacidad desmedida. Agradeció que Francesco tampoco volviera a aparecer por allí con su inagotable disposición a mortificarle. Sí que pidió, sin muchas esperanzas, hablar con *ser* Girolamo Bencivenni, a quien habían encomendado la desagradable misión de levantar acta de tales acontecimientos. Dormitó en su estancia hasta bien entrada la tarde y después recibió en sus propios aposentos las actas referentes a los espantosos sucesos cuyas consecuencias sus propios ojos habían visto aquella misma mañana. No le extrañó la noticia de que su autor, *ser* Girolamo Bencivenni, había partido aquella misma jornada en misión oficial al Mugello, con lo que le sería imposible entrevistarse con él. Algo en su interior le había prevenido de que su intento iba a ser infructuoso. Le desesperaba intuir que existía poco interés en aclarar las cosas cuando se intentaba profundizar un poco.

Pudo saber que, finalmente, bajo aquellos árboles del monte de las Cruces no había sucedido nada de importancia. Las protestas no habían pasado de ahí: un mero aullar a la luna que mantenía intactos la impotencia y el pánico entre los florentinos. Observó aquellos legajos con algo de inquietud. De lo que había visto ya se había formado su propia opinión. De lo que iba a leer esperaba una aparente aclaración que tal vez no serviría más que para ampliar su perplejidad. Con un suspiro, tomó aquellos folios toscamente encuadernados y los ojeó con rapidez. Buscó directamente aquello que había estado esperando conocer con mayor intriga. La inevitable nota escrita, cuyo contenido, entre lo esperado y lo incomprensible, aún le produjo mayor inquietud. Desde el momento en que tuvo la primera visión del horrible suceso había estado casi seguro de dónde encajar los hechos en su obra, a pesar de ciertos elementos contradictorios. La transcripción de la nota le confirmaba esa primera impresión. Pero ahondaba aún más en las contradicciones, porque se rompía de manera insospechada la minuciosidad con que los asesinos se habían empleado hasta ese momento. La aparición de un cuerpo entre las ramas de un árbol evocaba con claridad el canto XIII, que narra las desventuras del segundo recinto del séptimo círculo. Allí las almas condenadas germinan espontáneamente generando un árbol entre cuyo follaje están destinados a permanecer eternamente sus cuerpos terrenales desde el día mismo en que hayan tronado las trompetas del Juicio Final. Pero el hecho de que el cadáver hubiera quedado hecho pedazos desorientaba notablemente a Dante. Aquello se apartaba de manera impensada de la redacción de su obra. Ahora, la nota escrita, que releía una y otra vez con perplejidad, corroboraba aquel error, aquella curiosa desviación de sus palabras: «Como todos, vendremos por nuestros despojos, / pero no para que alguno los vista de nuevo, / no es justo que el hombre posea lo que se quitó. / Aquí los acarrearemos y en esta triste / selva quedarán desmembrados y deshechos, suspendidos / cada uno del endrino a cuya sombra se atormenta».[17]

«Desmembrados y deshechos…» Así es como habían quedado aquellos restos. Pero eso no pertenecía a la intención ni a la redacción de su obra. Dante era consciente de la amplia difusión que su obra había alcanzado y lo que ello necesariamente suponía. El proceso de reproducción de copias, a mano, conllevaba inevitables riesgos en cuanto a la fidelidad a los contenidos originales. Un amanuense podía confundir una palabra, una frase, y perpetuar su error en las sucesivas copias que se hicieran tomando su trabajo como original. Cualquier autor era consciente de que era casi imposible que sus palabras, desde que bro-

159

taban de su pluma hasta su reflejo en una copia reciente, se mantuvieran intactas. Dante tampoco podía mantener en su memoria la literalidad de todas sus frases. Ni lo había intentado con el texto de las otras notas que, sin problemas, había aceptado como propio ni lo hubiera hecho con ésta si simplemente se tratara de una cuestión de transcripción. Porque implicaba algo más, un matiz completamente ajeno a su intención; no obstante, lo más sorprendente y que no dejaba de asustar al poeta era que esa variación no resultaba en absoluto fortuita. Aunque fuera absurdo, parecía que los asesinos habían introducido esos cambios recurriendo a imágenes que el propio Dante había barajado como hipótesis en sus borradores. En ese bosque sombrío al que se hacía referencia se castigaba a aquellos que habían atentado contra su propia existencia, que habían despreciado el máximo don concedido por el Creador. Dante había imaginado, para su actitud culpable, que el día glorioso de la Resurrección, cuando todas las almas acudieran a vestirse con sus envolturas terrenales, ellos quedarían al margen de volver a disponer de algo que tan descuidadamente habían rehusado. Ese cuerpo vacío quedaría desmadejado e inútil, sin conexión con sus almas, suspendido en las ramas de su árbol, sometido eternamente a los bamboleos sin sentido propios del ahorcado. Y Dante recordaba que, alguna vez, en un bosquejo, borrador o proyecto —de eso no podía estar seguro— había decidido, para acentuar el efecto, que esos cuerpos, desaprovechados e inservibles, permanecerían deshechos para impedir cualquier uso. Luego, había rechazado tal posibilidad por superflua, conquistado por la nueva idea de que un cuerpo intacto y completo resaltaba aún más la gran desolación del alma, impotente para utilizarlo de nuevo a causa de un acto tan cobarde como el suicidio.

Respecto al resto de los datos que se aportaran, bien poco importaban ya en realidad. Nada aclaraba la identidad de la víctima y nada se le podía achacar para recibir tal castigo, porque, evidentemente, no era un suicida. Este crimen eliminaba, en la práctica, la viabilidad de buscar vínculos entre el *modus operandi* y las características personales de la víctima. Estaba firmemente convencido, además, de que tampoco el orden marcaba líneas maestras que seguir por los criminales. Y ahora ni siquiera respetaban la literalidad de sus palabras. Pocas certezas para conducirle a una única evidencia: los asesinos no contaban con su obra como una guía con la que cometer sus delitos, sino que más bien planificaban sus desmanes para que éstos se adaptaran al «Infierno». Una conclusión que, en verdad, servía de bien poco en ese momento.

Capítulo 31

—¿*E*stáis seguro? —preguntó el conde de Battifolle con cierta perplejidad en su rostro.

Dante había insistido hasta conseguir ser recibido por el vicario de Roberto aquella misma noche. Le había expresado sus dudas y certezas y con ello lo poco que hasta el momento había sacado en claro.

—¿Cómo no iba a estarlo? —replicó—. Además, vos mismo podéis comprobarlo, ya que conocéis mi obra. Aunque —completó—, parecéis defraudado por ello.

—No se trata de eso, por supuesto —respondió el conde con presteza—. Sólo que reconoceréis que, dados los antecedentes, resulta bastante extraño que los autores de esta barbarie cometan tales errores.

El conde de Battifolle permanecía sentado ante su escritorio. Francesco también estaba presente. El vicario real parecía cansado. A veces apoyaba la cabeza sobre sus manos, con los brazos acodados sobre la mesa. Su rostro era serio y Dante supuso que estaba preocupado, tal vez afectado por el conato de algarada popular que había provocado el último crimen.

—Quizá no se equivocaron —reflexionó Dante—. Quizá simplemente les venía bien transformar unas palabras para adaptarlas a su crimen.

—¿Qué queréis decir? —preguntó Battifolle con gesto confuso.

—Que estoy convencido de que mi obra no es la inspiradora de sus crímenes —contestó Dante con cierta pasión—. Son ellos los que actúan buscando premeditadamente que se puedan identificar. Creo que, incluso, ni siquiera escogen a la víctima, sino que ajustan la escena a las circunstancias que más les convengan —añadió con convicción.

—Pero ¿con qué fin? —dijo Battifolle.

—No lo sé —replicó Dante—. Quizá para sembrar el pánico. Ya sabéis lo que ha ocurrido esta mañana… o lo que ha estado a punto de ocurrir. Pero no comprendo por qué eligen mi trabajo para sus despreciables fines.

—Tal vez sea por motivos estéticos —apuntilló Francesco con hiriente mordacidad—. Quién sabe si no tendrá éxito eso de «dantesco» para referirse a escenas semejantes en el futuro.

Dante miró a Francesco tratando de aparentar indiferencia.

—Cesco… —terció el conde para moderar a su pupilo. Lo hizo sin abandonar su seriedad, dejando bien a las claras sus pocas ganas de bromear. Después, se dirigió de nuevo a Dante—. ¿Estáis hablando de una conspiración?

—Tal vez, no sé… —dudó Dante, sin querer comprometerse en una cuestión tan delicada—. Aún no podría asegurarlo. Necesitaría más tiempo.

El conde movió su pesado cuerpo hacia atrás, dejó escapar un suspiro y luego miró fijamente a su interlocutor.

—Tiempo… ¿Sabéis por qué no os he podido atender antes? —dijo—. He recibido a una delegación secreta de notables ciudadanos muy indignados, pero, sobre todo, muy asustados —matizó con énfasis—. ¡Me piden que acabe con esta crueldad! Recelan de la diligencia de sus gobernantes y solicitan ayuda de su protector, el rey Roberto. Pero pasan por alto que su protector tiene las manos atadas, precisamente por esos gobernantes y la deslealtad hacia su señor. Los mismos que están dispuestos a revocar su señoría a dos años del plazo acordado —recordó el conde con vehemencia—. No es tiempo lo que nos sobra, Dante… Los idus de octubre están cercanos. Si en esa renovación de priores no hay un nuevo equilibrio, si aguantan y se refuerzan en el poder los mismos que hoy lo acaparan, entonces no habrá nada que hacer por nuestra parte. Y no dudéis de que Roberto abandonará Florencia a su suerte.

Dante escuchó mudo, incapaz de protestar ni decir palabra. Ni siquiera cuando la siguientes frases del vicario le sonaron

163

imperativas y le dieron la impresión de que su misión había pasado en poco tiempo del grado de favor al de obligación.

—Seguid investigando mañana, pero recordad que el tiempo no juega en absoluto a nuestro favor —afirmó con voz firme, para concluir con una despedida que zanjaba la charla—: Podéis retiraros.

Capítulo 32

*A*l día siguiente, Francesco se presentó temprano dispuesto a ser la sombra de Dante en sus movimientos por la ciudad. Se pusieron en marcha de inmediato. A decir verdad, Dante no llevaba una idea muy clara de por dónde comenzar a investigar. Pensó que quizá pudiera observar algo fuera de lo común en aquellos secaderos junto al Arno a los que tan misteriosamente había aludido el predicador demente. Convenció, con no poco trabajo, a su joven escolta de las ventajas de ir a pie, de eludir al menos una importante cuota de la atención que pudiera suscitar su presencia a caballo. El tiempo, que volvía a ser lluvioso a intervalos y algo fresco, les permitió cubrirse con unos sencillos y discretos capotes que disimulaban aún más sus figuras. Lo que no consiguió fue que prescindiera de sus armas. Ocultas bajo la capa podían salvar los recelos de aquellos con los que pudieran conversar. Francesco no estaba dispuesto, de ningún modo, a permanecer indefenso, con las manos desnudas, en una ciudad que se había vuelto tan peligrosa como aquélla. Y Dante no insistió porque, quizás en el fondo y tras las experiencias vividas, comprendía que tenía razón. Partieron cuando las calles aún no daban muestras de bullicio, cuando parecía impensable que en poco tiempo todo aquello pudiera estar atestado.

Florencia se mantenía a flote a costa de sus propias ambigüedades. Mientras estaba apenas animada por unos pocos transeúntes parecía una ciudad azotada por una terrible maldición que vaciaba sus calles, pero cuando los florentinos abandonaban sus casas y se hacinaban en plazas y caminos, transmitía la impresión de que no había nada en el mundo que pudiera trastornar el modo de vida de aquellas gentes laboriosas. Quizás era la forma que tenían de demostrarse unos a otros su fuerza, el temple con el que habían contribuido a que su patria sobreviviera a todos los desastres.

Francesco caminaba serio y callado. Miraba con frecuencia hacia ambos lados con desconfianza, visiblemente incómodo lejos de su montura. Para Dante, esa situación suponía un evidente acercamiento hacia aquel hombre que, descabalgado, parecía haber descendido del Olimpo de los seres soberbios hasta la cruel arena donde se agitan los mortales con sus zozobras y temores. Quizá por eso, y también porque consideraba absurdo caminar toda la jornada con alguien sin cruzar palabra, se decidió a iniciar una conversación.

—Francesco, creo que casi te doblo en edad. ¿No te importará, pues, que te tutee? —preguntó con suavidad.

—Podéis hacer lo que deseéis, poeta —le respondió con indiferencia, sin volverse y sin dejar de caminar.

—Poeta… —repitió Dante con una leve sonrisa—. Es curioso…, lo soy, sin duda; sin embargo, parece que utilizaras esa palabra como un insulto.

Francesco se limitó a observarle de reojo mientras proseguía su camino. Al llegar a la plaza de Santa Croce, Dante no pudo reprimir una mirada en derredor, como si esperara encontrar de nuevo a aquel predicador enloquecido. Era algo así como aferrarse a la esperanza de un mal sueño; pero no lo vio. Había algo en el barrio de Santa Croce que transpiraba religiosidad, no siempre ortodoxa. Era más bien una espiritualidad mística y ambigua que hacía flotar cierta sombra de sospecha continua sobre los diversos penitentes y beatos que allí se cobijaban. Pero, además, Santa Croce supuraba también pobreza, una miseria forzada y sublevadora en la que los franciscanos habían querido integrar su ideal de pobreza voluntaria desde la influencia que irradiaba su convento. La realidad mostraba que era difícil compaginar los pensamientos y experiencias vitales del pobre involuntario con los de aquel que ama la pobreza por un ideal religioso.

—¿No creerás tú también que mi poesía mata? —continuó Dante en tono burlón—. Te aseguro que cuando las musas tienen a bien visitarme no suelen infundirme pensamientos especialmente criminales. De hecho, de todas las actividades que he podido realizar a lo largo de mi existencia, creo que la poética es la más inofensiva.

—Estoy de acuerdo en eso —dijo bruscamente—. Al menos no implica destierros, sufrimiento y miseria como las otras.

Dante se detuvo en seco y fue imitado por su acompañante. Cruzaron sus miradas. No vio odio. Si acaso una infinita carga de amargura.

—No he procurado a nadie más sufrimiento y miseria que a mí mismo, te lo aseguro —se defendió Dante—. Y nadie ha sufrido destierro bajo mi responsabilidad, sino yo mismo y mi propia familia, con la excepción, tal vez, de aquellos pocos que desterramos durante mi desgraciado mandato entre los priores. Pero, ya ves —añadió con ácida ironía—, unos hubieran sido expulsados de cualquier forma poco después, y los otros retornaron a Florencia tan pronto como les vino en gana. En cualquier caso, todos los que partieron cuando yo lo hice habían tomado su partido y lo hicieron sin dejar pisotear su orgullo.

—¿Orgullo? —replicó Francesco sin apasionamiento ni verdadera beligerancia, como si simplemente repitiera en voz alta algo que se había dicho para sí cientos de veces—. ¿El orgullo de sentirse desarraigado de familia y amigos, marcado como un leproso por los tuyos, traicionado y despreciado por aquellos que se supone son tus nuevos aliados? ¿El orgullo de vagar sin horizonte, de vivir permanentemente en la desconfianza? Poca ventaja podéis sacar de ese orgullo…

Dante echó a andar de nuevo y fue seguido por Cafferelli. Comprendía que Francesco se debía de sentir como un luchador entre bandos, dispuesto siempre a golpear a cualquiera de ellos, pero indudablemente también cansado de hacerlo. Así era difícil encontrar partido o consuelo a su rencor.

—Francesco —comenzó Dante a hablar de nuevo, con suavidad y sin aminorar el paso—, no traté nunca directamente con tu padre, como tampoco lo hice con muchos otros de los que compartieron conmigo tan triste destino. Confieso no haber oído en su momento hablar de vuestro caso, pero te aseguro que no es tan exclusivo como puedes pensar en tu justo resentimiento.

—Vano consuelo... —murmuró Francesco.

—Si me permites decirlo —siguió Dante—, tu padre debió de ser un hombre honorable y valiente. No reproches a su memoria no haber sabido arrimarse a una sombra más confortable, porque te aseguro que, en esas circunstancias, esa soledad le engrandece aún más.

Francesco apretó los dientes, pero no dijo ni una sola palabra. No obstante, Dante procuraba medir sus palabras, consciente de que el violento temperamento de su interlocutor podía desbordar en cualquier momento sus barreras de contención.

—Cuando fui condenado —explicó Dante—, me encontraba lejos de Florencia. Recibí la noticia en Siena y me vi, de la noche a la mañana, alejado de mi casa y separado a la fuerza de los míos. No tuve tiempo de salvar patrimonio alguno. Mis enemigos arrasaron mi casa y se dieron buena prisa en saquear todas mis posesiones. A duras penas, mi esposa, emparentada con los mismos Donati, fue capaz de conservar algo con lo que mantener decentemente a la familia. Ha querido Dios que pudiera contar con mi muy querido hermano, que se llama como tú —añadió con una sonrisa— y que más de una vez, desde aquí, se ha sacrificado con su esfuerzo para ayudarme en la distancia.

Dante se interrumpió un momento al divisar en su camino a un grupo de mujeres que caminaban con la cabeza humildemente agachada, encogidas en sus sayas de color marrón: el tono que el santo Francisco había elegido para sus hábitos, el color de la pluma de la alondra o de la tierra, que para el de Asís era «el elemento más vil». Eran *pinzochere*, mujeres que renunciaban al matrimonio para dedicarse a obras más espirituales. Probablemente, regresaban de sus labores de limpieza en la iglesia franciscana, donde todas las mañanas, al alba, accedían por una pequeña puerta abierta en el muro septentrional del templo. Después, se recogían en el cercano monasterio de Santa Elisabetta. No faltaban malintencionados que murmuraban que aquella puerta permanecía abierta también por la noche para permitir un tráfico no precisamente decente entre los conventos masculino y femenino. El poeta se volvió para mirar a su compañero, que caminaba en silencio. No se veía capaz de discernir si ese silencio era muestra de respeto o de indiferencia. A pesar de todo, siguió hablando.

—Yo también me vi solo, Francesco, pero a diferencia de tu padre, no tuve el valor o la templanza de afrontar mi destino. Me arrimé a los más poderosos de entre los nuevos exiliados, incluso a algunos linajes proscritos mucho tiempo atrás, como gibelinos y rebeldes. Pensé que luchando sin cuartel podríamos recuperar nuestros derechos y ciudadanía, porque eran momentos de desesperación y rabia, pero me equivoqué. Algunas compañías es mejor no frecuentarlas ni siquiera cuando te ves ahogado por la desesperación. Demasiado tarde, quizá, comprendí la ingratitud, la necedad y la maldad de algunos de los que engrosaban mis propias filas. Me di cuenta de que no necesariamente todos los que están en tu parte son honorables por el mero hecho de estarlo. Así pues, decidí tomar partido por mí mismo. Para llegar al mismo sitio que tu padre, Francesco, había perdido un tiempo precioso por el camino —añadió con tristeza—. He mendigado hospitalidad de lugar en lugar, ofreciendo a veces mi peor cara, envileciendo mi imagen ante otros que, tal vez por la fama y lo que les había llegado a sus oídos, me imaginaban de otra forma más noble. Y sospecho que eso mismo ha hecho disminuir de valor toda obra mía, tanto las concluidas como las que estuvieran por hacer. Ya ves lo que está sucediendo ahora mismo en Florencia…

Resumir en pocas frases lo que había sucedido desde el momento en que tuvo constancia de su condena no resultaba tarea fácil. Era imposible transmitir o siquiera sugerir el sentimiento de impotencia, injusticia y desamparo; la precariedad en que se había visto sumido, con escasísimos medios de subsistencia. Todo aquello le había empujado a integrarse en el *Consilium et Universitas Alborum*, el estado mayor de los blancos, que daba acogida a ilustres rebeldes gibelinos. La desilusión de los primeros reveses militares había empezado a aniquilar la tenue esperanza de Dante en aquellas filas ineptas e indisciplinadas, obligadas a convivir por el objetivo común de retornar a Florencia, pero sintiendo a veces más odio entre ellos mismos que hacia sus enemigos de intramuros. Comprendió pronto que la victoria sólo podría alcanzarse con una sutil actividad diplomática.

Había convencido a todos de la necesidad de adoptar una tregua. La dolorosa derrota en Castel Pulicciano frente al implacable *podestà* florentino, Fulcieri de Calboli, marcó el final de muchas cosas y entre ellas de la influencia y liderazgo de Dante en la *Universitas Alborum*. Entonces, tuvo que sufrir la amargura de las recriminaciones. Lo peor llegó cuando la insidia y la calumnia golpearon como un látigo en su espalda y tuvo que llegar a escuchar que se había dejado corromper por el oro florentino. Ése fue su definitivo adiós a aquella turba que se le había hecho repugnante.

—No por eso dejasteis de participar en dudosas aventuras —espetó de repente Francesco.

—Si lo hice fue porque creí que con eso beneficiaba a la mayoría y porque sinceramente estoy convencido, como bien me enseñó mi maestro Remigio, de que el ciudadano debe amar a su ciudad más que a sí mismo —respondió sin volverse—. Tal vez ahí también me equivoqué.[18]

—Quizá sea, entonces, vuestro castigo por la parte que os corresponde entre tanta discordia —afirmó Francesco, pero en sus palabras no había verdadero rencor y Dante quiso pensar que, tal vez, ni siquiera auténtico convencimiento.

—Si la discordia está entre mis pecados, creo haber pagado cumplida penitencia. Ya ves que ahora ya no quiero más que retornar a mi patria. Ni poco ni mucho me importa quiénes gobiernen o quiénes dejen de hacerlo. Ante Dios me he comprometido, hace tiempo, a no volver a inmiscuirme políticamente en los asuntos de esta república. Dejemos que cada uno viva el tiempo que le haya sido dado, libre o esclavo, con su propia verdad.

Dante daba por zanjada la cuestión, interesado como estaba en dedicar todos sus pensamientos a aquel otro asunto que les ocupaba. Francesco así lo entendió y aportó también su silencio, como si cada uno de los dos caminara por un mundo distinto y, aunque físicamente juntos, sus pensamientos estuvieran a muchas millas de tocarse. Enfilaron por la vía donde los Benci habían establecido sus casas, en línea con el puente de Rubaconte, y dejaron a un lado la puerta del mismo nombre, que abría paso a la antigua muralla comunal, para adentrarse en la vía de los Tintoreros. La cercanía del Arno era evidente y un tenue olor a agua estancada se mezclaba con otros aromas aún menos agradables, producto de la actividad que por allí se desarrollaba. Se encontraban al sur del amplio espacio ocupado por la iglesia de Santa Croce y su monasterio. Un espeso peine de callejuelas estrechas anunciaba un camino tortuoso y poco seguro hacia el templo si alguien quisiera acortar desde allí.

Los dos caminantes siguieron a un paso moderado por la vía de los Tintoreros, cruzándose aquí y allá con personas atareadas que acarreaban bultos y caminaban a un paso bastante más apresurado que el suyo. Llegaron a un espacio más amplio, una plazuela en la que los signos de actividad se convertían en un bullicio completo. Ésos debían de ser los secaderos. Había cuerdas cruzadas, asidas en palos o clavos afianzados en las paredes, en las que los trabajadores exponían tejidos al sol. Otros estaban directamente tendidos en el suelo, encharcando el piso. Chorreaban tejidos retorcidos con fuerza entre dos o tres personas; otros, con palos, golpeaban lienzos extendidos que estallaban a cada golpe en una nube de gotas sucias. Al otro lado de la plaza, un enorme pilón servía para que otros obreros atareados empaparan y aclararan sus tejidos y sus lanas, sus pieles o cueros.

Hacia el sur, desde el río, había otros, con el esfuerzo pintado en el rostro, que cargaban con cubos repletos de agua. Los volcaban en la pila, se paraban secándose el sudor y volvían después a perderse en dirección al Arno. Desde su posición, inmóvil, Dante examinó la plaza tratando de ver más allá del movimiento, de la actividad febril que la animaba. No se le escapó un detalle que no acababa de encajar en ella. Tres figuras, embutidas en similares sayas de color gris, daban vueltas a la plaza, parándose entre grupos de trabajadores, entablando conversación con algunos de ellos. Beguinos, sin duda, pensó el poeta. Quizás eran los mismos que tan mala opinión merecían para aquel pobre loco de Santa Croce. Meditó sobre la forma de dirigirse hacia ellos sin levantar demasiada atención; sin embargo, no habían pasado desapercibidos. Un variopinto grupo de ociosos, no demasiado numeroso, permanecía agrupado en una esquina del enorme pilón y llevaba tiempo con la vista fija en

171

los dos forasteros allí parados. Mientras los tres beguinos abandonaban la plaza en dirección a las callejuelas del norte, percibió
cómo uno de los elementos de aquel grupo se había separado y,
con paso firme aunque no muy precipitado, se acercaba a ellos.
El poeta sintió cómo Francesco adoptaba una posición tensa y
esperó, sin moverse, a que aquel hombre llegara hasta su altura.

Capítulo 33

—*B*ienvenidos a nuestro humilde barrio, nobles señores —les saludó el hombre con una reverencia exagerada, rayana en lo burlón—. Si os puede ser de ayuda, Filippone, que soy yo, está a vuestro servicio.

Dante se le quedó mirando con estupefacción. Era un hombrecillo vestido con roídas y descoloridas vestiduras, con cara de pícaro y una desenvoltura que recordaba los modales de un bufón de corte. Filippone debía de haberse erigido en portavoz de aquel grupo que, algo más distante, les miraba con interés; no obstante, Francesco no dio muestras de estar tan impresionado. Le habló con brusquedad, sin mostrarse intimidado.

—¿Qué hablas de nobles señores? ¿Acaso parecemos barones en viaje de placer a tu asqueroso barrio? ¿Qué te hace suponer tanta grandeza?

—Vuestras capas… —confesó el tipo, algo balbuciente, pero sin perder la sonrisa tímida—. Por aquí somos todos gente del oficio y sabemos distinguir un buen paño sólo con verlo —añadió alargando la mano hacia su vestido, pero sin atreverse a tocar el tejido.

—Hay muchas maneras de conseguir un buen paño sin tener que haber nacido en un palacio —replicó seco Francesco, dándose cierto aire de rufián.

Dante comprendió que aquel truhán era difícil de engañar. El hambre y la miseria eran mejor escuela para la vida en la calle que los claustros que él había frecuentado. Lo que ellos habían tomado por una sencilla y discreta vestidura quedaba, a las primeras de cambio, desacreditada como disfraz.

—De todas formas —prosiguió incansable Filippone con una amabilidad que rezumaba hipocresía—, si queréis cualquier cosa… Mano de obra barata… —dijo, abarcando la plaza con un movimiento de mano—. Para el oficio de la lana o para cualquier otro…

La ambigüedad de tales palabras y los posibles trabajos que sus camaradas podrían estar dispuestos a realizar estremecieron a Dante. Filippone, al no obtener respuesta inmediata, insistió por otro camino.

—¿Mujeres?… —dijo—. ¿Hombres? —añadió guiñando un ojo con malicia.

Dante reaccionó rápidamente para contener la previsible reacción de Francesco, y le puso suavemente una mano sobre el hombro. De reojo, vio cómo su acompañante apretaba los dientes y crispaba el semblante.

—Información —terció rápidamente el poeta—. Queremos información. Y pagamos por ello, por supuesto.

La última frase iluminó los ojillos de Filippone.

—¡Claro! Todo lo que esté en mi mano, *messer*… —respondió.

Dante introdujo su mano derecha bajo la capa y rebuscó en su bolsa, cargada con parte de la provisión de fondos que el conde de Battifolle había puesto a su disposición. Aquel movimiento no agradó demasiado a Francesco, que no perdía de vista la posición de aquel grupo lejano. Dante extrajo un par de aquellos bargellinos que el rapaz Lando había puesto en circulación y los mostró en la palma abierta a su interlocutor, aunque sin permitir que éste los cogiera.

—¿Qué sabes sobre esos beguinos que daban vueltas por la plaza?

El hombre, después de mirar las monedas, dirigió su vista hacia Dante mostrando cierto desencanto.

—No sé… —respondió evasivo—. Hay tantos beatos y pordioseros con hábito dando vueltas por la ciudad…

Dante sonrió, pues comprendió de inmediato el mensaje. Cerró la mano con las monedas dentro y volvió a introducirla bajo su capa, mientras el hombre observaba los movimientos con desconsuelo apenas disimulado. Acto seguido, el poeta volvió a sacar la mano y, en esta ocasión, su palma dejó ver cinco de aquellas monedas. Los ojos de Filippone se abrieron de par en par y sus pupilas, cargadas de avaricia, no pudieron evitar clavarse en ese lugar bajo la capa del que parecían proceder aquellas monedas. Sin duda, imaginaba una bolsa repleta y suculenta.

—Yo no hablo de la ciudad —dijo Dante con rotundidad—. Hablo de esta plaza. Si por aquí se mueven unos beguinos, dudo mucho de que haya otros distintos haciéndoles la competencia.

—No —dijo, con una risita nerviosa, mirando alternativamente a los dos visitantes—. Tenéis razón. Son nuestros beguinos, por así decirlo. Pero yo…, bueno, apenas he tenido contacto con ellos… —añadió con una duda fingida que le hacía aumentar sutilmente la tarifa de sus servicios.

Dante sonrió de nuevo, meneando la cabeza. Volvió a esconder la mano entre los pliegues de sus ropajes, pero lo que dijo esta vez no resultó en absoluto del agrado de aquel hombre.

—Tiene razón —afirmó el poeta dirigiéndose directamente a su acompañante que, serio y alerta, permanecía como testigo mudo de este peculiar tira y afloja—. Será mejor que busquemos a alguien que sepa más de la cuestión.

—No, no, esperad… —atajó rápidamente Filippone—. Aunque no sea mucho, algo habrá de interés que sí os pueda contar.

El pícaro Filippone extendió al mismo tiempo la mano, dando a entender que, por fin, había un precio que consideraba justo. Sin abandonar la calma, Dante volvió a sacar la mano y, pausadamente, dejó caer sobre la palma mugrienta y callosa del hombre tres monedas. Éste le miró con un gesto de perpleja protesta.

—Como bien dices —habló Dante para aclararle sus dudas—, si no tienes mucho que contar, tampoco debes recibir mucha recompensa a cambio. Claro que, si lo que nos dices es verosímil e interesante, te aseguro que recibirás el resto.

El tipo transformó su gesto en una mueca de conformidad. Asintió y, de momento y por si acaso, escondió las monedas entre sus andrajos.

175

—¿Qué sabes sobre esos beguinos? —volvió a preguntar Dante.

—Los llaman los «franceses»; no llevan demasiado tiempo por aquí —empezó Filippone—. Menos de cuatro meses.

—¿Son todos franceses? —interrumpió Dante con extrañeza.

—Supongo —aventuró el hombre—. O al menos así los llaman.

—¿Qué hacen por Santa Croce? —preguntó Dante.

—Lo que siempre hacen ésos —dijo Filippone—: rezar, mendigar y esas cosas. Cuentan que son gente del oficio, como nosotros. Sobre todo tintoreros. Pero yo no he visto nunca trabajar a ninguno de ellos —añadió guiñando un ojo.

—¿Viven entonces de mendigar? ¿Son muy generosas por aquí las limosnas? —preguntó Dante, con visible escepticismo, mirando a su alrededor.

Su interlocutor rio con ganas por su comentario.

—Estamos más para recibir que para dar, es verdad; aun así, algo deben de sacar.

—Y ellos, ¿qué dan o qué ofrecen a cambio? —preguntó Dante.

Filippone volvió a reír, pero su risa escondía un comportamiento claramente evasivo.

—¡Lo de siempre! Rezan por nuestra alma, aprendemos lo bien que lo vamos a pasar después de muertos… Todas esas cosas, ya sabéis…

—¿Y nada más? —insistió Dante, haciendo tintinear las dos monedas que conservaba en la mano—. Para eso ya tenéis a los franciscanos.

—¡No! Sólo cosas de ese tipo —confirmó Filippone en un intento de dar a sus palabras una credibilidad que su nerviosismo traicionaba.

—Y, ¿dónde habitan esos «franceses»? —inquirió Dante.

—Bueno, creo que hacia San Ambruogio —comentó, mirando sin disimulo hacia la mano donde tintineaban las monedas de Dante—, pero no recuerdo muy bien dónde…

Dante, un poco cansado de aquel juego, abrió la mano y el hombre recogió las dos monedas con avidez.

—¡Ah, sí! Es bastante antes de San Ambruogio —completó con el mayor descaro y una amplia sonrisa—. Si recorréis la vía de los Pelacani[19] hacia el norte, os encontraréis enseguida con su refugio. Allí mismo hay un pozo viejo del que yo no bebería.

—De acuerdo —dijo Dante, con desgana y convencido de que poco más podría sacar de aquel bribón—. Eso es todo. Ve con Dios.

Por un instante, Filippone dudó, como calibrando las posibilidades de algún plan. Luego, habló sin abandonar sus falsos buenos modales.

—Esperad, no os vayáis. Si venís conmigo, creo que podría encontrar quién os dé más información.

Acompañó sus palabras con tales aspavientos y gestos con los brazos que Dante comprendió de inmediato que estaba haciendo algún tipo de seña. Francesco también estaba al tanto de la situación. Algo había estado esperando, porque en todo momento había vigilado para tener la retaguardia despejada. Ahora, miraba fijamente hacia el grupo del otro lado de la plaza. Dos elementos se habían separado de él y se internaron en las callejuelas más cercanas.

—No es preciso —contestó Dante—. Déjanos.

Filippone parecía muy decidido a seguir adelante con sus proyectos y, sin aceptar la negativa, insistió en su demanda, empezando a tirar del brazo de Dante.

—Será un momento —perseveró—. Seguro que conseguís valiosa información.

A Dante no le quedó ninguna duda respecto a las intenciones de Filippone. Su rudimentario plan debía de consistir en internarlos por aquellas callejuelas medio escondidas, a resguardo de miradas indiscretas, y allí, con la ayuda de sus compinches, saquearlos sin oposición. Ahora fue Francesco el que reaccionó con celeridad. Con un movimiento fugaz atrajo hacia sí a Filippone y, con la misma agilidad, le agarró con fuerza y con su mano izquierda por la entrepierna. Dante quedó casi tan sorprendido como el propio Filippone que, boquiabierto y pálido, era incapaz de pronunciar una sola palabra. Con la mano libre, Francesco abrió ligeramente la capa, lo justo para mostrar a su oponente la empuñadura de la daga que le colgaba del cinto. De esta forma, manteniéndole muy cerca de sí, evitaba que nadie se percatara de lo que estaba ocurriendo.

—Escúchame bien, pedazo de mierda —dijo Francesco en voz baja, dejando resbalar cada sílaba entre los dientes apretados con furia—. No es tan grande la bolsa que esperas conseguir. Ni siquiera lo suficiente como para taponar el tajo con el que estoy a punto de abrirte la garganta.

La palidez de Filippone pareció acentuarse y un ligero temblor hizo que le colgara el labio inferior. Dante temió por un momento que la ira de Francesco se desbordara y degollara a aquel miserable allí mismo, ante sus propios ojos, como había hecho con el desgraciado Birbante durante el viaje.

—De modo que, ahora —continuó Francesco en el mismo tono—, te soltaré y te irás con los bastardos de tus amigos. Muy despacito, sin hacer ningún gesto raro y les dirás que aquí no hay negocio. ¿Has entendido?

El hombre asintió en silencio personificando en su cara la imagen misma del terror.

—Disfruta de tus monedas y procura no contar a nadie nada de lo que aquí hemos hablado —añadió—. De lo contrario, te aseguro que haré remover piedra a piedra este asqueroso barrio hasta dar contigo, y tus amigos tendrán oportunidad de despedirte mientras desfilas hasta la puerta de la Justicia, con las manos atadas, sin lengua y sin orejas.

Dante pensó que Filippone se iba a desmayar apenas Francesco hubo aflojado la presa. Muy despacio y sin decir palabra, se dio la vuelta y se encaminó hacia sus compañeros que, expectantes, parecían no saber qué estaba sucediendo ni qué debía hacerse.

—Vámonos de aquí —dijo Francesco.

Ambos caminaron a buen paso en dirección contraria, desandando el camino que habían hecho para llegar a la plaza y procurando no perder de vista a Filippone y a sus secuaces.

—No debisteis mostrar dinero —dijo Francesco mientras se alejaban de allí—. Y todo para conseguir una información que seguramente será falsa y no os valdrá para nada.

—Te equivocas —contestó Dante—. Quizá resulte de más

utilidad de lo que parece. Lo de los franceses no creo que sea falso. Demasiado imaginativo para que se lo invente alguien como ese Filippone. Y bastante extraño, por cierto. ¿Qué hacen unos tintoreros ultramontanos reunidos en un beguinato de Florencia? Y respecto a lo que no nos ha querido contar, o lo que lo haya hecho con mentiras, también nos indica la existencia de algún motivo para hacerlo.

—O que en verdad no sabe nada —replicó Francesco.

—Es posible —dijo Dante, deteniéndose de repente—, pero eso es algo que tendremos que comprobar.

El poeta echó entonces a andar hacia el norte, hacia las callejuelas que rodeaban el templo franciscano. Francesco, sorprendido y alarmado, le detuvo asiéndole suavemente por uno de sus brazos.

—¿Adónde vais?

—Voy a intentar hablar con esos beguinos, claro está —contestó Dante con toda naturalidad, volviéndose hacia Francesco—. Y creo que por aquí podemos llegar a ese lugar donde supuestamente anidan.

—¿Estáis loco? —dijo Francesco, a punto de perder la calma—. Florencia es una ciudad en la que apenas es seguro salir a la calle sin un cuchillo entre los dientes y vos os metéis alegremente en la boca del lobo. ¿Sabéis que esos de atrás podrían decidir no abandonar la presa a pesar de todo?

—¿Después de tus caricias y amables advertencias? —bromeó Dante—. No lo creo muy probable. Además, ¿cómo puedo cumplir con mi misión sin investigar? Tengo la agobiante sensación de que cada vez que vislumbro una puerta abierta, algo se encarga de cerrarla y dejarme de nuevo en la oscuridad. Francesco —dijo ahora con un tono conciliador—, sé que hay riesgos, pero, créeme, prefiero afrontar antes mil peligros que resignarme a vivir el resto de mis días como un miserable desarraigado. Y creo que sabes de qué estoy hablando.

Francesco soltó el brazo del poeta, dándose por vencido, sin ningún reproche.

—Pero tú, Francesco —finalizó Dante, con una expresión sincera—, no estás obligado a acompañarme.

A continuación, Dante se dio media vuelta y siguió su camino recién elegido. Después de dar tres pasos, su escolta se puso a su altura, dispuesto a seguir siendo su sombra.

—Sí, estáis loco —dijo Francesco sin pasión y como único comentario.

—Y tú eres un excelente escolta —replicó Dante con sincero afecto—. Me siento más seguro a tu lado.

Capítulo 34

Caminando siempre hacia el norte llegaron a la vía por todos conocida como de Malcontenti. Un nombre indudablemente merecido, porque era el último recorrido que hacían los condenados a muerte cuando eran conducidos al patíbulo. Éste se encontraba fuera de la muralla, a la izquierda de la torre de la Zecca y la puerta de la Justicia. Albergaba la horca y los siniestros aparejos del verdugo, junto a una pequeña iglesia encargada de entonar los escasos salmos que se dedicaban a los ajusticiados. Recorriendo aquellas callejuelas sucias e irregulares, trataron de 181 adoptar las máximas precauciones para evitar alguna sorpresa desagradable. Estas vías estrechas y tortuosas serpenteaban entre casas pequeñas y mal conservadas. Allí, cada uno, por su cuenta, había tratado de ganar espacio colgando balcones y halconeras: una desesperada pretensión de alargar las habitaciones que, en realidad, dotaba a la calle un aspecto de túnel inseguro; un lugar que daba la impresión de poder derrumbarse sobre la cabeza del viandante en cualquier momento. Para acabar de estrechar el recorrido, era frecuente que las escaleras fueran exteriores, lo que constituía un discreto cobijo para los malhechores y un lugar único para sorpresas, hurtos y homicidios.

Francesco marchaba en guardia continua. Movía frecuentemente la cabeza, en un desesperado afán por tener controlada la situación en todo momento. A veces, de modo inconsciente, dirigía la mano hacia aquel lugar en el que colgaba su cuchillo. Se cruzaron con algunas personas en su camino, que atareadas, quizás absortas en sus labores y preocupaciones, no parecían mostrar mucho interés por la presencia de aquellos dos extraños. Pero ellos eran conscientes de que el peligro podía estar ahí, escondido entre aquellos barracones de madera y barro que sólo estos desgraciados podían llamar hogar.

A medida que avanzaban, resultaba más evidente y visible la progresiva degradación, no sólo en el aspecto aún más ruinoso de las viviendas y la suciedad de la vía, por donde corrían regueros de agua infecta, sino incluso en el propio aire, irrespirable y por momentos pestilente según la dirección del viento. La propia miseria y corrupción del lugar constituían una invisible pero sólida barrera que aislaba a sus habitantes del resto de la ciudad y les permitía cierta inmunidad, cuando no una abierta impunidad respecto a comportamientos morales, éticos o legales oficialmente impuestos en Florencia. Así, en la puerta de algunas de esas casas, de las que entraban y salían correteando legiones de chiquillos desnudos y desnutridos, algunas sucias mujerzuelas exhibían sus cuerpos sin rubor y se los ofrecían abiertamente sin el menor disimulo, sin temor o respeto por la legislación vigente. Sazonaban su actitud con comentarios procaces que producían una muda turbación en Dante y una aparente indiferencia en el rostro pétreo de Francesco.

182

—¡Venid aquí a pasar un buen rato! —gritaba una pelirroja menuda y pecosa—. Tengo agujeros suficientes para que disfrutéis los dos a la vez —completó, terminando luego con la carcajada propia de una chiquilla.

Dante calculó con tristeza que apenas habría cumplido los quince años.

—¡No encontraréis mejores coños en toda Florencia! —vociferaba otra, gorda y mugrienta que, seguramente, no doblaría en edad a la anterior, pero que en apariencia la triplicaba.

Sin decir palabra, ambos continuaron con su camino.

—No serán las riquezas de estos lugares lo que atrae a vuestros beguinos —comentó Francesco, que rompió tan espeso silencio con moderada ironía y su habitual rostro inexpresivo.

—Miseria, Francesco —contestó Dante en tono sombrío—. Y de la peor clase…, la sublevadora miseria del que trabaja de sol a sol para seguir viviendo como un animal. Los síntomas de los males que corrompen el cuerpo enfermo de esta república. A la corrupción política de sus dirigentes se une esta crónica situación del *popolo minuto*, sin derechos ni representación, que puede desmembrar la concordia en cualquier momento.

—Se diría que cuestionáis el orden social —comentó Francesco con sarcástica extrañeza.

—No encontrarás a nadie más deseoso de mantener el orden que Dante Alighieri —respondió el poeta sin alterarse ni adoptar un tono de auténtica excusa—. Tampoco cuestiono que Dios mismo haya querido que haya diferencias, que haya pobres para servir a los ricos y ricos para mantener a los pobres, pero no puedo aceptar lo que dicen algunos monjes para los que la búsqueda de cualquier mejora de estatus es un grave pecado... ¿Acaso no tratamos todos de vivir lo mejor posible?

—Claro —comentó Francesco—, pero ¿hasta llegar a la rebelión?

—No he dicho tanto —sonrió Dante—. Ésas son deducciones de inquisidor, Francesco. Ni lo deseo ni lo justifico, sino que más bien lo temo.

—Sois bastante pesimista —contestó Cafferelli.

—Mira, Francesco —comenzó a explicar Dante—, desde que yo recuerde, en el momento en que el Arte de la Lana superó al de Calimala, Florencia es una ciudad que vive, sobre todo, de la elaboración y comercio de estos paños —enfatizó tocando su propia capa—. Se producen más de cien mil de esas piezas al año y esto ocupa a más de la tercera parte de la población, sin embargo, los verdaderos beneficios, muy elevados, por cierto —aclaró—, quedan en manos de unos pocos. Una minoría muy selecta de acaudalados propietarios, los *lanaioli*, que controlan todo el proceso con mano de hierro y tienen mucha influencia en las decisiones políticas de la república.

Dante hizo un receso, sin dejar por ello de caminar en busca de su destino.

—Para ellos —continuó—, para su beneficio, trabajan muchísimas personas especializadas en distintas tareas, desde que un esquilador le quita la lana a una oveja hasta que el paño teñido y preparado está listo para su venta. Y es un proceso complicado. Te habrás fijado en las multitudes que se reúnen en las orillas del Arno dando los primeros lavados a esos cargamentos recientes de lana que vienen de fuera de Florencia. Y ya has visto a todos esos que estaban en la plaza purgando y aclarando los paños, enjabonándolos, batiéndolos con sus propias manos. Antes y después de eso, muchos otros se encargan de limpiarlos, cardarlos, peinarlos, teñirlos, tejerlos, llevarlos a los molinos para que sean abatanados… —El poeta se tomó otro respiro antes de seguir con sus explicaciones—. Y la mayor parte de esos trabajos los hacen esos que llaman con desprecio los *ciompi*, asalariados generalmente muy mal pagados. Apenas pueden subsistir ellos y sus familias con sus salarios, y se van moviendo de barrio en barrio buscando rentas más bajas y trabajos mejor pagados. No te extrañe, entonces, que muchos se acaben convirtiendo en delincuentes, como ese despreciable Filippone, o cayendo en la prostitución, como esas desgraciadas que acabamos de ver. Y tampoco te resulte extraño que, a poco que encuentren alguien que los envenene y los manipule, se levanten un día en armas y Florencia se vea sumergida en un río de sangre.

Francesco miró ahora a Dante con cierto escepticismo altanero. Al fin y al cabo, este orgulloso acompañante, a pesar de las desventuras familiares, no dejaba de ser un cachorro altivo de esa elite florentina que miraba con desdén y despreocupación a los miserables. Bien cierto era que los pobres, cuando la desesperación les sumergía en el mundo del crimen, robaban y asesinaban principalmente a otros pobres, porque los que se atrevían a hacerlo con los ricos se encontraban con penas severas. Los cortes de manos, azotes, apaleamientos y ahorcamientos los disuadían rápidamente. Cualquier tipo de acción en común era prácticamente imposible, porque los estatutos de las ciudades y de los gremios se pronunciaban contra todo tipo de uniones de trabajadores que trataran de mejorar sus duras condiciones de vida; a veces con argumentos tan peregrinos como los de los estatutos del Arte de la Seda, que afirmaban que, desde que el apóstol Pablo había defendido que todos los hombres son hermanos en Cristo, las ligas que dividen son opuestas al espíritu de la religión. A pesar de todo, Dante estaba sinceramente convencido del peligro de esta situación y observaba con amargura que pocos estaban dispuestos a dar oídos a sus prevenciones.

La pestilencia se hizo casi insoportable cuando alcanzaron la vía de los Pelacani y su confluencia con la vía de Conciatori, con sus talleres apiñados donde se encontraban la mayor parte de las tenerías de Florencia. Los curtidores de pieles habían sido progresivamente desplazados del centro urbano por las molestias causadas a la comunidad, pero la última ampliación de la muralla había engullido también una zona que, con justicia, era considerada como una de las más insalubres y despreciadas de la ciudad. Decenas de obreros curtidores de todas las edades, muchos de ellos campesinos desarraigados del *contado*, se afanaban en esta penosa actividad. Los talleres eran, generalmente, poco más que cuevas insalubres que acogían las enormes cubas en las que se sumergían las pieles durante un proceso de curtido lento y complejo, que a veces se llevaba más de quince meses. Requerían, además, la utilización de materiales sumamente peligrosos para la salud, productos químicos tóxicos obtenidos de forma artesanal, y mucha agua para las diversas operaciones de remojo, pelambre, desencalado, desengrasado o aclarado de las pieles. Agua seriamente contaminada que después era vertida, sin contención o disimulo en la misma calle, por donde corría libremente formando arroyuelos repugnantes y charcos malolientes difíciles de esquivar para el viandante.

Aquellos obreros desharrapados, la mayoría descalzos y apenas cubiertos por una tosca saya, no hacían nada por evitarlos ni mostraban el menor reparo en chapotear en aquel líquido infecto. En tales talleres se almacenaban también, en anárquica acumulación, todo tipo de desechos orgánicos: sangre, grasas y carnazas, restos de animales previamente despellejados, se esparcían luego, por aquí y por allá. Eran residuos por los que disputaban a sus anchas perros callejeros, gatos y ratas grandes como conejos. La ordenanza obligaba a transportar los desechos hasta más allá de las murallas, pero pocos lo hacían. Sobre la misma calle, además, se extendían las pieles: malolientes lienzos arrancados a todo tipo de animales, secándose al tímido sol de la mañana.

Ahora sí que eran el blanco de todas las miradas. Ni uno solo de aquellos pobres miserables dejó de mirar, aunque sólo fuera durante un par de segundos, a esos dos extraños personajes que se aventuraban por aquel infierno que cualquier sano juicio no doblegado por la necesidad aconsejaba eludir sin más. No faltaron los comentarios y las risas, pero ni uno solo de aquellos hombres abandonó su trabajo para dirigirse a ellos, interesarse o indagar acerca de sus objetivos o intenciones. Era la filosofía implícita del *popolo minuto*: un vivir y dejar vivir o morir sin inmiscuirse, sin anteponer otra ley que la de la propia supervivencia. Eso los situaba a miles de millas de distancia del centro político del Estado, tan amante de la regulación y el control de sus ciudadanos. Aquellas gentes, tan imprescindibles para la prosperidad económica de la ciudad más floreciente de toda la Toscana, le parecían a Dante tan ajenas a Florencia como los mercenarios que la ciudad contrataba para que la defendieran del exterior, a sueldo de los ricos, pero al margen de un proyecto común e integrador; y, como los mercenarios mismos, nada reacios a volverse contra sus anteriores amos a la vista de un mejor trato o recompensa. El poeta apretó el paso, aturdido por la ruidosa actividad y las deplorables condiciones ambientales. Llevaba el rostro medio tapado con el embozo de la capa, no ya para ocultar una identidad que nadie más que aquellas gentes podía ignorar, sino para proteger su nariz de las asquerosas emanaciones que le revolvían el estómago. Francesco, impávido junto a su acompañante, no parecía dispuesto a mudar su gesto ni siquiera en aquellas circunstancias. Pero Dante deseaba salir de allí a toda prisa y poco le importaba demostrarlo, porque asimilaba con desazón que su retorno a Florencia no sólo suponía recobrar los lugares queridos que había visitado dos días atrás con añoranza, sino que también incluía este desolador paisaje y participar en sus problemas de fondo.

Después de atravesar apresuradamente aquella maraña de pobreza, se encontraron en unas callejuelas que mostraban un aspecto diferente. Igual de ruinosas, o tal vez más, pero mucho más tranquilas, solitarias e incluso sombrías. La pestilencia aquí era ya un efluvio distante, algo así como un mal recuerdo, y Dante se decidió a dejar libre su nariz. Respiró con alivio, casi como si esperara encontrar una bocanada de aire fresco. Se detuvieron y Francesco le interrogó con la mirada, aunque él miraba a su alrededor sin dar muestras de saber a ciencia cierta hacia dónde dirigirse.

—Ésta debe de ser la zona —dijo con calma—. O debería de serlo… Quizá no esperaba un lugar tan solitario y tranquilo por aquí, pero tampoco soñaba con encontrar un cartel que nos anunciara su presencia —completó con una sonrisa sosegada. Luego, señaló un pozo oscuro y medio derruido que se alzaba algo más allá—. Al menos el pozo está.

Francesco resopló por toda respuesta, mientras vigilaba a su espalda que nadie les hubiera seguido. Daba a entender que se habían cumplido sus previsiones pesimistas respecto a la nula credibilidad de Filippone y la inutilidad de la visita. Dante dio algunos pasos y se asomó a las callejuelas cercanas. Observó con atención las puertas desvencijadas y trató de encontrar algún rastro de aquel misterioso beguinato. Ninguna de ellas estaba mínimamente abierta, no había ni un alma a quién preguntar. Un paisaje fantasma, en verdad muerto o con una absoluta apariencia de tal; sin embargo, al fondo de una de aquellas calles estrechas, su mirada se detuvo fijamente en la fachada alargada de un edificio no muy alto. Tenía la apariencia de un establo grande y destacaban en él la puerta pintada de color verde y todas sus ventanas clausuradas con tablones clavados al muro.

—He aquí nuestro cartel indicador —dijo Dante, con cierto aire de satisfacción—. Y, si no me equivoco mucho, el refugio de esos beguinos.

—¿Qué estáis diciendo? —replicó Francesco con incredulidad—. Eso no parece más que un viejo establo abandonado.

—Eso parece —respondió Dante—, pero cuánta preocupación para asegurar las ventanas en un edificio tan aparentemente abandonado. Y, ¿ves alguna puerta que haya sido pintada más recientemente que ésta? Estoy seguro de que ese color verde es el indicador para prosélitos y fieles de esos beguinos del que te hablaba.

—¡Entremos pues! —dijo Francesco, impulsivo, convencido ya o sin ánimos de discutir por más tiempo.

—No nos abrirán, estoy seguro —afirmó Dante meneando la cabeza en sentido negativo—. Y además les pondremos al corriente de que unos extraños se interesan por ellos.

—Entremos por la fuerza —insistió algo irreflexivamente Cafferelli.

—Y tal vez no saldremos vivos —apuntó Dante—. Aunque muestres tu daga.

—¿Por qué les suponéis tanto peligro y tan malas intenciones? —preguntó Francesco.

—Porque hay un aire demasiado clandestino en todo lo que los rodea... —dijo el poeta, meditabundo—. Aunque podría equivocarme, claro está, y que no fueran más que almas piadosas y caritativas. No obstante, pienso que lo mejor será que esperemos aquí fuera a que aparezca alguno.

—¿Y si ya están todos dentro? —replicó.

—Entonces, esperaremos a que salgan —se limitó a responder Dante.

—Pues podéis rezar para que eso suceda antes de que nos caiga la noche —dijo Francesco en tono desabrido.

—Rezaré por eso y por otras cosas más —afirmó el poeta—, pero no me iré de aquí hasta que hable con ellos. Predicadores ambulantes apedreados, criados que desaparecen, notarios que se van en una precipitada misión al Mugello... No estoy teniendo demasiada fortuna con las segundas oportunidades —completó con ironía.

Capítulo 35

No tuvieron que esperar demasiado tiempo. Parapetados en aquella esquina desde la que se divisaba el portón verde, ambos hombres dejaron pasar el rato sin apenas cruzar palabra, como si temieran ser escuchados o descubiertos por algún indeseable. Dante aprovechó para reordenar sus pensamientos y conjeturas, aún sin encontrar un encaje lógico a gran parte de ellos. Francesco vigilaba. No dejaba de vislumbrar alrededor, cada vez más nervioso y siempre atento a detectar el mínimo movimiento. La espera terminó cuando se hicieron visibles tres figuras que emergían por la otra esquina de aquella calle del edificio de las ventanas clausuradas. Se aproximaban ligeras; una de ellas apenas a cuatro o cinco pasos por delante de las otras dos. Dante urgió a Francesco porque temía no llegar hasta su altura antes de que desaparecieran por la puerta. Los ayudó el hecho de que los recién aparecidos, sin duda sorprendidos por la presencia de dos extraños en su refugio, aminoraran un tanto su marcha. Casi frente al primero de aquellos hombres, Dante, seguido muy de cerca por Francesco, se detuvo y saludó de manera amistosa.

—Saludos. Que Dios esté con vosotros.

El hombre se detuvo, mudo, con nula expresión en el rostro. Iba vestido con un tosco manto de color gris, característica seña de identidad de multitud de beguinos que anidaban por aquellas tierras. En vez de responder, se quedó allí frente a ellos, guardando apresuradamente sus manos por ambas aberturas laterales, bajo su saya. Esto provocó un movimiento instintivo de defensa en Francesco, que también introdujo su mano derecha bajo su capote, aunque sin mostrar su arma. Entonces, de los dos compañeros que se aproximaban, uno de ellos se dirigió en tono neutro a Dante.

—Saludos, hermanos en Cristo. ¿Traéis nuevo mensaje?

Dante no supo qué responder. El que había proferido estas palabras, que había llegado a la altura de aquel que le precedía, se detuvo a su lado. El beguino que completaba el trío se puso, igualmente, junto a él. Todos adoptaron la misma posición, con las manos bajo la túnica. Un gesto colectivo que tranquilizó a Dante, que esperó que también lo hiciera con su escolta, porque parecía más una postura ritual que algún tipo de artimaña peligrosa. Creyó percibir en el que antes había hablado cierta perplejidad, confirmada por el giro que dio a sus palabras. Les convirtió, repentinamente, de virtuales mensajeros en desconocidos caminantes.

—¿Qué podemos hacer por vosotros? —dijo ahora, con evidente acento extranjero.

—Sólo buscábamos un rato de charla —dijo Dante con una sonrisa, sin perder las maneras afables—, pero parece que vosotros estabais esperando algún mensaje de importancia y no quisiéramos importunaros —añadió con maliciosa intención.

Su interlocutor parecía llevar la voz cantante del grupo. Era un hombre de cierto aplomo, que actuaba con muestras de que tal equivocación no le producía ninguna turbación. En su rostro curtido se marcaba una barba descuidada de tonos entre rojizos y castaños, pero en sus inquietantes ojos grises se reflejaba un brillo de inteligencia y mando.

—No preocupéis —dijo marcando su entonación extranjera—. Simple confusión.

Dante pensó en aquel momento que le hubiera encantado conocer el origen de tal confusión.

—De modo que es verdad que sois franceses —comentó Dante sin abandonar su cordialidad.

—Flamencos en verdad. La mayor parte de hermanos, sí —se sinceró, tal vez anticipando que aquel extraño sería capaz de advertir la diferencia.

—Por eso teníamos curiosidad por hablar con vosotros —dijo Dante con interés—. Nos habían comentado algo así y en verdad que resulta peculiar —comentó con un fingido aire meditabundo—. ¿Cómo y para qué os ha podido conducir Dios hasta este barrio de Florencia?

—Somos gente de oficio. Hacemos penitencia con los nuestros —respondió, sin inmutarse, haciendo uso de su peculiar adaptación del toscano. Tampoco sus acompañantes se alteraron lo más mínimo.

—Sí, pero venir de ultramonte hasta aquí sólo por eso… —comentó Dante con una franca sonrisa—. ¿No había en tantas millas de distancia otra sede más adecuada a vuestras penitencias?

—Ningún lugar más noble y bueno que Florencia, junto a casa misma que fundó el piadoso Francisco —replicó sin mayor emoción.

—Claro, claro —se excusó Dante sin apearse del buen humor—. Sois beguinos cercanos a las enseñanzas más puras predicadas por el buen Francisco —resaltó, con maliciosa intención, pues utilizó el término que los calificaba y a la vez los situaba en el punto de mira de los cazadores de herejes y los asociaba, de un plumazo, al ala más controvertida de la orden franciscana, la de los espirituales.

—Preferimos «humildes penitentes» —contestó el hombre, que ahora sí parecía un tanto molesto y mostraba cierta impaciencia—. En realidad, no hay relación directa con una orden.

Dante adoptó un gesto de comprensión y disculpa. Quizás estaba resultando impertinente en exceso, pero no soñaba con una especial locuacidad por parte de su interlocutor y tal vez un medido hostigamiento le ayudara a sacar algo más en claro.

—Hablas bastante bien nuestro idioma para el poco tiempo que parece ser que lleváis en Florencia —dijo Dante.

—Recorremos varias tierras en Italia antes de Florencia —respondió el hombre.

—Y supongo —apuntó Dante, cambiando de tercio— que entre estas gentes laboriosas habréis sido bien recibidos. Comprenderéis sus problemas y necesidades. De hecho, vosotros mismos sois tejedores, ¿no es cierto?

—Tintoreros —puntualizó, y el fastidio parecía ir transfigurando su cara—. Casi todos tintoreros. Problemas de trabajadores son iguales en todos lugares —dijo vagamente.

191

—Pero vosotros no trabajáis en el oficio, ¿verdad? —interpeló Dante con falsa inocencia—. Eso quiere decir que solicitáis sus limosnas, y no suelen ser gentes muy sobradas de recursos, sino más bien lo contrario...

—Queremos ayudar a quienes más necesitan con poco que dan quienes pueden —le interrumpió el hombre, ya con franca impaciencia—. Son gente solidaria, aunque pobre. No es lo mismo quien trabaja que desempleado. O viuda o huérfano. ¿Es intención vuestra aportar algo a causa, hermanos? —añadió con una indudable ironía comedida que, además, implicaba una sutil forma de indagar sobre los motivos de tal conversación en plena calle, a sólo unos pasos de su refugio.

—¡No dudes de que lo haremos dentro de nuestras posibilidades! —respondió Dante—. Confirmada la existencia de vuestro piadoso grupo, del que tan bien habíamos oído hablar, y de la posibilidad de ayudar eficazmente a estas pobres gentes, será un verdadero placer hacerlo. Aquí es donde podremos encontraros, ¿verdad? —dijo el poeta, señalando con el índice el portón verde.

—Sí —dijo escueto el beguino—. Nuestra *domus paupertatis*.

—Parece grande —comentó Dante—. ¿Tantos hermanos sois?

—No demasiados —replicó sin apuntar un número concreto—. Vivimos austeros, ocupamos poco espacio. Y a veces con peregrinos, vagabundos, enfermos sin techo.

Dante sonrió, pero antes de que pudiera decir algo nuevo el flamenco le atajó con una frase que sonaba a clara despedida.

—Hermanos, si no somos más útiles, tenemos prisa para oraciones. Quedad con Dios.

—Que Dios os guarde también a vosotros —contestó Dante.

Entonces, el poeta culminó su despedida con un gesto que Francesco acogió con extrañeza. Extendió su brazo derecho, con la palma abierta hacia un lado, en la dirección de su interlocutor. Los tres beguinos miraron fijamente aquella mano tendida. El que había sido su exclusivo interlocutor pareció titubear por un instante, como si dudara en reaccionar de alguna forma ante tal ofrecimiento. Finalmente, optó por despedirse con una discreta reverencia, una leve inclinación frontal de su cabeza, e inmediatamente retomó su camino seguido muy de cerca por sus dos compañeros. Llegaron a la puerta verde, que se abrió sin necesidad de llamada y con una rapidez que probaba que, desde el interior, se había estado al tanto de ese encuentro. Los beguinos entraron en la casa sin mirar atrás y Dante, sin abandonar una sonrisa que a Francesco se le antojaba bastante enigmática, se volvió hacia su acompañante.

—Bien, Francesco, ahora ya podemos regresar. Y, a ser posible —añadió sarcástico y con el gesto arrugado—, lo haremos por lugares más salubres.

193

Capítulo 36

*E*fectuaron su retorno por las callejuelas que llevaban hasta la plaza de San Ambruogio. Francesco no abandonó en ningún momento su afán vigilante, pero tal vez sorprendido por los insospechados recursos de su acompañante, se mostró con mayores ganas de hablar que en anteriores ocasiones. El último gesto de Dante en su diálogo con el beguino le había intrigado tanto que no tardó en preguntar por él, mientras proseguían su camino, enfilando desde San Ambruogio hacia el oeste, por la vía de los Scarpentieri, ocupada por múltiples zapateros. Allí, gran parte de los talleres de calzado de la ciudad mostraban su producción a los viandantes.

—¿Por qué habéis tendido de esa forma la mano a aquel hombre? —preguntó con curiosidad.

—Esperaba un gesto de su parte —se limitó a contestar Dante con una sonrisa.

—¿Qué gesto? —insistió Francesco.

—Un apretón con su propia mano —replicó el poeta.

—¿Para qué iba a hacer tal cosa?

—A modo de saludo…, y algo más que eso —respondió Dante—. Como prueba de amistad y de alianza.

Francesco miró a su acompañante, con extrañeza.

—No os entiendo —reconoció con franqueza.

—Verás —explicó el poeta—. Flandes es tierra de beguinos y begardos. En ningún otro lugar del mundo encontrarías tantos hombres y mujeres reunidos en sus confraternidades piadosas; sin embargo, también es donde la gente de los oficios más humildes ha conseguido mayor organización, formando sociedades del tipo de las que están severamente proscritas en Florencia. A través de ellas han promovido no pocas rebeliones y revueltas sociales, a veces muy sangrientas, en protesta por sus condiciones de vida. Y, a veces, para ponerse en contacto, los encargados de propagar esas rebeliones recurren a ciertos símbolos que sólo conocen los iniciados. Los apretones de manos como saludo, que ellos llaman *tekeans* en su confuso idioma, son uno de esos símbolos de complicidad en aquellas regiones.

—Un símbolo… —razonó Francesco en voz alta—. Igual que una puerta verde.

—Efectivamente —dijo Dante, ampliando su sonrisa.

—Pero no os ha respondido al saludo —objetó.

—No lo ha hecho —reconoció el poeta.

—Entonces, no tienen nada que ver con esos movimientos.

—Quizá no —replicó Dante—. De todos modos, el maestro Aristóteles decía en la *Ética* que «una golondrina no hace verano». Yo sostengo que el hecho de que sólo veamos una golondrina no quiere decir que no vaya a llegar nunca el verano.

—Es decir, seguís convencido de que son algún tipo de rebeldes antisociales.

—No puedo asegurarlo —se defendió el poeta—. Mera hipótesis.

Francesco calló como si desistiera de seguir indagando. Dante juzgó oportuno ampliar sus explicaciones y razonamientos en este momento.

—Nuestros hermanos penitentes flamencos son tintoreros —comenzó—. Sin embargo, desde que viven en Florencia y, probablemente desde su presencia en Italia, no ejercen como tales. Se dedican a la limosna y la oración, pero entre ellos hay una unidad de origen, ¿comprendes? Quiero decir que están asociados en su confraternidad por razón de ser gentes del oficio. Oficio que, lógicamente, deben de haber ejercido en algún momento en Flandes. ¿No te parece probable que ya entonces estuvieran asociados de alguna forma?

—Es posible —murmuró Cafferelli, sin un pleno convencimiento.

—Claro que eso no los convierte necesariamente en rebeldes —concedió Dante—. Eso será otra de las cosas que tendremos que averiguar.

195

—En verdad que sois tozudo, poeta —dijo Francesco, aunque en ese calificativo ya no reposaba la carga peyorativa que le había dado anteriormente.

Aminoraron el paso al llegar a las cercanías de la antigua puerta de San Piero. El día había ido avanzando y el sol se mostraba casi perpendicular sobre el tímido cielo florentino. La actividad había descendido en las calles coincidiendo con el momento del almuerzo de los ciudadanos. Dante hizo notar esta circunstancia a Francesco.

—Los florentinos siempre tan respetuosos con los horarios —bromeó el poeta—. De aquí a poco, las calles quedarán casi vacías. Sería conveniente que nosotros mismos siguiéramos su ejemplo. A veces es más fácil recapacitar si el estómago no está vacío.

Francesco asintió en silencio.

—No obstante —apuntó Dante—, no quisiera volver aún a palacio. Probablemente me reclamaría el conde, o desaparecerías de mi vista nada más entrar. Quiero intercambiar contigo mis puntos de vista.

—Entonces —afirmó Francesco—, seré yo quien os guíe ahora.

No anduvieron demasiado trecho hasta que Francesco dio por finalizado el paseo. Habían dejado de lado la plaza de Santa Maria Maggiore y recorrido un breve tramo de la vía Buia. El escaso movimiento callejero no daba una muestra inmediata de la existencia de alguna posada o taberna; sin embargo, Francesco se detuvo ante una puerta sólida y oscura. En la fachada, los postigos estaban cerrados, pero apenas aminoraban el bullicio existente en el interior. A Dante le vino a la cabeza aquella supuesta *domus paupertatis* de los beguinos flamencos y el portón verde que los separaba del exterior. Las palabras de Francesco reflejaron con ironía sus pensamientos.

—Ya veis que hay muchas «puertas verdes» en Florencia. Aunque no sean, precisamente, de ese mismo color.

El joven golpeó la puerta con determinación. Una portezuela que hacía las veces de mirilla se abrió y un par de ojos enrojecidos los observaron con atención.

—¿Qué deseáis? —preguntó con fingida sorpresa.

—¡Abre, bastardo! —gritó Francesco, que acompañó su impaciencia con una violenta patada en la puerta que hizo al mirón separarse de un salto de la abertura.

Inmediatamente, se oyeron descorrerse dos cerrojos. Se abrió la puerta y los ojos irritados se completaron con el rostro abotargado y congestionado de un hombrecillo gordo y desaseado cubierto con un delantal de cuero; un tabernero que se echó a un lado servicialmente para franquearles el paso.

—Disculpad —dijo con una sonrisa nerviosa—. No os había reconocido.

Francesco no prestó atención a la excusa, como ni siquiera lo hizo con su persona. Pasó sin más demora, seguido por Dante, que recibió una bofetada de aire caliente al entrar en aquel ambiente cargado y bullicioso. Evidentemente, aquella sala grande, iluminada con antorchas que suplían la luz del día y sin apenas ventilación, era una taberna. La clandestinidad les permitía evitar los elevados impuestos —se sustituían a la postre por adecuados sobornos— y las severas proscripciones de horarios y servicios que establecía el Comune para las posadas regulares. Era ilegal, pero de existencia evidente para cualquiera que frecuentara la zona: un ejemplo más de la gran mentira en la que vivía la sociedad florentina, con su fachada de leyes y ordenanzas, de legalidad e impolutas apariencias, y su trastienda sucia y oscura. Esa realidad oculta en la que vivía la mayor parte de los florentinos.

La estancia tenía aspecto de bodega, con sus paredes desnudas de ladrillo visto. La existencia de tres enormes barriles almacenados junto a la pared izquierda de la entrada reforzaba esa impresión. Hacia la derecha, el local estaba repleto de grandes mesas de madera con sus bancos adosados. En el interior, el jaleo era indescriptible. Numerosos hombres jugaban, comían o bebían sin atender a normas o modales mientras hablaban a gritos. Las únicas presencias femeninas eran unas pocas sirvientes, muy jóvenes. Eran, quizás, hijas o parientes del mesonero. Se deslizaban entre las mesas portando los pedidos de los clientes. El calor asfixiante, el esfuerzo continuo y su corretear para desaparecer y volver a aparecer tras una cortina negra situada al fondo, justo frente a la puerta de entrada, las empapaba en sudor haciendo que se les pegaran las vestiduras al cuerpo en las zonas donde más se resaltaban las formas femeninas. Provocaban con ello un sinfín de miradas lujuriosas y más de un comentario soez.

El caballero se encaminó con paso decidido hacia la cortina que, sin duda, cubría la comunicación con la cocina y la despensa. Dante le siguió de cerca, notando a su espalda la respiración jadeante del agobiado tabernero. No era ese acceso, sin embargo, su destino. Atravesó un vano sin puerta que se abría junto a la cocina, que daba acceso al patio. Allí, Dante tembló por un instante, afectado por el brusco cambio de temperatura en este nuevo espacio a cielo abierto. El muro de la izquierda, de mampostería basta, contaba con tres ventanucos apenas más anchos que una tronera. Por ellos se escapaba el humo y los olores de lo que se estuviera preparando en los fogones. A la derecha se alzaba —construido en madera de estructura más aparente que segura—, un corral cubierto de paja sucia que se suponía dispuesto para dar cobijo a unos cuantos pollos y gallinas. Éstos, sin embargo, picoteaban en absoluta libertad por todo el patio. Una mezcla fuerte de olores a orina, vómitos y desechos humanos daba a entender que no sólo los animales hacían uso de aquella paja, sino que compartía labores de aliviadero para aquellos hombres ruidosos que se divertían en la taberna.

Francesco apartó de una certera patada a una de las aves, que salió revoloteando. Se dirigía al fondo del patio, donde había un pozo casi pegado a la tapia. A su altura, levantado en el extremo final de los corrales, se alzaba un cobertizo. Hecho también de mampostería, tal vez habría servido como almacén de grano. Se distinguían en él un par de puertas con cerradura. Frente a ellas se pararon. Entonces, el tabernero, con una llave grande y herrumbrosa, abrió una de ellas, que respondió chillando sobre sus goznes. Dante observó que el hombrecillo portaba también una lámpara encendida en la mano. El pequeño fanal de aceite iluminó de inmediato un espacio no mayor de dos brazas y media de largo y otro tanto de ancho. Colgó la lámpara de un clavo en una de las paredes e invitó a sus huéspedes a pasar. Una mesa y cuatro banquetas se bastaban para casi abarrotar la estancia. La pared y el techo, abovedado y cruzado por un par de viguetas de madera, rezumaban humedad y olor a salitre. Telarañas y polvo sucio e incrustado tapizaban las esquinas allá donde la luz mortecina apenas permitía distinguirlo.

—¿Será lo habitual? —preguntó el tabernero tímidamente.

—Para dos —respondió secamente Francesco, mientras tomaba asiento en uno de aquellos bancos.

El hombre del mandil desapareció de inmediato cerrando la puerta a sus espaldas. Dante también se sentó, frente a Francesco, y se arrebujó en su capa, temblando por efecto de la humedad. A esta media luz de la lámpara observó cómo, sin embargo, su acompañante se despojaba de su capa y de su arma, que dejó sobre la mesa, siempre al alcance de su mano. Francesco conservaba, en todo momento, el porte altanero de un guerrero. Dante se preguntó si alguna vez habría estado verdaderamente en una batalla.

—¿Sorprendido? —preguntó Francesco, que miró fijamente a Dante.

—No —respondió—. En verdad, más bien admirado por esa capacidad que muestras de moverte por igual en palacios que en tugurios.

Francesco desvió la mirada y Dante tuvo la impresión de que su joven acompañante no se sentía especialmente cómodo cuando se hacía alguna alusión, aunque fuera velada, a la aventura inicial de su secuestro.

—No siempre las reuniones más confidenciales se celebran en palacios —afirmó Francesco—. Ni esos palacios son garantía de que lo que se trata en ellos quede en secreto.

—Lo sé —dijo Dante.

—En cualquier caso —insistió—, si no es de vuestro agrado…

—No hay problema —le tranquilizó Dante con una sonrisa conciliadora—. Ya lo dice el refrán: «En la iglesia con los beatos y en la taberna con los borrachos». No soy hombre que se adapte solamente a los palacios…

Un estrépito llamó la atención de Dante. El jaleo de voces amortiguadas que los acompañaba de continuo alcanzó mayores proporciones y algún que otro grito extemporáneo destacó sobre el resto.

—No os sobresaltéis —apuntó Francesco, tranquilo y bur-

199

lón—. No se trata de una de esas rebeliones que tanto teméis. Todo lo más, algún borracho salido de tono.

—¿Cómo puede mantener el orden entre esa chusma un hombre solo, sin poder recurrir a las autoridades? —dijo Dante, en una pregunta que en realidad era una reflexión en voz alta.

—La mitad de esos borrachos comen y beben a cuenta del tabernero, a cambio de que le partan la cabeza a la otra mitad si fuera necesario —respondió Francesco despreocupadamente.

Volvió a abrirse de nuevo la puerta, y aparecieron dos de aquellas doncellas sudorosas. Con premura dejaron sobre la mesa lo demandado, colgaron otra de aquellas lámparas en un clavo de la pared contraria y desaparecieron dejándoles la puerta tan cerrada como a su llegada. El escándalo exterior parecía haber remitido, o al menos alcanzado las proporciones normales. En su reducida estancia, a la nueva luz de las dos lámparas, Dante fue capaz de distinguir las grandes manchas blanquecinas de salitre y las verdes negruzcas de moho que decoraban a partes iguales el interior. Sobre la mesa habían dejado dos vasos de barro y una jarra grande de vino, así como una fuente con trozos de pan moreno, cortado como si fueran las sobras de un banquete. Otro par de fuentes y un cuenco repleto de castañas asadas completaban el menú. En una de esas fuentes se alineaban unos pedazos de queso elaborado con leche de oveja, seco y de aspecto terroso; el filo irregular de las porciones daba a entender las dificultades del corte por su dureza. La otra fuente estaba dividida, a partes casi iguales, en dos montones de color y aspecto diferente: uno estaba formado por tajadas de carne en salazón, probablemente de cerdo, y el otro por algún tipo de pescado ahumado. Nada de fruta. Ése era un lujo impensable en semejante establecimiento. No se sorprendió de ver las castañas, porque su consumo estaba muy difundido entre las clases populares. Fáciles de encontrar y de conservar, baratas y con un alto poder nutritivo, se consumían casi de cualquier forma.

—No es gran cosa —dijo Francesco como si leyera sus pensamientos; tomó la jarra y rellenó ambos vasos con un vino oscuro que tiñó de rojo sangre el cerco dejado por el recipiente al apoyarse en la mesa—, pero yo no me fío mucho de los alimentos que por aquí se atreven a llamar frescos.

Dante, casi por cortesía, probó el vino que le acababa de servir. Era basto y rasposo, y pensó que no haría falta ingerir mucha cantidad para que se produjeran incidentes como el que acababan de escuchar e imaginar. Francesco tomó un pedazo de pan acompañado por uno de aquellos trozos resecos de queso. Dante optó por probar una de las tajadas de carne, que resultaron ser, efectivamente, de cerdo. Un sabor demasiado salado. Una salazón demasiado antigua de un animal que no provenía, precisamente, de una matanza reciente. A duras penas, consiguió tragarse entero aquel pedazo, y se vio forzado a ingerir de nuevo vino para enjuagarse la boca. Francesco mordisqueaba su queso con aire divertido y apenas hubo posado Dante su vaso sobre la mesa, sirvió de nuevo vino en ambos recipientes. Tomó luego un trozo de pescado e invitó con la mirada a Dante a hacer lo mismo. El pescado era bastante más aceptable: una carpa más reciente, ahumada en el hogar de la propia taberna, que presentaba un sabor agradable. Tras apurar su vino, Francesco volvió a quebrar el breve silencio con el eco áspero de su voz.

—Intercambiemos esos puntos de vista cuando lo deseéis. 201

Capítulo 37

$\mathcal{A}$ Dante le costó identificar esas palabras como una expresión propia; las había empleado cuando sugirió a Francesco la conveniencia de mantener una reunión en un lugar más discreto que la sede del vicario de Roberto. Pensó que apenas había bastado un vaso de aquel vino para comenzar a embotarle los sentidos.

—¿Qué pensáis de esos beguinos? ¿Representan algún peligro para Florencia o su Gobierno? —continuó Francesco.

—No sabría decirlo —contestó el poeta pensativo.

—Parecíais muy seguro antes.

—De lo que creo estar seguro es de que ocultan algo —explicó Dante—. Ni en las palabras de aquel individuo tan aparentemente piadoso ni, por supuesto, en las del desvergonzado Filippone está toda la verdad. Ni todo son rezos, ruegos y plegarias en su actividad ni me creo que vivan únicamente de las limosnas obtenidas en Santa Croce. ¿De quién sería ese mensaje que esperaban a nuestra llegada? ¿Quién y para qué envía mensajes a extranjeros apartados voluntariamente del mundo en el barrio más miserable de Florencia? —se preguntó en voz alta.

Distraídamente, Dante tomó una de las castañas del cuenco. Estaba caliente y el poeta la encerró entre sus manos disfrutando de esa agradable sensación. Francesco le miraba con interés, pero no interrumpió sus meditaciones.

—Todo demasiado clandestino… —prosiguió Dante—, como aquel caserón con la puerta cerrada a cal y canto y todas sus ventanas clausuradas. Eso se hace con una taberna ilegal como ésta, no con la casa de unos «humildes penitentes», como dicen ser ellos.

Dante dejó de dar vueltas a la castaña y decidió quitarle la cáscara. Mientras lo hacía continuó con la exposición en voz alta de sus meditaciones.

—Nuestros beguinos llevan unos pocos meses en Florencia, pero ellos mismos reconocen que anteriormente han recorrido otras tierras de Italia. Son hombres maduros, ya te habrás fijado en nuestro encuentro. En fin, es posible que hacia el año de nuestro Señor de 1300 estuvieran en su patria flamenca y tuvieran que salir precipitadamente —concluyó Dante, que se introdujo en la boca la castaña ya pelada y la masticó con parsimonia.

—¿Y qué? —preguntó Francesco con impaciencia.

—Pues que por aquellas fechas hubo en esas tierras una importante revuelta —afirmó el poeta—. Una de esas rebeliones de desesperados de las que te he hablado antes y que tú, como tantos otros, prefieres ver como una quimera.

Francesco dibujó un leve gesto de hastío. Quizás era más una reacción obligada por la incómoda alusión que porque pensara firmemente que Dante se equivocaba en sus premoniciones.

203

—Empezó en Brujas —continuó el poeta—, liderada por un curioso personaje: un pobre tejedor de paños llamado Pierre de Coninc, pero al que todo el mundo conocía como Pierre, *le Roi*, por su valor y habilidades, especialmente oratorias. Dicen que no bajaba de los sesenta años y que era un canijo famélico y tuerto de un ojo, incapaz de comunicarse en francés o en lengua latina; no obstante, con lo que sabía de su lengua materna debió de hacer maravillas, porque convenció a multitudes de pequeños artesanos para levantarse contra los ricos propietarios. Y entre los sublevados había tejedores como Pierre, carniceros, zapateros, bataneros, tundidores... o tintoreros —añadió con intención.

—¿Y triunfaron? —preguntó Francesco con escepticismo.

—Pues durante un tiempo lo hicieron —respondió Dante— porque fueron más listos que todos esos poderosos que los menospreciaban. Mientras que éstos pedían ayuda al rey francés para aplastarlos, ellos supieron aliarse con la nobleza local, en guerra contra Francia, para vencerlos. Con estos apoyos montaron primero una conspiración en la ciudad de Brujas. Acabó con una verdadera matanza de franceses que seguramente haría palidecer a la carnicería de lo que conocemos como las «vísperas sicilianas». Cuentan que las calles y plazas de aquella ciudad quedaron sembradas de cadáveres y que se tardaron tres días en recogerlos todos con carros para enterrarlos a las afueras de la ciudad. Además, entre los muertos, también había ciudadanos poderosos que poco tiempo atrás habían paseado su riqueza y su orgullo por esas calles ahora inundadas de sangre. Luego, con más entusiasmo que verdadera preparación, porque ni eran gentes habituadas al combate ni tenían casi armas con las que combatir, formaron parte de las filas del conde Guido de Flandes en Courtrai. Allí consiguieron hacer sucumbir, nada más y nada menos, que a la caballería francesa. La flor de la caballería mundial humillada y deshonrada por el ejército más vil y peor pertrechado que uno pueda imaginar —añadió Dante con una innegable satisfacción que denotaba sus pocas simpatías por los franceses.

—¿Qué tiene todo eso que ver con los beguinos de Santa Croce? —preguntó Francesco con indisimulada impaciencia.

—Bueno —dijo Dante—, al cabo de un tiempo, la potencia francesa reaccionó y consiguió derrotar a estos incómodos enemigos. La nobleza flamenca consiguió una paz honorable, pero significó el fin del levantamiento del *popolo minuto* y muchos rebeldes prefirieron huir antes que confesar sus pasados crímenes bajo tormento. Quizás ése fuera el momento que eligieron para pasear sus penitencias por las tierras de Italia.

—Dadme un buen motivo y enviaré allí a unos cuantos de nuestros soldados —afirmó Francesco sin un asomo de pasión—. Echarán abajo su bonita puerta verde y os llevarán a vuestros beguinos flamencos a palacio, cargados de cadenas.

—No tengo tanto convencimiento como para solicitar tal cosa —respondió Dante con firmeza—. Ya te lo dije, tengo hipótesis, no pruebas.

—Con menos, se balancean algunos al sol y colgados de una soga —dijo su interlocutor, antes de dar un nuevo trago a su vaso.

—Sí —concedió Dante en tono burlón—. Es costumbre de nuestros compatriotas sostener que «donde no hay motivo para proceder, es necesario inventarlo». Lo he sufrido en mis propias carnes; sin embargo, si finalmente ellos no tienen nada que ver, seguiríamos teniendo crímenes y habríamos perdido un tiempo precioso por no asegurarnos. Y después, ¿qué les diríamos a nuestros «hermanos penitentes»?

—¡Bah! —exclamó Francesco con indiferencia—. Probablemente no los echaría nadie en falta y algunos se ahorrarían las limosnas.

Dante se sintió de nuevo desolado. Esas palabras reflejaban una opinión tan generalizada que, a veces, el concepto mismo de justicia se convertía en algo vacío, una excusa sin más para dar a entender que la sociedad en su conjunto no estaba abandonada a su suerte. Dante se preguntaba dónde y cuándo la «muy noble hija de Roma» había dejado de lado la sacrosanta tradición jurídica de sus antepasados. Los florentinos se habían dedicado a institucionalizar actitudes como la *vendetta*, injustos castigos en cascada que sufrían multitud de inocentes para desahogar la frustración de no dar con el verdadero culpable de algún delito. Despreciaban así las enseñanzas y consejos de sabios jurisconsultos romanos, y practicaban detenciones arbitrarias a partir de acusaciones poco sólidas o incluso inexistentes. Aplicaban sistemáticamente el tormento para conseguir todo tipo de confesiones. A diario, se veía cómo absolvían a culpables cuando estaban bien situados en la escala social y se condenaba a inocentes que tenían la desgracia de carecer de medios económicos. Tampoco la Iglesia, en su desaforada lucha contra la herejía, había hecho mucho para que los ideales de la justicia cristiana se plasmaran en una verdadera justicia terrenal. La *inquisitio* reunía en la misma persona a investigador y juez en procesos secretos, y daba amplios poderes para la detención y el encarcelamiento del reo sin que se considerara obligatorio, ni siquiera aconsejable, informar al acusado de los cargos que sobre él pesaban. No había obligación de identificar a los testigos ni de, necesariamente, asignar un defensor al procesado, para el que la dificultad de apelar contra los fallos era tal que se hacía prácticamente imposible revocar una condena. La Inquisición, además, había confiado en una turbia práctica, la de la delación, que había llevado incluso a hijos pequeños a declarar contra sus pa-

205

dres y había dado rienda suelta a la codicia, la malicia o el sadismo de los vecinos. Todo ello había contribuido, sin duda, a que aquellas gentes aceptaran sin cuestionar, todo lo más mirando hacia otro lado, cualquier tipo de brutalidad.

—No obstante, no haremos nada todavía —se limitó a decir Dante.

Un gesto de indiferencia fue la única respuesta de Francesco, que cogió un nuevo pedazo de la fuente de pescado.

—Nuestra urgencia es esclarecer unos crímenes muy concretos —siguió el poeta con aire de justificación—. Que ellos sean o no unos rebeldes con otros crímenes a sus espaldas será algo que la justicia de Dios y los hombres tendrán que aclarar en su momento. En verdad, lo único que nos ha conducido a ellos han sido las palabras de un predicador loco de muy dudosa credibilidad. Divagaciones sobre beguinos corruptos que, en la realidad, parecen cualquier cosa menos lujuriosos. Y delirios sobre ciertos demonios mudos de uñas azules que, por cierto, ni siquiera sabemos qué quieren decir...

—Como queráis —respondió Francesco con desdén—. Es vuestra investigación, vuestra ciudad y vuestro nombre lo que está en juego.

Dante se sintió molesto. Estaba algo mareado por el vino ingerido. Además, la humedad atacaba sus huesos cansados. Moralmente, no se encontraba mucho mejor; mortificado por su situación personal y por aquellos aborrecibles sucesos que parecían casi realizados en su nombre, se veía sumido en la impotencia de no saber encontrar una conexión lógica o medianamente aceptable entre su obra y los crímenes.

—¿Mi nombre en juego? —objetó—. Sólo porque unos bastardos sin corazón ni alma que salvar se diviertan sembrando el pánico imitando vilmente mi obra, ¿tengo yo que lavar mi nombre aun a costa de mancharme las manos con la sangre de otros?

La respuesta fue un silencio pesado como una losa.

—Tantas veces me he cuestionado eso mismo en estos días —continuó hablando—, como veces he tenido después la tentación de rechazarlo todo y olvidarme de Florencia, de mi pasado, de mi nombre o de mi reputación. El cariz que va tomando este endiablado asunto no alivia en absoluto la tristeza de mi regreso a hurtadillas. ¿Qué precio se tendrá que pagar por alcanzar la verdad? Si es que llegamos a alcanzarla…

El silencio se hizo ahora más denso y Dante no parecía con ganas de volver a romperlo. Se convirtió en una sombra apostada sobre ambos hombres. Inopinadamente, fue Francesco quien lo rompió.

—Habláis de la verdad…, pero esta mañana me dijisteis algo sobre que cada uno defiende su verdad…

Dante asintió con cierta sorpresa. Había llegado a dudar de que sus palabras merecieran la suficiente atención para su forzado compañero.

—Probablemente. Algo así diría.

—Más de una verdad, entonces… —dijo ahora Francesco, con cierto matiz de inseguridad—. ¿Es eso posible?

Dante se incorporó en su asiento, pues encontró un renovado interés en la conversación.

—Supongo. Pero ¿qué es lo que quieres decir?

Francesco se revolvió algo inquieto. Parecía hallarse en una posición incómoda y Dante temió que quisiera zanjar bruscamente la conversación. Sin embargo, trató de explicarse.

—Dicen que… —titubeó— la verdad sólo tiene un camino.

—Eso es una frase hecha, Francesco —respondió Dante con una sonrisa—. Y como tal, no del todo cierta.

—Pero sólo si conocemos la verdad podremos ser libres…, eso se nos repite una y otra vez —dijo Francesco—. La verdad os hará libres, decía Agustín. ¿Cómo serlo si hay múltiples verdades?

—Quizás Agustín estaba muy interesado en limitar la verdad para justificar su, a veces, desmedida libertad —bromeó Dante—. Aunque llegó a ser magno ejemplo de vida cristiana, ésa no fue, precisamente, su actitud durante su azarosa juventud. En cualquier caso, esa frase que mencionas proviene, en realidad, del Evangelio de san Juan y…

—Lo que decís suena casi a blasfemia —interrumpió bruscamente Francesco, que se echó hacia atrás en su escaño. Tal vez estaba algo molesto por el error aclarado—. ¿Acaso no existe, entonces, una única verdad?

—Sí, claro que eso sí —respondió Dante con condescendencia—. Por supuesto que Dios es la única Verdad. A eso se refería Juan y eso es indiscutible. Lo que ocurre es que puede ser el final del camino, pero no un único camino.

Francesco permaneció mudo y perplejo. Dante sonrió suavemente.

—¿No es cierto que distintos caminos conducen a la misma ciudad? —dijo.

—No comprendo qué tiene que ver —respondió Cafferelli.

—Verás, Francesco —continuó el poeta sin abandonar la suavidad—, yo también creía que sólo existía una única verdad, mi propia verdad. Por defenderla fui expulsado de mi patria, me vi abocado a aliarme con otros que soñaban con el mismo objetivo que yo: regresar; sin embargo, al mismo tiempo, defendían otra verdad, a veces muy distinta a la mía. Casi me desperté en medio de aquella compañía loca e impía. ¿Y qué ocurría mientras tanto en Florencia? —preguntó enfáticamente—. Pues que aquellos que yo consideraba profundamente equivocados mantenían el Gobierno con bastante apoyo. Ahora, cuando retorno, descubro que mi añorada Florencia no se ha convertido en una Babel corrupta y deshecha, una ciudad en plena descomposición, podrida en sus errores y sumergida en el desastre; excepción hecha, claro está, de los desagradables acontecimientos que todos conocemos. No, Francesco. Me encuentro con una ciudad aún más grande, más bella que la que yo me vi forzado a abandonar. ¿No deseábamos eso todos en el fondo? Ya ves, distintos caminos para conseguirlo. Y aun así, no pienso que yo estuviera equivocado. Ya sabes, soy Dante Alighieri, el poeta tozudo.

Terminó su disertación con una sonrisa triste. Francesco intervino y lo hizo con un cambio de tema que demostraba cómo había estado de atento a las palabras que Dante le había dirigido en sus escasos momentos de conversación.

—Mi padre sí que os conocía a vos —dijo—. Y os admiraba. Creía que vuestra presencia en esas filas validaba su decisión, aun cuando no le hubieran dejado tomar parte de su defensa. Quizá por eso aprendí a despreciaros, a no querer caer en esa admiración suya. Os veía como una de las causas de esa obstinación que le habían llevado a la ruina y a la miseria, a él mismo y a toda su familia.

Hablaba sin verdadero odio o reproche. Mantenía su cuerpo un poco hacia atrás, lo que hacía que su rostro se mezclara con las sombras. Dante pensó que no quería que él fuera testigo de su expresión.

—Decía que por los grandes hombres y las grandes causas es de justicia incluso dar la espalda a los tuyos —continuó el joven—. En el colmo de su exagerado delirio llegaba a poner el ejemplo del Salvador.

—¿Y no piensas que tenía razón? —preguntó Dante.

—Quizá sí… —dudó Francesco—. Pero, en aquel momento, desde luego que no. No había hombres ni causas que mitigaran tanto dolor o que justificaran perderlo todo. Bienes, familia, amigos… Todo.

Un pesado silencio cubrió de nuevo la estancia. En el exterior, la lluvia arreció de improviso y su murmullo creciente se hizo claramente audible en aquel cobertizo.

Capítulo 38

*D*ante se inclinó sobre la mesa y posó sus ojos fijamente sobre su acompañante.

—¿Cómo se llamaba ella? —preguntó de repente y con una sonrisa cómplice.

Francesco dio un respingo de sorpresa y se incorporó en su asiento. Miró a Dante con curiosidad.

—¿Qué queréis decir?

—Ella —se limitó a repetir Dante—. ¿Cómo se llamaba?

—¿Por qué suponéis…?

—Un joven de la edad y posición que tú tenías en aquellas fechas no maldice la aventura ni añora de manera tan desmedida todo eso que has mencionado, a no ser que deje atrás algo más importante, algo que cree imposible de encontrar en aquellas tierras adonde le conduzca el exilio —apuntó Dante suavemente—: una mujer de la que está profundamente enamorado.

Francesco volvió a inclinarse hacia atrás. Dante supo que había atinado y supuso que su acompañante quería ocultar algún rubor o emoción en su rostro.

—Lisetta —murmuró Francesco—. Lisetta de Marignoli. Era apenas un par de años menor que yo. De mi sangre y familia. Nada se interponía entre nosotros y la dicha era mi único horizonte. Cuando tuve que marcharme, me despedí definitivamente de ella y creo que también de la propia felicidad —apuntó con amargura.

—¿No permanece en Florencia? —preguntó Dante.

—Transcurrieron demasiados años como para que una doncella como ella no contrajera matrimonio o ingresara en un convento —replicó con voz hueca—. En su caso, sucedió lo primero y se marchó con su esposo a Bolonia.

—Por desgracia es un caso bastante común —dijo Dante con gesto serio, de sincero sentimiento—. El amor es la primera víctima del odio, y a veces adopta aspectos bastantes dramáticos. En Verona, una vieja leyenda de cuando empezaron estas amargas disputas de güelfos y gibelinos cuenta la desgraciada historia de dos jóvenes amantes, vástagos de dos linajes irreconciliablemente enfrentados, los Montecchi y los Capuletti. Romeo y Giulietta, así es como se llamaban los enamorados, tuvieron un fin trágico. Prefirieron morir juntos antes que vivir separados. Aunque lo normal es que estas interminables disputas hayan engendrado más separaciones que muertes.

—Quizá morir como esos veroneses hubiera sido una salida más honrosa —apuntó Francesco con desesperanza.

—La muerte es una salida tremendamente definitiva —objetó Dante—, y poco deseable en personas jóvenes con muchos años por delante para olvidar y para volver a amar. Créeme, Francesco, es más honroso vivir y luchar para seguir adelante con el valor con el que lo hizo tu padre.

—Ese valor que me faltó a mí para elegir mi propio camino —murmuró Francesco.

—Quizá sí que lo hiciste y éste sea tu camino —dijo el poeta—. En mi opinión, desempeñas a la perfección las misiones que te son encomendadas.

—¿Creéis que de verdad elegí? —preguntó con interés.

—Probablemente —respondió Dante—. Aunque tú no lo creas. Elegiste respetar y apoyar a tu padre, a pesar de todo, y elegiste honrar su memoria al servicio fiel de aquel que le dio cobijo y amparo.

—Entonces, no debí de elegir bien —comentó Francesco en el mismo tono abatido—. Me siento como si hubiera perdido todo lo que pudiera haber dado sentido a mi vida…

—Pero lo hiciste, para bien o para mal —afirmó Dante—. En la capacidad de elegir se encuentra a veces la fortuna, pero bastante más a menudo la adversidad del hombre.

—¿Queréis decir que el libre albedrío es motivo de desgra-

211

cia? —preguntó Francesco, una vez más sorprendido por esas opiniones casi heterodoxas de Dante.

—El destino y comportamiento de los mortales está muy influenciado por los astros; a veces, fatalmente. Sin embargo, también está el libre albedrío, que es una maravillosa concesión del Creador al ser humano, pero que también puede marcar su tragedia —apuntó el poeta con seguridad—. Las bestias y los tontos tienen siempre la felicidad al alcance de su mano. Sólo ven aquello que entra dentro de sus posibilidades. No tienen elección. La libertad, paradójicamente, puede convertir al hombre en esclavo. Aun así, no es posible rechazar esa libertad sin dejar de ser humano. Esas opciones para elegir suelen convertir al hombre en perdedor. Y te aseguro que para ser un verdadero perdedor hay que estar en auténtica disposición de tenerlo todo. Quizá tú te viste así en alguna ocasión. ¡Cuántas veces he experimentado yo mismo esa sensación! En mi juventud, amé a escondidas a una mujer que sabía imposible de conseguir. Esa misma frustración convirtió todas mis elecciones reales por otras mujeres en derrotas anticipadas —apuntó con nostalgia al recordar a aquella Beatrice Portinari de su infancia y juventud—. También he amado mucho a mi patria y sabía que la elección por un partido podía conducirme a otra derrota… Quizá seamos dos auténticos perdedores impelidos a serlo por la misma circunstancia de la elección. Y, tal vez por esta razón, estamos hoy juntos en esto, aunque no sea de tu agrado y aunque te hayas esforzado en despreciarme —completó con una sonrisa tímida.

—Eso no es del todo cierto —apuntó Francesco—. En el fondo de mi corazón siempre comprendí que era inútil achacar a nadie mi desventura. Reconozco, incluso, que yo también os admiré cuando alguien me explicó que en vuestra obra erais capaz de bajar a los Infiernos para buscar a vuestra amada. Eso era bastante más de lo que yo había sido capaz de hacer.

—Pura filosofía, Francesco. En verdad, nunca he sido más que *inter vere phylosophantes minimus*, el menor de los filósofos. Ahora puedes ver que soy tan humano y vulnerable como cualquiera —replicó Dante, quitando importancia a aquellas palabras—. En la distancia es difícil ver la impureza que todos llevamos y que la fama oculta; no obstante, como decía Agustín, y esto sí que era Agustín quien lo decía —puntualizó bromeando—: «nada hay sin mancha». Y la mancha que todos llevamos, por uno u otro motivo, se ve perfectamente en el cara a cara. Por eso dicen que todo profeta es menos honrado en su tierra. Comprobarás que no soy muy distinto a ti, con mis rencores, mis tristezas y mis fantasmas…

—Como esos con los que yo tendré que convivir eternamente… —murmuró Francesco.

—Aún eres muy joven. Tendrás que acostumbrarte a convivir con esas y otras muchas cosas —afirmó Dante, amistosamente—. En nuestra mente alojamos a esos intrusos, que como malditos malhechores se cuelan y nos recuerdan continuamente todo lo peor. Se esconden allí, pero siempre están presentes, no lo dudes. Después de todo —dijo, quitando importancia—, quizás eso sea estar vivo y sólo la muerte nos libra de esos malos recuerdos. Otra forma de hacerlo es bañarnos en el Leteo, ese río cuyas aguas borran la memoria, pero eso está fuera de nuestro alcance como pobres mortales.

Tras estas palabras, el poeta hizo una pausa. Dudó un instante antes de entregarse a la narración de intimidades que muy pocas personas conocían. Ahora, esa peculiar sensación de reencuentro con su propia ciudad, el descarnado cara a cara con los fantasmas de su pasado y la impresión de que aquel joven atormentado y adusto deseaba abrirse en busca de algo parecido a la amistad suponían un estímulo. Sin olvidar el efecto del vino, que imprimía locuacidad en un hombre como Dante, poco dado a malgastar palabras. Inconscientemente, buscó en el fondo de su vaso algo más de esa elocuencia y apuró de un solo trago, que le limó la garganta, el líquido que allí quedaba. Luego, sin apenas pausa ni tomar aliento, se dispuso compartir sus propias aflicciones.

—¿Sabes que este viejo amargado y extraviado en luchas políticas estériles no ha logrado todavía ser inmune a esa pasión del amor? —le soltó de repente.

Francesco no dijo nada, pero no pudo evitar una expresión de sorpresa. El poeta se arrellanó hacia atrás en su silla. Arrastraba las palabras, casi paladeándolas entre los dientes, envuelto

213

en un ambiguo placer, bien por rememorar aquellos momentos, bien por mortificarse con sus desatinos.

—Fue en Lucca… —dejó caer quedamente—, cuando la firmeza del exilio comenzaba a ser más fuerte que mis ilusiones. Ella era joven y hermosa, un arma peligrosa entre las manos de Amor. Pero me resultó cálida y comprensiva como una mujer madura, y en estos asuntos, Francesco, a diferencia de cuanto hablábamos anteriormente, el libre albedrío se esfuma. Nunca estarás tan de vuelta y curtido como para que el amor no intente atraparte y jugar contigo como con un simple muñeco de trapo. Familia, trabajo, desvelos políticos o morales…, todo lo arrasa como si no tuviera la menor importancia. Hay quien ha perdido un trono por su influjo…, o la cabeza misma, como nuestro sagrado Bautista; incluso el Edén, como nuestro padre común, Adán —completó, y sonrió tímidamente—. No pienses entonces que no te comprendo, Francesco.

Éste asintió sin decir nada. El silencio se veía matizado por el ruido de la lluvia en el exterior.

—Influyó en mi obra —reconoció Dante—, pues en mi desastrosa actividad política poco importaba ya que lo hiciera. Ya ves, yo, que había confesado mi pretensión de trascender en el mundo con una obra en la que se juntaran el Cielo y la Tierra, contaminaba mis palabras con la pasión más terrenal y menos divina. Introduje variaciones en lo que ya estaba escrito, como si mi corazón precisara renovar cualquier camino que mis pies ya hubieran recorrido, y lo expuse alegremente para que se hicieran cuantas copias quisieran los amanuenses locales.

El poeta hizo una pausa y suspiró profundamente con la vista perdida en la semioscuridad del fondo.

—Me fui despertando —continuó en voz baja y tranquila—, porque la realidad es tan dura para un desterrado que deja poco margen a las ensoñaciones. Me propuse olvidarla y retomar mi obra con más fuerza y tesón de lo que nunca hubiera sido capaz de aportar, pero los desvaríos y cambios que había sufrido ya mi «Infierno» eran tantos que intenté conseguir la retirada de cuantas copias circularan con esta versión. La rechazaba como hija bastarda, producto de la debilidad y el desatino; sin embargo, ya era imposible. Al poco, abandoné Lucca, portando conmigo la determinación de no volver la mirada atrás. Y te aseguro que, hasta el momento en que he escuchado tu historia, pensaba haberlo conseguido.

Dante se sumergió en un nuevo mutismo reflexivo, en una de sus distantes meditaciones. Posó la mirada sobre el áspero tablero de la mesa. De allí la deslizó hasta sus propias manos. Cuántas veces, mientras ordenaba sus pensamientos y antes de tomar la pluma, se había quedado mirándolas, como si quisiera transmitirles la inspiración suficiente para transcribir mecánicamente sus reflexiones. Ahora, las veía envejecidas y estériles, impotentes y casi carentes de vida. De repente, para sobresalto de Francesco, salió de su ausencia con un respingo brusco que le incorporó en su asiento.

—¿Qué os sucede? —preguntó su escolta.

—Acabo de reparar en algo que antes había sido incapaz de recordar —murmuró Dante—. Algo que aclara algunas dudas, pero que en absoluto tranquiliza mi espíritu…

Francesco observó intrigado a su interlocutor, que parecía haber palidecido bajo la tenue luz de las lámparas y se agitaba inquieto en su escaño.

—Ahora sé que los asesinos de aquel árbol también seguían los dictados de mi obra —continuó Dante—, pero lo hacían con la versión repudiada que yo había pretendido condenar al olvido. Tampoco en esto cabe duda de que soy el inspirador de todas estas atrocidades…

Se sintió mal. Volvió a sacudirse con un escalofrío profundo que le produjo un involuntario temblor en las piernas. Una sensación de vahído, como si un «yo» angustiado e inmerso en el vértigo abandonara su propio cuerpo.

—Deberíamos irnos —comentó Francesco.

Ésa fue una sugerencia que el poeta agradeció.

215

Capítulo 39

*P*oco después abandonaron aquella taberna ruidosa y congestionada. Durante el retorno al palacio volvió a acompañarlos una lluvia lenta y pesada, como un fluir de lágrimas. Parecía como si la pesadumbre de ambos hombres hubiera cristalizado en una enorme nube negra y estallado finalmente sobre sus cabezas. Dante sintió durante todo el camino el frío pegado a los huesos, el cuerpo destemplado y una desapacible sensación de mareo. Cansado y sin claridad de ideas: así era como se sentía cuando finalmente llegaron a su destino, con la tarde ya avanzada. Supuso que a su acompañante aún le quedaba un buen rato de explicaciones e informes ante su señor, pero él no deseaba reunirse con nadie. No sabía si podía confiar más que antes en Francesco, o si podía considerarlo como un nuevo amigo después de su intercambio de confidencias. No había casi tiempo de reacción y las prisas hacían afrontar todo sin la calma y reflexión consustancial al temperamento de Dante. Sin embargo, nada le importaba en aquel momento. Deseaba dormir, perderse en el sueño. Ni siquiera le perturbaba la idea de que, como tantas otras veces, podía despertarse agitado en medio de su pesadilla. Para su sorpresa, eso no ocurrió.

Durmió profundamente y despertó por sí mismo con el sol ya alto. Una náusea abortó su primer intento de levantarse del lecho. Vencida ésta, fue capaz de incorporarse y andar, pero su cabeza parecía interiormente tapizada de alfileres y el estómago le ardía como si acabara de tragar fuego. Achacó al vino basto de la taberna su malestar y solicitó a los sirvientes a su disposición que le trajeran algo para sentar el cuerpo. Le sirvieron una cocción de rosas secas en vino suave, eficaz para atajar los dolores de cabeza, ojos u oídos. También tomó unas hierbas con aroma anisado que introdujeron calor en su cuerpo. Después, vagabundeó por las estancias del palacio que eran accesibles a los huéspedes. El conde Guido Simón de Battifolle había convertido su sede en un fortín en el que no era extraño encontrar a soldados apostados en los pasillos o reunidos en estancias que formaban improvisados cuerpos de guardia. Cierto que la situación era muy delicada en Florencia, pero Dante llegó a cuestionarse si en realidad el vicario del rey Roberto no estaba más preparado para el ataque que para la defensa. Siguió paseando por lugares no vedados, admirando la decoración y la arquitectura interior del edificio. Algunas habitaciones contaban con más de una puerta que las intercomunicaba. Siguiendo aleatoriamente alguno de los accesos, el palacio se podía convertir en un intrincado laberinto. Se preguntaba si el conde acogería en aquellos momentos a muchos invitados, como él mismo; sin embargo, aparte de los soldados, sólo se encontró con personal de servicio, que, aunque respetuoso, le observaba con indisimulada curiosidad.

El edificio no había quedado inmune a la fiebre de reformas que había contagiado a la ciudad. Algunas de ellas hacían difícil reconocer un interior que Dante había frecuentado antes de su partida sólo de manera parcial y esporádica. Sí que reconoció —aun cuando no pudo acceder a él porque sus puertas estaban cerradas y custodiadas— el salón del Consejo de Ciento, donde Dante había estado alguna vez, durante su pertenencia al mismo. Descendió hasta el hermoso patio interior. Era un remanso de paz en el que revoloteaban los pájaros, un desafío de tranquilidad a la turbulenta situación de la ciudad, más allá de esas tapias. Bajó con cuidado las escaleras pegadas al muro y se deleitó paseando con la calma de un viajero. El patio comunicaba con algunos accesos de la planta baja y por allí trajinaban un buen número de sirvientes. Uno de ellos resultó familiar a los ojos de Dante: un anciano algo encorvado que se movía con bastante más lentitud que sus otros compañeros y que portaba una gran perola bajo un brazo. De inmediato, lo reconoció y caminó hacia él dispuesto a su encuentro.

—¡Chiaccherino! —dijo mientras se acercaba.

217

El hombre se detuvo, pero no pareció distinguirle a la primera. Con los ojos entornados observaba a aquel extraño que le había llamado por su apodo.

—¿Me reconoces ahora? —preguntó Dante con cordialidad cuando ya se había aproximado—. Soy el huésped del conde con el que hablaste hace un par de días.

—¡Claro, *messer*! —afirmó el criado y acompañó su expresión con una respetuosa reverencia—. Debéis perdonarme. Ya os dije que mis ojos sirven para poco desde hace muchos años.

El viejo apoyó la perola en el suelo. A simple vista, se le veía encantado de que alguien le interrumpiera, pues le proporcionaba una buena excusa para demorarse en su tarea. Otros criados que por allí rondaban, la mayoría tan cargados o más que Chiaccherino, miraron con curiosidad, pero ninguno se acercó o interrumpió su faena.

—¿Estás en la cocina? —preguntó Dante, señalando con la cabeza la perola, que ahora reposaba junto al pie del sirviente.

—Sí —respondió el criado con sorna—. Me han enviado entre ollas y cazuelas para que no me entretenga hablando con ellas.

—Espero no haberte causado problemas —apuntó el poeta con sinceridad—. Si está en mi mano…

—¡Oh, no! —le atajó el criado con suavidad—. No os preocupéis. Es verdad que soy un viejo estúpido y chismoso y no debo importunar a los huéspedes. Estoy mejor en la cocina.

—Sentiría que hubieras recibido algún castigo por mi culpa —insistió Dante.

—Después de los años que llevo de sirviente no me van a matar un par de bastonazos —afirmó con despreocupación—. Además, estar en la cocina no es tanto castigo como podéis pensar. Aparte de las sobras, que me permiten comer más de lo que mis maltrechos dientes pueden masticar, hay alguna ventaja más. Se puede entrar y salir de palacio sin demasiado control por los accesos de los proveedores —añadió bajando el tono de voz y guiñando un ojo.

Dante sonrió al imaginar la utilidad que ese conocimiento podría reportar a alguien como ese viejo, siempre dispuesto a escaparse y dar de lado a su trabajo.

—Hoy parecéis todos muy atareados —dijo el poeta cambiando de tema.

—Sí —corroboró el criado, que luego bajó la voz hasta un tono misterioso—. Invitados importantes…, y no es que vos no lo seáis, claro.

—¿Qué tipo de invitados? —preguntó Dante.

—Bueno…

Chiaccherino titubeó por un momento. Dudaba de si debía entregarse de nuevo a sus chismorreos, quizá temiendo la posibilidad de recibir otro castigo. Finalmente, le pudo más su afán de parlotear.

—Parece que son prestigiosos ciudadanos de Florencia. Aunque también podría haber otros invitados de superior alcurnia, incluso muy cercanos al propio Rey —dijo para incrementar el misterio—. El conde es un hombre muy relacionado.

«Ya lo creo», pensó Dante. Estaba intensa y ampliamente relacionado, hasta lo más divergente o contrapuesto que uno se podría imaginar, según había podido comprobar por propia experiencia. Poco más podría saber el viejo de aquel asunto, de modo que Dante le dejó seguir con sus tareas, ya que además le pareció inadecuado que le vieran charlando largo rato. No saber de quién podía fiarse no era un acicate para fomentar relaciones en público. El poeta retomó el camino de sus aposentos con la curiosidad prendida en aquella reunión y la influencia que pudiera tener en su misión. De nuevo en su habitación, se encontró con un par de fuentes de alimentos que los sirvientes habían dejado en su ausencia. Almorzó frugalmente, porque su cuerpo aún no le respondía con la energía de un hombre sano, y después se dejó caer en el lecho, con los ojos cerrados y meditando en silencio. Le volvió a atrapar un sueño espeso y sudoroso del que no despertó antes de que las sombras hubieran ya manchado por completo las luces del día. Se incorporó sin ganas y se preguntó cuánto tiempo habría pasado. Recién despierto, acurrucado entre las sombras de la estancia, Florencia parecía una fantasía todavía inalcanzable desde la lejanía del exilio. Le costaba reconocer que sus calles estaban ahí mismo, a un simple vistazo desde el ventanal. Aquel muro de misterio y anonimato que le habían creado le hacía sentirse infinitamente más lejos

219

que las numerosas millas de distancia que antes le habían separado. Entre tinieblas, recibió una visita que consiguió sacarle del sopor. Francesco de Cafferelli entró con su decisión habitual. Su candil encendido devolvió los colores a la estancia. Saludó sin demasiada familiaridad, como si se acabaran de conocer.

—Me envía el conde con el encargo de llevaros a su presencia.

—Parece que algunas reuniones importantes y secretas sí que se celebran en palacio, en lugar de hacerlo en tabernas clandestinas —contestó Dante.

—Sé lo mismo que vos al respecto —le replicó seco y tajante—. Quizá menos, ya que parece que sabéis rodearos de buenos informantes. Tal vez tengáis la idea equivocada de que soy el confesor del conde.

Dante quedó un tanto desorientado. Aquél era el Francesco de siempre, el orgulloso y malencarado caballero con la lengua tan cortante como el filo de su daga. El poeta no pudo evitar mover la cabeza en un triste gesto de desolación al pensar que Francesco se había encargado, de manera brutal, de disipar todas sus dudas acerca de una posible nueva amistad tras su íntima charla de la taberna.

—Vayamos pues al encuentro de tu señor —dijo Dante, con desánimo, enfilando la puerta con paso desganado—. Veamos que nuevas nos trae de esta ciudad en la que tan difícil resulta esquivar las saetas del odio…

Al llegar al umbral le detuvo la voz de Francesco a sus espaldas.

—No era mi intención ser descortés. Disculpadme si así lo habéis entendido.

Dante sonrió para sí sin decir nada. Excusa semejante en alguien tan orgulloso y soberbio como su joven escolta ya era más de lo que hubiera soñado obtener. Y era suficiente, incluso, para devolver algo de ánimo a su viejo corazón.

Capítulo 40

*E*l conde Guido Simón de Battifolle recibió a su invitado en una estancia algo más pequeña de lo habitual. Grandes fanales anclados en las paredes le situaban en el centro de uno de sus truculentos juegos de luces y sombras.

—¡Tengo buenas noticias! —lanzó Battifolle a modo de saludo.

—Serán las primeras que tengo el gusto de oír desde hace tiempo —respondió Dante, bastante sorprendido por el buen humor de su anfitrión dadas las circunstancias.

—Y yo tendré el placer de dártelas. Pero…, como todo en esta vida, esas noticias podrían ser mejores o peores, dependiendo de otra cuestión muy importante… —dijo con aquel estilo misterioso y retórico que evitaba ir directamente al grano y conseguía irritar a Dante.

—¿Las buenas noticias hablan de la detención de los autores de los crímenes que nos ocupan? —preguntó el poeta con impaciencia.

—Desgraciadamente, no —contestó lacónico el conde.

—Entonces —replicó Dante—, o mucho me equivoco o ésa es, precisamente, la cuestión importante que condiciona vuestras buenas nuevas.

—No os equivocáis en absoluto —dijo el conde con una sonrisa.

—Siendo así, me cuesta imaginar cuáles pueden ser esas maravillosas novedades, si no me las contáis —atajó el poeta, tratando de evitar que su interlocutor se perdiera en alguno de sus circunloquios.

—Parece ser que la concordia tiene una nueva oportunidad

en Florencia y que sus ciudadanos pueden empezar a pensar en vivir en paz —dijo el conde inundado de un extraño optimismo.

Dante recibió con escepticismo tales palabras. Había vivido tantas paces, tantos intentos más o menos sinceros y creíbles de concordia, que no era fácil ser optimista al respecto. Recordaba, por ejemplo, aquella memorable paz del cardenal Latino, cuando el poeta apenas contaba con quince años. Después, había conocido la supuesta pacificación tramposa del cardenal Matteo de Acquasparta, enviado en 1300 a Florencia por el ladino papa Bonifacio para beneficiar en la sombra al Partido Negro. Y la ilusionante, pero frustrada, tentativa en 1304 del cardenal Nicolás de Prato, legado del pontífice Benedicto XI, al que parecía animar un sincero afán de reconciliación que no interesó en absoluto a los gobernantes florentinos.

—Suena bonito, pero abstracto —replicó Dante sin inmutarse—. Supongo que os basaréis en algo más concreto.

El conde echó las manos a su espalda y Dante entendió con desazón que le esperaba una de aquellas largas explicaciones en las que el conde Guido Simón de Battifolle dosificaba la información con turbadora habilidad. Empezó a moverse por la estancia mientras hablaba, permitiendo que las luces y sombras moldearan alternativas siluetas con su cuerpo.

—Hoy mismo ha habido una reunión aquí, en palacio. Reunión en la que, por cierto, me hubiera encantado contar con un hombre como vos, con vuestra experiencia; de no ser por la imposibilidad misma que comprenderéis —se excusó Battifolle—. Hemos conseguido reunir a distinguidos representantes ciudadanos de las facciones que enfrentan a la ciudad. Ciudadanos de los que tienen auténtico poder de representación y pueden garantizar el compromiso de sus filas —matizó con énfasis—. También han asistido ciertos personajes muy allegados a nuestro rey Roberto.

En este punto hizo una pausa, como si estuviera seleccionando las palabras justas que debía utilizar para explicar este extremo.

—Supongo que desconocéis que en estos días la digna y nobilísima hija del rey Alberto de la Magna atraviesa nuestras tierras con destino a Puglia, donde va a desposarse con *messer*

Carlos, duque de Calabria, hijo de *messer* Roberto —continuó el conde—. Algunos de los distinguidos miembros de su comitiva, como el hermano mismo del Rey, *messer* Gianni, al encontrarse cerca de Florencia, han tenido la deferencia de asistir a esta reunión para exponer el parecer regio. Es curioso —dijo el conde, que se detuvo de repente y miró a Dante con una sonrisa enigmática—, a veces pienso que vuestros conciudadanos siguen sin querer convencerse de que soy el vicario del Rey y cuento con su bendición a la hora de tomar decisiones. En fin, como quiera que la paz es lo más importante, no me causa ninguna turbación ese desplante y celebro que al menos otros personajes sean capaces de infundirles mayor confianza o respeto.

Dante asumió con silencioso escepticismo semejante arranque de humildad; sin embargo, Battifolle había conseguido prender de nuevo su curiosidad y ansiaba conocer adónde quería llegar.

—Lo importante son los resultados —insistió el conde—. Y ésos parecen ser bastante favorables.

—¿Compartiréis de una vez conmigo vuestra satisfacción? —preguntó Dante un tanto molesto con tanta retórica y aturdido por el sesgo cambiante de las luces sobre su interlocutor.

El vicario sonrió sin incomodarse por la pregunta de su huésped. Tampoco abandonó el ritmo de sus paseos.

—Os diré, ya que me pedís que abrevie, que estos ciudadanos de Florencia han llegado al común acuerdo de reformar la señoría con motivo de la próxima elección de priores. Bien sabéis que los siete que manejan en la actualidad el Gobierno son consentidores de los desmanes de ese *bargello* que amparan y que les sostiene en el poder. Por tanto, son responsables directos de que la unidad en Florencia sea una utopía —comentó con pasión—. Mediante este nuevo arreglo, otros seis se unirán a ellos. Esperamos que así haya menos divisiones y discordia.

—¿Trece priores? —dijo Dante—. ¿Han consentido los florentinos en violar sus ordenanzas de la justicia para cambiar la estructura del Gobierno?

Estaba sorprendido. La medida era extrema; además, recordaba las reticencias que el sometimiento a las normas había generado siempre. En los mismos días previos al golpe de mano de los negros y de su paladín Carlos de Valois, se había criticado con acritud un acuerdo de señoría mixta, de arreglo entre las partes, porque apenas habían transcurrido quince días desde la elección de los anteriores priores.

—Lo han hecho por el bien de la ciudad —replicó Battifolle— y porque están convencidos de lo delicado del momento.

Dante se imaginó la escena. La situación no debía de haber sido agradable para los contrarios a la señoría de Roberto; no obstante, habían asistido y eso parecía una buena muestra de que su posición iba dejando de ser tan privilegiada como lo había sido. Esa presencia de tan noble estirpe, la formaban dignos caballeros de los cuales resultaba imposible pensar que se movieran sin llevar una escolta de menos de cien jinetes por cabeza. Esto sugería que en aquel conciliábulo, a la hora de llegar a acuerdos, habían pesado menos las palabras que otras consideraciones igual de efectivas, pero bastante menos cordiales.

—¿Un acuerdo bendecido por el papa Juan? —preguntó Dante.

—¡Olvidaos de ese cahorsino ambicioso y traicionero! —exclamó Battifolle con brusquedad—. El Papa vive atrincherado en su imperio de Aviñón y cada vez atiende menos los intereses de nuestra Italia, salvo cuando suponen un beneficio para sus propios intereses. Han sido los propios florentinos los que han decidido tomar las riendas de su destino.

A Dante le chocaban esas reticencias. No podía saber si las compartía el rey Roberto. Al fin y al cabo, Jacques Duèse, que ocupaba el trono papal con el nombre de Juan XXII, había sido canciller del soberano napolitano y parecía representar claramente los intereses de una alianza angevina. Aunque no faltaban desprecios públicos del Pontífice hacia el Rey, a quien había llegado a calificar como «miserable cobarde» a los oídos de todo aquel que quisiera escucharle. Juan veía a su antiguo señor como poco más que una herramienta necesaria en sus pretensiones sobre la península.

—¿Y con eso creéis que se arreglarán definitivamente las cosas? —objetó el poeta.

—Lo que creo es que, al menos, se dará un paso importante en Florencia para la pacificación de los de dentro —respondió el conde con convencimiento—. Sólo una vez logrado tal objetivo se podrá afrontar el hacerlo también entre éstos y los de fuera.

Dante recibió esta alusión sobre el regreso de los exiliados con ánimo confuso. La premisa enunciada por Battifolle era inobjetable, pero las verdaderas intenciones del rey Roberto y de su vicario eran prácticamente imposibles de dilucidar. El conde jugaba sus cartas con maestría, exhibiendo siempre esta opción con la que presionaba a Dante. Le hacía soñar con la posibilidad de tener en su mano la gloria de acabar con los infortunios de los exiliados y alcanzar una solución política, pero, a la vez, le mortificaba su incapacidad para resolver aquel terrorífico asunto para el que le habían traído hasta Florencia, porque sabía que el vicario de Roberto cifraba todas sus promesas en un satisfactorio punto y final de aquella abominación. Dante pensó que Battifolle iba a sacar el tema de inmediato. No se equivocó.

—Pero ya os decía, al principio, que otra cuestión muy trascendente podría influir en estos buenos augurios —dijo el conde con pesadumbre—. Esos crímenes inspirados en vuestros escritos…

—Esas repugnantes imitaciones forzadas de mi obra —matizó Dante con irritación—. Ya os dije que en un caso ni siquiera se adapta literalmente.

—Llamadlos como queráis —concedió Battifolle sin alterarse—. Lo importante, de todos modos, es que seamos capaces de ponerles freno antes de que vuelvan a repetirse. Mirad —explicó con suavidad—, esos ciudadanos que han estado aquí congregados desconfían unos de otros casi tanto como lo hacen de su propia sombra. Si somos capaces de establecer un borrón y cuenta nueva, tal vez vuelvan a adquirir esa confianza perdida y tomen cuerpo las buenas intenciones. Pero —añadió con gesto serio— si la sangre de alguno de ellos vuelve a correr por las calles de Florencia de esa manera tan absurda y brutal, no tengo la menor idea de en qué puede desembocar todo esto. Y no creo necesario deciros que esa misma desconfianza de la que os hablaba se hace extensiva, aún con más fuerza, a todos los exiliados blancos o gibelinos. Y, por supuesto, a vos mismo —añadió con cruda claridad.

—A la postre, acabaré quedando como el responsable prin-

225

cipal de esos crímenes —comentó Dante complementando por sí mismo los pensamientos del conde.

—Vos y todos los que, de alguna forma, comparten vuestras ideas y sufren el destierro —destacó, con similar rudeza, hurgando en la herida—. Si los ciudadanos de Florencia quieren reconciliarse entre sí, indudablemente deberán enfocar todos esos recelos hacia el exterior. ¿Comprendéis?

Dante asintió en silencio. Lo comprendía y de nada servía argumentar sobre la injusticia de tales conclusiones. En casos como aquél, lo sencillo y conveniente era buscar responsables entre quienes ya lo tenían todo perdido y apenas se podían defender. Dante se sentía nuevamente abrumado. La responsabilidad que había recaído en sus hombros era difícil de encajar. Había sido un hombre tozudo y luchador hasta la soberbia, poco dado a arredrarse ante las dificultades. Pero, ahora, a sus cincuenta y un años, se encontraba frente a unas circunstancias que lo superaban. Agachó la cabeza, meditabundo y sombrío.

—¿Alguna novedad sobre tales sucesos? —dijo Battifolle, rasgando el silencio.

226

Dante dudó por un instante. Podía lanzarse a una narración de meras especulaciones, suposiciones o hipótesis, aspectos en los que sí había acumulado un bagaje considerable; explayarse, incluso, en quejas sobre la insuficiencia de medios a su alcance o las dificultades encontradas en la investigación, todo para justificar la ausencia de pistas concretas. O podía callar, dar a entender que Dante Alighieri no había respondido de momento a las expectativas creadas en la mente de su interlocutor y que no era capaz de aportar esa luz clarificadora que se le demandaba. Por inercia o impotencia fue esto último lo que hizo.

—¿Ni siquiera algo sobre esos fantasmas o demonios de zarpas azules de que me hablasteis? —insistió el conde.

—Quizá fuera conveniente que asumierais vos mismo las investigaciones —dijo Dante, con aire derrotado.

Battifolle no respondió de inmediato. Reinició sus paseos, pensativo, y el poeta no pudo evitar dirigir la mirada hacia él con fascinación. Ya era la quinta vez que se reunía con ese hombre en los pocos días que duraba su estancia en Florencia, y a partir de esos encuentros, había llegado a verle como un ser capaz de conseguir aquello que se propusiera. Eso, cuando se trataba de él mismo, le causaba una innegable irritación; sin embargo, no disminuía la admiración que sentía hacia una personalidad fuerte en la que Dante reconocía capacidad más que suficiente para dirigir y reconducir situaciones delicadas. Roberto había elegido un buen vicario, eso estaba claro. A Dante sólo le quedaba discernir si los intereses del rey siciliano, a quien representaba Battifolle, eran totalmente compatibles con la existencia de Florencia en la forma en que él mismo la concebía. Esclarecer semejante punto entre el torrente de palabras sutiles e intencionadas del vicario no era tarea fácil. Battifolle volvió a tomar la palabra.

—Mirad —comenzó a explicar—, a los ojos de Florencia, el vicario del Rey que se ha comprometido a otorgar su protección nunca podría dejar de lado unas investigaciones de este tipo. Lo que ocurre es que esta ciudad cuenta, además, con un jefe de policía, el *bargello* Lando, con el cual, como ya sabéis, la cooperación es nula. Desde su puesto, él también debe investigar, pero sus métodos son tan rudimentarios y brutales como su propia personalidad. Dudo mucho de que fuera capaz de detener esta masacre aunque tuviera a los culpables, con las manos rojas de sangre, almorzando en su propia mesa. De momento, lo único que ha hecho es pasar por el potro o cortar una mano o las orejas a un puñado de desgraciados que no le han podido proporcionar ningún tipo de información. Peor aún, ha aumentado los recelos entre la población. Por su parte, justifica así que, al menos, sigue ocupado y preocupado en estos menesteres. Sospecho que, a un tiempo, aprovecha para atemorizar un poco más a sus enemigos. Pero en relación con este caso no ha conseguido nada. ¿Creéis que yo debo actuar de la misma forma? —dijo con repentino énfasis—. Yo no quiero hacerlo. Por eso he recurrido a vos, porque os considero una de las pocas personas capacitadas para hacer una investigación inteligente y discreta. Si vos me falláis, no os oculto que no sabría qué hacer…

El conde dejó caer los brazos con teatral desolación y quedó en silencio por un instante.

—Sigo necesitando vuestra ayuda —continuó hablando con

firmeza—. Más incluso que antes, necesito vuestra ayuda. Y sigo teniendo confianza en vos, Dante Alighieri.

Battifolle permaneció observando a su invitado. Parecía esperar una respuesta que no llegó, porque Dante estaba inmerso en una de sus aturdidas cavilaciones y no sabía exactamente qué decir. Al vicario de Roberto no le valían las negativas. No era un hombre que dejara quebrar sus planes fácilmente. En realidad, el propio Dante no estaba seguro de querer rechazar la misión. Pero eso, en el fondo, era indiferente. Comprendía que ya se había puesto en marcha una espiral en la que cada vez estaba más inmerso. Tenía la creciente sensación de estar atrapado en un universo paralelo al que había creado en su propio «Infierno». Un mundo de círculos concéntricos que le empujaban más allá, sin ofrecerle más salida que una huida hacia delante. Tenía que llegar, como en su obra, hasta el mismo diablo o a quien estuviera detrás de aquello y tratar de salir con la cabeza bien alta y el alma intacta. De lo contrario, sucumbiría en el intento. Sabía de sobra que no había marcha atrás y veía bien claro que el vicario no le iba a dejar escapar. No sabía si desde que había aceptado la misión o, más probablemente, desde el momento mismo de su retorno obligado a Florencia, pero el poeta era consciente de que estaba escrito que no iba a poder abandonar tan fácilmente la ciudad. Sólo una situación muy favorable le iba a permitir volver a la normalidad. Eso era, en realidad, lo que le estaba diciendo Guido Simón de Battifolle. En cierto modo, era eso lo que siempre le había dado a entender con sus palabras abundantes y enrevesadas.

El conde respetó el silencio sombrío de Dante. Le miraba con curiosidad y daba la sensación de estar participando de sus pensamientos. No quiso presionar más a su invitado, tal vez porque intuyera que, con lo dicho, gran parte del trabajo estaba hecho. No obstante, antes de finalizar el encuentro, Battifolle dejó deslizar por las laderas confusas de la mente de Dante unas palabras que le sonaron enigmáticas.

—Quizá no estéis del todo perdido…, quizá vuestras averiguaciones no vayan tan desencaminadas como podéis pensar… —Después, sonrió de forma aún más ambigua antes de despedirse—. Quedad con Dios.

Capítulo 41

*E*n los dos días que siguieron a ese encuentro, Dante no vio al conde ni a su escolta, Francesco de Cafferelli. Los supuso en alguna ocupación de Estado fuera de Florencia. Tampoco Chiaccherino, a quien Dante tomó la costumbre de visitar en ratos perdidos, fue capaz de darle una información al respecto. El viejo parlanchín no trasladó al poeta la sensación de que el pueblo de Florencia respirara nuevos aires de paz y concordia como le había dado a entender, con desbordante optimismo, el conde de Battifolle. Todo lo más, ese pan de la esperanza con el que siempre se alimentan quienes más tienen que perder con cualquier guerra. Dante no pudo reprimir una desoladora sensación de soledad y desamparo. Aquellos que le habían empujado hasta el corazón de esa agobiante espiral que le atrapaba parecían haber querido dejarle a la deriva con todas sus incógnitas y debilidades. Le sorprendió hasta qué punto un hombre como él había podido caer en la dependencia implícita de un joven rudo y malencarado como aquel Francesco de Cafferelli. Le echaba de menos, con el paradójico sentimiento que acaba uniendo a los secuestrados con sus raptores. Aunque aún no sabía a ciencia cierta si había verdadera amistad entre ellos, reconoció íntimamente que su ausencia eliminaba gran parte de su seguridad y confianza.

Por otro lado, al reflexionar sobre las frases de despedida del último encuentro con el vicario, Dante llegó a sospechar que *messer* Guido sabía, en realidad, bastante más de lo que le había contado. Arrojando la fría luz de la lógica sobre esos pensamientos, si eso era así, le resultaba muy difícil comprender para qué precisaba entonces de sus servicios y rechazaba, incluso, prescindir de ellos. El poeta concluyó que lo más probable era que Battifolle hubiera querido animarle sin más. Dante se dio cuenta de que la suspicacia y el recelo estaban haciendo mella en su carácter. Desde que se había visto envuelto en este embrollo, tanto la ambigüedad de los hechos como de las personas le impulsaban a buscar siempre una segunda intención, un significado subyacente escondido en las palabras y acontecimientos vividos en la Florencia agitada de su reencuentro.

En esa misma línea, también le había causado extrañeza que los mismos que días atrás se habían mostrado recelosos respecto a sus paseos solitarios por Florencia, ahora le dejaran a su aire moverse libremente y sin control. Aunque tampoco en esto era difícil encontrar explicación. Sus anfitriones debían de ser tan conscientes como él de que, a la vista de todo lo sucedido, Dante Alighieri no iba a ser tan desmesuradamente temerario como para reproducir en solitario iguales o parecidas experiencias. Por ejemplo, internándose en las peligrosas e insalubres profundidades del *sestiere* de Santa Croce. Pero aquello limitaba sus posibilidades de investigación y acercaba amenazadoramente el plazo que Battifolle se había impuesto, sumiendo al poeta en el pegajoso agobio de la responsabilidad. Era un punto muerto que acrecentaba la impotencia y la ansiedad, un paréntesis del que Dante tenía el funesto y cada vez más acentuado presentimiento de que iban a salir por mediación de otro acontecimiento impactante.

No quiso que su inactividad forzada le mantuviera encerrado entre las confortables cuatro paredes de su alojamiento. El personal de palacio ya se había acostumbrado a su presencia, a sus idas y venidas. Y Florencia, evitando los rincones más conflictivos y apartados, podía ser una ciudad tan segura o insegura para él como lo era para cualquier otro extranjero de verdad. Retomó sus paseos en las horas de mayor movimiento. Recorría los lugares más atestados y anónimos, con la débil esperanza de encontrar algún detalle que pudiera serle de utilidad. Pero los florentinos, en su comportamiento y maneras, apenas dejaban traslucir un cambio sustancial, una preocupación distinta de las que debían de acompañarlos en sus vidas diarias. Aunque no podía olvidar aquella escena cuajada de tensión que había vivido cerca de San Miniato, al pie de aquel árbol maldito cargado de despojos. El enfrentamiento fácil, el olor acre del motín sobrevolándolos a todos ellos. Y quizás, aunque aparentemente profunda, la mecha que podía incendiar la vida de los florentinos estaba allí, dispuesta, empapada en la resina inflamable del descontento.

Cuando traspasaba la puerta del palacio del Podestà, repetía la misma maniobra que había seguido en su primera salida. Iba hacia el sur, eludiendo así un posible contacto con su barrio de origen. En el fondo, percibía en su conducta el decisivo peso del pudor o la nostalgia dolorosa, pues el poeta estaba sombríamente convencido de la dificultad de encontrar por allí a alguien capacitado o verdaderamente interesado en reconocerle. Optaba por no alejarse mucho del centro o separarse del enjambre humano que lo animaba a diario. Ni siquiera llegó a cruzar alguno de los puentes sobre el Arno para dirigirse a Oltrarno y solía dejarse llevar en su paseo hasta desembocar con calma en la plaza de la Señoría, verdadero imán que atraía en continuo trasiego a las miles de almas que poblaban Florencia. Y allí fue donde tuvo oportunidad de ver y conocer a aquel *bargello* despiadado, aquel Lando de Gubbio cuya mala fama le era de sobra conocida. Nadie le dijo que era él, no hacía ninguna falta, porque lo supo apenas vislumbró cómo la gente le abría paso con algo más que respeto: un temor reverencial que les hacía alejarse a toda prisa de su presencia.

La comitiva, a caballo, marchaba lentamente camino de palacio, con un ritmo cansino y desafiante. Una nube de mercenarios feroces rodeaba a aquel soberbio condotiero. Hombre seco y enjuto, de altura más que mediana, marchaba algo encorvado sobre los lomos de su montura, bajo el peso de unas galas más propias de un señor de la guerra que de un alguacil urbano. Su aspecto rapaz impactaba, con su faz afilada de piel amarilla y quebradiza y la nariz larga y ganchuda. Completaban su rostro unos oscuros ojos hundidos, una mandíbula fuertemente apretada y un leve gesto burlón entre los labios. Movía los ojos lentamente, barriendo la plaza y a sus ocupantes con una inquietante mirada que parecía ir más allá de lo visible e inmediato, como la de los vigías en las galeras o la de los marinos atisbando entre la tempestad. Bajo el haz de esa mirada de lechuza, daba la impresión de ser capaz de descubrir cualquier cosa que alguien pretendiera ocultar. Tal vez por eso, no había allí espíritu tan fuerte como para mantener esa mirada, para sortear el temor de no saber a ciencia cierta si la guadaña iba a detenerse. Era como si la muerte jugara a través de esos ojos del *bargello* a dar vueltas con su mortal herramienta. El mismo Dante sintió la cuchillada fría cuando el grupo pasó apenas a unos pasos ante él. Como todos los demás, desvió la mirada con el miedo agarrotado en el pecho, como si temiera que aquellos ojos vaciaran su mente y extrajeran su secreto. Tras su paso, el poeta respiró con alivio; una sensación de libertad; la posibilidad de continuar con una vida que hubiera quedado en suspenso. El pánico, una atmósfera densa e irrespirable, envolvía a todos aquellos que se encontraban en la órbita de aquel cruel *bargello*.

Después de esto, desganado y sombrío, con el corazón encogido, prefirió volver a recluirse en palacio que seguir respirando el aire libre de Florencia. Ese aire tan cargado de recelos.

Capítulo 42

*L*os negros augurios de Dante no tardaron en hacerse realidad. La calma se rompió de manera brutal, de la única forma que el poeta había previsto que sucediera. La negra sombra del miedo y aquella violencia diabólica habían vuelto a cernirse sobre Florencia. A la vez, el cielo se entristeció y volvió a volcarse a cántaros sobre la ciudad oscura. Francesco interpretó una vez más el papel de heraldo de la muerte. Cuando penetró en su estancia, a pesar de que aún no había amanecido, Dante ya llevaba un rato observando melancólicamente la lluvia que se derramaba sobre su ciudad. Casi a oscuras, a despecho de la llama mortecina de la lámpara situada sobre la mesa, permaneció sentado, con la vista fija en aquel ventanal por el que a veces tenía la impresión de volar rumbo a ninguna parte. Había oído gritos y carreras por las vías encharcadas, desusados signos de una actividad diferente a la de cada día, y supuso que algo había sucedido. Ahora, apenas vislumbrado el rostro de Francesco, supo a ciencia cierta qué era lo que había ocurrido. Ya no era el sarcástico y malintencionado hombre que días atrás había encogido su corazón con morboso placer anunciándole uno de aquellos horrorosos crímenes. El joven estaba empapado y dejaba un leve charco en el suelo como testigo de su presencia. Evidentemente, había recorrido esas calles azotadas por la tormenta antes de visitarle. Su rostro era aún más serio y parecía haber envejecido durante aquellos dos días de ausencia. Fue Dante quien quebró el silencio.

—Otro de esos crímenes, ¿verdad?

Francesco asintió lacónicamente mientras se pasaba su mano herida por la cabeza, a contrapelo. Una nube fina de minúsculas gotas salpicó toda la estancia.

—No parece tener fin esta tormenta… —dijo Dante, con gesto ausente, jugando con el doble sentido de las palabras.

—Esta vez han sido capturados dos de los autores —dejó caer Francesco de repente.

Dante dio un respingo de sorpresa y miró fijamente a su escolta. Se extrañó de que en su rostro no asomara rasgo alguno de satisfacción.

—¡Hablemos con ellos entonces! —exclamó Dante con un brillo de pasión en la mirada.

—Dudo de que podáis… —comentó Cafferelli con desgana.

—¿Los habéis matado? —preguntó el poeta con incredulidad en su voz.

Francesco se agitó un tanto molesto, con incomodidad. Se observó la mano lastimada; una cicatriz aún tierna y brillante por la humedad era el recuerdo de aquella pelea con Birbante. Un trueno cercano dio paso a sus explicaciones.

—Los hombres del *bargello* llegaron antes…

—El conde no podrá quejarse ahora de la efectividad de Lando —replicó Dante con amarga ironía—. Espero que, al menos, hayan podido arrancarles alguna confesión.

—No lo han hecho —contestó Francesco con seguridad.

Dante volvió a mirar a su interlocutor con estupor.

—Medios tienen. No me cabe la menor duda —comentó el poeta.

—Aun así, os aseguro que no han podido extraer de ellos ni una sola palabra —aseguró firmemente Francesco.

—¿Cómo puedes estar tan seguro? —replicó Dante, visiblemente intrigado.

—Prefiero que lo comprobéis por vos mismo —contestó.

—¿Comprobarlo? —exclamó Dante perplejo—. ¿Cómo podría hacerlo? ¿No habían sido capturados por los esbirros de Lando?

Francesco volvió a dar muestras de intranquilidad. Parecía sentirse responsable por no haberse adelantado en la detención de aquellos miserables y con nulas ganas de dar explicaciones.

—Tenemos los cadáveres —dijo sin mirar directamente a Dante.

—¿Han matado a los prisioneros y después os han donado los cuerpos? —preguntó el poeta, absolutamente perplejo.

—En realidad, no ha sido así —replicó Francesco, evasivo—. Se los hemos comprado.

Un escalofrío recorrió el cuerpo de Dante. Sin decir nada, dirigió su mirada hacia el ventanal, al cielo gris como horizonte.

—Bendito san Juan... —comenzó a decir con tristeza—. En tu ciudad apenas vale nada la vida humana, pero se compran y venden los cadáveres por un puñado de florines...

—Esos cadáveres iban a ser descuartizados o quemados —argumentó Francesco—. Pensé que quizá quisierais examinarlos antes de que eso sucediera.

Dante permaneció pensativo apenas el espacio de tiempo entre dos truenos. Daba la impresión de que el poeta estaba muy alejado de allí, al borde de una ausencia casi definitiva. Francesco volvió a sacudirse el agua acumulada en su pelo, de forma mecánica y nerviosa, esperando a que el poeta saliera de aquel transitorio ensimismamiento.

—Tienes razón —exclamó de repente con una sonrisa amistosa—. Has hecho bien, Francesco. Ahora que sabemos que son hombres y no diablos, veamos esos cuerpos. Será difícil, pero quizá con un poco de fortuna seamos capaces de sacar de ellos, muertos, alguna de las respuestas que otros no han sido capaces de obtener cuando estaban con vida. —Tras ponerse en pie con nuevas energías, añadió—: Llévame a su encuentro y ponme en antecedentes durante el camino.

Capítulo 43

*E*l sexto de aquellos indignamente llamados «crímenes dantescos» había sido perpetrado durante la noche. No fue necesario que Francesco le diera muchas explicaciones para que Dante ubicara su inspiración en el canto XVIII de su «Infierno»: el castigo a los falsos y complacientes aduladores. Éstos penan su rastrera actitud hacia los poderosos sumergidos en un repugnante lodazal de desperdicios humanos. A aquellas alturas, el poeta ya estaba convencido de que su obra no era determinante para la elección de la víctima. Puede que, simple y llanamente, no hubiera ninguna selección. Por tanto, no le importaba demasiado conocer los pormenores sobre el desafortunado ciudadano de Florencia que lo había protagonizado. Probablemente, había sido el azar, el burlón designio de la Providencia, lo que había movido sus pasos hasta encontrarse de bruces con el fin de sus días.

Los asesinos se habían disfrazado de vulgares basureros, recolectores de excrementos y desperdicios urbanos para realizar su cruel hazaña. Era una ocupación que les garantizaba bastante anonimato y seguridad, porque les permitía moverse en la ciudad nocturna, a la luz de sus propias antorchas, sin que nadie, por su gusto, se acercara a esos personajes sucios y de tan desagradable tarea. Los buenos ciudadanos de Florencia, que atestaban las calles de la ciudad durante el día, dejaban un reguero de suciedad y podredumbre a su paso o con sus negocios. Era un rastro del que renegaban o que simplemente ignoraban. Alguien menos afortunado tenía que recogerlo para que las calles no se convirtieran en un apestoso corral humano en descomposición.

En esas vías sucias e insanas, los desechos comestibles se los llevaban los perros, las gallinas o los cerdos; sin embargo, había otros restos menos aprovechables, excrementos humanos que los ciudadanos evacuaban con la misma ligereza y despreocupación. Aunque en teoría cada ciudadano debía mantener limpio el espacio frente a su casa, en la práctica sólo la lluvia, cuando tenía la fuerza suficiente, evitaba que la ciudad se convirtiera en una enorme cloaca a cielo abierto. Por eso el Comune había decidido encargar esa tarea a miserables que le tenían más miedo al hambre que a la podredumbre o al contagio de enfermedades. Una de esas brigadillas de cuatro hombres cargados de palas y escobas, arrastrando dos carros de inmundicias, podía levantar más rechazo que verdadera curiosidad o sospecha. Eso mismo debió de sentir aquel desgraciado cuya última visión en este mundo terrenal había sido la de cuatro sucios desalmados capturándole y torturándole hasta la muerte. Todavía no había empezado a llover, no se había desatado el llanto desmesurado del cielo, cuando fue atacado en un tortuoso callejón cercano a la plaza de San Lorenzo, al norte de la ciudad. La explosión súbita de la tormenta enfurecida, finalmente, dio al traste con la impunidad y el éxito de los asesinos. Si la lluvia empezó a caer lánguida y desganada, unos poderosos truenos anunciaron un violento recrudecimiento de la tormenta.

Alguien desvelado o asustado por la furia desatada de los elementos se había asomado a la calle desde su morada y había tenido la inesperada visión de la atroz tortura que estaba sufriendo uno de sus conciudadanos. Sus gritos de aviso y recriminación habían atravesado incluso la densa cortina de agua y sorprendido a los asesinos. Puestos en fuga, comprobaron que su fortuna había terminado. Al menos para dos de ellos, porque toparon de bruces con una brigada de hombres de Lando que habían pasado parte de su ronda en la taberna. Ahora, tras incumplir con sus obligaciones, se encontraban con la inmerecida recompensa de capturar a unos delincuentes. Dos de ellos pudieron escapar; la sorpresa de los soldados no era menor que la de aquellos hombres en atropellada huida. Los otros dos fueron sólidamente aprehendidos por aquellos violentos mercenarios que, por si acaso, consideraron conveniente detener a quienes mostraban todas las trazas de huir de algo. Lo demás fue sencillo: seguir el rastro de los gritos, localizar el cadáver, acallar con amenazas al escandaloso testigo y a otros curiosos y volar en busca de su amo. Lando, sin grandes esfuerzos ni desvelos, había conseguido atrapar a los misteriosos diablos que tenían a la ciudad en jaque. Se debió de frotar las manos traduciendo a oro, en su ambiciosa imaginación, el previsible agradecimiento ciudadano. Por una vez fue cauteloso, precavido y discreto, virtudes que no solían adornar su personalidad. Hizo transportar en secreto a los dos prisioneros y a su víctima hasta su cuartel general. No quería que la ciudad se solivantara aún con el conocimiento de este nuevo suceso, ni que los hombres del vicario le disputaran el mérito de la captura.

La noche y la madrugada habían debido de hacerse extremadamente largas y dolorosas para los dos reos. Humillados y torturados con saña, debían de haber deseado la muerte con la misma pasión con que se habían empleado en sus fechorías. Pero, seguramente, sus carceleros habrían puesto su mayor dedicación en asegurarse de que no abandonaran este mundo así como así. Dante se estremecía pensando en lo odiosa y despreciable que se le debe de volver la vida a alguien en semejante situación, cuando lucha contra el instinto mismo de supervivencia para rogar por su término. Había visto gentes podridas hasta los huesos por la enfermedad aferrándose a la existencia hasta el suspiro postrero; condenados a muerte que se negaban a renunciar a la esperanza hasta el último brillo en el filo del hacha o el último tirón de la soga alrededor de su cuello. Y, sin embargo, hombres sanos, plenos de vida e ilusiones apenas horas antes de iniciarse su tormento, imploraban, paradójicamente, al Dios de la vida que deshiciera con rapidez los hilos que les unían con el mundo de los vivos.

Al amanecer, el secreto no era ya más que una moribunda pretensión. Florencia iba despertando entre rumores antes de llegar a un alborear gris y tenebroso. Los rumores se extendían entre gritos de terror y protesta, carreras y algaradas que habían sacado a Dante de su lecho: el reguero veloz e inflamable del deseo de venganza. Para entonces, también el vicario de Roberto habría sido informado. El poeta imaginó su mole paseándose nerviosa, el rostro anguloso invadido de sombras y contrastes, crispado de rabia y desilusión. A Francesco le había sido encomendada la delicada misión de enfrentarse a cara descubierta en la guarida misma de su enemigo. Debía desplegar temerarias solicitudes de información ante los ojos malignos del envanecido y triunfante *bargello*; sin embargo, había encontrado ira y frustración. Francesco insistía en que ni con el tormento habían conseguido sacar nada de aquellos desgraciados. A Lando se le había esfumado el oro acuñado en su imaginación tan inevitablemente como ambos criminales habían expirado. Resultaba tan estéril poseer aquellos despojos que nada habían revelado sobre la identidad o escondite de sus compinches, que Francesco apenas encontró obstáculos en su negociación. Lando se desembarazó de los cadáveres. Si aquello no le iba a reportar la fortuna esperada, al menos no saldría con las manos vacías. De propina, el *bargello* le endosó también a una víctima incómoda de la que tampoco quería saber nada. Con similar discreción, portaron esos cuerpos no demasiado lejos, a Borgo San Remigio.

Los cuerpos reposaban dentro de una iglesia pequeña erigida en honor a los santos Proto y Jacinto, mártires de la persecución de Valeriano, que compartieron la muerte por el fuego y el descanso eterno de sus restos en el mismo sepulcro. El templo era ahora una ocasional capilla ardiente para los tres fallecidos. Hasta allí llegaron Dante y su acompañante, tras una rápida cabalgada entre la lluvia, aplastando los charcos, salpicando los muros con descuido. Arribaron cuando el sol aún se enfrentaba a las sombras de una doble batalla: las últimas tinieblas de la noche y la poderosa tela de araña de las nubes. Junto a la puerta, muy pegado al muro, intentando hacerse uno con su superficie irregular y esquivar así las gotas de la lluvia, un individuo fornido, cubierto con un grueso capote y capuchón hizo amago de salirles al paso. Un gesto de Francesco y volvió a aplastarse contra el muro de tosca mampostería dejándoles el paso libre.

239

Capítulo 44

*E*l interior estaba mal iluminado; una luz escasa hasta para aquella nave no demasiado amplia que parecía más una cuadra que un templo. La triste claridad del incipiente día apenas aportaba más que una melancolía de crepúsculo al interior. Dante vio al fondo la cruz sencilla y el altar tosco, impregnados de aquella atmósfera gris, y se sintió furtivo. Un visitante ilegítimo, penetrando a hurtadillas, que pretendiera también esconderse a los ojos de un Dios desorientado entre las sombras. Junto a la entrada distinguió a otro de aquellos soldados del conde dormitando en una banqueta. La presencia de Francesco le impulsó a levantarse en señal de saludo. Al hacerlo, su arma, colgada al cinto, retumbó en un golpe seco contra aquello que le había servido de asiento. Dante miró con aprensión. Le inundaba la sobrecogedora sensación de estar participando con aquellos hombres, armados en la casa del Señor, en la profanación de un lugar sagrado. Empapó sus dedos en el agua bendita de la pileta situada junto a la puerta y se santiguó con verdadera devoción y esperanza.

Apenas hubo empezado a mirar en derredor, su vista y atención se fijaron en un individuo de baja estatura que caminaba apresurado hacia ellos desde la parte más alejada de la nave. Cojeaba levemente y sus pasos —los pies calzados en unas bastas sandalias de suela de madera— resonaban con un curioso ritmo irregular tamizado por el murmullo de la lluvia constante sobre la techumbre. Al llegar a su altura, sonrió con la boca abierta y desplegó una reverencia que a Dante le recordó la exagerada genuflexión de aquel artero Filippone de los «secaderos de los bueyes». Iba cubierto por completo con un manto negro y un capuchón. Su rostro feo y mal afeitado se recortaba de manera desagradable contra su silueta y podía ubicarse lo mismo en un mendigo que en un carcelero o un verdugo. Después de presentarles sus respetos les habló, despidiendo un aliento de vino barato. Mostraba un desagradable tic que le estiraba en oblicuo el labio inferior, mostrando a un tiempo las encías. Dante dedujo que debía de tratarse de un sacristán o un guardián de aquel templo; mejor aún, algún empleado de la morgue, porque parecía sentirse verdaderamente en su salsa al cuidado de cadáveres.

—Los cuerpos os están esperando —dijo con satisfacción profesional.

La paradoja de su comentario creaba una inapropiada situación cómica que no pasó desapercibida para un Francesco muy sensibilizado y aún incómodo tras su reciente conversación con Dante. Respondió a esas palabras con suma brusquedad.

—¿Qué otra cosa podrían hacer sino esperar, imbécil? ¡Vamos a ver esos cuerpos!

El hombre, sumiso, indicó con una mano en dirección a la izquierda del recinto. Desde su posición, Dante observó el resplandor de varias velas que podían confundirse con habituales ofrendas de los fieles. Se encaminaron hacia ese objetivo acompañados, a su espalda, por el traqueteo irregular de los pasos de aquel siniestro personaje. A medida que se iban aproximando, Dante pudo distinguir el lugar donde habían colocado uno de aquellos cuerpos: un improvisado catafalco frente a una capilla dedicada a los santos Proto y Jacinto. Estaba adornada con una tablilla mal pintada y peor conservada que representaba la terrible muerte de los dos mártires. Las velas, que alguien había colocado en honor a los santos, servían también para velar al difunto. Como una violenta bofetada, percibió un hediondo aroma de cloaca que alcanzaba mayor intensidad según se acercaban a aquel bulto. Apenas a tres pasos del lugar, la fetidez se hacía insoportable. Todas las moscas que, huyendo del aguacero, habían encontrado aquel refugio sagrado, habían localizado a la vez un rincón perfecto para su subsistencia y revoloteaban enloquecidas alrededor del cuerpo. Dante se detuvo, alzó el embozo húmedo de su capa para resguardarse la nariz y la boca y echó una mirada a Francesco, cuyo rostro hierático tampoco podía disimular las contracciones del asco. Como el poeta, cubrió su cara, y ambos retomaron la marcha, alejando moscas a manotazos, hasta la vera misma de los restos.

Resultaba muy difícil reprimir la náusea. No sólo por el olor, sino por el propio aspecto del cadáver. Era la imagen fiel de la estampa más horrible de la muerte. Ya sabía de antemano qué parte de su obra habían querido envilecer los asesinos y se había preguntado cómo la habrían reproducido. La respuesta, ante sus ojos, era más horrible y detestable que cualquier imagen mental que pudiera haberse forjado. El desgraciado, que involuntariamente había entregado su vida para este juego macabro, era un hombre de edad y condición indefinible, porque su figura y vestimenta estaban completamente pringadas de excrementos. Los autores de tal atrocidad habían sido generosos en la aplicación de esos desechos en apariencia humanos. Estaba boca arriba, con las manos atadas por delante, con una cuerda tan apretada que se le había incrustado en las muñecas. Prendido del cordel, a modo de etiqueta, colgaba un pequeño pergamino sucio y arrugado. Sin necesidad de leerlo, Dante supo lo que era. No obstante, Francesco, con la punta de su daga, en un movimiento cauteloso provocado por el asco, dio vuelta a aquel cartel. Quedaron visibles, entre manchas irregulares de estiércol, los rasgos de tinta que alguien había estampado previamente. Las frases no eran completamente legibles, pero lo que se distinguía era más que suficiente para el entendimiento del poeta: «[…] en el foso / vi gente sumergida en estiércol / que de letrinas humanas […] / […] el ojo atento / vi a uno tan de mierda enlodado / […] laico o clérigo».[20]

De todos modos, lo peor estaba en el rostro, cuajado de moscas. Los ojos muy abiertos, fijos en ninguna parte, parecían seguir contemplando con horror los inmisericordes rasgos de sus asesinos. La boca también estaba desmesuradamente abierta; quizá trató infructuosamente de capturar una bocanada de aire que le hubiera mantenido ligado a la vida, porque, de manera brutal, le habían llenado la boca con aquella materia repugnante. El poeta tembló al imaginar los espantosos sufrimientos, la lucha mortal e impotente para respirar y, a un tiempo, soportar el sabor y el olor de esas inmundicias que le bajaban por la garganta. El cuello estaba hinchado, desmesuradamente abultado hasta unirse con la barbilla y Dante sospechaba con náuseas cuál era su contenido. Aquellas bestias habían debido de encontrar un método, quizás un perverso instrumento diseñado para la ocasión, como en el atroz crimen de Bertoldo de Corbinelli, para empujar más y más profundo aquella asquerosa carga durante su espantoso crimen.

—Es repugnante... —murmuró Dante sobrecogido.

—Es mierda —aclaró innecesariamente el hombrecillo del capuchón, que se había plantado de improviso a la izquierda del poeta, el cual dio un respingo y observó con incredulidad que aquel tipo era capaz de soportar sin un gesto o recelo, a cara descubierta, las pestilentes emanaciones del cadáver—. Me insistieron en que los dejara como estaban, por eso no los he lavado —añadió preocupado por una posible acusación de negligencia.

—¡Cierra el pico, bastardo! —vociferó Francesco, haciendo alarde de la poca simpatía que sentía hacia aquel sujeto.

—Bien —dijo Dante en voz baja, aún más amortiguada por la mordaza que él mismo se había impuesto—. Ésta es la víctima. ¿Dónde están los asesinos?

El hombrecillo señaló con un dedo en sentido opuesto, al otro lado de la nave central de la iglesia.

—Allí os esperan —dijo sin pensarlo, en un tono servil.

Aun sin decir nada, la mirada que le dedicó Francesco tenía la intensidad y el desprecio suficientes como para congelar la sangre a cualquiera. A pesar de lo cómico del asunto, Dante imploró para que no se olvidara del lugar en que se encontraban y controlara su ira. No quería añadir un salvaje sacrilegio a sus preocupaciones. El rincón señalado era muy distinto al anterior: ni capilla ni velas, sino una sucia esquina con trastos viejos e inservibles. Resultaba una última muestra de desprecio y diferenciación en el trato entre víctima y verdugos. Según se aproximaban, con el omnipresente traqueteo del cojo por detrás, Dante se liberó del embozo comprobando que la atmósfera era algo más respirable y observó de reojo cómo Francesco hacía lo mismo. Ambos cuerpos, desnudos y retorcidos, habían sido colocados en otro par de provisionales catafalcos. Su aspecto era más limpio, aunque estuvieran marcados por heridas y cuajarones de sangre seca. De todos modos, no resultaba mucho menos horrible: espejo de la acción despiadada de la tortura sobre un ser humano.

El poeta llegó a la altura del más cercano, un hombre de mediana edad y barba clara. Se santiguó, porque nadie sino el demonio podía estar en aquellos momentos velando en las sombras a aquellos desalmados capaces de hacer algo como lo que acababa de ver. Tenía las manos atadas a la espalda y por eso su cuerpo adoptaba un extraño aspecto arqueado, tumbado como estaba sobre sus brazos y crispado por el rígor mortis. Aparte de las heridas infligidas durante la implacable tortura y algún que otro hueso roto que el ojo no era capaz de divisar, a Dante le quedó claro que su muerte había sido muy parecida a la de su víctima. Tenía la boca abierta, casi desencajada, en un intento desesperado de capturar oxígeno. Por este horrible boquete asomaban los pliegues de un paño, quizás una gasa. También había tenido los ojos abiertos. Al menos los párpados lo estaban; sin embargo, los globos oculares no estaban intactos. Habían sido reventados con algún objeto punzante. Ciego y desesperado había acabado purgando con su vida su terrible pecado. Otra cosa es que su alma hubiera sido o no acogida por Dios ante tan atroces culpas. Dante lo observó más atentamente y le extrañó su vientre desmesuradamente hinchado. A riesgo de parecer morboso y aunque detestaba conocer tal tipo de detalles, se dirigió a Francesco.

—¿Cómo…? —comenzó a preguntar tímidamente.

—¿Cómo le mataron? —le ayudó Francesco—. Es un suplicio que los hombres de Lando han tomado prestado de la Inquisición. Se mantiene abierta la boca del reo con un «bostezo» de hierro y se le va llenando la barriga con agua hasta que no puede más y revienta…

—¿Y ese paño? —preguntó Dante, estremecido, señalando los bordes de la tela que asomaban por su boca.

—Un refinamiento personal de los torturadores —contestó Francesco con ácida ironía—. Si se deja caer el agua a través de un lienzo de lino se aumenta la agonía. El líquido va arrastrando la tela cada vez más profundo y no deja respirar demasiado bien. Supongo que, al final, aunque después de mucho tiempo, acabaría por asfixiarse o por ahogarse en sus propios líquidos… Pero ¿qué importa? No deja de ser un asesino, ¿verdad?

Dante tembló ante la descripción del tormento y las palabras de Francesco. «Un asesino, pero a la vez un hijo de Dios, descarriado o no...», pensó, aunque era un pensamiento muy difícil de asumir para la mayoría. A su lado había vuelto a situarse aquel hombrecillo encapuchado, que asentía en silencio, con satisfacción.

—Aunque para obtener información —continuó Francesco—, en este caso, no haya servido para nada...

—¿Sigues defendiendo que no han dicho nada? —preguntó Dante, intrigado por la obcecación de Francesco. Le parecía imposible que un hombre pudiera aguantar semejantes padecimientos sin decir a sus agresores lo que quisieran escuchar—. ¿Cómo es posible?

—Observad el otro cadáver —se limitó a responder.

Dante se desplazó hasta donde estaba el segundo de los asesinos. También boca arriba, presentaba algunas diferencias. Había corrido la misma suerte previa a la muerte que su compañero. Los ojos eran dos amasijos sanguinolentos alojados en las cuencas. Era también de mediana edad, con una barba similar, aunque más oscura. Físicamente, ambos estaban bien formados, como personas habituadas al trabajo físico. Éste tenía los brazos colocados sobre el cuerpo, pero estaban retorcidos en una posición antinatural, descoyuntados, uno de ellos doblado por el codo a la inversa de lo humanamente posible. Heridas abiertas, señales de golpes y quemaduras por todo el cuerpo quedaban como marcas insignificantes en comparación con la profunda hendidura que le corría de oreja a oreja. Era el corte por donde se había esfumado la vida. Dante deslizó su vista hasta el rostro de Francesco; un interrogante mudo que éste entendió de inmediato. 245

—Otro tipo de tortura —dijo, señalando los brazos retorcidos—. Se les ata los brazos por detrás y se los eleva mediante una polea, dejándolos un rato suspendidos. Después, se les deja caer de golpe, con piedras atadas a los pies, sin que lleguen a alcanzar el suelo. Dicen que el dolor es atroz y los brazos quedan de esa manera. Como veis, cuando se cansaron lo degollaron.

—Y tampoco dijo ni una palabra, ¿verdad? —comentó Dante con desanimada ironía.

—Miradle la boca —dijo ahora Francesco.

Con diligencia y sin escrúpulos, el hombrecillo del manto negro introdujo en la boca del difunto una especie de pinzas que le permitieron abrirle las mandíbulas en una gran amplitud. Dante, con bastantes más escrúpulos que su acompañante, se inclinó sobre ese punto, examinando las fauces desencajadas.

—No tiene lengua —dijo el poeta, que se levantó y miró fijamente a Francesco—. Si le cortaron la lengua, ¿cómo esperaban que hablara?

—No le cortaron la lengua —exclamó Francesco para sorpresa de Dante—. Cuando le capturaron ya estaba mutilado. Y si os tomarais la desagradable molestia de sacar el paño de la garganta del otro encontraríais que tampoco tiene.

—Deslenguados... —exclamó el desagradable guardián en voz baja, acompañando la palabra con una risita contenida, como si hubiera descubierto un chiste.

—¡Y tú vas a perderla en el momento mismo en que yo pierda completamente la paciencia! —le soltó Francesco.

—Por eso estabas seguro de que no habían dicho ni una palabra... —murmuró Dante, aturdido.

—Ni sabían escribir para hacer algún tipo de confesión —continuó Francesco—. Así que los hombres del *bargello* saben lo mismo que nosotros...: nada.

—Mudos... —murmuró Dante, encerrado en uno de sus herméticos pensamientos.

El poeta, llevado por un presentimiento oculto para Francesco y dejando de lado los escrúpulos mostrados con anterioridad, agarró con ansiedad los brazos del cadáver. Los giró y se inclinó con avidez para examinar las manos.

—¡Santa Madre de Dios! —exclamó en voz baja, casi en un susurro.

Francesco observó intrigado cómo el poeta, de un salto, se desplazó hacia el otro cadáver. Con igual ansiedad trató de levantar de lado el cuerpo, pero la rigidez fue un obstáculo y volvió a caer. Francesco fue en su ayuda y entre los dos consiguieron ponerle de perfil. Así quedaban a la vista los dos brazos atados a la espalda. El poeta volvió a centrarse en las manos y después de un rápido examen se volvió hacia su acompañante.

—Tienen las uñas azules, Francesco —dijo con una voz que

era más un temblor—. Los dos… Los demonios mudos de uñas azules…

—¿Qué estáis diciendo? —exclamó Francesco, sobresaltado por la actitud de Dante.

—Serán tintoreros… —murmuró el cojo.

—¡Cierra esa asquerosa boca de sapo de una puta vez o, por Dios, te juro que…! —empezó a gritar Francesco descargando su tensión, pero se vio interrumpido por Dante.

—¡No! Espera, Francesco —dijo, calmándole, para volverse después hacia el otro—. ¿Qué es lo que has dicho?

El aludido se echó un paso atrás, asustado, temiendo un castigo o algo peor.

—Que deben de ser tintoreros… —murmuró—. Se les quedan las uñas de ese color porque usan las manos para estirar los tejidos y deshacer los nudos que quedan en las lanas, y con los tintes que usan…

Dante y Francesco se miraron fijamente, al comprender lo que significaba aquello. El primero exclamó en un susurro: «Dios mío…»; el segundo cerró los puños con rabia y las uñas se le clavaron en las palmas de las manos.

247

Capítulo 45

*F*lorencia era ya una ciudad desbocada. Ellos mismos, que habían salido precipitadamente de la iglesia de San Proto y San Jacinto, eran la imagen de una atropellada urgencia. Al fin amanecía: irregulares claros que quebraban la densa trama de las nubes y dejaban asomarse el sol sobre la tierra. Una imagen que le recordó, con aprensión, el ambiente de su pesadilla recurrente. La lluvia languidecía también; una lenta agonía que presagiaba su fin. La ciudad estaba presta a desperezarse del todo.

Un día que no podía ser normal —Dante lo intuía—, porque no tardarían en contagiarse de rumores los que aún no lo habían hecho durante la noche. Un mal augurio que al poeta le hacía acentuar la celeridad que les impulsaba. Dante quería llegar cuanto antes a ese rincón que servía de escondrijo a los beguinos. Preguntar, indagar, saber por qué y con qué fin aquellos falsos penitentes habían ensuciado su fama y su trabajo. Estaba preocupado porque el aroma de motín y *vendetta*, la sucia justicia de la plebe, flotaba en la ciudad como densos vapores que se le pegaban al paladar. Cualquier concesión a la demora era una trágica ocasión perdida para el conocimiento; sin embargo, Francesco debía ir a palacio. Informar y recibir instrucciones del conde de Battifolle era una —de hecho, la principal— de sus obligaciones. Dante lo comprendía y no hubiera esperado o supuesto otro comportamiento; aun así, el ansia y la inquietante sensación de frustración le hacían imposible brindarle una explícita comprensión. Le había intentado convencer, aun a sabiendas de que sus argumentos partían derrotados. Se había mostrado incluso descortés, tanto como le había reprochado a su escolta en otras ocasiones. Francesco ni se había molestado en rebatir sus argumentos. Su disciplina se situaba simple y llanamente por encima de esas razones.

Dante trataba de asimilar los últimos acontecimientos, tan rápido como deseaba que le hubieran desplazado sus piernas. Había estado frente a aquellos beguinos, había sospechado algo, quizás había tenido la solución a los enigmas delante de sí mismo y no había sido capaz de atender a las señales. Tan fundamentadas eran las reticencias de aquel pobre loco que predicaba en Santa Croce, como atinadas las crípticas indicaciones que le había dado. Lamentablemente, éstas no habían sido suficientemente claras para él, que no había tomado en serio a aquel apasionado demente. Ni siquiera cuando había sido atacado, seguramente asesinado, había sido capaz de ver en ello una consecuencia a su curiosidad investigadora. Le había hablado de beguinos. Su desordenada y mística mente los había calificado como demonios mudos de uñas azules.

Ahora recordaba con claridad, con la lógica de quien encaja hechos consumados, el encuentro que había mantenido frente a la misteriosa puerta verde de su *domus paupertatis*. Ahora se justificaba esa sensación de clandestinidad que todo ello transpiraba, la extrañeza mudez de algunos de ellos. Pero él mismo había estado hablando con otro, ese a quien siempre había imaginado en el papel de líder. ¿Cómo sospechar entonces la causa del silencio de los otros? Rememoró también aquel gesto que había puesto en guardia a Francesco; ese esconder las manos entre las ropas, gesto que Dante había supuesto meramente ritual y que ahora identificaba como un afán de ocultar esas uñas que delataban las trazas de su antigua profesión. Recordó la actitud claramente elusiva del bribón Filippone, sin duda al tanto de bastantes más cosas de las que había estado dispuesto a relatar.

De todos modos, la nueva luz de sus pensamientos arrojaba claridad sobre un hecho aún más perturbador. Aquellos «demonios» esperaban un mensaje, sin duda las instrucciones de alguien. Y ese alguien, que no formaba parte del beguinato y a quien por tanto no se podía destruir arrasándolo, era la cima y objetivo que obsesionaba a Dante. Miró de reojo a Francesco y trató de deducir qué estaría pensando, aunque su rostro era tan serio e impenetrable como habitualmente. Quizás estuviese molesto con él. Al fin y al cabo, su escolta le había propuesto atacar a los beguinos apenas asomaron las primeras sospechas del poeta y él se había negado. Sus escrúpulos apenas habían servido de aparente utilidad. Una nueva vida segada no era una carga despreciable para su conciencia castigada. No había reparación, pero Dante esperaba que, al menos, hubiera un final lo más satisfactorio posible para todos y, ¿por qué no?, también para él mismo; un final en el que se llegara hasta la cabeza pensante de la trama y no simplemente a conformarse con cortar las pequeñas testas de esa hidra pestilente de mercenarios del crimen que se habían prestado a llevar todo a cabo.

Capítulo 46

*L*a parada en palacio se le hizo eterna. Como un gato enjaulado, dio vueltas por los pasillos, sin cambiarse siquiera de ropa, sufriendo a cada paso los efectos negativos del retraso. Habría querido ver al conde, escupirle en medio de su ceremoniosa charla la urgencia del asunto. Pero Guido Simón de Battifolle no le era accesible. El enviado de Roberto sólo lo parecía cuando realmente él estaba interesado en ello. Dante estaba cada vez más convencido de que el vicario no concedía una entrevista sin haber preparado minuciosamente el escenario y la trampa en la que enredar a su interlocutor. De todos modos, a Francesco no podía acusársele de pereza, pues concluidas sus gestiones, el poeta lo vio aparecer con aires de premura.

—Quizá no deberíais venir… —le dijo, casi obligado y sin gran convicción.

—No podrías impedirlo —replicó con firmeza Dante.

Sin más, partieron con similar presteza y con varios soldados del conde que se unieron a la comitiva. El día ya había abierto y en las calles hervían movimientos de una actividad extraña. Grupos y corros que hablaban, gentes que se movían de uno a otro lado, explicando, gesticulando, a veces gritando, resistían indolentes al paso de los caballos, sin mostrarse como dóciles y amables ciudadanos que cedieran el paso a apresurados jinetes. Éstos tampoco se deshacían en contemplaciones: empujaban con la fuerza de sus monturas, abriéndose paso sin miramientos con los pies y las rodillas separados. Penetraron con toda la rapidez que les fue posible en el corazón mismo de Santa Croce. Allí ya se había desbordado el ansia de rebelión. Una masa infecta, que parecía salida de las cloacas del mal, ocupaba estas calles: puro lumpen, cínicos delincuentes que se atrevían a pedir justicia. Ese noble ideal violado y mancillado en la boca de quien huye a diario de ella. La palabra precisa utilizada para camuflar la sed de sangre sin más.

Dante imploró que retornara la lluvia, que cayera a cántaros para que vaciara las calles y arrastrara como inmundicias esa sucia y peligrosa plebe, pero el sol había ganado, temporalmente, la batalla. Estaba claro que el destino no iba a conceder treguas; si las nubes habían anegado las calles poco tiempo atrás, ahora no parecían dispuestas a impedir que el fuego gozara de su propia oportunidad, pues literalmente, fuego es lo que vislumbraron desde antes de llegar al lugar en que cuatro días atrás Dante y su compañero se habían encontrado con aquellos beguinos. Una columna de humo y el olor a chamusquina reafirmaron los malos augurios de esas señales poco antes de llegar a su destino. El placer animal de la violencia, agazapada bajo el sacro manto de la indignación, había alcanzado su fin. Los otrora temerosos ciudadanos de Florencia ahuyentaban su miedo atacando como lobos en manada.

Una plebe enfurecida apedreaba con saña el edificio que los alojaba. Los postigos y tablas que antes aseguraran las ventanas habían sido arrancados. A través de los vanos, algunos individuos lanzaban estopa y maderas en llamas. Aquella puerta verde, ahumada y que dispersaba en miles de burbujas su pintura reciente, resistía de momento los feroces envites. La violencia de la escena paralizó a Dante. Su visión, su peculiar pesadilla, se presentaba nuevamente con la crudeza de una imagen real ante sus ojos. El fuego y la turba, ¿los ladridos de los perros tal vez? Y, de nuevo, un pensamiento sospechoso. ¿Cómo era posible que la masa hubiera atinado ya, sabiendo dónde atacar? Una corriente maligna de información parecía desplazarse por Florencia a la velocidad del viento. O se hacía muy evidente el interés de alguien porque así sucediera. Los salvajes airados que allí se congregaban ya no eran representantes de la civilizada Florencia; eran carniceros furiosos que descargaban su ira contra unos presuntos delincuentes. Estos enemigos simbólicos constituían, para cada uno de esos florentinos, la encarnación misma de sus odios y frustraciones. Pateaban restos humanos con jubilosa determinación. Asían cabezas inertes por los cabellos, lanzándolas contra las paredes, por el solo gusto de ver cómo se estrellaban, dejando una sucia mancha de sangre. Ya había varios cadáveres, pero habían sido tan salvajemente mutilados por las manos ávidas de los amotinados que era imposible discernir el número exacto. Tal vez cuatro, si cierto amasijo sanguinolento medio aplastado realmente era una cabeza.

Esta vez, Dante no pudo reprimir la náusea. Vomitó. Desde lo alto de su caballo, con un doloroso espasmo que le encogió el estómago, vomitó y al tiempo deseó expulsar todo aquello que Florencia le podía haber ofrecido en los últimos días. Querría haber vomitado también sus pensamientos, sus dudas, sus afanes por seguir siendo florentino, porque no podía comprender qué diferencia había entre esos crímenes que llevaban su involuntario sello y aquel horroroso acto de falsa justicia.

Francesco actuó con rapidez. Comprendió, por los gestos y la actitud de aquellos dementes, que dentro de la casa debía de quedar alguno de los beguinos. Tenía que poner orden e instruyó a sus hombres para que se emplearan con la contundencia necesaria. No había allí ni rastro de las fuerzas de Lando, de modo que el monopolio de la violencia le pertenecía. Varios de aquellos mercenarios, hombres fornidos y acostumbrados a enfrentarse a enemigos bastante más curtidos que aquellos ciudadanos soliviantados, se interpusieron entre ellos y la casa. Exhibieron sus ballestas, empuñaron sus espadas y mazas y se lanzaron sin contemplaciones contra los más avanzados o los más revoltosos, contra aquellos que se habían arrogado el papel de líderes o, simplemente, no habían sido lo suficientemente ágiles para evitar la primera línea. Lo hicieron con violencia desmedida, la única que consideraban eficaz y ejemplar para los demás. Uno de aquellos provocadores lo comprobó en un instante, cuando una maza impactó de lleno en su rostro. Cayó de rodillas, con un sanguinolento colgajo donde instantes antes había tenido una nariz. Muchos ciudadanos se quedaron boquiabiertos, impresionados, mirando a su compañero, que trataba de tomar aire por la boca, en medio de un creciente charco de sangre. Otro de los mercenarios, utilizando como única arma su pie calzado en una gruesa bota, atacó con violencia a otro de aquellos adelan-

253

tados: le partió la pierna por la rodilla al doblarla en sentido contrario a su natural articulación. Con un terrible aullido, se desplomó en el suelo con la pierna colgando como una manga de trapo. Después, los soldados, sonrientes, disfrutando no menos que sus oponentes de la violencia desplegada, se limitaron a apuntar con sus ballestas. Allí terminó la agresividad de los rebeldes, que se retiraron a la carrera, arrastrando en su huida a los dos compañeros malheridos. Entre los más activos y violentos revoltosos, el poeta reparó con sorpresa en el rastro de un bonete verde muy característico. Bajo él, corría la figura abominable de aquel hombre manco y desorejado que había derramado su ira de manera tan ostensible en el tétrico escenario del monte de las Cruces.

Entre tanto, Francesco de Cafferelli participaba activamente con el resto de los soldados en una operación de derribo de aquel portón ya muy castigado. Lograron abatirlo pronto. El propio Francesco, en un desprecio suicida por su integridad, encabezó el grupo hacia el interior, abriéndose paso entre bocanadas de denso humo. Sobre su caballo, Dante permanecía congelado, más preocupado ahora en realidad por la suerte de Francesco que por cualquier otra cosa. No sabía qué ocurría allí dentro, pero sí que era consciente de que el lento paso del tiempo limitaba las posibilidades de que nadie saliera con vida. De repente, el humo que salía por el hueco de la puerta se expandió como un brusco escupitajo y en sus brumas se dibujó una figura humana. Para alivio del poeta, era la de Francesco, que arrastraba con violencia y por el cuello el cuerpo de otro hombre sucio de hollín y ceniza, al que soltó apenas pisada la calle. Luego, tosió con violencia, flexionando el cuerpo hacia delante, y tomó tanto aire como le fue posible a sus pulmones. El hombre del suelo también tosía y escupía una baba mezclada con ceniza; parecía costarle mucho más insuflar aire en sus pulmones.

De improviso, varias de esas nubes súbitas lanzadas por el hueco de la puerta indicaron la salida de los soldados que habían acompañado a Francesco, con otro par de aquellos hombres asediados. Los llevaban en volandas y los dejaron caer sin ningún cuidado sobre el suelo, muy cerca de su compinche. Todos tosieron, expulsaron con fatiga el veneno peligroso del humo e inspiraron aire con avidez. La tranquilidad de Dante fue en aumento cuando comprobó que su joven escolta parecía totalmente recuperado. Volvió a revivir la preocupación cuando vio que ese público violento, que se había retirado por miedo a los soldados, reaccionaba ahora con renacida agresividad a la vista de aquellos individuos a los que habían intentado quemar vivos. Francesco se dirigió a uno de los hombres que habían colaborado en el rescate. Era el curtido sargento de la cara acuchillada que Dante ya había conocido anteriormente.

—¿Sólo tres?

—Y son muchos si queréis mi opinión —contestó el soldado carraspeando—. Ya habéis visto en qué infierno se ha convertido esa casa.

—Quiero que lleguen todos vivos a palacio —advirtió Francesco—. Especialmente, éste —dijo señalando al individuo que él mismo había rescatado.

Dante fijó su atención en ese hombre, que permanecía allí tumbado boca arriba. Era aquel que le había dirigido la palabra con su peculiar acento flamenco, el mismo a quien había imaginado en el papel de líder del beguinato. Sintió por ello una alegría fuera de lugar, porque atisbaba una posibilidad de comprender qué verdad había entre tanta sombra y tanto misterio; siempre y cuando sus conciudadanos, sedientos de venganza, no acabaran por envalentonarse del todo, pues las protestas parecían arreciar ahora y, paso a paso, volvían a acercarse. Algunos se atrevían incluso a coger piedras del suelo, aun cuando nadie osara aún arrojar ninguna. Los soldados no dieron ni un paso atrás. Se limitaron a enseñar los dientes con fiereza y a apoyarse las ballestas en el hombro, dando a entender que no iban a ceder.

255

—¡Dádnoslos! —gritaban unos con determinación.

—¡Nosotros haremos justicia con ellos! —vociferaban otros.

—¡Son nuestros! —reclamaban algunos indignados.

Sin hacerles caso, Francesco llegó a la altura de Dante y trepó ligero a su montura. Una mirada rápida le dio a entender que había que reemprender la marcha.

—Ése por lo menos hace unos días sí que tenía lengua —dijo.

Los soldados recogieron a los tres prisioneros y, sin más pérdida de tiempo, los cargaron en sus caballos para sacarlos de allí, mientras sus compañeros de a pie contenían a la masa. Dante se temió la masacre. Era la segunda vez que se veía inmerso en una situación semejante, repleta de tensión. La anterior había sido al pie de los árboles de las laderas del monte de las Cruces. Pero si allí no había ocurrido nada era, probablemente, porque la indignación de los presentes se volcaba en unos culpables abstractos. Ahora era muy distinto. Los asesinos eran algo más que un ente anónimo e inalcanzable a quien odiar y temer. Eran seres de carne y hueso, a quienes se podía hacer sangrar y sufrir. A pesar de todo, los ballesteros no tuvieron que emplearse ni derramar más sangre de la que ya había corrido.

Finalmente abandonaron el lugar siguiendo la estela de sus compañeros y dejaron a los soliviantados ciudadanos gozar de sus siniestros trofeos: los despojos de un linchamiento del que presumirían con orgullo en el futuro.

Cabalgaron de retorno tan rápidamente como les fue posible. Los temores de Dante pasaban ahora por un hipotético encuentro con los hombres del *bargello* y las imprevisibles consecuencias de un enfrentamiento; sin embargo, eso no era posible, aunque el poeta aún no lo pudiera saber. Esquivaron los obstáculos con la misma determinación mostrada en la ida y cuando llegaron a palacio todos se dispersaron tomando caminos diferentes. Los soldados condujeron a los prisioneros a las mazmorras, donde pronto serían conscientes de que su fugaz salvamento no era más que el inicio del verdadero y definitivo martirio. No iban a escapar tan vivos de aquí como del infierno en llamas en que se había convertido su escondrijo. Tal vez, incluso, acabarían maldiciendo esa fortuna de haber salido. Por eso quería a toda costa, y mientras fuera posible, hablar con el beguino que tantas respuestas podía atesorar en su cabeza.

Francesco también se separó de él, como era costumbre apenas ponían pie en aquel lugar; aun así, antes de que desapareciera de su presencia, Dante vio cómo un cortesano se le acercaba a la carrera, dispuesto a darle una información urgente. Lo hizo en un tono lo suficientemente elevado como para que el poeta distinguiera al menos los contenidos más importantes del mensaje. En resumen, Lando de Gubbio, el despiadado y soberbio *bargello*, tan envanecido y altivo en su posición de privilegio como para batir moneda falsa en detrimento de las arcas del Estado, había abandonado Florencia. Lo había hecho bien escoltado por sus mercenarios, y había dejado en pésima posición a sus valedores. No se había ido con una mano delante y otra detrás, como a veces le había ocurrido a algún que otro *podestà* caído en desgracia. De creer lo que aquel hombre le había relatado a Francesco, era imposible pensar que Lando no hubiera planeado su rapiña con bastantes días de antelación. Dante imaginó el rostro afilado y rapaz ampliando ese esbozo de sonrisa burlona, disfrutando satisfecho de su hazaña, de su impunidad, porque sabía que, aunque hubiera saqueado la Zecca por completo, ni había medios ni verdadera oportunidad para que alguien de Florencia saliera a perseguirlo o le dificultara la huida. Lando era el primero que se retiraba de la inestable Florencia, como esas ratas que abandonaban precipitadamente y antes que nadie las galeras a punto de zozobrar. Claro que éstas lo hacen desesperadamente, incluso en alta mar, arrojándose al agua, aun a costa de ahogarse. Pero Lando era una rata mucho más atenta a su seguridad; ahogarse o morir en el naufragio era algo que no entraba en sus pensamientos. De lo que no podía caber duda era de que el entramado sostenido en Florencia por los enemigos del rey Roberto era ya una nave que, con Lando o sin él, se iba a pique sin remedio.

257

Dante imaginó la enorme satisfacción del conde Guido de Battifolle. Si los hechos cotidianos se habían ido complicando cada vez más, ahora todo parecía haberse resuelto de repente. Si la fortuna les había sido esquiva en algún momento, ahora se había convertido en una moneda que caía claramente de cara para los intereses del vicario. Demasiado sencillo, quizá, para suceder en Florencia, y demasiado tentador para un vicario en apuros como para no aprovecharlo sin más complicaciones. Dante sabía que eso suponía dejar más de un cabo suelto en el aire y temía que Battifolle se conformara sin más indagación. Para el orgullo de Dante Alighieri eso no era suficiente. Si aquellos beguinos flamencos habían cometido esos horribles crímenes, lo habían hecho con algún motivo. Y otra causa les había impulsado a copiar su obra. Estaba seguro de que habían recibido indicaciones de una tercera persona. El poeta se estremecía cuando pensaba en quién podía ser, porque organizar semejante plan requería cierta posición de influencia y poder. Hablar con los prisioneros se imponía casi como una necesidad, antes de que fueran ajusticiados o linchados y se cortara toda conexión con aquel misterioso instigador.

De cualquier modo, no iba a ser tarea fácil convencer a los guardianes sin el beneplácito expreso del conde. Moverse por palacio volvía a ser como recorrer un enorme cuerpo de guardia con soldados pertrechados para el combate. Especialmente densa se hacía la red de seguridad a medida que uno se acercaba a los calabozos. Daba la nítida impresión de que se trataba más de impedir la entrada desde fuera que evitar una posible fuga de los presos. El poeta volvió a sentir el mordisco de la impotencia y se retiró a su habitación, crispado por la ira. Desde allí, con enojada firmeza, aunque con desesperanzada falta de fe en sus posibilidades, exigió a los sirvientes noticias de su anfitrión, o, al menos, que éste le permitiera hablar con los reclusos.

Capítulo 47

*P*asó bastante tiempo sin que nadie respondiera a las demandas del poeta, quien, irritado, atropellaba sus ideas con nuevas conjeturas. Acabó por desechar sus escasas expectativas de conseguir algo por este método. Entonces, se cargó de determinación, y se hizo a la idea de que no había peor opción que la de permanecer en la ignorancia o la incertidumbre. Abandonó sin titubeos la habitación. Recorrió los laberintos de palacio con paso firme, sin vacilar ante ninguno de aquellos soldados que, como gárgolas impasibles de las catedrales del nuevo estilo, le miraban desde alguna esquina. Enfiló, lo más directo que pudo, el camino de los calabozos. Era allí donde encerraban, en una envoltura de hierros y cadenas, la posible solución de sus enigmas. No tardó en encontrar lo que debía de ser la entrada. Al fondo de una sala oscura, sin ventanas y apenas coloreada por la luz mortecina de una antorcha, divisó una puerta. Era poco más que un nicho estrecho que coronaba una escalera oscura y profunda que parecía excavada en el muro; un descenso pronunciado a ese infierno donde la justicia se travestía de sadismo y sufrimiento. Junto a ese vano iba a encontrar el mayor obstáculo.

Hasta el momento, los soldados que se había encontrado en su camino se habían limitado a observarle con curiosidad insolente, pero sin un solo amago de detenerle. Ahora era evidente que había alcanzado el último control. Era un filtro impenetrable, imposible de esquivar con una simple muestra de altanería. Como impulsados por un impetuoso resorte, dos soldados se lanzaron desde un pequeño cuarto colindante al acceso, una estancia que el poeta aún no había sido capaz de vislumbrar. Con mirada feroz, se interpusieron en su paso y desenvainaron con descaro sus espadas, que reflejaron mortales chispazos de la luz de la antorcha. Dante quedó paralizado. No podía seguir, eso era obvio, pero volver atrás era internarse de nuevo en las sombras de los enigmas sin solución. Conservar la calma era vital. Respiró profundo e intentó retener los temblores y, a un tiempo, encontrar las palabras, el salvoconducto preciso para franquear esa muralla, esa pareja hostil que parecía llevar la codicia de su sangre hundida en la mirada.

—¿Qué es lo que queréis? —preguntó uno de ellos, con los dientes apretados y un tono nada cortés.

—Necesito entrar para ver a los prisioneros —respondió Dante, que intentó imprimir seguridad a sus palabras.

Unas risas burlonas llamaron su atención, a la derecha, justo donde se abría aquella estancia de la que acababan de salir otros tres soldados. Al instante, el poeta reconoció al primero de ellos. Una vez más, aquel hombre recio adornado con una barba densa y una lívida cicatriz en el rostro se cruzaba en su camino. Sintió cierto alivio porque ahí podía dar con alguna posibilidad de llevar a cabo sus intenciones.

—¿Y qué se os ha perdido entre los prisioneros, *messer*? —dijo el sargento, socarrón—. ¿Y qué prisioneros? Porque os aseguro que hay más de uno.

Dante tragó saliva y escogió cuidadosamente sus palabras. Sólo mediante una apuesta arriesgada podía salirse con la suya. Y en respuestas firmes y desabridas había tenido un buen maestro en Francesco de Cafferelli. Sólo quedaba comprobar hasta qué punto el propio Dante había sido un buen discípulo.

—¿Qué otros podrían ser sino esos hijos de Satanás de Santa Croce? —replicó tajante—. Buen trabajo te dio sacarlos de ese infierno de humo y llamas como para olvidarlos —añadió en un tácito guiño de complicidad.

El recio soldado titubeó durante un momento, y observó detenidamente el rostro de Dante. A aquellas alturas, el poeta imaginó que le habría identificado ya como el misterioso acompañante del joven caballero.

—Muchas visitas reciben hoy esos desgraciados —comentó el sargento, con una sonrisa que no acababa de encubrir las dudas respecto a su obligación—. No se me ha informado de que deban tener ninguna más.

Dante comprendió que le estaba tanteando y fue capaz de leer la incertidumbre en su mirada. Precisaba una respuesta rápida y creíble.

—Ve a preguntárselo entonces a *messer* Francesco —contestó seco y tajante, sin dejar de mirarle fijamente a los ojos.

Las dudas se hicieron aún más densas para el curtido soldado. Por su rostro acuchillado pasó un ligero temblor. Sin duda, consideraba las opciones, pero no estaba dispuesto a poner a prueba el difícil carácter de Francesco. Se encogió de hombros y dirigió un gesto leve hacia los guardianes. Éstos, con desgana, envainaron sus armas, casi desilusionados por no haber podido utilizarlas, y franquearon el paso al extraño visitante. El sargento, antes de volver a su guarida, lanzó un comentario desganado para hacer sonreír a sus hombres.

—Disfrutad de la visita.

Dante tomó aire profundamente e inició sin demora el descenso por los desgastados escalones.

—¡Eh! —le sobresaltó una voz a su espalda, mientras una mano le sujetaba por el hombro.

El poeta se volvió lentamente y vio cómo uno de los guardianes, con una sarcástica sonrisa, le tendió una antorcha.

—Necesitaréis esto o bajaréis todos los escalones de una sola vez.

Capítulo 48

Guiado por la oscilante claridad de la tea, Dante bajó los escalones con precaución. Los peldaños, gastados e inseguros, afianzaban la desoladora impresión de abandono y falta de cuidado en el lugar. Las paredes, con su irregular superficie de ladrillo a la vista, desprendían un intenso olor a humedad, como si el edificio desaguara por aquí todas sus goteras. Dante temió resbalar y bajar finalmente la escalera de la forma predicha por el guardián. Al poco de iniciar el descenso, se tenía la desconcertante sensación de penetrar en otra realidad muy diferente. No ya sólo por el notable contraste con la elegante sobriedad del palacio del Podestà, sino porque se respiraba la atmósfera de un mundo gobernado por la tristeza y la desesperación. Dante trató de imaginar qué sentirían aquellos desgraciados forzados a pisar esos escalones para ser condenados al olvido. Algunos, la mayoría, no volverían a subirlos jamás. No con vida, por lo menos. Su desventurada existencia, corta o larga, se pudriría en las inmundas celdas del final del recorrido. Otros subirían para encontrarse con el verdugo; una visita fugaz al patíbulo como único reencuentro con la luz del sol. Se conmovió con verdadero pánico al ser consciente de que a menudo él mismo había estado a punto de encontrarse en semejante situación. Aturdido, se apoyó en la pared y bajó la antorcha, siendo así capaz de distinguir una claridad cercana que le indicaba el final del descenso.

La escalera terminaba en una amplia sala de sótano, una especie de vestíbulo pobremente iluminado, con el mismo aspecto que la escalinata que acababa de abandonar. Allí, a un lado, otros dos guardianes, sentados frente a una mesa salpicada de restos de comida, jugaban a los naipes en silencio. Se diría que permanecían contagiados por el ambiente opresivo. Miraron al recién llegado sin inmutarse y prosiguieron su juego como si la de Dante no fuera una imagen real, sino una especie de visión a la que no había que prestar atención. Realmente, resultaba trabajoso respirar allí. Quizás ese ambiente viciado y la falta de aire sano tuvieran algo que ver en la desidia de los carceleros.

Dante vislumbró al frente un hueco que daba paso a un corredor inmerso en una negrura total. Unos gemidos distantes le hicieron suponer que allí se encontraban los prisioneros. A la izquierda, aquel vestíbulo se ensanchaba en una pieza rectangular que el poeta se limitó a observar de un vistazo rápido y horrorizado. Debía de ser una sala de tortura y suplicio, a juzgar por el instrumental de que estaba dotada. El suelo se encontraba tapizado de serrín, el mejor material para absorber la sangre derramada. Más de una mancha pardusca, que nadie se había molestado en limpiar, permanecía en el piso, las paredes o cualquier otro lugar. El mismísimo diablo parecía haberse encargado de la decoración y todo rezumaba el olor de la muerte en el estado más puro. Dante dirigió la palabra a los dos guardianes indolentes, tratando de conservar en la voz esa firmeza que se le escapaba en el ánimo.

—¿Dónde están los beguinos de Santa Croce?

Los otros no parecieron perturbarse demasiado por su pregunta, ni abandonaron siquiera su diversión.

—Ahí dentro, con los demás —indicó uno de ellos con lógica indiferente, mientras se encogía de hombros y señalaba el fondo del pasillo con un mínimo gesto de la cabeza.

—Seguid hasta el fondo y os chocaréis con su jaula —apuntó el otro soldado, más explícito, aunque igual de indolente.

No hubo más conversación ni Dante pretendió que alguno de ellos le acompañara. Volvió a inspirar profundo y se lanzó hacia esas tinieblas que él mismo iba despejando con la luz de su antorcha. Mirando a medias, descubrió que a ambos lados del camino había celdas, o jaulas, según las había calificado con propiedad uno de los vigilantes, porque parecían más bien dispuestas para albergar bestias que seres humanos. El olor a suciedad humana, excrementos y otros residuos era penetrante y el poe-

263

ta creyó distinguir incluso la pestilencia dulzona de los cadáveres en descomposición. El suelo estaba encharcado: residuos de la única medida higiénica que se tomaba con los reos; algún balde de agua lanzado desde las rejas sobre su cuerpo desnudo o harapiento. Dante chapoteó con el mismo asco y cautela con que había sorteado los charcos de los curtidores de Santa Croce. Sin verdadera intención, deslizó su luz en dirección a los gemidos. El espectáculo era atroz más allá de los hierros oxidados que les impedían la salida: hombres famélicos, desgreñados y peludos como animales, la mayor parte de ellos desnudos y mugrientos, hacinados como cerdos revolcándose en su propia miseria. Algunos se echaban hacia atrás, haciendo rechinar sus cadenas. Se cubrían el rostro con las manos, apuñaladas sus mortecinas pupilas por la tenue luz del visitante, acostumbradas como estaban a una perenne noche artificial. Otros permanecieron en el suelo, tan inmóviles y retorcidos que Dante pensó que ya estaban muertos; físicamente muertos, porque en realidad nada había de vida en aquellos seres desgraciados.

264   En un momento, aumentaron los gemidos, un insoportable coro de almas en pena. Con un escalofrío, advirtió que algunos le murmuraban con sus escasas fuerzas sus nombres o linajes. Sintió lástima, una profunda tristeza que le encogió el corazón. Estuvo a punto de llorar, porque sabía lo que aquello significaba. Él mismo había utilizado igual recurso en su periplo literario de ultratumba. La diferencia estaba en que sus personajes eran espíritus cuya intención al compartir sus nombres con los viajeros era la de impedir que el olvido se añadiera a la pesada carga de sus castigos. Éstos eran reales e imploraban una milagrosa carambola, un improbable prodigio que permitiera el descenso a estas cavernas de un amigo que les rescatara de su triste sino. O quizá soñaban con un cambio político, el triunfo de unos correligionarios que aún no les hubieran olvidado y un rescate que pusiera fin a su pesadilla. Con angustia y profunda desazón, se negó a seguir castigando su espíritu con aquellas visiones.

A buen paso, señalando con su antorcha sólo al frente, evitó desvelarse a sí mismo nuevas miserias, aunque sus pies acelerados chocaban con veloces bultos que se cruzaban continuamente en su trayecto. Eran ratas que se movían de celda en celda, como espíritus malignos que disfrutaran y se nutrieran de tanto sufrimiento. Esa precipitación le hizo darse casi de bruces con la celda del fondo. Frenó en seco y dio un respingo, sobresaltado por la presencia inesperada de una figura frente a él. Con el corazón acelerado por la impresión, reconoció los rasgos del beguino a quien había atribuido el papel de líder de su secta. Se encontraba de pie, aún cubierto por su manto gris. Tenía el porte soberbio que le daba estar erguido y agarrado firmemente a los barrotes. Sus muñecas eran un amasijo de eslabones de hierro y otra gruesa cadena aprisionaba sus tobillos, perdiéndose en la oscuridad de la celda y anclándose en alguna argolla del muro. Le miraba sin verle, porque era imposible que sus ojos hechos a la densa oscuridad hubieran podido acomodarse ya a la nueva claridad. Era una imagen palpable de la ansiedad. Dante imaginó que desde el momento mismo que había sentido el eco de sus pasos se había lanzado hacia las rejas.

—¿Ya venís sacarme de aquí? —dijo rápidamente con su peculiar manejo del toscano. Era un susurro vehemente que sorprendió al poeta.

—¿Quién podría sacarte de aquí, sino el verdugo? —replicó Dante.

Después, alzó su antorcha y se aproximó apenas un paso, lo suficiente para distinguir algo más de las profundidades de la celda. Allí se encontraban los otros dos supervivientes, cargados como él de cadenas. Eran mucho más tímidos, pues apenas se asomaban desde su protección en las sombras. Allí dentro no había más condenados. Aquella mazmorra parecía el destino de prisioneros especiales o tal vez de reos en espera de juicio. El beguino había enmudecido. Según adaptaba su vista a la luz que portaba el recién llegado, su rostro cambiaba y se adornaba de una palidez nerviosa.

—Siempre que aparezco yo, estás esperando a alguien muy diferente —le dijo Dante, con ironía.

—¿Quién, de entre todos demonios, sois? —masculló el beguino entre dientes, con rabia y desesperación.

—¿Demonios? —replicó el poeta con enojada perplejidad—. ¡Vosotros sois los demonios, falsos penitentes, asesinos hipócritas!

El beguino reaccionó en silencio y con absoluta indiferencia. A pesar de su situación, parecía estar tranquilo, incluso burlón. Tenía un gesto ambiguo que Dante no se atrevió a calificar como sonrisa.

—¿Qué os ha traído a Florencia? —siguió hablando Dante—. La verdad. Nada de cuentos espirituales… Todos sabemos qué clase de penitencia estabais siguiendo en nuestra ciudad.

—¿Qué sabéis? ¡Nada! No sabéis nada —dijo el beguino, arrastrando las palabras con asombrosa soberbia—. Y por seguridad de vos, mejor no sepáis.

La perplejidad de Dante iba en aumento. Le sorprendía la osadía y firmeza de un condenado sin la mínima oportunidad de salvarse, que le amenazaba allí, rodeado de oscuridad y dolor. Le confirmaba la sospecha de que aquel extraño personaje se sentía apoyado.

—Sé que sois rebeldes flamencos que, por algún oscuro motivo, os habéis asentado en estas tierras —dijo Dante tratando de expresarse con seguridad—. Sé que no es posible que os mantengáis a base de las limosnas que recogéis en Santa Croce y que vuestra principal dedicación no son los rezos o la meditación. Sé que eres el jefe de una pandilla de repugnantes asesinos sin alma cristiana. Y sé que alguien, de quien recibes mensajes y muy probablemente sustento económico, os dirige desde Florencia para llevar a cabo un plan diabólico. Pero ni sé quién es ese misterioso instigador ni qué intentáis con esta matanza. Y eso es lo que pretendo que me digas, sin preocuparte más de mi seguridad de lo que lo has hecho por tu pobre alma.

El prisionero, rígido en su posición tras las rejas, no dijo ni una palabra. Parecía pensativo, con la mirada fija en algún punto indefinible. El silencio hacía distinguir con claridad toses y sollozos provenientes de las celdas laterales.

—Huisteis de vuestro país, ¿verdad? —insistió el poeta, que intentaba arrancarle las palabras.

El beguino desvió la mirada desde su extraviado e incierto objetivo, enfrentándose directamente a los ojos de Dante.

—¿Qué importa ya que sepáis? —dijo tras un momento de reflexión y con cierta resignación—. Salimos de Flandes cuando traidores nos condenaron a horca o a hoguera. Pero no dejamos nunca de en nuestra lucha creer. La lucha pronto extenderá por otras tierras. Seguro. Por donde hay desgraciados que se matan trabajando para ver hijos que mueren de hambre. Yo enterré a mis tres con propias manos. Desde allí poca alma me quedó para resguardar —añadió con vehemencia.

—¿Estuviste con Pierre, *le Roi*? —preguntó el poeta.

—Nosotros llamamos *Connicheroi*. Y de verdad era rey de valor y astucia. Más que amariconados soberanos que sin barones no son nada —expresó, con tanta agresividad que Dante agradeció que hubiera unos barrotes de por medio—. Debías haber oído lo hermoso de sus palabras, llenas con razón. De oírle parecía tan fácil escapar de injusticia y miseria que pocos no siguieron en Brujas y todo el país. Era tejedor, pero fuimos todos, carniceros, zapateros, tintoreros… Incluso campesinos por atacar burgueses bastardos podridos de dinero.

—Hasta el punto de fomentar un baño de sangre —dejó caer Dante, provocador.

—¡Ellos fueron culpables! Responden a peticiones justas de trabajo con cárcel para jefes —continuó el flamenco sin abandonar su pasión—. Más de trescientos a prisión, pero sacamos por fuerza. Luego, *leliaarts*, lameculos de rey, se venden a franceses para proteger su bolsa.

El beguino mostraba una sonrisa feroz. Progresivamente, iba descubriendo sus verdaderas pasiones y sentimientos, despojándose de su disfraz de falsa piedad y mansedumbre. Hasta el hábito gris y raído parecía un aditamento extraño y artificial para aquel rostro crispado y sudoroso. A pesar del espanto que le causaba con la narración y su total ausencia de arrepentimiento, el poeta consideró que era mejor dejarle seguir libremente, con la esperanza de que por fin llegara a confesar aquello que tanto le intrigaba.

—Y pagaron caro esos cabrones —continuó hablando, con el rencor arañándole los dientes y un placer visible que parecía liberarle, incluso, de sus cadenas—. Artesanos y pueblo pequeño en Brujas hacemos juramento solemne por matarlos a la noche. Gritamos por calles en la nuestra lengua: «¡Viva Comune y muerte a franceses!», y ni se enteran. Todo flamenco con francés alojado o mataba allí o llevaba con fuerza a plaza de

Comune. Allí, con hachas se recibían —continuó con orgullo; después rio, una carcajada ominosa que congeló la sangre en las venas de Dante—. Decapitados como piezas de atún. Los que dieron cuenta, al intentar armarse para defensa, vieron que hospedadores rompieron bridas o sillas. Fuera no podían mover entre muertos. Hombres, mujeres, niños tiraban piedras por ventanas. Fue hermoso, pagaban allí el sufrir nuestro.

El beguino contaba su historia con verdadera fruición, lo que aumentaba el horror de Dante. De buena gana hubiera interrumpido su visita y perdido de vista a aquel individuo hasta que su cuello estuviera bien aprisionado por una soga, pero debía seguir, hacer de tripas corazón y aguantar a pie firme. Una vez más, Dante se sentía como la imagen reflejada en un espejo de su propio personaje de ficción; un peregrino extraviado y atrapado entre los círculos del infierno que su imaginación había concebido. Sin Virgilio, sin compañía confortadora alguna, volvía a ser un visitante del averno escuchando las cuitas y desvaríos de un alma condenada.

—Pero luego os unisteis a la nobleza —dijo el poeta con intención.

El otro le observó con interés. Seguramente se estaba preguntando quién era aquel personaje que mostraba tan buen conocimiento de aquellos hechos.

—*Connicheroi* era hombre sabio —argumentó el beguino—. Sabía que todo se perdía sin aliados de poder. Si franceses querían ser enemigos, peor por ellos. Así, apoyamos a conde Guido contra putos «franchutes». Y jodimos bien —dijo riendo, asomando sus dientes, tan sucios y opacos que no recogieron ningún destello de luz de la antorcha—. En Courtrai, frente caballería muy orgullosa de someter mundo completo, que llaman batalla de «espuelas doradas», por recoger luego más de quinientas de ésas. Nosotros a pie, con sólo lanzas y *godendac*,[21] pero esperando con más cojones que ellos y caballos juntos. Pasó por nuestro delante, en un carro recorriendo el campo, un cura con cuerpo de Cristo en alto para ver todos. No comulgamos, que cada uno puso en boca algo de tierra y rezó por Dios y santo Jorge. Se nos prohíbe prisioneros, no hay piedad. Yo mismo, con *godendac* reventé cabezas, más de veinte —apuntó con una mueca siniestra—. Y no más por el calor. No olvido nunca día: Santo Benedicto, once de julio en 1302… Aquella noche nos limpiamos culos con pendones de Francia, cosa no hecha por florentinos nunca, tan orgullosos que son —añadió mirando desafiante a Dante.

Aquel falso beguino no era más que un hombre grosero y violento. Capacitado, tal vez, para dirigir y coordinar un pequeño grupo como el suyo, pero en modo alguno para protagonizar una conspiración a mayor escala. Su confesión, además, no era la orgullosa reacción del hombre noble que escupe su verdad o credo a la cara misma del verdugo. Parecía más bien fruto de la soberbia incontrolada de quien se siente seguro en su ruindad.

—Para tener que huir al final… —respondió Dante, como si quisiera minimizar el efecto de esas hazañas.

—Siempre todo termina mal —respondió muy serio el flamenco—. Cabrones flotan como madera en río. De nosotros mismos algunos perdieron cojones con reacción de franceses, que apresan a conde Guido. Hubo que escapar… Todo a la mierda.

Oscilaba entre la euforia triunfalista de los recuerdos y la pesadumbre furiosa de los fracasos. El poeta temió que estos últimos y el odio que pudiera sentir por él sellara sus labios por anticipado.

—¿Por qué os hicisteis beguinos? —preguntó Dante, procurando animar la conversación.

—En nuestra tierra beguinos y begardos, más que setas —respondió, y una sonrisa burlona afloró de nuevo en sus labios resecos—. Buen sitio para esconder y huir de persecución. Pero también ideas buenas, como «hermanos de Libre Espíritu» —añadió, recalcando esto último con la clara intención de escandalizar a un visitante tan informado como aquél—. Enseñan que todo hombre tiene libertad de moral sin fin, hacer lo que quiera, pues mundo es eterno y no existe pecado o redención. ¡A la mierda Iglesia, sacramentos, Escrituras Sagradas! Dios de todos y cada uno, sin estar en medio curas o monjas.

—Y acabasteis bajando a Italia —comentó Dante, que pretendía animarle a proseguir con su narración.

—Cruzamos Alpes, cuando podemos, con grupo de «flagela-

269

dores». Buen espectáculo por pueblos, con cruces, gritos, espaldas en sangre. Y nadie se acerca. Debías de ver caras con miedo —dijo, disfrutando ostensiblemente con sus recuerdos—. Luego, acogidos por lombardos, todos de Hermandad Apostólica. También perseguidos, su jefe chamuscado atrás poco tiempo. Formamos con grupo de sucesor… Fray Dolcino de Novara.

Capítulo 49

*E*l prisionero había demorado teatralmente este último nombre con un firme propósito. Sonrió, con malicioso placer, porque la palidez instantánea de su interlocutor denotaba que tal propósito alcanzaba su objetivo. Dante sintió un profundo escalofrío. Era miedo lo que atenazaba sus músculos. La luz de su tea reflejaba desagradables rasgos demoniacos en aquel hombre que le observaba con maldad desde detrás de las rejas, e inconscientemente dio un paso hacia atrás. Los murmullos y lamentos de aquellos desgraciados, hacinados en sus jaulas, le parecieron de repente en gruñidos maléficos. Aquél era un hombre peligroso, mucho más de lo sospechado. Sobre Dolcino y sus adeptos todo lo que se sabía hacía estremecer a cualquiera. Había sido falsamente calificado como fraile, pues, en verdad, nunca había formado parte de ninguna orden. Este hijo bastardo de un sacerdote de Novara estaba dotado de una inteligencia innata y notables dotes oratorias como para fascinar, sobre todo, a las gentes más sencillas. Lo suficiente para convertirse en el líder de la secta de los Hermanos Apóstoles cuando su fundador, Gerardo Segarelli, había sucumbido en la hoguera. Esa verborrea incendiaria le había servido para hacerse con el apoyo de unos miles de fanáticos seguidores. Entre ellos se encontraba Margherita, una dama bellísima y de noble familia que había dejado atrás Trento y todo lo que allí el futuro le prometía para acompañar al hereje hasta el momento mismo de su muerte.

En sus firmes propósitos de acabar con la jerarquía eclesiástica y retornar la Iglesia a sus orígenes de humildad y pobreza, Dolcino no dudaba en enfrentarse abiertamente a todos, por muy mendicantes, franciscanos o dominicos que fueran. Pero, además, el falso fraile era un auténtico revolucionario que predicaba la liberación humana de los poderes constituidos, así como la organización de una sociedad más igualitaria, basada en la comunión de bienes y la paridad de derechos entre hombres y mujeres. Planteamientos tan peligrosos que no podía sino ser derrotado y aniquilado por completo.

—Cuando reunimos con él era en Valsesia, y más de tres mil fieles, parecía haber buen fin. Hasta apoyos políticos que daban armas y víveres —continuó deleitándose el beguino—. Parecía hombre santo, es verdad, con apoyo de pueblo. Además, nadie en lo que haces entra. Nada es pecado, todos somos santos verdaderos y la corrupta Iglesia persigue, así que justo es que defendamos y la violencia. Nos convenció de un papa de verdad santo al llegar pronto y algo de cuatro eras, que última ya estaba aquí. Unos hasta dicen que ese papa es Dolcino. Yo no creo, no mucho —aclaró con una risotada grosera—, todo menos santo o papa, con la fulana esa, Margherita, sin separar nunca. Lo mejor, para esa nueva era hay que acabar con toda Iglesia, eliminar papas, curas, frailes…, y eso dedicamos.

Dolcino, como muchos franciscanos de la controvertida rama de los espirituales, había tomado para sí las tesis de Joaquín de Fiore, que Dante conocía bien. Pero Dolcino había pervertido y retorcido esas ideas hasta componer un cuerpo doctrinal favorable a sus intereses. En su esquema de cuatro edades, las dos primeras, pertenecientes al Antiguo Testamento y a la llegada de Cristo, ya se habían consumido. En la tercera, la Iglesia había aceptado adornarse con riquezas terrenales y caer en la absoluta corrupción. Su fin tenía que llegar por la actuación de los nuevos «apóstoles» y se hacía imprescindible exterminar de muerte cruel tanto al Papa como a clérigos, monjes, frailes, mendicantes o ermitaños. La cuarta y nueva era, caracterizada por la paz universal, recibiría a un pontífice verdaderamente santo, el papa angélico de que había hablado Joaquín de Fiore. Ése era un puesto al que no le hacía ascos el propio Dolcino. Entre tanto, a causa de la persecución de la falsa Iglesia, era necesario vivir en la clandestinidad y, en guerra abierta, dedicarse a consumar todos esos males.

—Cuando aprieta Inquisición —prosiguió hablando—, apóstoles buscamos el propio «monte Sion», que dice Dolcino, fuerte de esperanza, en montaña entre Novara y Vercelli. En la Pared Calva, sitio salvaje, con mucha vegetación y difícil llegar. Allí no sube nadie si no dejas. Fácil defensa con poca gente. Llegamos terminando verano. No pueden con nosotros, nos sentimos más fuertes. Resistimos ataques de perros mercenarios que manda cabrón de obispo Avogadro. Hacen buena cruzada para nosotros, sí… Pusieron asedio en espera de invierno. No pueden con armas, creen que pueden con frío o hambre. Bajamos al valle, entonces, cuando esquivamos y en saqueo de todo en el paso. Nos llevamos toda cosa para comer en las ciudades, y quien resiste, muere así, sin más —relató con un brillo nostálgico en las pupilas—. Más fuerte asedio luego, amenazas, castigos a los que ayudan, ya hace imposible salir de campamento. Un invierno terrible, más frío cada vez, no baja el frío. Hielan aguas de arroyos, vías a valle imposibles por nieve o hielo. Los débiles, enfermos y mueren. No queda nada de comer, ni carne de perro o caballo ni topos o animal cualquiera vivo en Pared Calva. Chupamos pieles y huesos para sustancia dentro, cavamos bajo nieve para ver raíces, hierbas, hojas, lo que haya… Acabamos de comer carne de muertos —añadió con sonrisa diabólica.

—Pero cuando Dolcino ordenó levantar ese campamento no hubo supervivientes entre quienes le siguieron… —puntualizó Dante.

—No todos seguimos a suicidio final, en viaje de loco con montañas enormes heladas —contestó el beguino, anclado en su sonrisa desdeñosa—. Dolcino perdía apoyo y suerte. Nosotros seguimos objetivos, no ser mártires de una persona. Aunque sea papa santo… —completó con escepticismo divertido.

—¿No partisteis entonces con él? —inquirió Dante con extrañeza.

—Partimos, pero no para llegar con él —respondió, con cierto aire de satisfacción—. Quedar en tumba de Pared Calva también es suicidio. Sólo quedan moribundos, los demás salimos en silencio, en noche de primavera. Dolcino dice ir a Vercelli o Biella, aun con recorrido de imposibles caminos. Con ayudas de pastores que conocen maldito terreno, esquivamos cerco, entre montañas duras como hielo. En Flandes no hay putas montañas

273

así —puntualizó con cierta añoranza, para volver a endurecer inmediatamente el semblante—. Las gentes en el paso, ¡maldicen en nuestras espaldas! Hace poco admiran de nuestro valor y besan el culo a Dolcino. La caridad hecha odio —comentó con asco—. Pasamos por pueblos muy pobres, Dolcino sabe imposible vivir en ésos. El obispo también, y como busca Dolcino, no vigila ni nada. Así escapamos nosotros —concluyó el beguino, sonriendo con evidente autocomplacencia.

Por eso a Dolcino sólo le habían quedado unos cientos de fieles cuando decidió dar por concluida su huida. Cuando partió de su refugio de la Pared Calva, en marzo de 1306, las opciones de fuga eran tan limitadas que se embarcó en una épica travesía, a través de montañas cuajadas de hielo y nieve. Las esperanzas del hereje se habían depositado en Vercelli, donde había una importante tradición cátara, pero las cosas allí habían cambiado; había una nueva política como consecuencia del cambio de obispo. A pesar de todo, los últimos adeptos de la secta lucharon con todo su esfuerzo contra una naturaleza tan hostil para compartir el triste final que esperaba a su líder. Después de enfilar los montes al norte de Trivero pudieron alcanzar los montes Tirlo, Civetta y Zebello, rebautizado desde entonces como Rubello. Aquí es donde los dolcinianos fortificaron su última resistencia, golpeando la región con saqueos y devastaciones, delitos de todo género, como hombres desesperados, carentes de futuro. Hasta que un nuevo invierno, aún más duro que el anterior, construyó el escenario de la derrota definitiva.

—Sus ideas ya no os parecían tan atinadas como para acabar en la hoguera como él… —repuso Dante con un desprecio sarcástico.

—En hoguera todos acabamos. Es precio de desafío al poder —replicó el francés con cinismo—. Pero no hay prisa…

Zanjar el suplicio del falso fraile con un conciso «acabar en la hoguera» era resumir piadosamente un martirio difícil de describir. El desafío de Dolcino había sido demasiado fuerte como para que la Inquisición no decidiera aplicar un castigo ejemplar. Tras su derrota definitiva, en marzo de 1307, Dolcino fue conducido, junto con la bella Margherita y su lugarteniente Longino de Bergamo, a Biella, donde tuvo cumplimiento la terrible sentencia. Primero fue obligado a observar con mirada de impotencia cómo su amada era atada a una columna y quemada viva. Después de aquel tormento espiritual vendría el físico. Encadenado de pies y manos en lo alto de un carro descubierto, el hereje, rodeado de verdugos, recorrió las vías de la ciudad en un horrendo vía crucis, cuyo destino final era la hoguera, ante una multitud de hombres y mujeres. Los matarifes, provistos de afiladas tenazas que se ponían al rojo vivo al introducirlas en un caldero repleto de brasas ardientes, iban arrancando, con precisión quirúrgica, trozos de carne del condenado. Múltiples heridas que se cauterizaban parcialmente por el calor de los hierros; un dolor incalculable por la amputación de dedos, orejas, nariz o cualquier otra parte del cuerpo susceptible de ser cercenada. Cuando aquel amasijo sanguinolento, descarnada silueta de un hombre, llegó a la pira, había perdido todo su porte altivo y temible, su aureola de «demonio pestífero, hijo de Belial», como lo había calificado el Pontífice. Probablemente, también había perdido la vida. Sus cenizas dispersadas al viento fueron el último recuerdo físico de quien ya se había convertido en leyenda.

275

Los admiradores populares del visionario habían defendido que Dolcino no había mostrado señal alguna de queja durante el martirio. Si acaso, concedían un suspiro profundo, algo parecido a un mugido, en el momento mismo en que las tenazas de sus verdugos mordieron en su miembro viril, justo antes de ser pasto de las llamas. Incluso le atribuían un discurso orgulloso, probablemente falso, dicho cuando, al borde de la muerte, fue invitado a arrepentirse y con un hilo de voz murmuró que resucitaría en tres días. Un blasfemo paralelismo con la sagrada resignación del Hijo de Dios.

—¿Por qué no tienen lengua? —preguntó Dante, indicando con la cabeza hacia el fondo de la celda, allí donde se agazapaban entre claroscuros los otros dos reos.

La sonrisa desafiante del hombre se hizo más amplia y de nuevo se adornó con ese gesto de autocomplacencia criminal que repugnaba al poeta.

—Métodos aprendidos en Dolcino —contestó—. Sus mensajeros cortaban lengua por no decir nada si hay captura.

—Pero tú sí que la conservas, ¿verdad? —afirmó el poeta con desprecio.

—Alguien debe hablar para ellos —respondió el hombre sin abandonar su cinismo.

—De modo que tú eres su líder. Entonces, tú debiste decidir el destino del grupo. Te lo vuelvo a preguntar, ¿por qué vinisteis a Florencia? Y, ¿por qué estos crímenes? ¿Para qué imitar una obra literaria? —preguntó el poeta, sin hacer mención del autor de dicha obra.

El preso desvió por un momento la mirada, evasivo, como si no tuviera respuesta pensada ante tal requerimiento ni intención alguna de buscarla.

—Había que correr ya algo de sangre —respondió sonriente, como si hubiera encontrado una razón válida entre sus pensamientos—. En tu ciudad verás cosas de temblar. Los *ciompi*, esos sucios, miserables muertos de hambre, descalzos en trabajo por no tener ni sandalias. Odian todo. Odian gremios que esclavizan, odian asquerosos honorables de Florencia, odian putos curas y frailes pidiendo resignar… Cuando encuentren líder bueno os destripan… a todos —añadió con pasión y un brillo de inquietante placer en la mirada.

—Eso no tiene nada que ver con la cuestión —respondió Dante, rápido y contundente—. Hablo de sangre inocente y de un diabólico plan premeditado.

El otro calló. Un silencio denso que contrastaba con su locuacidad anterior.

—Lo que ocurre —continuó Dante, provocador— es que eres un mentiroso. Un asesino repugnante y mentiroso con aires de grandeza para los que no estás en absoluto preparado. Tú no eres ningún líder, ni tienes objetivos ni diriges a nadie —escupió el poeta con tanto desdén como fue capaz de expresar—. No eres como le Roi… Ni siquiera como ese equivocado Dolcino, aunque te guste tanto la sangre como a él. No eres más que un esbirro miserable que sigue instrucciones ajenas y responde a las órdenes de un criminal oculto…

Dante se había ido encendiendo con sus imprecaciones, tomando el valor de su indignación. Sin apenas darse cuenta, se había adelantado un par de pasos, como si ahora considerara más seguros aquellos roñosos barrotes. A pesar de estar más cercano, su interlocutor, que le miraba fijamente con una expresión neutra en la mirada, parecía empequeñecido, impotente. Se le veía al borde de su propio abismo y no quiso perder la ocasión de darle el empujón definitivo.

—Por dos veces me has confundido con alguien que traía noticias para vosotros; alguien que no forma parte de vuestra maligna confraternidad —prosiguió Dante con pasión—. Pensabas, incluso, en alguien que venía a sacarte de aquí, pobre loco… Aunque sólo sea por una mínima esperanza de salvación de tu alma condenada, ¿quién está detrás de todo esto? ¿Quién os encubre? ¿Quién os alienta?

El beguino no pareció inmutarse demasiado, aunque tampoco recuperó la insolencia derrochada durante la primera parte de la conversación.

—Mejor por vos y todos, meter en propios asuntos. Ya provocaste bastante turbación… —dijo, pues ignoraba hasta qué punto aquellos asuntos le interesaban; sus palabras sonaron a advertencia, lo que sublevó aún más a Dante.

—¡Maldito seas! —replicó el poeta con violencia—. Eres tan cobarde y miserable que aún piensas que tu misterioso protector va a venir aquí a rescatarte para que prosigas con tus fechorías. Estás tan loco que ni siquiera quieres admitir que éste es el fin. Piensas que si no te arrancan la confesión a golpes de látigo o con hierros candentes, podrás participar en otra fracasada rebelión. Para cuando te des cuenta de tu error y quieras gritar a los cuatro vientos su nombre, lo único que se oirá serán tus aullidos desde el interior de la hoguera.

El beguino no reaccionó. Sus ojos grises siguieron clavados en los de Dante. El poeta solamente pudo percibir su tensión y rabia al observar los dedos que se aferraban a los barrotes de su celda, tan rígidos y apretados que la piel se marcaba, tersa, y parecía fundirse con el hierro; tan blancos en su esfuerzo que la sangre parecía haberlos abandonado definitivamente. Estaban así, excepto las uñas, donde unas manchas oscuras indelebles se destacaban con claridad. Sus características «uñas azules».

277

Capítulo 50

*T*iempo después, cuando Dante evocara con aprensión y estremecimiento todos estos acontecimientos, recordaría las escenas como si de unos de los frescos de su amigo Giotto se tratara. Una de esas capillas decoradas en Asís, Roma, Padua o Florencia. Escenas repletas de emoción y dramatismo, pedazos de vida cristalizados bajo la superficie del fresco, donde todo estaba ordenado y cada personaje cumplía su función impuesta por la mano del genio, en la que él mismo fuera uno de los personajes centrales. Una sucesión de momentos, a la luz temblorosa de las antorchas, encadenados como celdas, cuya unión recreaba una historia espeluznante.

Su conversación con el beguino había terminado bruscamente cuando habían irrumpido una serie de ruidos y voces en aquella ominosa sala. A su espalda, una luz grande creció con rapidez engullendo su propia luz. Antes de volver la vista le dedicó una última mirada al rostro. Estuvo seguro de ver en él un asomo de sonrisa satisfecha. Habían llegado varios soldados y, al frente de ellos, Dante distinguió el rostro barbudo y acuchillado del sargento. Con una brusquedad que no alcanzaba a ser irrespetuosa, dos de esos esbirros apartaron a Dante. Otro de ellos, cargado con una serie de llaves herrumbrosas, se afanaba en abrir la puerta de aquella celda. Dante notó clavada en sí la mirada irónica del sargento y no fue capaz de decir nada. Apenas abierta la jaula, dos soldados entraron con celeridad y se dirigieron directamente hacia el beguino, que no parecía demasiado asombrado o asustado. Pero su rostro cambió diametralmente cuando vio que a los dos primeros —que se lanzaron hacia él para inmovilizarle— los siguieron otros dos guardianes.

Uno de ellos llevaba entre sus manos un instrumento de metal, algo que se asemejaba vagamente a una ratonera. El prisionero se revolvió, intentó decir algo o protestar, pero antes de que pudiera hacerlo se encontró con aquel extraño objeto metálico incrustado en la boca. Resultaba ser una especie de cepo que, mediante su manipulación, mantenía desmesuradamente abierta la boca, las mandíbulas brutalmente separadas. Por dentro, un gancho con forma de anzuelo, manejado desde el exterior, acertó a enganchar la lengua del reo cerca de su parte central. Después, el manipulador del siniestro artefacto hizo girar el garfio y, a cada vuelta, la lengua atrapada iba siendo extraída hacia el exterior. El reo luchaba inútilmente por cerrar la boca, sus encías se desgarraban en el intento. Permanecía con los ojos desmesuradamente abiertos y de ellos emanaban lágrimas de dolor. En un momento dado, la lengua estirada alcanzó una longitud inusitada provocando las risas de los esbirros. Fueron unos segundos eternos en los que nadie parecía dispuesto a poner fin a tan salvaje diversión. Finalmente, fue el maduro sargento el que intervino.

279

—¡Corta ya! —gritó imperioso, pero sin enfadarse, como si sus hombres solamente estuvieran haciendo una travesura.

Entonces, uno de los soldados del interior lució una daga afilada y brillante. De un solo tajo, seccionó la lengua que, como un colgajo de trapo, se quedó pendiente del gancho. Aunque parecía imposible, los ojos del beguino aún se dilataron más. Un grito grave, casi como un rugido, salió de su garganta en el momento mismo en que la sangre empezó a correr entre sus dientes y deslizarse por su barbilla. Después, extrajeron el instrumento y las mandíbulas se cerraron guardando un muñón sanguinolento. La lengua desprendida fue a caer al suelo y uno de los soldados la reventó con fuerza con su bota, como si aplastara un ratón o una cucaracha. Cuando le soltaron cayó al suelo de rodillas y ahora sí que parecía un hombre definitivamente derrotado.

—Ya estás tan mudo como tus amigos, cabronazo —completó el sargento.

Sus hombres volvieron a quebrar la atmósfera cargada con una carcajada.

—¿Qué habéis hecho? —dijo Dante, recuperando de nuevo

la voz, tan impactado como indignado—. ¿Por qué habéis hecho eso?

—Órdenes —se limitó a responder el sargento, sin abandonar su sonrisa—. Aunque, si queréis, podemos ir a preguntarle al conde —afirmó, parafraseando irónicamente la artimaña de Dante para acceder a la prisión. Después, sin concederle tiempo de reacción o protesta, le dirigió una irrechazable invitación a salir de allí—. Ahora, debéis abandonar los calabozos.

Cuando lo hizo, dejando a su espalda tantas cuestiones sin responder, lanzó una ojeada postrera a aquella celda. El falso beguino, aquel flamenco sanguinario, violento secuaz del diabólico fray Dolcino, era un guiñapo postrado sobre el suelo manchado con su propia sangre que le miraba implorante. Dante dio media vuelta, con el mismo dolor y asco con que en su obra había abandonado a muchas almas condenadas, con la determinación de ascender desde aquellos infiernos, murmurando de manera apenas audible: «Que Dios te perdone…».

Capítulo 51

*D*urante aquella noche una ira amarga sacudió el cuerpo de Dante. Apenas pudo pegar ojo, consumido en la impotencia, la indignada perplejidad. Suponía, con el escalofrío íntimo que siempre le movía frente al sufrimiento humano, que la noche de aquellos desgraciados expulsados del rebaño de Dios estaba siendo infinitamente peor. Imaginó ese miedo clavado en las pupilas que precede al suplicio cuando el torturado ve aproximarse al verdugo con sus horribles instrumentos de dolor y derrama sus lágrimas, condenadas a diluirse en su sangre. Esos segundos de angustia en los que el reo sueña con que el tiempo se detiene y es, mágicamente, capaz de esfumarse de allí; o en los que ruega y vocifera tratando de convencer a los otros a su causa o ganar su compasión. Aunque, en este caso, ni siquiera podía ser así. Una tortura estéril y baldía a personas que nada podían decir porque no tenían lengua con qué hacerlo. Pura crueldad, la maldad vestida de justicia, un ingrediente corrupto y superfluo en un proceso judicial inútil. Y eso soliviantaba especialmente al poeta. Había estado cerca, muy cerca de desentrañar por completo el misterio que azotaba Florencia. Y, justo entonces, la estúpida soberbia triunfalista de su anfitrión le había privado de tal resultado. Quizá si hubiera podido conversar con Battifolle aquella misma noche, la cólera le hubiera llevado a traspasar los límites de la cortesía y del respeto debido. Quizás era de la misma opinión y por eso dejó que el poeta se consumiera como una olla al fuego, mientras daba vueltas por su habitación.

Sólo a la mañana siguiente, cuando las horas y el cansancio habían aplacado un tanto su temperamento, aunque no hubieran disminuido en absoluto sus dudas, el vicario de Roberto accedió a recibirle. La estancia en la que lo hizo estaba oscura, apenas coloreada por un par de antorchas chispeantes ancladas en el muro. El día no era en exceso luminoso y ni siquiera se le había concedido la oportunidad al tímido sol de penetrar en la sala, pues los postigos estaban cerrados, lo cual parecía alimentar el misterio. Tal vez, pensó el poeta, Battifolle había pasado allí la velada y la claridad del alba se le había ido sin darse cuenta, como le sucede a quien duerme cubierto con un antifaz. Al contemplarle, el conde de Battifolle le pareció más imponente y marcial. Su mole, más erguida y esbelta, ya no recordaba tanto la acomodaticia silueta de un cortesano. Transpiraba suficiencia, satisfacción, la tranquila soberbia del político seguro de su posición. Distinto, menos comprensivo y cercano que en anteriores encuentros, el máximo representante del monarca napolitano en Florencia era otro. De su aparente impaciencia, Dante dedujo que su presencia era innecesaria y hasta molesta. Su porte distante reducía la ira de Dante a una impotente indignación. El vicario de Roberto era el reflejo de un hombre poderoso que disfrutaba al máximo de su triunfo. Era el hombre que había conseguido mantener entre sus manos las riendas de Florencia.

282

—Sed breve, por favor —le espetó solemne e indiferente, en una inequívoca declaración de intenciones

—¿Breve? —dejó escapar el poeta con violencia—. ¿Ya os resulta molesta mi presencia?

—No he dicho tal cosa —se defendió el conde, aunque en absoluto adulteraba su poderosa figura con trazos de modestia—. Lo que ocurre es que ahora que parecen prestos a llegar a Florencia días de tranquilidad son muchas las ocupaciones de un vicario para que la concordia se convierta en una realidad. Vos también deberíais de estar satisfecho.

Dante miró hacia el extremo del despacho. Nadie se había molestado en cerrar la puerta de la estancia, lo que acentuaba lo efímera que se presumía la entrevista y la poca importancia que se concedía a la misma.

—Satisfecho… —repitió Dante, tratando de moderar su rabia para expresar con coherencia sus objeciones—. Lo estaría si hubiera podido llegar al fondo con mis investigaciones.

—¿Qué más podríais hacer? —preguntó enfáticamente Battifolle, mientras abría ambos brazos, lo que le proporcionaba una imagen de colosal ave de presa—. Los asesinos han sido apresados y se ha puesto fin a la pesadilla. De eso se trataba.

—Ni siquiera me habéis dejado proseguir interrogando a ese miserable —protestó el poeta, desolado porque se confirmaban sus sospechas; resueltos sus problemas inmediatos, el vicario de Florencia no tenía ningún interés en buscarse nuevas complicaciones—. ¡Le habéis hecho cortar la lengua impidiendo que contara algo más!

—¿Tanto importa eso? —replicó el conde con visible fastidio—. Son los asesinos. Creo que vos mismo habéis sido testigo de su confesión. Merecen cualquier castigo que les podamos imponer. Y, por supuesto, la muerte.

—¿Ni siquiera vais a juzgarlos? —exclamó Dante con sorpresa.

—¿Juzgarlos? ¿Para qué? —contestó con una expresión dura como el granito—. Reconocen sus crímenes. Incluso se vanaglorian de ellos ¿Deseáis un espectáculo público en el que ese demente lance a los cuatro vientos sus consignas de rebelión y sus delirios de hereje? Florencia no puede estar constantemente haciendo equilibrios en el filo de la cuchilla. Por lo que a mí respecta, esos bastardos están suficientemente juzgados y condenados.

—Pero ¿acaso no queréis saber quién está detrás de todo esto? —preguntó el poeta, cada vez más perplejo y desesperado.

—¿Qué más os da? —replicó el conde con impaciencia, sin variar un ápice su postura—. Cuando el cieno está tranquilo y reposado no hay nada peor que removerlo. Además —añadió con desdén—, lo más probable es que sólo se trate de suposiciones vuestras. ¿Os ha reconocido ese beguino algo en tal sentido?

—¡No lo ha hecho! —respondió Dante, gesticulando de modo apasionado—. Pero es tan evidente, que no resulta necesario que lo haga. Alguien los mantiene, envía sus mensajeros y les proporciona instrucciones sobre cómo perpetrar sus crímenes. Siguen el guion de un libro que probablemente ni conocen y del que manejan una versión errónea que no podrían haber conseguido sino en Lucca. ¡Virgen Santísima! ¿Cómo es posible que no os deis cuenta?

Battifolle se mantuvo en silencio. Le dejó hablar, hervirse en el fuego lento de sus divagaciones.

—Me cuesta creerlo —continuó Dante—. Es algo impropio de vos. ¿Cómo sois tan ciego como para no ver lo que se esconde…?

Dante se cortó en seco. Se sintió inundado por un repentino estremecimiento, como un despertar húmedo y frío en plena madrugada invernal. Horas y horas de meditaciones, recapacitando tenazmente sobre aspectos e hipótesis que se resbalaban como pedazos de jabón, piezas inconexas y extraviadas colocadas de manera equivocada en el puzle de la conciencia. Y ahora, de repente, sobre la marcha, como una bofetada cálida que dejaba el poso amargo de los descubrimientos que uno debería haber sido capaz de realizar mucho antes, el poeta creía comprender y vislumbrar la verdad.

—O, en realidad… —volvió a hablar Dante, aunque con un tímido hilo de voz—, no lo sois en absoluto…, ¿verdad?

IV

*(…) Nos autem quibus optimum quod est in nobis
noscere datum est, gregum vestigia sectari non
decet, quin ymo suis erroribus obviare tenemur.
Nam intellectu ac ratione degentes, divina quadam
libertate dotati, nullis consuetudinibus
adstringuntur. Nec mirum, cum non ipsi legibus
sed ipsis leges potius dirigantur.*

(…) Pero a nosotros, a quienes se nos ha concedido
saber lo que hay de mejor en nosotros, no
nos corresponde ir tras los pasos del rebaño,
aún más cuando estamos obligados a oponernos
a sus errores. Los que están regidos por el intelecto
y la razón gozan de cierta libertad, y no los coarta
ninguna usanza; lo que no es de admirar,
porque no están ordenados por las leyes,
sino más bien ellos ordenan las leyes.

DANTE ALIGHIERI,
Epístola XIII
(A Cangrande della Scala)

Capítulo 52

Se había desplegado un silencio duro, impenetrable, como un abismo que se extendiera frente a dos personas absolutamente desconocidas. Al fondo se oía el crepitar de las antorchas. De una de ellas se desprendió una brasa ardiente que dibujó una estela rojiza antes de estrellarse contra el suelo. Los rasgos del conde de Battifolle se habían iluminado con el resplandor de un nuevo interés, hasta el punto de que sus prisas anteriores parecían ahora una circunstancia sin importancia. El baile de luces y sombras de su fisonomía parecía paralizado en un rictus de expectación.

—¿Qué queréis decir? —interrogó el vicario, sin quitar la vista de encima de su interlocutor en ningún momento—. ¿Adónde queréis ir a parar?

Dante se mordió los labios, mirando hacia el suelo. Todo su ser funcionaba hacia dentro, hacia un punto lúgubre y recóndito en el que se concentraban sus pensamientos.

—¿Qué va a pasar ahora conmigo? —preguntó de repente.

Battifolle trató de impregnar sus palabras con un aroma de tranquilidad, con apariencia de cuestión ya decidida.

—Establecimos un acuerdo —dijo—. Seguro que recordáis sus términos. Vos me habéis prestado vuestros servicios y yo estoy satisfecho con los mismos.

—Pero, en realidad, yo no he desentrañado ningún misterio —apuntó el poeta, en el mismo tono neutro y sin alzar la mirada.

—En mi opinión —comentó Battifolle—, vuestras investigaciones han sido decisivas para acabar con esos asesinos. Sois excesivamente modesto…

—Soy excesivamente necio… —atajó Dante.

El conde enmudeció. Perplejo, aquejado momentáneamente por una nada frecuente ausencia de palabras o argumentos, se limitó a observar a su huésped.

—Soy un necio porque he llegado a creer que mi actuación servía para algo —continuó hablando el poeta, que alzó los ojos para clavar una mirada fija en las pupilas del conde—. Un estúpido porque no he sido capaz de comprender que todos mis pasos han sido inducidos…, más aún, dirigidos, como los de una patética marioneta, por la misma mano negra que ha movido con siniestra habilidad los hilos de Florencia… ¡Cómo os habéis debido de reír de mi ignorancia, *messer* Guido Simón de Battifolle, vicario y eficaz valedor de las pretensiones del rey de Puglia sobre Florencia!

—No os comprendo —se defendió Battifolle, pero no fue capaz de sostener la mirada inculpatoria del poeta.

—Incluso ahora, si realmente quisierais enfrentaros a mi mirada —prosiguió Dante con fría serenidad—, sin duda podríais disfrutar de ese brillo de impotencia y estupidez que emana de los ojos de quien se siente engañado. Yo podría reconocerlo, ¿sabéis? Porque es la misma mirada que me dedicó aquel miserable en la celda mientras se inclinaba sobre su propia sangre. Dolorido, atemorizado, desesperado y cruelmente engañado.

Incluso ahora, cuando Dante le lanzaba un desafío semejante, el conde eludió mirar hacia el poeta. Dio una lenta media vuelta y movió sus piernas sin ganas ni verdadera dirección; fue hacia la puerta, pero sin intención alguna de traspasarla.

—Sí, *messer* conde de Battifolle. Engañado —siguió hablando el poeta, ajeno a cualquier maniobra de su interlocutor—. Porque, en todo momento, me dio la impresión de que esperaba salir de allí, confiaba escapar de su desesperada situación —expresó con énfasis—. Y, por supuesto, esperaba hacerlo con la lengua en su sitio natural. Cuando la perdió, junto con la capacidad de expresarse, perdió también su arma; su única arma: la posibilidad de contar lo que sabía; y con ello, toda su vana esperanza y su soberbia. Eso es lo que vi en aquella figura rota y ensangrentada. Y no hacía falta que me contara nada más con esa lengua, porque sin ella me estaba revelando todo lo que hasta ahora no he sido capaz de comprender. Es ridículo, ¿verdad? Encerrado a buen recaudo en las prisiones del vicario del Rey y aún tenía la esperanza de que alguien lo liberara. Y sintió verdadera frustración cuando ese alguien mostró a las claras que no iba a hacerlo.

—Fabuláis… —dijo el conde, sin verdadera firmeza. Se había vuelto hacia Dante; pero antes de eso había cerrado la puerta de la estancia. La conversación volvía a convertirse en un asunto privado y reservado—. ¿Cómo iba a soñar siquiera con escapar?

—Eso mismo pensé yo en un principio —respondió Dante—. Aunque no resulta tan descabellado si contempláis la hipótesis de que su carcelero fuera el mismo que le había estado haciendo llegar mensajes y recursos a su escondite.

—Vuestras acusaciones son muy graves —dijo Battifolle, que dibujo, casi por obligación, una máscara forzada de indignación—. ¿Cómo osáis…?

—Formulaba hipótesis —interrumpió el poeta—. ¿No es eso lo que más apreciabais de mí? ¿Ya no os place que lo haga? O quizá ya no estáis tan dispuesto a respetar ese acuerdo del que hablabais… Aunque sospecho que, probablemente, no lo estabais en ningún caso…

—Y, ¿en qué basáis tales hipótesis? —replicó el anfitrión, casi con desprecio, aunque Dante tenía la vaga impresión de que el conde ya iba rindiéndose a la evidencia.

—Ya os dije que en el cruel asesinato de los despojos del árbol los criminales no se habían ajustado tal y como esperaba a mi obra —expuso Dante—. Cuando os lo comenté, parecisteis sorprendido. ¿Cómo no ibais a estarlo? Pero el ingenuo Dante Alighieri caminaba obcecado en otra dirección; lo suficiente como para no prestar la atención necesaria a los detalles. En aquel momento, a mí también me extrañó e incluso me asustó, no lo niego. Parecía demasiado sobrenatural e inquietante que alguien pudiera conocer retazos de mis pensamientos, bocetos que no había dado a luz en la redacción definitiva. Pero más tarde caí en un detalle que difuminó lo portentoso que parecía el asunto. Eran épocas confusas, de las que enturbian toda la memoria posterior de un hombre: experiencias de un exiliado sin esperanza, aunque eso es algo que nunca podréis comprender —añadió desafiante.

El conde no desvió la mirada de su invitado, pero no dijo nada, quizá confuso, incluso incómodo ante la seguridad que éste traslucía.

—Tiempos, además —continuó el poeta—, en los que un espíritu viejo y mortificado acaba jugando a ser joven, refugiándose en el regazo de alguna hembra. Y el amor, *messer* conde de Battifolle, casi tanto como el vino en los guerreros o la ambición en los caballeros, enturbia la mente de los hombres de letras.

Dante se reconcentró un momento en sí mismo y se concedió un instante de melancólica añoranza, mientras el vicario del Rey lo observaba sin decir palabra.

—Pero dejando a un lado esos detalles que ahora nada importan —continuó hablando con una nueva firmeza—, lo cierto es que también aquello estaba escrito y era fruto de mi puño y letra. Estaba en una edición que no pude retirar y que sólo vio la luz en Lucca… ¿De dónde era el ejemplar de mi obra que me asegurasteis poseer? —requirió con intención; sin esperar contestación alguna, respondió por sí mismo a tal pregunta—. De Lucca, ¿verdad?

El conde de Battifolle dio un par de pasos y después se volvió hacia su huésped, e intentó aún una última salida, una excusa plausible.

—Quizá los asesinos consiguieron otro ejemplar… —apuntó sin demasiada convicción.

—Estoy tan convencido de que no pasaron por Lucca como de que sus inquietudes en Italia no consistían precisamente en adquirir libros —le respondió Dante con firmeza—. Esa obra está en posesión de otra persona; la misma que los ha escondido y mantenido en la ciudad y que cuenta con suficiente poder como para procurar que pasaran desapercibidos mientras estaba interesado en que así fuera.

—Sabéis que Lando y los suyos tienen tanto o más poder que el vicario del Rey… —se defendió el conde débilmente.

—Pero Lando ya debe de estar a muchas millas de Florencia —argumentó el poeta sin inmutarse—. Y ni él ni los suyos tienen a los asesinos en sus mazmorras; además, ellos no han ordenado cortar la lengua del único que podía aclarar todo lo acontecido.

El conde no volvió a intentarlo. Adoptó un aire taciturno y se acarició la barba con la mano derecha. Parecía distraído; recorrió con la mirada las juntas de las baldosas del suelo.

—¿Por qué no lo reconocéis ya? —preguntó Dante, sin estridencias—. Me trajisteis para investigar unos hechos…, o al menos eso me hicisteis creer. Dadme al menos la satisfacción de disfrutar del éxito de mis pesquisas —completó con amarga ironía.

Battifolle dejó caer su brazo derecho en un gesto que parecía simbolizar claudicación o derrota. Después, irguió su mole en su envoltura militar e inició con parsimonia uno de sus paseos.

—Os expliqué con claridad lo delicada que era la situación cuando llegasteis a Florencia —empezó a hablar, con la calma medida con que seleccionaba sus palabras—. Pero los florentinos siempre andan envueltos como tortugas al sol en su caparazón de honor y en sus orgullosas apariencias… ¿Cómo pretendéis sanar a un enfermo si no queréis saber cuál es la enfermedad, si lo vestís de tules y lo perfumáis de rosas para que parezca sano? Siendo hipócritas sobrevivís, pero si queréis vivir de verdad tenéis que afrontar las soluciones —afirmó encarando desafiante al poeta. Después, reanudó sus movimientos mientras seguía con su explicación—. Lo importante son los fines, Dante Alighieri, os lo dije también la primera vez que conversamos. Y para alcanzar esos fines, son precisos unos medios que, frecuentemente, no están en manos de un vicario real en una ciudad como ésta. Menos aún si también cae en la tentación de revestirse de orgullo y honor en cada movimiento. Hay que actuar, a veces en la sombra, y utilizar medios que nunca confesaríais ante una asamblea de dignos ciudadanos. Pero os recuerdo que *messer* Roberto, rey de Puglia, me envió a vuestra ciudad para cumplir unos objetivos y eso es lo que he procurado conseguir…

—¿Justificáis que todo es válido con tal de cumplir esos objetivos? —interrumpió el poeta, cargado de incredulidad en su voz.

291

—Yo soy un hombre de Estado —argumentó Battifolle con serenidad—. Para hacer el bien desinteresadamente disponéis de otro tipo de hombres. Yo me debo a unos fines e intereses superiores, como un soldado se debe exclusivamente a su patria. ¿O vos no habéis sido soldado? Por lo demás, tengo que actuar sobre seres de carne y hueso, no sobre fantasías literarias como vos. Sé que hay cosas que aunque los hombres no vean son observadas por Dios, que todo lo ve. Espero que en su momento, nuestro Señor, en su infinita sabiduría y bondad sepa comprenderlo y me perdone…

Dante aumentó su perplejidad. Guido Simón de Battifolle, según propia confesión, había decidido luchar contra la hipocresía a base de cinismo y brutalidad solapada.

—Habéis hecho matar a inocentes… —exclamó el poeta con indignación.

—Sacrificios… ¿Cuántas vidas diríais vos que vale la estabilidad de vuestra patria? —preguntó el conde sin moverse ni un ápice de su cínica postura—. ¿Y cuántos inocentes no sufren a diario por la desastrosa situación de Florencia? ¿No sois lo suficientemente inocente vos como para sufrir tan injusto exilio?

Dante no supo qué decir. El vicario de Roberto manejaba y mezclaba sus argumentos con espuria habilidad. Establecía falsos silogismos en los que parecía que negar uno de los extremos suponía la renuncia implícita a los otros. Pero reconocer la validez parcial conllevaba el riesgo de asumir una falaz justificación de sus procedimientos; máxime cuando el poeta veía claramente que su propia vida tampoco tendría el menor valor para Battifolle, llegada la ocasión, si con ello se justificaban y favorecían sus objetivos.

—¿Por qué elegirme a mí y a mi obra? —dijo entonces Dante con desazón, descendiendo a la raíz misma de sus tribulaciones.

Battifolle reordenó sus pensamientos. Ahora que, en la práctica, había reconocido estar detrás de aquellos terribles sucesos parecía meditar sus argumentos, calcular el efecto de sus palabras, antes de acometer cualquier explicación exhaustiva sobre la demanda planteada por el poeta.

—No fue así desde el principio, creedme —comenzó el conde—. Ni tampoco existió plan premeditado alguno destinado a perjudicaros a vos o a vuestra imagen...

—Sólo soy un medio más en el tortuoso camino de vuestro fines... —interrumpió el poeta con acidez.

Battifolle, mostrando una tímida sonrisa, hizo caso omiso de tal comentario.

—A mi llegada a Florencia —prosiguió el conde—, y siento volver a ser repetitivo con algo de lo que ya hemos hablado, me encontré una ciudad profundamente dividida. Unos mostraban su intención de mantenerse leales a la señoría concedida a *messer* Roberto durante cinco años, mientras que otros despreciaban a las claras o solapadamente dicho acuerdo. Incluso, volvían sus ojos hacia otro protector extranjero...

—¿Me concederíais la merced de ser más breve? —interrumpió de nuevo Dante con moderada irritación, nada dispuesto, en este momento y situación, a recorrer con el conde el camino de sus largas perífrasis—. Como vos bien reconocéis, no es momento de ser repetitivos.

—No temáis —concedió el vicario sin excitarse—, seré tan claro y conciso como sea posible. Si os recordaba las profundas divisiones entre los florentinos de intramuros era para aclararos que existe cierta correspondencia, no total, por supuesto, ya que hay de todo en los dos bandos, entre los partidarios del Rey y los «populares», y entre los que ofenden a nuestro soberano y los «grandes». Como quiera que estos últimos han ejercido el poder apoyados en la tiranía del aborrecible Lando, la idea era muy sencilla: soliviantar y movilizar lo máximo posible a las otras filas para que ejercieran una presión notable sobre los priores y que éstos se vieran forzados a hacer respetar el acuerdo con Puglia.

—Y para eso asesinasteis al «popular» Doffo Carnesecchi —resumió Dante.

—El desventurado Doffo era un próspero maestro curtidor y uno de los más declarados partidarios de mantener la señoría concedida, en buena hora, a *messer* Roberto —reveló el conde—. Y además, un destacado miembro del Arte de Curtidores y Zapateros. Sabéis que la suya es una actividad bastante despreciada y poco valorada por considerarse sucia y molesta; pero os aseguro que sus corporaciones se encuentran entre las más ricas y poderosas en toda Italia.

—Poca recompensa obtuvo por su fidelidad a Puglia —ironizó Dante.

—Creedme si os digo que con su muerte podía hacer mejor servicio a la causa que defendía —replicó el conde sin emoción visible.

—¿Y por qué matarle de esa forma? —preguntó el poeta con extrañeza—. ¿Por qué os acordasteis de mí en tan maldita ocasión?

—Ya os lo dije, fue algo fortuito —se explicó el conde, abriendo los brazos en un expresivo aspaviento. Parecía haberse lanzado a una confesión abierta y disfrutar morbosamente explicando sus crímenes a su interlocutor—. En el caso de Doffo, no hubo ningún plan o proyecto que fuera más allá de su simple muerte. Fueron la naturaleza, con su lluvia insistente y continua que convirtió el suelo en un cenagal, y el azar, que llevó a ese grupo de perros hasta allí para disputarse los despojos, los que establecieron las coincidencias. Luego, alguien sugirió cuánto se parecía aquello a uno de los pasajes de vuestra obra y yo, que siempre he admirado vuestro trabajo, recordé que disponía de un ejemplar. Aunque, desgraciadamente, adquirido en Lucca —añadió el conde.

Dante no pudo reprimir un mohín de disgusto. Las maneras del conde de Battifolle le resultaban impertinentemente triunfantes y sarcásticas, aun cuando su plan hubiera sido descubierto. Poco parecía importarle. El vicario de Roberto había resultado victorioso, al fin tenía en sus manos el destino de Florencia. De eso no cabía la menor duda, y le hacía disfrutar de aquel momento sin pensar siquiera en apearse de su condición.

—Entonces fue cuando surgió la idea —continuó hablando, mientras sus ojos se iluminaban de orgullo.

Sus planes le causaban satisfacción, independientemente de que hubieran desencadenado una demencial orgía de sangre y horror.

—¿Por qué? —replicó el poeta, al que la voz que se le atragantaba en el nudo amargo atascado en su garganta—. ¿Qué necesidad teníais?

—Porque los planes iniciales no salieron tan bien como hubiéramos deseado —se justificó Battifolle con vehemencia, como si estuviera hablando con un comprensivo aliado en lugar de hacerlo con la persona a la que más daño moral había causado con sus acciones—. Creció la tensión, pero la situación varió muy poco. Los que eran fieles al Rey lo continuaron siendo y los que ya renegaban de su protección también siguieron haciéndolo; sin embargo, el Gobierno florentino no tuvo excesivos problemas para continuar usurpando el poder. De modo que hubo que seguir adelante y fomentar la creencia de que los exiliados blancos y gibelinos tenían suficiente poder y arrojo como para actuar de manera tan cruel en la ciudad, ya fuera por medio de hombres o demonios. Parecía una buena forma de encrespar los ánimos y conseguir los objetivos propuestos. Y, a la larga —completó el conde con gesto de autosatisfacción—, creo que así ha sido.

—De modo que seguisteis cometiendo crímenes en mi nombre —comentó Dante con amargura.

—Desde algún punto de vista, podríais decirlo así —afirmó meditabundo el conde—. Aunque el hecho de utilizar vuestra obra como inspiración no necesariamente os involucra en persona.

—Quizá deberíais haber convencido de eso a quienes hablaban de «crímenes dantescos» —replicó el poeta.

—No deberíais preocuparos tanto por esa cuestión —afirmó Battifolle quitándole importancia—. Los que tal dicen ni siquiera conocen vuestra obra y lo mismo que se les ha empujado a decirlo, mañana pueden ser convencidos de lo contrario.

Dante no dejaba de admirarse de la insultante seguridad que transpiraba el astuto vicario en sus manifiestas capacidades para manipular opiniones y pensamientos ajenos.

—Planeasteis, pues, adaptar los siguientes asesinatos a palabras que yo había imaginado con fines muy diferentes —afirmó el poeta.

—Tras la experiencia de Doffo, se tomó la decisión de actuar sobre el bando contrario —corroboró—. Nada mejor que hacerlo, simultáneamente, sobre dos familias no precisamente bien avenidas de la misma *consorteria*. Y os aseguro que, cuando ha-

295

blabais de inocentes, deberíais pensarlo dos veces antes de poner esa etiqueta a semejantes individuos. Con Baldasarre y Bertoldo se pusieron en práctica estos nuevos planes. Claro que hubo que estudiar bien vuestra obra y crear algún ingenio mortífero para hacerlo más creíble —añadió con una sonrisa ominosa—. No podían caber dudas, así que se empezaron a utilizar notas escritas que recordaban el pasaje de vuestra obra en que se inspiraba todo.

—Una nota que no existía en el primer caso… —murmuró Dante.

—No podía existir —precisó el conde—. Hubo que añadirla posteriormente a las actas.

—Por eso la posición y la letra con que estaba transcrita eran diferentes… —comentó el poeta, como si hablara consigo mismo.

Dante concluyó, también para sí, que por eso para la mayoría, entre ellos el bien informado Chiaccherino, simplemente no existía.

—El primer notario tuvo que abandonar Florencia —explicó Battifolle—, pero pocas personas son tan perspicaces como vos para percatarse de tales detalles.

—De poco sirvió que me percatara —replicó Dante, molesto con lo que parecía un elogio—. Procurasteis que me fuera imposible hablar con cualquiera de los dos notarios y…

Las protestas de Dante se frenaron en seco por una inesperada interrupción. Una llamada a la puerta, aunque ésta no se abrió inmediatamente; sólo lo hizo cuando el conde dio su conformidad.

Capítulo 53

*C*uando el conde de Battifolle dio su permiso apareció en escena un asistente del vicario. Era un hombre robusto y con la mirada dura como un diamante, ataviado también con una vestimenta militar que denotaba a las claras que era bastante más que un simple soldado.

—Todo está preparado —dijo el recién llegado en un tono grave y algo urgente.

El conde volvió la vista hacia Dante para hablarle, sin dejar de lado ese odioso aire complacido.

—¿Querríais ser testigo del traslado de esos asesinos?

El poeta miró con asombro a su interlocutor. Demasiado pronto para una ejecución, por muy sumario que fuera su juicio. Llegó a dudar si el conde pretendía realmente facilitar la huida de aquellos desalmados.

—El Comune los quiere para llevar a cabo una ejecución pública ejemplar —dijo el conde como respuesta al interrogante que adivinaba en la mirada del poeta—. Y no es mi intención arrogarme méritos en exclusiva, de modo que los vamos a trasladar solemnemente a los Stinche.

Dante se limitó como respuesta a volver el rostro, con asco y desprecio explícitos.

—Pues os aseguro que pocos en Florencia están dispuestos a perderse el espectáculo —añadió el conde—. Me han asegurado que, desde muy temprano, el recorrido hasta la prisión está más abarrotado que el camino de la procesión de las artes hacia San Giovanni. —Después, se volvió hacia su asistente, liquidando su presencia con una frase breve—. Yo tampoco asistiré de momento, excusad mi ausencia.

El rostro del ayudante reflejó estupefacción y dudó un instante antes de retirarse. El conde zanjó toda cuestión con un explícito gesto de despedida de su mano derecha. Otra brasa desprendida de una de las antorchas llamó la atención del poeta. Mientras contemplaba la miríada de puntitos rojos de fuego que morían sobre el pavimento, advirtió, de reojo, cómo el conde se le acercaba y volvía a rasgar el aire con una voz firme que justificaba su última decisión.

—Reconozco que os debo muchas explicaciones...

Indicó a Dante un escaño situado frente a su sólida mesa de madera invitándole a tomar asiento. Las urgencias del conde se habían disipado aún más rápido e intensamente que sus iniciales reticencias a reconocer su participación en los hechos. Parecía dispuesto a contarlo todo, explayarse en la historia que tan bien había urdido y mantenido en las sombras. Quizá por dar rienda suelta y salida a la satisfacción que anidaba en su pecho; quizá porque consideraba que el poeta, a la postre, se había ganado el derecho de comprender todo aquello que tanto le había intrigado en los últimos días.

298

Dante se sentía agotado. Un cansancio complejo, no el agudo pinchazo de los músculos lasos o el crujido íntimo de los huesos. Un cansancio formado de miedos, melancolías y tristezas, de soportar la carga de las ilusiones rotas y pesadas como losas. Una oscura desidia, un siniestro abandono de las fuerzas del alma. Se dejó caer en la silla ofrecida sin decir palabra. Battifolle se despojó, con alguna dificultad, de su rígida sobreveste. La dejó caer en el suelo, sin demasiado cuidado, como si se liberara de una carga necesaria pero indeseada. Aquel movimiento produjo un espontáneo tintineo metálico. Con su casaca a la vista, un fino paño de entretiempo forrado y ribeteado en piel, recuperó ese aspecto cortesano y algo acomodaticio ya familiar para Dante. Se sentó en la otra silla, al frente de esa misma mesa que había sido testigo de la primera reunión. La misma posición, un instante colgado en el tiempo, como la salida a un largo paréntesis en el que habían ocurrido tantas cosas.

El poeta miró con aprensión hacia las sombras por si volvía a divisar a Francesco agazapado entre ellas, pero no lo vio. Desde la tarde anterior, no se había encontrado con su habitual acompañante. Era una de las pocas diferencias a que agarrarse para ser consciente de que aquel encuentro no era una mera prolongación del primer día; para evitar la sensación de que había caído, en medio de las frases de su interlocutor, en un profundo sueño, poblado de pesadillas del que ahora despertara sobresaltado. Había otra gran diferencia, mucho más importante y notable: por fin la verdad era el ingrediente básico de la conversación; no una amalgama de embustes, promesas y medias verdades destinadas a convencerle. No obstante, esta verdad no era mucho más tranquilizadora, ni resultaba menos turbadora que la incertidumbre que le había atenazado en su conversación inicial. Battifolle, ya sentado, tomó aire como un buzo que se preparaba para la inmersión y acto seguido volvió a sumergirse en los horrores de su narración.

—Las muertes de Bertoldo y Baldasarre sí que removieron la conciencia de los florentinos —continuó hablando, enlazando con el hilo interrumpido de su narración—. Al fin y al cabo, eran miembros de la clase dominante y, si ellos no se encontraban seguros, ¿de qué les servía monopolizar el poder? Las sospechas entre familias, además —añadió con una sonrisa maligna—, auguraban un baño de sangre como en los viejos tiempos…, y eso era algo que no interesaba en absoluto a los prósperos comerciantes florentinos. Abonado el campo, ¿imagináis qué tipo de semilla faltaba por sembrar? —preguntó, de forma más retórica que como verdadera interrogación.

—Un extranjero… —respondió, sin embargo, Dante a media voz.

—¡Efectivamente! —exclamó el vicario—. Un extranjero. Concretamente, un hombre de negocios, uno de esos mercaderes avariciosos que vienen al olor de los florines para comerse su porción de pastel florentino —añadió, mostrando una vez más su poco aprecio por la gente del comercio—. En realidad, le tocó a ese boloñés por pura casualidad, pues le podía haber tocado a cualquier otro. Pero como ellos mismos aseguran, el mundo de los negocios es frecuentemente tan azaroso como jugar a los dados.

Las ironías del conde mantenían a Dante en un permanente estado de desasosiego. Llegado el caso, y si eso formaba parte de la trastienda oscura de sus planes, se preguntaba cómo narraría Guido Simón de Battifolle ante su amo, el rey Roberto de Nápoles, la muerte del poeta burlado. Qué sarcasmos adornarían sus soliloquios ante el satisfecho soberano y señor de Florencia. En el fondo, reconocía con amargura lo sencillo que resultaba ridiculizar sus ingenuas pretensiones de recompensa por parte de sus conciudadanos. Sus enemigos lo habían comprendido enseguida. Habían hecho escarnio de su figura altanera, de sus maneras de personaje noble cuya realidad era arrastrarse como un mendigo por las cortes de Italia. Tal vez, el mismo conde le había escogido sabedor de esa fama que le precedía. No la fama de gran pensador y filósofo, hombre de letras, hábil negociador y combativo defensor de su patria que él pretendía haber tallado a golpes de pluma; más bien, la fama de ingenuo, inútil estratega, cultivado bufón de cortes necesitadas de lustre cultural, algo que parecía haberse ganado con sus actos, sus renuncias y sus compromisos.

—Era otro paso —comentó el conde—. Los sucesos de Florencia trascenderían sus fronteras, extenderían el miedo más allá de las murallas. Visitar nuestra ciudad no estaba exento de riesgos, y si de algo no pueden prescindir los florentinos es de recibir la provechosa visita de mercaderes extranjeros.

—Queríais haceros imprescindible… —divagó el poeta.

—¿Yo? —replicó Battifolle—. En realidad, no. Imprescindible sería únicamente el rey Roberto y su acuerdo de protección sobre Florencia. Sin respetar esto, y ante la manifiesta incapacidad de los gobernantes, es difícil sentirse seguro en una ciudad como ésta —enfatizó el vicario con los brazos abiertos—. Y no me diréis que ésa no es algo cierto incluso sin tener que aludir a estos sucesos.

Un breve silencio ocupó el espacio entre los dos hombres. Dante, abatido, se revolvió, incómodo, en su asiento. El conde se echó hacia atrás en el suyo para proseguir su soliloquio. Mirando hacia el techo, parecía observar cómo las palabras salían de su boca y se entrelazaban en una danza invisible de serpientes en el aire, antes de afilarse como dagas y penetrar en los atormentados oídos de su interlocutor.

—Y si para alcanzar los previstos buenos fines había que extender al máximo el horror —continuó hablando, protegido por aquella coraza de cinismo con la que depuraba sus actos—, ahora sí que no quedaba más remedio que sacrificar a verdaderos inocentes, como aquel desgraciado cuyos restos aparecieron entre las ramas de un árbol en Oltrarno, el mismo cuya muerte juzgasteis, en principio, ajena a vuestra obra. A él, le era indiferente que unos u otros ocuparan el poder, nunca había tenido influencia ni partido por el que decantarse. Anónimo y vulgar, de ese tipo de ciudadanos que hoy mismo se hacinan como pulgas en las vías que recorrerán los asesinos camino de los Stinche. Porque, a veces, los hombres como nosotros, que influimos o decidimos sobre la suerte o el futuro de los Estados, parece que olvidáramos que la mayor parte de los ciudadanos son así. Son mudos espectadores de las decisiones que toman otros, míseros contribuyentes a los que el Comune extrae, grano a grano, su escaso patrimonio para engordar los graneros de la ciudad. Cuando tienen hambre protestan, pero cuando han saciado ese apetito inmediato se echan despreocupadamente a dormir en lugar de procurarse los medios para no volver a sufrir privaciones. Personas que se conforman con sobrevivir al margen, pero quizá por eso no soportan verse perturbados por asuntos a los que ellos mismos han renunciado en favor de otros superiores.

—Por eso a veces se amotinan —apuntó Dante con intención.

—A veces —confirmó el vicario con un deje de desilusión—. Y, en este caso, también estuvieron a punto de hacerlo, aunque al final se frenó ese ímpetu.

Dante era bien consciente de esa realidad. Él mismo había sido testigo del áspero enfrentamiento entre los espectadores del macabro panorama en las faldas del monte de las Cruces y había temido que estallara la rebelión por toda la ciudad. Entonces ni siquiera sospechaba que una de las partes en cuestión pudiera estar detrás de aquellos sucesos.

—Pero al menos sirvió para algo —continuó Battifolle, dando un nuevo brío a su voz potente—. De todo esto salió una reunión entre las partes, un principio de arreglo pacífico y el compromiso de una señoría de consenso…, pero creo que ya os hablé de eso suficientemente.

—¿Por qué seguir adelante entonces? —preguntó el poeta con desolación—. ¿Para qué más crímenes?

—No se puede bajar la guardia —se justificó el conde, exponiendo sus argumentos con la misma lógica perversa que animaba todas sus explicaciones—. Se consiguió un acuerdo, sí, y un compromiso de señoría renovada. Eso supone añadir seis priores a los siete que ocupan el poder, pero no elimina la necesidad de seguir influyendo lo posible para alcanzar las mejores condiciones en esa próxima elección. Además, una vez se pone en marcha un plan de este tipo, creedme, es más ventajoso proseguir con él temporalmente que detenerlo de repente. Fue ése el ánimo que condujo a la última acción.

—El último crimen, por el que fueron descubiertos sus ejecutores —apuntó Dante—. ¿De dónde sacasteis a esos asesinos? ¿Formaban parte de los planes de paz para Florencia del soberano de Puglia?

—No. Veréis que nada estaba tan planeado como os empeñáis en creer —contestó Battifolle sin perder la calma—. Conocí a esos desgraciados bastante antes de que me fuera encomendada esta misión en Florencia. A mis oídos llegaron noticias de alarma entre la población del *contado* de Poppi. Se trataba de unos rumores sobre vagabundos extranjeros que convivían en sospechosa fraternidad. La superstición, junto con el temor hacia los herejes, hizo correr historias de brujerías y prodigios de Satanás. Supuse que eran cuentos de viejas, historias propias de gentes simples e ignorantes. Pero, aun así, juzgué conveniente investigar un poco. Vivimos épocas demasiado agitadas como para dejar pasar cualquier suceso fuera de lo habitual en tu territorio —dijo con énfasis—. Y no fue difícil encontrarlos. A decir verdad, no pasan de ser más que unos locos imprudentes que no se esconden con demasiada habilidad, si en realidad es eso lo que pretenden. Me sorprende que no dierais antes con ellos.

—Eso es lo que queríais desde un principio —murmuró Dante—. Por eso me animasteis a seguir las investigaciones en su dirección.

Battifolle sonrió dirigiendo la mirada hacia sus manos, ambas extendidas sobre la mesa. Eran grandes, poderosas, las manos de un hombre acostumbrado a asir el poder con persistencia. El poeta sintió sobre sus piernas la débil presión de sus propias manos, trémulas. Tan impotentes y huecas las sentía que pensó que si fueran atrapadas por las del conde resultarían aplastadas como la cáscara frágil de una nuez.

—Su origen extranjero, sus modales, el enigma de las lenguas cortadas —prosiguió Battifolle—. Parecían indicios más que suficientes de que algo turbio se ocultaba tras de ellos. Estaba claro que escapaban y lo hacían a tumba abierta, como si en realidad no tuvieran más objetivo que eludir la hoguera por un día más. No daban en absoluto la impresión de ser proscritos que buscan sobrevivir en paz escondidos de todos. Su portavoz, el único que podía serlo, se delataba rápidamente como un loco exaltado y lleno de odio. Transparentaba un enfermizo afán de venganza. Sus seguidores, obedientes como borregos, no estaban más sobrados de voluntad propia que de lengua. Hacían o pretendían aparentar vida de beguinos y eso los hacía aún más vulnerables, teniendo en cuenta las intenciones del nuevo Pontífice contra todos esos beatos y pedigüeños. Podría haberlos puesto en manos de la Inquisición y acabar de un golpe con sus aventuras...

—Pero no lo hicisteis —completó Dante.

Battifolle respiró hondo desplazando su voluminoso cuerpo hacia atrás. A veces adoptaba la apariencia de un hastiado maestro que tuviera que explicar o justificar cuestiones tan evidentes como lógicas a un alumno tozudo y resabiado.

—Dante Alighieri —comenzó a hablar de nuevo, con verbo pausado—, vos lleváis mucho tiempo haciendo política. Habéis ocupado, incluso, un puesto de la más alta responsabilidad como prior de esta república. Sabéis que desde una magistratura semejante tomar decisiones implica haberlas sopesado cuidadosamente y, en lo posible, haber previsto sus consecuencias. ¿No votasteis en días complicados por la salomónica expulsión de Florencia de seguidores de la parte negra y de la parte blanca por igual, aun sabiendo que era desproporcionado respecto a la culpabilidad? ¿No os pareció injusto, teniendo en cuenta, además, que actuabais contra vuestro propio amigo?

Battifolle parecía manejar cruelmente sus sentimientos. Le

clavaba espinas en el corazón recordándole aquellos días de frustración, la expulsión de Guido Cavalcanti, el «primero de sus amigos». Una amistad que no pudo nunca recuperar, porque el poeta dejó su vida, recién venido de su exilio, víctima de unas fiebres contraídas en Sarzana.

—Se busca la conveniencia o no de esas decisiones, vos lo sabéis —continuó el conde—. Y si interesan o no en un momento concreto. Respecto a estos individuos, consideré más que suficiente mantenerlos bien controlados. Son tiempos azarosos, ya os lo dije, de alianzas confusas y variables. No sé si sois adicto a algún juego, pero sabréis al menos que el buen jugador nunca expone todos sus recursos sobre el tablero. Siempre guarda alguno para momentos de emergencia. Decidí que esos beguinos serían mi jugada oculta, por si algún día precisaba ofrecerle alguna alegría al partido del papa Juan, donándole sus cabezas en bandeja de plata.

—Y, mientras tanto, los trajisteis a Florencia para que sembraran el terror —afirmó el poeta con desdén.

—Los traje a Florencia para controlarlos —rectificó el vicario—. No quería dejarles campar a sus anchas por mis tierras. Posteriormente, descubrí esas capacidades suyas para llevar a cabo la ejecución de ciertos planes. Os aseguro que son unos bastardos sanguinarios que han disfrutado con cada uno de sus crímenes.

—Organizasteis un buen linchamiento cuando comprendisteis que habían sido descubiertos —acusó directamente el poeta.

—Sobrevaloráis mis capacidades —argumentó Battifolle, metido de lleno en un juego de ambigüedades en el que era difícil distinguir las fronteras entre la verdad y la mentira—. Ya habéis visto lo soliviantada que está la población. Cualquier indicio de culpa es más que suficiente para que se desborde la ira. Los que han quemado su escondrijo, seguramente, los deseaban ver muertos más que yo mismo.

—Y vos —apuntó el poeta—, ¿qué les habéis ofrecido? ¿Qué les habíais prometido hasta ayer mismo para que ese miserable se sintiera tan seguro? ¿Libertad? ¿La posibilidad de continuar impunemente con sus fechorías?

—No había nada que ofrecerles —replicó seco el conde; quería aparentar firmeza, pero sus ojos rehuían nerviosos el cruce con la mirada de Dante—. Antes o después, habrían recibido el castigo que se les impondrá. El castigo que se merecen por sus crímenes, pasados o venideros.

Dante no salía de su asombro. El conde Guido Simón de Battifolle le parecía abiertamente un hombre sumamente peligroso, una víbora imprevisible y taimada, y no tanto por su poder o su fuerza, sino por el cinismo sin límites con que era capaz de administrar ambos. Había fomentado, planeado y ordenado aquellos crímenes, pero sólo sus ejecutores materiales merecían su desprecio y su castigo. Dante imaginaba, firmes y recias, aquellas dos manos poderosas alrededor de su cuello y comprendía el avispero en el que se había metido. Tenía la impresión de que, cada frase pronunciada por su anfitrión, cada reconocimiento de responsabilidad o acto espurio, se convertía en un palmo más de abismo en el que sus propios pies se iban enterrando.

—¿Venideros? —acertó a decir Dante—. ¿Es que hubiera habido más?

—Los necesarios, Dante Alighieri —afirmó rotundo el conde—. No se detiene una batalla por haber llegado a un número determinado de bajas. La lucha siempre continúa hasta la victoria final, o hasta que una inminente derrota aconseja la retirada.

—¿Y quién ha ganado estaba batalla, *messer* conde de Battifolle? —preguntó Dante con escepticismo.

—¡Florencia! —respondió el vicario solemnemente—. ¿Aún no os habéis dado cuenta de todo lo que estaba en juego?

—Creo que sí, *messer* Guido —replicó el poeta—. Incluso de aspectos que vos no habéis mencionado, pues no sólo Florencia recoge beneficios de esta victoria.

El conde miró a Dante con atención y un gesto de curiosidad.

—Os escucho —se limitó a decir, dando pie al poeta para que desplegara sus argumentos.

—Conseguiréis que se respete el plazo otorgado al rey Roberto para ejercer su señoría —continuó Dante—. En el mejor de los casos, incluso se ampliará ese plazo, porque un control efectivo de Florencia es lo que precisa vuestro soberano para mantener sus fructíferos acuerdos económicos con grandes mercaderes florentinos.

—¿Acuerdos económicos? —preguntó el conde, con falsa sorpresa.

Dante estiró las piernas aliviando la tensión de sus músculos. Esparció su mirada sobre la mesa, donde permanecía una sola de las manos del conde. Con la otra acariciaba su barba completando un gesto de atención.

—El reino de Puglia es un enorme granero de cereal muy apetecible para los negocios de cualquier mercader —dijo el poeta—. Y el soberano de aquel reino ha necesitado de muchos fondos en los últimos años para sus empresas. Roberto es tan dependiente de los florines de los Bardi o los Peruzzi como vos pretendéis que Florencia lo sea de él mismo.

Dante conocía perfectamente aquello de lo que estaba hablando. Roberto se había visto obligado a recurrir a continuos préstamos para asumir una imparable escalada de gastos. Dinero para cubrir los gastos de su viaje a Aviñón y su coronación, para abastecer a sus tropas o para afrontar la guerra contra el emperador Enrique VII. Un ingente desembolso que le había llevado a admitir préstamos por la impresionante cantidad de más de medio millón de florines. Los Bardi y los Peruzzi habían monopolizado ese servicio. A cambio, habían obtenido importantes privilegios comerciales, incontables favores en cargos y control de comercio, exportación de grano, e incluso actividades como la recaudación de impuestos, administración de la Casa de la Moneda o el pago de funcionarios y tropas. Una relación simbiótica que corría el riesgo de quebrarse si Roberto perdía su preeminencia en aquella ciudad.

—De modo que un Gobierno hostil —continuó Dante— o, peor aún, una alianza con otro príncipe extranjero, pueden dar al traste con todos sus negocios y el idilio con esos mercaderes. Como vos mismo asegurabais hace un momento, el mundo de los negocios resulta tan azaroso como jugar a los dados.

Battifolle sonrió como un niño cogido en falta.

—Ya veis —dijo sin inmutarse—. Mejor aún. Las relaciones más sólidas siempre se basan en intereses comunes.

Dante percibió que había alcanzado el núcleo mismo de las verdaderas motivaciones. No quiso insistir por un camino que, probablemente, no podía traerle más que complicaciones. El conde de Battifolle era un hombre al que le gustaba hablar, pero, sobre todo, gozaba escuchándose a sí mismo. Probablemente, ya le había perturbado más de lo previsto haciéndole reconocer su autoría en la trama. Aquello podía haber sido un error para su seguridad, un paso fatal, pero que, en cualquier caso, ya era irreversible. Su anfitrión ya resultaba peligroso amparado en sus silencios y sus secretos, sus manipulaciones y amenazas veladas. Si llegara a verse privado de argumentos, boca arriba esas cartas ocultas que se jactaba de mantener siempre, tal vez podía ser letal. Ganar tiempo y escapar eran los únicos pensamientos que ganaban espacio en la mente de Dante. A fin de cuentas, poco importaban ya los pormenores de todo lo que había sucedido, lo mismo daba un motivo u otro, una verdad o mentira más. Era preciso salir de Florencia, revolverse y zafarse de aquella ratonera; olvidarse de los años de dura pugna por retornar y desear más que nunca dar la espalda a las murallas de aquella ciudad tan irremediablemente hostil. Para eso resultaba necesario saber algo más de las intenciones del conde. Había que desechar el envoltorio farragoso de sus palabras y tratar de percibir algo más allá de lo que éstas parecían expresar tras deslizarse cuidadosamente entre sus labios. Se incorporó en su asiento y afrontó con seriedad la mirada de su anfitrión.

—Os lo pregunté casi al inicio de esta conversación y lo vuelvo a hacer —dijo Dante con calma—, ¿qué tenéis preparado para mí? Sé el papel que he ocupado hasta ahora en esta farsa, aunque no alcanzo a comprender qué necesidad teníais de mí para llevarla a cabo. Pero ahora que habéis compartido conmigo vuestros secretos, puede que me consideréis un peligro...

Capítulo 54

*E*l conde Guido Simón de Battifolle se adornó con una mueca de extrañeza. Una de sus manos dibujó en el aire un gesto de protesta y rechazo ante tal evidencia.

—¿Peligro? —exclamó—. ¿Por qué habríais de serlo? Considero que ésta es una charla entre caballeros y en ningún momento he dudado en contar con vuestra confianza; sin embargo, aunque así no fuera —avisó, sin perder su instrumental cortesía—, de bien poco os servirían tales informaciones sin recuperar ante los ojos de vuestros compatriotas de intramuros vuestra credibilidad. Trabajad a mi lado —continuó—. Conseguiremos que todos piensen que no eran más que unos desalmados los que se dedicaban a ensuciar vuestro honrado trabajo. Si alguien sospecha de una conspiración desde arriba, ¿cómo convencerle de que vos mismo no estáis en ella? ¿Cómo justificar tantos conocimientos sin haber participado?

Dante se mordió el labio superior hasta sentir un dolor agudo, forzándose a permanecer en el silencio que le aconsejaba su prudencia. El conde lo observaba con una frialdad amenazante. Parecía intentar penetrar hasta el torbellino de su mente, apoderarse de sus pensamientos, vaciar su cabeza de cualquier contenido que pudiera contradecir sus exposiciones. Esos planteamientos ya suponían una implícita confirmación de sus temores. Allí residía la clave de su estancia en Florencia. Un leve escalofrío recorrió su cuerpo mientras asimilaba el absurdo rol asumido en todo este enredo. El vicario le había reservado el puesto de dirigente, involuntario e ignorante, en una conspiración que se dotaba así de un contenido político. El poeta exiliado, activista furtivo en la ciudad vedada que no debía pisar, era el eslabón suelto de la cadena con la que el conde había ceñido Florencia; el elemento que invalidaba cualquier teoría acerca de unos locos sin control como autores de tan terribles sucesos aislados. Su previsible apresamiento público era un buen golpe de efecto, medido y calculado de antemano por su astuto anfitrión.

—Respecto al motivo de vuestra presencia en la ciudad —continuó el conde—, debo reconoceros que todo lo acaecido se ha desviado un tanto en relación con lo inicialmente previsto. Nuestro afán de paz y reconciliación es sincero. Lanzado el plan de la manera que os he relatado, quise que conocierais la situación de primera mano, que colaborarais en unas investigaciones que no dudo hubierais llevado a buen fin si no se hubieran precipitado de esta forma los acontecimientos. Siempre he actuado animado con la intención de que vos mismo limpiarais vuestro buen nombre, de que librarais a la ciudad de esa chusma y recuperarais vuestro innegable prestigio dentro de Florencia, de que me sirvierais de puente a una definitiva reconciliación entre todas estas malditas banderías.

Absurdos embustes, espurias palabras endulzadas con la miel venenosa de este valedor de la supremacía de los Anjou. Oyendo sus excusas, parecía que hubiera que darle las gracias por la oportunidad de restaurar un nombre que él mismo se había encargado de ensuciar. Si los acontecimientos se habían precipitado, había sido por expreso deseo del conde Guido Simón de Battifolle. El poeta rememoraba la imagen de aquel individuo belicoso y violento, el desorejado del gorro verde. Ese delincuente demasiado apasionado, ahora lo comprendía, como para participar en todos los disturbios sin un verdadero y visible interés personal. Seguramente, no era el único. Estaría acompañado por otros agitadores profesionales; mercenarios contratados para fomentar la rebelión como otros lo eran para mantener el orden.

Dante creía despejar las dudas por completo. Leía a través de los surcos del rostro de aquel taimado noble y contemplaba su propio futuro; su visión repetida de hogueras y perros iracundos, de huesos mancillados y sonoras carcajadas de burla. Trató de reprimir su temblor, de que, al menos, la palidez que sentía que le conquistaba el rostro no delatara sus fúnebres conjeturas. Intentó asomarse desesperadamente a esa luz de su conciencia que le impelía a resistir, no tanto, quizá, para conservar una vida que se había hecho pesada como una roca sobre sus hombros gastados, pero sí al menos para que su orgullo y su linaje no yacieran en una tumba maldita junto a los restos odiosos de un grupo de asesinos a sueldo. Si tenía que pasar a la historia alejado para siempre de aquel que había sido su hogar, al menos que lo hiciera singularizado por su trabajo, por su afán de dignificar aquel *vulgar* toscano de su lengua materna que había plasmado en páginas conocidas en toda Italia. Deseaba que las generaciones venideras, esos cachorros orgullosos paridos a la vera del Arno, no aprendieran a maldecir su nombre y su estirpe antes aun de conocer las primeras letras. Tenía que evitar que su recuerdo quedara como el de un traidor, un delincuente que había quebrado su destierro para introducirse en la ciudad que le había visto nacer y sembrar el pánico, hasta ser aprehendido y vergonzosamente ejecutado, con escarnio público. Sintió verdaderas ganas de escupir su indignación a la cara de aquel perverso gobernante, mientras éste desgranaba sus palabras falsas y retorcidas. Pero retuvo la ira entre los dientes. No era momento de heroicidades ni había tiempo para desperdiciar esas escasas fuerzas suyas en meros desahogos verbales. No podía paralizar su mente. Su trabajo allí no había concluido. Sólo que, ahora, consistía en encontrar la manera de esquivar ese negro destino.

En un momento dado, se produjo una nueva y definitiva interrupción. Volvieron a golpear la puerta, pero no hubo demora tras la llamada y se abrió de golpe. Ambos dirigieron la mirada hacia aquel lugar del que volvió a surgir ese hombre rocoso de la visita anterior. Visiblemente nervioso, tanto que había ignorado el permiso para acceder a la estancia de su superior, traía el rostro pálido y demudado, como si acabara de cruzarse con todas las legiones infernales. Traspasó el umbral, sin pronunciar siquiera una palabra, aunque su perfil desencajado apuntaba con ansiedad directamente hacia su sorprendido señor.

—¿Qué ocurre? —tronó el conde con impaciencia.

El recién llegado murmuró algo, pero después de mirar levemente a aquel desconocido de aspecto cansado que le escrutaba curioso desde su escaño, optó por hacer una seña al conde, para rogarle que se acercara. Battifolle alzó su mole, con un movimiento cansino, dispuesto a escuchar aquello que su subordinado no quería dar a conocer en voz alta delante de su invitado. Por el camino, apartó de un ligero puntapié la sobreveste del suelo, que volvió a repicar con su tintineo metálico. Al llegar a la altura del otro, el hombre hizo un leve saludo, como si ahora penetrara en la estancia por primera vez. Después pasó a narrar en voz baja y muy cerca del oído del conde aquellas noticias que tanto parecían haberle afectado. Dante se dedicó a observar la cara del vicario, jugando a reconocer por sus gestos la naturaleza de aquel mensaje y sus posibles consecuencias. Creyó vislumbrar un brillo especial en los ojos, un atisbo de sonrisa furtiva en los pliegues de los labios, aislada en medio de un gesto hierático de seriedad. Estaba seguro de que su peligroso anfitrión, en el fondo de su corazón, estaba recibiendo aquellas nuevas con una íntima satisfacción que su pose no estaba dispuesta a exteriorizar. No respondió nada a su subordinado cuando éste acabó su atropellado monólogo. Se alejó despacio, dejándole allí con su alterada impaciencia. En un movimiento rápido, con una agilidad insospechada para un hombre de su corpulencia, recogió del suelo su vestimenta militar. Su asistente se precipitó hacia él para ayudarle a vestirla. El conde volvía a ser otro, una especie de condotiero imponente y poderoso. En vez de recubrirse con nuevos ropajes de guerrero, parecía más bien haberse desnudado de esos otros hábitos de paciente y refinado diplomático, de cínico y sutil negociador, con los que siempre había tratado de transmitirle seguridad.

—Parece que, al final, el Comune va a ahorrarse alguna ejecución —afirmó de repente.

Un escalofrío aún más intenso recorrió al poeta de parte a parte. Aquello sólo podía querer decir que el linchamiento, al fin, le había sido servido. Dante imaginó al manco desaliñado del gorro verde interviniendo activamente en los sucesos, soliviantando el ánimo de los presentes, asestando quizás el primer golpe para retirarse luego con sus compinches, satisfechos de haber cumplido satisfactoriamente con su señor. Ni el Comune iba a disponer de los prisioneros, ni el extraño traslado de los mismos, de prisión a prisión, iba a ser tan estéril como pareciera. Para Dante, el plazo se acortaba, se aceleraba el fin tan temido de aquella historia. Si se cumplían los funestos augurios del poeta, sólo faltaba él para culminarla. Le temblaron las piernas. Pensó que si tuviera que levantarse caería de bruces en el suelo, abandonado su cuerpo de los espíritus que proporcionan la fuerza y el equilibrio. Contempló la figura del conde, marcial, severa; el metal de su traje relampagueaba con las brasas temblorosas de las antorchas. Le observó un instante que a Dante se le hizo tan persistente y cruel como una larga vida. Con una mano en la barbilla parecía dudar, meditar sobre algo. El poeta, aprensivo, pensó que tal vez la resolución del juego de su destino era cuestión de segundos.

—Pero si hemos ganado la lucha contra la violencia por un lado, no podemos perderla por otro —dijo entonces Battifolle—. Ni consentir que siga corriendo la sangre, aunque sea por indignación o afán de justicia.

Después, dio media vuelta, dispuesto a salir al exterior, a recorrer las calles de Florencia en un remedo del César vencedor. Antes de hacerlo, aún dedicó unas palabras al poeta. Los dos sabían que serían las últimas que se cruzaran. Aun así, ninguno quiso dar señales de despedida.

—Sería muy aconsejable —dijo con tono neutro— que todavía no salierais al exterior ni os dejarais ver por la ciudad.

Capítulo 55

*M*ás que un consejo, el conde había establecido una prohibición, como pudo comprobar algo más tarde. Battifolle había sellado el palacio casi por completo. Aunque el movimiento en el interior era de aparente libertad, las entradas y salidas estaban férreamente controladas y los permisos concedidos eran muy estrictos. Él no estaba incluido dentro de ese grupo, como pudo comprobar en la práctica, acercándose con apariencia casual a la puerta de acceso de la vía del Proconsolo. Lo había hecho para probarse hasta qué punto el conde estaba o no interesado en que permaneciera en el palacio, pues sólo conociendo los deseos de su anfitrión podía aproximarse y, tal vez, anticiparse a sus intenciones.

El poeta razonaba con ansiedad febril y le parecía evidente que mantenerle allí dentro era la estrategia adoptada por Battifolle. No alcanzaba tampoco a distinguir con claridad qué ventajas le reportaba tal opción. Su figura y su presencia, deambulando a menudo por los rincones de palacio, aun bajo la cobertura de su falsa personalidad, se había hecho de sobra conocida para todos. Le costaba predecir de qué manera el conde podía escenificar la captura de un personaje que se movía tan libremente por palacio, o justificar un alojamiento prolongado de alguien a quien se pretendiera presentar como un terrible conspirador, como el instigador cruel y sanguinario de esos terribles sucesos que habían conmovido a Florencia. A menos que el disfraz que presuntamente amparaba su seguridad sirviera simultáneamente como prueba fehaciente de su mala fe y su afán de introducirse subrepticiamente en la sede del vicario, con engaños y malas artes. Dante sacudió la cabeza. Deseaba purgar esa frenética espiral de pensamientos que embarullaban sus ideas. Acumular despropósitos e hipótesis, en un desesperado bullir de conjeturas, resultaba fácil, pero no aportaba soluciones. Si contaba con alguna posibilidad de huida, sólo podía aprovecharla manteniendo la mente clara y afrontando rápidas decisiones. Así, si bien para él resultaba más lógico considerar que Battifolle le prefería vagando por las calles revueltas de la ciudad, de poco le servía contradecir sus pretensiones o dejarse confundir por esa estancia forzada entre los muros de su cubil. La mosca atrapada en la telaraña no puede sentirse segura por mucho que la araña no haya mostrado fulminantes deseos de comérsela.

Tendría que salir, apañárselas para hacerlo sin que Battifolle pudiera controlarlo de inmediato y conseguir que no fuera capaz de encontrarlo por esas mismas calles que ahora presumía dominar. Resultaba complicado, sin duda, tal vez imposible, un nuevo y póstumo fracaso en una cadena de desastrosas estrategias. Ni siquiera sabía de antemano qué hacer cuando se encontrara lejos del palacio. Pero si su orgullo y su familia lo merecían, debía al menos intentarlo, otorgarse una posibilidad antes que ofrecer su cuello dócilmente a sus verdugos. Su destino era como uno de esos relojes de arena que grano a grano, inexorables, dejan escapar su carga por un reducido embudo; sin embargo, ninguna mano que no fuera la suya iba a darle la vuelta cuando se vaciase. Si la salida habitual era imposible, había que buscar otra manera y hacerlo a despecho de los nervios y la tensión acumulada que le agarrotaban las piernas y aceleraban los latidos de su corazón, cargándole de inercias y malos augurios.

En plena ansiedad, se cruzó con un criado que le miró con cierta curiosidad insolente; sintió que su semblante debía de ser un fiel reflejo de la congoja de su espíritu. Pero ese encuentro fugaz le proporcionó una idea que irrumpió en su cabeza con la fuerza de un aldabonazo. Existía una posibilidad cierta y casi olvidada de salir del edificio con discreción y sin testigos. Energías renacidas hicieron que se moviera deprisa, vencido por sus ansias de ganar la planta baja. Rogó porque a nadie se le hubiera ocurrido vedar el paso al patio, como se había hecho con otros accesos y estancias, y suspiró aliviado cuando vio que no encontraba ningún impedimento en su camino. Bajó rápido y sin precauciones aquellos escalones gastados de piedra adosados al muro. Al pie de la escalera estuvo a punto de tropezar con una figura que no había visto hasta ese momento. Con una mezcla desbordante de sorpresa y entusiasmo se dio cuenta de que el destino, por una vez aliado con su suerte, le ponía ante sus ojos a la persona que venía a buscar. Se abalanzó prácticamente sobre el estupefacto Chiaccherino, que dio un par de precavidos pasos hacia atrás. El poeta le tomó firmemente por ambos brazos como un náufrago que se agarrara desesperadamente a su tabla de salvación.

—¡Chiaccherino! ¿Me reconoces? —le dijo, transpirando ansiedad.

—Sí, claro, *messer*… —respondió el criado sin salir de su asombro.

Dante aflojó la presión de sus manos, pues percibió reflejado en el rostro atónito del criado su propia turbación, y trató de calmarse. Mientras tanto, le faltaron las palabras.

—¿Estáis bien? —preguntó el viejo, preocupado—. No tenéis buena cara, *messer*… Si me permitís decirlo, parece que os acabáis de tropezar con la misma Muerte.

El poeta sonrió débilmente. Las piernas le temblaban por efecto de la tensión acumulada; un tenue vahído le aflojaba los músculos. Le parecía poco menos que imposible adoptar un creíble aire de tranquilidad.

—Estoy bien…, no te preocupes —acertó a balbucear.

—¡Y eso que no habéis visto lo que yo! —exclamó el criado—. A Dios nuestro Padre doy gracias de estar medio ciego para no distinguir semejantes horrores con toda claridad.

Dante se dio cuenta de que el vestido de aquel hombre estaba algo húmedo y su escaso cabello revuelto como si acabara de intentar secarlo.

—¿Has estado fuera? —preguntó el poeta—. Pensaba que nadie podía salir —añadió con intención.

—Pero ya sabéis que yo tengo mis métodos, *messer* —respondió Chiaccherino con cierto orgullo clandestino, guiñando un ojo a su interlocutor.

El corazón de Dante dio un vuelco de esperanza. Eso es lo que había venido a buscar y las posibilidades de conseguirlo parecían mantenerse intactas.

—Como a muchos florentinos, me perdió la curiosidad de ver a esos demonios que llevaban a los Stinche. Pero ya os lo dije..., no es buena cosa —continuó el criado, con uno de sus característicos y supersticiosos vaivenes de cabeza—. El Señor nos ha castigado por ello con una de esas visiones que sólo se pueden tener en los Infiernos. Por eso me he vuelto a palacio tan pronto como he podido.

—¿Qué ha sucedido? —interrogó Dante, tratando de frenar la impaciencia que le consumía.

—¡Algo horrible! —respondió Chiaccherino, con un teatral gesto de miedo y unas irreprimibles ganas de narrarlo—. Sería justo castigo, no lo niego, porque han hecho mucho mal y son unos odiosos hijos de Satanás —comentó santiguándose—, pero da mucho miedo ver lo que puede hacer una multitud furiosa con tres simples personas, o demonios o lo que fueran, porque sangraban como cualquiera de nosotros.

Dante se estremeció aún más. Sus augurios se habían vuelto a cumplir. Las vidas de aquellos desgraciados no se habían podido prolongar hasta una ejecución formal.

—Por los gritos de la gente ya se veía lo que iba a pasar, creo yo —prosiguió el criado—. Y creo, también, que había pocos soldados, pero yo no sé mucho de esas cosas —se excusó humildemente—. Encima, cuando empezaron a llover las piedras, algunos se retiraron, así que, cuando se quisieron dar cuenta había un montón de gente subida al carro en que iban, tiraba de ellos y los llevaba hacia la masa.

El poeta escuchaba en silencio la descriptiva narración de Chiaccherino, con el alma encogida y esa sensación tan familiar de desolación y desconfianza en sus compatriotas. Era como una pesadilla que no quería revivir o escuchar, pero que no se sentía con fuerzas para rechazar. En esas circunstancias, aquel charlatán era imparable.

—¿Habéis visto cómo chillan las ratas cuando las queman en su escondrijo? —continuó el viejo, con una pregunta retórica—. Pues así chillaban esos demonios. Unos chillidos horribles y sin palabras, porque dicen que son mudos. Luchaban por quedarse sobre ese carro como si prefirieran abrazarse al verdugo, porque, al fin y al cabo, los iban a matar igual, ¿verdad?

Dante asintió sin gran entusiasmo o interés. Deseaba cuanto antes que terminara aquella tortura para sus oídos, escapar cuanto antes de aquel palacio, dejar atrás Florencia con su sed de sangre o morir de una vez en el intento.

—Pues dos de ellos no lo consiguieron y fueron arrastrados por la multitud. El otro se agarró con uñas y dientes al carro y, como los soldados se habían conseguido aproximar en su defensa, la gente se retiró corriendo; pero antes de irse, uno que llevaba una maza enorme, debía de ser albañil, digo yo, le soltó un tremendo golpe en la cabeza y se la aplastó por un lado —dijo, tocándose un lateral de su rostro—. Nunca había visto cosa igual, *messer*... Le salió el ojo disparado y se le hundió toda esta parte, y le salía una masa blanca y roja, como un puré. Y yo creo que por ahí dentro debemos de tener los mecanismos de respirar, porque abría mucho la boca, como si le costara coger aire.

El poeta volvió a asentir sin pensarlo. Era tan repugnante que no tenía ganas de entrar en coloquios o aclaraciones semejantes. Sintió verdadera compasión por el estado de su patria. Si ésa era la fría y desapasionada narración de un hombre que se había confesado horrorizado por aquellos actos, estremecía pensar en la degradación moral y espiritual a que debían de haber llegado todos los que habían participado con placer.

—Y los otros dos, os lo podéis imaginar —relató con un gesto de asco—. No creo que haya nadie que haya recibido nunca tantos golpes, pisotones o pedradas. Se hicieron pedazos como cerdos descuartizados; debe de haber trozos por toda la ciudad.

Al final, aquel beguino vengativo había tenido su propio martirio, que no desmerecía nada respecto al horrible final de Dolcino y los suyos. Sin embargo, él no pasaría a la historia como loco o como mártir y apenas sería recordado cuando las laboriosas gentes de Florencia recuperaran la cordura y volvieran a sus diarias ocupaciones. Todo lo más, sus absurdas pretensiones quedarían reducidas a cuentos de viejas sobre demonios mudos con las uñas azules destinados a asustar a los niños. Dante no pudo reprimir una náusea y un leve tambaleo al pie de aquella escalera. Se encontraba mal, cada vez peor, pero no podía ceder al malestar, desmadejarse, ser vencido por el miedo y la desesperación. Chiaccherino le observó con preocupación. Su estado era demasiado obvio y visible como para pasar desapercibido.

—*Messer*…, sería mejor que tomarais asiento —le ofreció, servicial—. Si no os incomoda en exceso puedo acompañaros a la cocina. Un buen caldo caliente os reconfortará.

El poeta accedió sin palabras, con una tímida aunque franca sonrisa de agradecimiento, y arrastró sus pies hacia el interior de las cocinas. Al fin y al cabo, allí debía de estar el acceso que le permitiría salir libremente del palacio. Se trataba de una estancia muy amplia, cargada de esa suciedad de grasa y de hollín que se pega como una maldición y con la que es inútil luchar por limpiarla. Olía a tocino rancio y humo, un aroma pringoso que tapizaba la garganta e irritaba levemente los ojos. Tenía la fragancia perenne de los sitios mal ventilados. El poeta pensó que aquello, a pleno funcionamiento, debía de ser un penoso infierno. Un lugar fastidioso donde, quitando a los cocineros, el servicio estaría formado por aquellos criados más inútiles, inservibles o inermes, sin fuerzas o argumentos para resistirse. Entre ellos, los más viejos y los más jóvenes. De los viejos, el locuaz Chiaccherino era una muestra clara, aunque había sabido, con su gran habilidad, hacer mucho menos penosa su tarea. En cuanto a los jóvenes, Dante vio al fondo a unos cuantos de ellos y éstos sí que sudaban a conciencia sus tareas. Algunos eran casi niños, adolescentes curiosos que observaron fugaces, con mirada de ardilla, la entrada de los dos personajes. Con un enorme balde de agua intentaban desprender una mugre imposible de cacerolas, parrillas y enseres diversos, frotando con manojos de esparto y toda su alma puesta en el empeño.

La enorme sala tenía algo mágico si se miraba con los mismos ojos con que la imaginería popular retrataba alguna de sus supersticiones. Los grandes calderos de cobre, cazuelas y pucheros de barro, asaderos, espiches, graseras, cucharones y palas, diseminados por aquí y por allá recordaban la apariencia temida del escondrijo de una bruja. Los almireces y morteros, indispensables para macerar y triturar todo tipo de alimentos, evocaban el misterioso laboratorio de un alquimista. Convivían además, en anárquica armonía, las grandes parrillas que separaban las carnes de las brasas acumuladas en fogones de carbón o leña, colecciones completas de cuchillos de todas las formas y tamaños...

El atento Chiaccherino invitó al poeta a tomar asiento en una especie de taburete basto, descascarillado y mugriento, situado junto a una enorme mesa. Más bien era una plataforma casi rectangular, parte de un tronco de árbol colosal seccionado en su mitad. Por debajo, donde se asentaba sin demasiada firmeza sobre cuatro borriquetas, aún conservaba su corteza rugosa. En su superficie, áspera y cuarteada, acribillada de hachazos y marcas de cuchillo, permanecía el sucio rastro de la sangre y la grasa infiltradas en sus poros. Quedaban aún restos de mondongos y pellejos de pollo, gallina o cualquier otra ave, y una cresta de un rojo tumefacto adherida a una esquina. El poeta tomó asiento, pese a que aquel ambiente y ese despiezadero imponente no resultaran elementos excesivamente tranquilizadores, y cerró los ojos esperando derrotar al mareo. Cuando volvió a abrirlos se encontró de nuevo frente a Chiaccherino, que llevaba entre sus manos un cuenco humeante.

—Tomad esto, *messer* —dijo atento—. Vuestro cuerpo os lo agradecerá.

Con una leve sonrisa de agradecimiento, Dante tomó la escudilla entre sus manos. Probó con cuidado el caldo, aún demasiado caliente. Tenía un sabor fuerte y una textura grasienta. Supuso que provenía de una de las marmitas del fondo y que estaba cocinado con los restos de un pollo o gallina. Tal vez los del propietario de aquella cresta de la mesa. El calor del cuenco en sus manos y el del propio líquido en sus entrañas le tranquilizaron y aplacaron un tanto su malestar. El cambio debió de ser perceptible, porque su considerado servidor se interesó de inmediato por su estado.

—¿Os encontráis mejor? —apuntó en un tono de sincera inquietud.

Dante le observó quedamente. Aquel viejo amable y servicial le seguía infundiendo confianza. En cualquier caso, tampoco vislumbraba ninguna otra esperanza. Dante Alighieri, orgulloso florentino que había ostentado la más alta magistratura de su patria, que se había reflejado en los ojos de un papa y un emperador, dependía ahora de la buena voluntad de un anciano chismoso y poco trabajador, un ínfimo y torpe criado al borde del retiro. Y a él se encomendó sin dudarlo más.

—Chiaccherino… —murmuró en voz baja, temiendo que fueran otros los que le escucharan—, necesito desesperadamente tu ayuda…

El criado lo miró con la estupefacción que traslucían sus pensamientos. Debía de considerar ridículo que él pudiera prestar una ayuda semejante a algún insigne invitado de su señor.

—En lo que pueda serviros —respondió, más por cortesía profesional que por una verdadera convicción en sus capacidades.

—Preciso… —vaciló el poeta, que dirigió la mirada hacia ambos lados, para vigilar la indeseable presencia de espías—, preciso salir de palacio.

—Bueno —replicó el criado con extrañeza—, ya sabéis que el conde…

—No me refiero a salir del modo habitual —interrumpió Dante—. Quiero decir salir sin que nadie se entere, como tú mismo me has confesado que haces a menudo. Pero es necesario que seas absolutamente discreto y que nadie lo sepa.

Con cara de susto, Chiaccherino evidenciaba su sorpresa ante tales proposiciones.

—Pero, *messer* —dijo, tratando de hacerle desistir—, os aseguro que se está mucho más seguro aquí dentro que allí afuera. Ahora mismo, en esas calles…

—Debo salir —atajó Dante con gesto serio—. Y necesito de tu imprescindible ayuda para hacerlo. Si es verdad lo que me has dicho, eres de los pocos que pueden entrar y salir sin ser visto.

—No os he mentido —se defendió Chiaccherino—, pero…

El criado se retorcía las manos en señal de preocupación. Estaba inmerso en un atolladero y el poeta lamentaba tener que ponerlo en tal aprieto. Sabía lo que se jugaba y el castigo que le esperaba si era descubierto. Pero, en aquel momento, luchaba por su vida. No quedaba margen para otras consideraciones.

—Nadie tiene por qué enterarse —le animó Dante, tratando de infundir confianza y seguridad a un Chiaccherino pensativo y confuso—. Puedo…, puedo darte algo de dinero…

—¡Oh, no, *messer*! —rechazó el criado, saliendo orgulloso de su mutismo—. No se trata de dinero. Os aseguro que no es más rico quien más tiene, sino quien menos necesita. Y yo aquí tengo cuanto me puede hacer falta.

En un movimiento apresurado, aunque suave, Dante asió al criado por su vestido y lo atrajo muy cerca de sí. El viejo despedía un aroma a cebollas tiernas.

—Entonces, hazlo por mí —insistió con firmeza—. Créeme si te digo que es vital para mí y para Florencia que abandone en secreto este palacio.

El poeta aflojó la presión de su mano y Chiaccherino cayó hacia atrás por inercia. Ahora sí que parecía decisivamente impresionado. Tenía la boca abierta y esos ojos que ya no distinguían con claridad clavados con pasmo en su interlocutor. El secretismo y la confidencialidad eran rasgos habituales en los misteriosos invitados acogidos por los altos dignatarios, tanto que los sencillos sirvientes les presumían unas complicadas y retorcidas tareas, casi mágicos arcanos que contemplaban con respeto reverencial. Nada tenía, pues, de extraño para el simple Chiaccherino que uno de los huéspedes del vicario llevara unido a la piel el futuro mismo de Florencia. Y ante eso su sentido de la responsabilidad pesaba más que sus reticencias.

—De acuerdo… —dijo el criado tímidamente—. Si eso es lo que vos deseáis.

Dante esbozó una sonrisa de complicidad y agradecimiento, mientras respiraba con alivio.

—No sabes hasta qué punto te lo agradeceré —replicó Dante con más calma—. Pero aún debo abusar algo más de tu bondad. Necesito ropas adecuadas para el exterior y que sean discretas… De las que tú mismo llevarías si tuvieras que volver a salir.

El criado volvió a asentir sin mayor resistencia o comentario explícito. Su capacidad de sorpresa parecía ya más que colmada como para extrañarse de algo.

—Esperadme aquí y os las traeré —dijo.

Antes de que desapareciera, Dante volvió a sujetarle por un brazo. Le dirigió una mirada de igual a igual que quería sugerir la importancia que tenía todo aquello y le habló en voz baja.

—Por favor, no tardes…

Capítulo 56

Cuando se quedó solo, Dante pareció tomar nueva conciencia de aquel lugar. Aquellos jovencitos continuaban su ingrata tarea, sin dejar de mirar, a hurtadillas, al extraño huésped, pero ni uno solo se acercó. Parecían tímidos y estaba seguro de que ni siquiera osarían dirigirle la palabra. El tiempo de espera se le hizo eterno. Empezó a pensar que el servicial Chiaccherino había sucumbido al pánico ante los riesgos de atender a los caprichos de aquel extraño desconocido y había desaparecido sin más; o, peor aún, le había denunciado ante las tropas de su señor. Sentía con angustia los latidos de su corazón en las sienes, sin despegar los ojos de aquel espacio vacío por el que había desaparecido el criado y por donde imaginaba continuamente ver formarse entre las sombras la silueta amenazante de los soldados; sin embargo, además de amable, el buen Chiaccherino demostró ser leal y el poeta recibió con alegría su llegada. El viejo traía un hato de ropa bajo el brazo. El poeta recogió el paquete, dispuesto a ponerse aquellas ropas a toda prisa, cuando reparó en la inconveniencia de hacerlo ante testigos. Aquellos sirvientes casi infantiles podían ser de apariencia discreta y asustadiza, pero no dejaban de ser curiosos. Alguno de ellos podía caer en la tentación de delatarlo, por miedo o deseo de agradar a sus superiores, mucho antes del tiempo necesario para intentar la huida. En el mismo tono de voz baja manifestó sus recelos al criado, que le tranquilizó con cierto gesto de suficiencia que le pareció algo impropio en él.

—No os preocupéis por eso. Todavía tengo cierto mando sobre los más jóvenes.

Después se acercó a ellos y, con palabras que el poeta no

pudo escuchar, consiguió que abandonaran la estancia, dejándolos solos. Con el hato deshecho seleccionó entre aquello que le pudiera ser de utilidad inmediata y eligió una saya grande de color oscuro, como un capote. Un pobre remedo de *lucco*, hecho de lana basta, mal tejido y peor teñido. Le cubría casi por completo, de modo que le permitía no tener que prescindir del resto de sus ropas. Se enfundó en la cabeza una especie de capuchón en pico, trenzado en lana de tacto estropajoso. Tenía dos alas a modo de orejeras que le resguardaban también ambos flancos de la cara. Se imaginaba a sí mismo como una mala imitación de aquel granuja del bonete verde empeñado en prender la chispa de la rebelión. Chiaccherino le miraba atónito. Sin duda, le costaba explicarse las trazas de tanto misterio. El poeta le extrajo sin violencia de ese ensimismamiento.

—Cuando quieras —le dijo.

El criado dio un leve respingo. Por un momento le miró desconcertado, como si con su nueva apariencia también resultaran nuevas sus peticiones; no obstante, inmediatamente, cayó en la cuenta y con un leve gesto le indicó el camino. Atravesaron la cocina hasta llegar a una esquina en penumbra donde era difícil imaginar la existencia de una puerta. En realidad, fijándose bien se percibía la presencia de un vano, porque la puerta estaba encajada a un par de pasos hacia dentro del mismo. De esta forma, sencilla pero ingeniosa, desde prácticamente cualquier punto de la amplia estancia quedaba camuflada la hoja de madera, de apariencia robusta y color oscuro. Chiaccherino cogió una lámpara de aceite de una mesa y al llegar a la altura del hueco se la pasó a Dante. Extrajo una llave de su faltriquera y la introdujo en la cerradura. Con un chirrido oxidado, la puerta se abrió, lamentándose sobre sus goznes. Al empujarla, la oscuridad se hizo densa. Ni luz exterior ni acceso directo, sólo un pasillo bastante ancho que se extendía ante ellos. Avanzaron guiados por la luz de la lamparilla, y dejaron a su izquierda otra puerta ancha y recia, provista de dos cerraduras y un par de enormes candados, y que vedaba el acceso a lo que debía de ser un almacén, allí donde las provisiones reposaban su espera antes de ir a parar a la mesa del vicario y sus allegados. Antes de llegar al final del pasillo, Dante vislumbró que se desviaba en un recodo hacia la derecha.

323

Por la orientación del edificio y el camino recorrido, supuso que ya debía de conducir al exterior. Al doblar el recodo, confirmó su suposición, al ver cómo algunas líneas de luz tenue quebraban el hermetismo rectangular de un portón en el fondo.

—¿Estás seguro de que no hay vigilancia? —preguntó Dante, casi en susurros, extrañado de que aquella gran despensa no contara con más de un guardián ante sus puertas.

—¡Oh sí, *messer*! —respondió Chiaccherino—. Sólo hay vigilancia permanente mientras se descargan las provisiones. El resto del tiempo está solamente la patrulla…

—¿Qué patrulla? —requirió Dante con preocupación, y se detuvo en medio del pasillo.

—Centinelas —replicó el sirviente—. Ya sabéis, de los que hacen la ronda por las calles y alrededor del edificio… Aunque son más frecuentes por la noche, claro.

—Centinelas… —musitó el poeta—. ¿Y qué haré si me topo con ellos? —añadió casi para sí.

—En verdad nunca he pensado que pudiera encontrarme con ellos —repuso Chiaccherino, como si cayera ahora en la cuenta—. Tal vez un criado que sale de la cocina siempre puede inventarse alguna excusa… o quizás ofrecer algo que interese a los soldados —añadió—. Pero mejor será que no os los encontréis. Ya os dije que era más seguro permanecer dentro.

No obstante, Dante reanudó el paso hacia la salida, para evitar que el viejo volviera a intentar convencerlo. Observó que, a la derecha, el pasillo se volvía a ensanchar formando una sala, una especie de fondo de saco abierto y sin puerta, sin ningún mueble o accesorio en su interior. Supuso que esta estancia representaba algún tipo de paso intermedio en el proceso de almacenamiento de provisiones y enseres. Seguramente, los proveedores depositaban allí sus mercancías, para reducir al mínimo el tiempo en que el acceso exterior permanecía abierto y liberar a la vez de miradas indiscretas todo aquello que ya estaba guardado a buen recaudo. Más tarde, en la intimidad del edificio clausurado, el encargado de tales funciones dirigiría el almacenamiento definitivo en palacio. Unos pasos más al fondo y se encontraron con una cancela de hierro, con barrotes gruesos y fuertes como los de una prisión. Sólidamente aferrada a los muros, a pesar de su aspecto descuidado y teñido de óxido, se mostraba como un firme obstáculo. Después de que el criado hiciera uso de su manojo de llaves hurtadas, ambos dieron un par de pasos hacia atrás, porque la verja se abría hacia el interior dejando apenas espacio en su giro.

Finalmente, llegaron hasta la última puerta, gruesa y de similar aspecto infranqueable. Tenía una tranca cruzada que incrementaba su resistencia; además, contaba con una portezuela a la altura de los ojos. Una mirilla parecida a la que había visto en aquella taberna clandestina que había visitado con su joven escolta. Chiaccherino desplegó un vistazo cauteloso, a través de ella. Dante se dijo para sí que el viejo, con su vista cansada, no parecía el vigía adecuado para vislumbrar algún peligro exterior. Pero no le dio tiempo a intentar cerciorarse por sí mismo, porque el sirviente desatrancó y abrió esta última barrera con rapidez, como si deseara acabar cuanto antes con toda esta dudosa aventura. Después, sacó la cabeza, tímidamente, para completar la observación. Una claridad no excesivamente luminosa deslumbró los ojos del poeta, acomodados a la oscuridad.

—¡Podéis salir! —exclamó Chiaccherino, a quien ahora se veía nervioso y acelerado—. ¡Y que Dios, nuestro Señor, os acompañe y proteja!

325

Capítulo 57

*A*penas puso un pie en la calle, la puerta se cerró con brusquedad a sus espaldas. Ahí finalizaba el auxilio del viejo criado, que debía de estar ahora retornando, suspirando de alivio, a su cálido refugio en las cocinas. Otra puerta cerrada, otro muro o muralla frente a él. Volvía a sentir esa amarga saeta del destierro. Un expulsado impotente en tierra peligrosa, desorientado en un callejón solitario. A la espalda o a un lado del palacio donde residía aquel vicario triunfante que necesitaba aprehenderle para escribir un adecuado epílogo a sus planes. El abrazo húmedo del aire le hizo encogerse entre los pliegues de sus vestidos, arrebujarse bajo la áspera tela de su disfraz y le dio impulso para salir presto de allí, para no saber, en realidad, hacia dónde encaminarse. La ciudad completa era una enorme trampa, mucho más cuajada ahora de peligros. Por eso se movió un poco por inercia, sin saber a ciencia cierta qué dirección tomar. El azar, la buena o mala suerte o los designios de los astros eran elementos tanto o más fuertes que sus propios razonamientos a la hora de marcar sus movimientos y su destino.

Empezó a llover, cada vez más fuerte. La tenue luz se convirtió en una cortina gris. Pronto se formaron charcos sobre los que rebotaban con fuerza las gotas caídas, componiendo miles de surtidores que se alzaban salpicando sobre la superficie del suelo. Dante chapoteó entre esos charcos, mientras se dirigía, en principio, hacia el norte, sin más plan que alejarse cuanto antes de la cercanía del palacio. El cielo desbordado limpiaba esas calles, hacía poco ensangrentadas por la ira de los ciudadanos. En el fondo, siempre había algo presto a lavar la conciencia de los florentinos. Algo consentía que el sol del día siguiente secara las trazas de la culpa, permitiendo el consuelo de una Florencia nuevamente encerrada en su orgullosa y productiva monotonía. Se paró y se apretó contra una pared. Trataba de aprovechar una balconada como parapeto contra un aguacero sin ganas de amainar. Con el corazón latiendo contra el paladar, trató de razonar. Si su objetivo era una huida, una salida furtiva de la ciudad, tendría que buscar el apoyo de aquellos que de lo clandestino hacen su forma de vida: contrabandistas, traficantes, cuatreros, delincuentes que entraban y salían de Florencia con mayor asiduidad e impunidad que cualquier honrado comerciante de la lana. Así pues, decidió internarse en el corazón mismo de la revuelta, en Santa Croce, donde miseria y delito eran las dos caras de una misma moneda ciudadana. Había recogido algo de dinero por si era necesario comprar voluntades y auxilios, pero tendría que ver cómo administrar tan escaso caudal, recurrir tal vez a la promesa de mayores recompensas futuras. De lo contrario, la ambición ajena podía optar por degollarle, conformándose sin más con el botín de unas pocas monedas.

Dante se sacudió el agua que le chorreaba en el rostro y salió corriendo de su refugio hacia la vía donde los Benci habían establecido sus casas. La cortina de agua encubría sus torpes movimientos desesperados, pero, a un tiempo, le ponía en evidencia, porque las calles estaban desalojadas y eso le convertía en un extraño e inverosímil paseante. Miraba hacia ambos lados, pero no había nadie con ganas de desafiar a la tormenta. De repente, le sobresaltó un estallido de voces y cascos de caballos a su espalda. Por instinto, volvió a aplastarse contra un muro, deseando pasar por invisible. En un instante, a través de una esquina aparecieron varios hombres: harapientos bribones de la zona que corrían frenéticos y levantaban riadas de agua en su carrera. Uno de ellos se volvió en aquella misma esquina y lanzó dos piedras hacia ese enemigo que Dante todavía no podía ver. Después, echó a correr, tan veloz como pudo, enlazando con el resto del grupo en fuga. Pasaron ante el poeta salpicándole, pero ni siquiera le miraron, como si simplemente no existiera. Se estremeció de terror cuando, por fin, esos perseguidores se hicieron visibles, anunciados por un enloquecido repicar de cascos de caballo. Eran cuatro mercenarios catalanes del conde; llevaban ballestas al hombro y las espadas desnudas. Intentaban galopar en pos de ellos, con los dientes apretados y los rostros contraídos de ira. Los caballos resbalaban a menudo, casi flotaban sobre el empedrado anegado, o se atascaban en grandes pellas de barro. Eso dificultaba la caza, enfurecía aún más a sus jinetes y envalentonaba a los huidos, que insultaban a gritos desde la distancia y se desviaban por callejuelas impracticables para entorpecer el camino de las monturas.

Dante se quedó bloqueado por el pánico. Temió que aquellos guerreros furibundos le atraparan, que cortaran de raíz esa fuga improvisada. Rezó por ser tan ignorado ahora como lo había sido por los hombres que iban por delante. Y casi lo consiguió, porque los jinetes le pasaron de largo, cubriéndole de agua sucia, sin olvidar cuál era su objetivo ni perder tiempo en detenerse. Pero antes de hacerlo uno de ellos apuntó en su dirección y lanzó una saeta que silbó entre la lluvia como un látigo. Por puro instinto, el poeta se movió hacia un lado. Fue suficiente para esquivar el tiro y salvar su propia vida. El dardo, antes de astillarse contra el muro, le atravesó la tela del vestido rozándole el costado, que le respondió con un ardor intenso. Su agresor ni siquiera volteó la cabeza para asegurarse del resultado de su disparo. Desaparecieron todos juntos con su peculiar galope entre la bruma del aguacero. Se convirtieron en cuatro figuras borrosas, como los apocalípticos heraldos de la destrucción.

Asustado, frotándose el costado herido, intuyó que en Florencia se había puesto en marcha una gran cacería. La matanza sangrienta de inocentes y el cruel linchamiento de los culpables habían dejado paso a la represión violenta de la justicia oficial. El conde de Battifolle dejaba bien patente su determinación de tomar la ciudad, someterla y reducirla a su propia disciplina. Cualquiera que rondara por las calles en esas horas difíciles era algo más que un simple sospechoso: un proyecto de rebelde o incluso un alborotador en activo. Y sus soldados, sin freno, se habían encargados del juicio sumarísimo y hasta de la ejecución incontrolada de la sentencia. Aquello no debía de ser muy distinto a los días que siguieron a la entrada de Carlos de Valois en Florencia en noviembre de 1301. Si Dante se había librado de sufrirlo en aquella ocasión, ahora se estaba convirtiendo en un testigo privilegiado. Reconsideró su estrategia. No sólo no iba a ser fácil encontrar en esas calles inseguras a nadie que sirviera a sus propósitos, sino que, tal vez, le iba a ser hasta imposible mantener la integridad de su propia piel. Los contactos que podían ayudarle debían de estar, ahora, a resguardo en sus refugios. Y si difícil resultaba localizarlos, más aún lo sería conseguir acceso a ellos.

Lugares escondidos, locales secretos… «¡La taberna!», pensó en una súbita explosión de esperanza. Aquel tugurio clandestino que había visitado con Francesco albergaba a un buen número de rufianes como para encontrar lo que precisaba. Dante concentró todo su esfuerzo en llegar allí. Era un trecho largo y penoso, en aquellas circunstancias. Se veía capaz de localizarlo, pero no sabía, en realidad, si el camino le iba a ser propicio o si la fortuna se le acababa allí, en esa marca tallada en la pared por una saeta milagrosamente desviada. Siguió caminando tan deprisa como pudo, siempre con el norte marcado en su horizonte, con la angustia y el miedo por continua compañía. Buscaba callejuelas en las que eludir esa enorme ratonera. Vadeaba arroyos cenagosos que atrapaban sus pies. A veces, oía o creía oír voces, confundía el trueno con galopes o redobles de tambor. Se agazapaba si creía distinguir entre la lluvia la insinuación del contorno de una figura o el resplandor lejano de alguna antorcha. Llegó a volver sobre sus pasos en una vía oscura y serpenteante al escuchar en la distancia el ladrido de los perros e imaginarlos parte de una jauría en su busca. Tropezó y resbaló más de una vez, besó el agua volcada sobre Florencia. Un guiñapo empapado, un conejo asustado, así se reconoció a sí mismo en un acceso doloroso de amargura. Pero siguió batallando contra la adversidad y ese derrotismo negro que le crecía en el pecho y acabó reconociendo ante sí el espacio, inquietantemente desierto, de la plaza de Santa Maria Maggiore. Desde ahí, sólo había un paso hasta aquel discreto tramo de la vía Buia en la que se escondía aquel garito tan anhelado. El tiempo mismo parecía burlarse de su esfuerzo. Ahora que se encontraba tan cerca, cesó casi de llover. Se mantuvo apenas una fina capa húmeda que parecía flotar en el ambiente. Buscó con ansiedad, exprimiendo la memoria de los días pasados, y se detuvo nervioso y jadeante

329

frente a una puerta recia, oscura y con mirilla. Era la misma puerta, la misma fachada con las ventanas cerradas, no había duda. Pero, a un tiempo, algo era muy distinto: no se oía ni una sola voz, ni señales del bullicio amortiguado que anteriormente delataban su presencia. A pesar de todo, Dante se decidió a aporrear la puerta. Nadie hizo caso alguno a su llamada. Con ansiedad desmedida, siguió golpeando hasta que la mirilla se descorrió con un brusco chirrido metálico.

—¡Qué demonios quieres! —gritó una voz ronca e iracunda desde el interior; Dante contempló un par de ojos irritados en el ventanuco.

—¡Ábreme! —replicó, imitando la soberbia exigencia de Francesco que tanto había impresionado al posadero—. Necesito entrar.

—¿Qué dices, bastardo? Aquí no tenemos nada para mendigos —escupió el tabernero con desprecio—. ¡Ve a revolcarte en la mierda, pordiosero!

Dante imaginó con desazón su propio aspecto, el vulgar disfraz aún más ajado por su accidentado camino hasta allí.

—¡Ábreme! Ya he estado aquí antes. Sé que regentas una taberna —insistió el poeta desesperadamente—. Te recompensaré.

El tabernero respondió con una risa ahogada y llena de matices asmáticos. Era casi como un irregular conjunto de estertores. Tosió con los bronquios desgarrados antes de volver a gritarle de nuevo, aún con más desprecio.

—¿Recompensarme? ¡Lárgate de aquí, piojoso, si no quieres que salga con una estaca y te muela a palos!

Después, cerró la portezuela dejando bien claro al extraño visitante que no iba a atender de ninguna forma a sus demandas. Aunque así fuera, el poeta estaba convencido de que no había nadie en el interior. Precavido y temeroso de aquellas horas difíciles, el tabernero debía de haber decidido cerrar temporalmente su negocio, negar asilo o diversión a elementos sospechosos que pudieran comprometerle en un registro. Dante se apoyó desmadejado contra el muro. Sus rodillas le pedían desplomarse. Su corazón desbocado parecía dispuesto a estallar allí mismo, acabar con la agonía, remontar con su alma inmortal ese callejón sin salida que cerraba su horizonte. Se sentía burlado, un ridículo bufón pretencioso tiritando de frío, amortajado prematuramente en un sudario de criado. El cielo mismo le dedicó la estruendosa carcajada del trueno y le escupió, inmisericorde, otra andanada de lluvia gruesa y fría. Quiso llorar, bañar su rostro de dolor y expulsar así su amargura, pero las lágrimas, que le brotaban con fatiga, apenas podían mantenerse en su cara, arrastradas en marea por la lluvia que se mezclaba con ellas y las lanzaba contra el suelo. Engullidas por un charco, navegaban calle abajo como una parte más de la riada. Imaginó que acababan tragadas por el Arno con indiferencia, disueltas entre tantas otras lágrimas derramadas. Sólo alzó la cabeza al advertir la presencia de una silueta plantada allí mismo, en la calle. Se aclaró los ojos empañados para distinguir la figura. Ni huir ni defenderse eran ideas que pudieran ya formar parte de sus planes. Derrotado, fatigado en exceso para agarrarse siquiera al consuelo de haberlo intentado, sólo quería ver quién estaba frente a él. Afrontó cara a cara a ese hombre alto, cubierto con una amplia capa de color oscuro y un capuchón calado sobre el rostro. Un hombre que portaba en su mano derecha una daga desenvainada y presta para el ataque.

—En verdad, no es fácil dar con vos —dijo el extraño y su voz sonó como un eco lejano filtrado por la lluvia—. Y menos aún con esa habilidad que mostráis para cambiar de aspecto —añadió burlón.

—Esto también debí de imaginarlo —respondió Dante con desgana—. ¿Quién mejor para esta labor y este final?

Se sintió vencido, resignado a su suerte. Pensó que su sangre, junto con sus lágrimas, navegaría hacia ese enorme y verdoso fin que era el río que partía en dos su patria. Desplomó la mirada hacia sus pies, separándola de Francesco de Cafferelli.

Capítulo 58

Francesco se desprendió de su capuchón con la mano izquierda, indiferente a esa lluvia que volvía a caer con fuerza. Observaba a Dante, analizaba con curiosidad su figura cansada y abatida.

—Secuestrador, guardián y finalmente verdugo —siguió hablando el poeta, débilmente, con la amargura de quien siente la traición de alguien a quien ha estado a punto de considerar como un amigo—. El perfecto final inesperado de esta burla que ha tenido al poeta necio, al ingenuo Dante Alighieri, como protagonista.

Francesco, sin expresión definida, dirigió la mirada hacia su brazo derecho. Parecía ser consciente justo ahora de lo amenazadora que resultaba su presencia, con aquella misma daga que ya había probado la sangre del desdichado Birbante atenazada en su mano. Lentamente, enfundó el arma bajo sus ropajes, tras haber hecho el gesto mecánico de secar la hoja en una capa empapada por la lluvia. Después, volvió a fijarse en aquel personaje cabizbajo, repentinamente envejecido. Era muy diferente al soberbio Dante Alighieri, altanero incluso en la desgracia, que había conocido apenas unos días atrás.

—Si en algo tiene razón el conde sobre vos, es en resaltar esa debilidad vuestra por llegar a conclusiones precipitadas —dijo Francesco de repente.

El poeta alzó la cabeza con una mezcla de extrañeza y enfado.

—¿Precipitadas? —dijo haciendo acopio de parte de la soberbia perdida—. ¿Acaso esa daga es un símbolo de amistad?

—Tal vez podríais interpretarlo como uno de defensa —replicó Francesco sin inmutarse—. Siempre la he llevado encima cuando iba con vos y nunca os he hecho daño alguno. ¿Por qué pensáis que quiero hacerlo ahora?

—Entonces, ¿por qué estás aquí? —preguntó Dante con perplejidad—. Ya no tienes que servirme de escolta ni hay nada que investigar…

—Quizá porque a mí también me intriga vuestra presencia aquí, o que hayáis salido a escondidas del palacio con este tiempo, desafiando el evidente peligro de las calles. Quizá porque creo que estáis huyendo de algo o de alguien.

—¿Y si así fuera? —replicó el poeta, provocador—. ¿Y si fuera mi vida en peligro lo que me ha impulsado a huir? ¿Qué cambiaría eso para ti?

—Si así fuera —contestó con sencillez—, os estaría buscando para ayudaros.

—¿Socorrerme contra tu propio señor? —dijo el poeta con intención y sacudiendo escépticamente la cabeza.

Francesco, sin variar en nada su seriedad, apretó los dientes con fuerza. Apenas eran unos músculos contraídos en el rostro, un leve relieve casi imperceptible bajo la lluvia, pero Dante se dio cuenta de cuánto le afectaba aquello. Parecía confirmar con dolor algo que ya había estado sospechando.

—¿Quieres convencerme de que no sabías nada? —añadió ahora Dante, dulcificando su tono—. ¿Quieres decir que tú también has sido un peón ignorante en esta partida de ajedrez que ha jugado el conde de Battifolle en Florencia? Es difícil de creer, Francesco…

Cafferelli trató de restablecer su gesto. Se le veía atenazado por algo parecido a una ira melancólica, un sentimiento de engaño que Dante ya conocía desde antiguo.

—Ya os dije una vez que no soy el confesor del conde —replicó seco Francesco—. Y también en esto sabía tanto del asunto como vos…, o quizá menos.

—Es igual, Francesco —insistió el poeta, anclado en su abatimiento—, ¿qué puede cambiar? *Messer* Guido de Battifolle es un hombre que sabe atenuar conciencias a base de lealtades.

—Mi lealtad no incluye la traición o la injusticia —remarcó con rabia.

333

Dante se quedó perplejo, casi boquiabierto. Estaba paralizado bajo la lluvia, con un rictus de sorpresa marcado en el rostro. No era capaz de articular una palabra. Era todo tan confuso, tan absurdamente variable e inestable. La irracionalidad misma que se había asentado en Florencia había impregnado hasta la médula a sus propios habitantes. Resultaban esquizofrénicos personajes que se movían siempre al borde de lo imprevisible; ciudadanos honrados y pacíficos que enloquecían hasta convertirse en bestias sanguinarias por unas horas; piadosos penitentes que, en realidad, se dedicaban a llevar a cabo los más cruentos asesinatos. O un vicario que, para pacificar una ciudad en discordia, se había implicado en una trama que masacraba inocentes en el nombre del bien común. Nada era lo que parecía o quería parecer en aquella ciudad enloquecida. Nadie creía estar actuando de forma diferente a la que debía. Un absurdo en el que ahora participaba el propio pupilo del conde de Battifolle, que se posicionaba abiertamente contra su señor y se mostraba dispuesto a implicarse en su ayuda. Era un socorro espontáneo, tan caído de las alturas como esa lluvia persistente que le calaba hasta los huesos. Y tan oportuno que llegaba justo cuando el poeta había soltado con desidia las riendas de su destino. Algo tan inesperado que Dante pensó, con ilusiones renacidas, que no podía tener otro origen que no fuera la energía de la incipiente amistad. Francesco se sacudió el agua del rostro, pasó la mano por su pelo empapado y miró hacia el cielo, como si antes no hubiera sido consciente de lo que éste estaba descargando sobre él.

—Os podéis seguir mojando aquí o aceptar esa ayuda —dijo de repente, rompiendo la situación enquistada.

—¿Incluso para salir de Florencia? —preguntó Dante.

—Si eso es lo que deseáis… —se limitó a responder Francesco.

Sin esperar más respuesta, el joven emplazó al poeta a seguirle, lo que insufló nuevas fuerzas en sus músculos entumecidos. Despreciando las intensas punzadas que le atravesaban las articulaciones cansadas, trató de seguirle en su camino. En realidad, no hubo mucho que recorrer, apenas un par de callejuelas hacia el norte. Bajo unos soportales, en una logia pequeña pero suficiente para amparar de las inclemencias a un grupo pequeño, vislumbró la silueta de dos hombres a pie, al cuidado de tres caballos. Cuando llegaron, los hombres, corpulentos y embozados en capotes similares al de Francesco, se retiraron al extremo más alejado con las monturas y dejaron un espacio de intimidad para los recién llegados. A pesar de ir tan cubierto, el poeta reconoció con sorpresa a uno de ellos. Se trataba de Michelozzo, aquel enorme bruto, con innegables rasgos de humanidad, que había formado parte del grupo que le trasladara a Florencia. Dante sintió una extraña alegría, como si acabara de encontrarse con un viejo conocido. Tuvo la impresión de que aquel hombre le dedicaba una sonrisa fugaz, uno de esos gestos bovinos tan propios, a modo de saludo y de señal de simpatía. Así pues, el simple Michelozzo no se había dejado llevar por el rencor, a pesar de que Francesco había segado la vida de su amigo y paisano. Comprendía, pues, la naturaleza de las decisiones que, a veces, un hombre tiene que tomar: luchar para vencer o morir dignamente en un juego en el que siempre se respeta al ganador. Sintió algo de vergüenza porque él mismo no había sido siempre capaz de comprender a aquel Francisco de Cafferelli que, pese a todo, ponía su seguridad y fidelidad por debajo de su honor para salvarle a él y a su pellejo.

—Esperadme aquí —dijo Francesco apenas habían entrado ambos en la protección de la techumbre.

Se dirigió hacia sus hombres y Dante fue testigo de una corta conversación entre ellos. Casi un monólogo, inaudible para él, en el que Francesco llevaba la voz cantante. Sin duda, pensó, repartía instrucciones o consignas a los otros. Luego rebuscó entre las bolsas de una de las sillas de montar, para acabar rescatando un bulto oscuro de tela con el que se encaminó de nuevo hacia el poeta.

—Será mejor que os despojéis de esas ropas —indicó, tendiéndole aquel paquete, que resultó ser una capa similar a la que portaban todos ellos.

La capa, gruesa y cálida, de buen paño y sobre todo seca, le resultó acogedora; una sensación reconfortante recorrió su cuerpo.

—Ellos os sacarán de la ciudad y os conducirán a Verona

335

—dijo Francesco, refiriéndose a aquellos dos hombres que esperaban al margen de su conversación—. Vos iréis en mi caballo. Creo que la vuelta será menos penosa y arriesgada.

—Y tú, ¿qué harás? —preguntó Dante mirándole fijamente a los ojos, esperando tal vez captar en ellos un asomo de emoción.

—Yo no tengo ningún otro sitio donde ir —respondió sin inmutarse—. Cumplo el exilio en mi propia ciudad.

—¿Cómo podré agradecerte todo lo que has hecho por mí? —expresó Dante con sincera gratitud.

—Considerad, simplemente, que cumplo con aquello que se me encomendó —replicó Francesco, restándole importancia—: serviros de escolta y protección. Quizá tuvierais razón y no hago más que seguir el camino que yo mismo he elegido.

Francesco se remitía a aquella conversación, aquel íntimo intercambio de fantasmas y dolor que habían mantenido en esa taberna que hacía poco tiempo no le había querido reabrir sus puertas.

—Y puedes estar seguro —replicó el poeta con solemnidad— de que con tus actos honestos honras la memoria de tu nombre y tu linaje. Tu padre, desde aquel sitio donde haya sido alojado por nuestro Creador, estará muy orgulloso de ti.

Dante observó cómo Francesco se removía inquieto, un movimiento nervioso que interpretó como efecto de la emoción, del latido acelerado de su corazón. Ahora que estaba a punto de partir, el poeta se dio cuenta de que, hasta ese mismo momento, su cabeza apremiaba el deseo de la huida acumulando referencias negativas de Florencia. Iba generando recuerdos que justificaran su desdén y su salida, seguramente para nunca volver a la ciudad que le había visto nacer. Atenazado por la indignación y el pánico no había sido capaz de reparar en que también podía dejar atrás a buenas personas. Gente honrada que, por azar o por verdaderas convicciones, permanecían al otro lado de esa trinchera que se había establecido firme frente a él. Y aquel joven valiente, agresivo pero consecuente con su propia ética, aquel Francesco de Cafferelli que le había recibido con tanta animadversión, le dejaba en el alma un poso imposible de remover. Le nacía prematuramente la nostalgia de alguien destinado a convertirse en un amigo muy querido, a quien debía abandonar justo cuando su espíritu le impulsaba a compartir con él más sentimientos. Dante sintió en su interior una estremecedora ternura y, sin reprimirse o dejarse impresionar por la rocosa dureza de su fachada, le abrazó como si fuera un hijo. Francesco no rechazó aquel abrazo y, aunque fuera tan pasivo como siempre a la hora de mostrar sus sentimientos, Dante intuyó que agradecía ese gesto. Cuando se separaron, creyó observar en su rostro relajación; una tranquila paz de espíritu que dotaba a su figura de una apariencia muy distinta, incluso vulnerable, en contraste con su pose habitual. Titubeaba incluso, como si algo le pugnara por salir al exterior luchando con años de mordazas construidas a base de reticencias. Sin malgastar palabras, introdujo una mano bajo su capa y extrajo un pergamino ya gastado, acomodado en dos dobleces, que tendió hacia el poeta.

—Lo escribí hace muchos años…, al comienzo de mi nueva vida en el destierro —dijo con pudorosa timidez—. Quiero que lo guardéis y lo leáis si algo hace que os acordéis de mí…

Dante lo tomó y lo guardó, sin leerlo ni tratar siquiera de abrirlo, por respeto a sus deseos. Mientras tanto, Francesco hizo un gesto convenido a sus hombres, que se acercaron ligeros. Le ayudaron a montar sobre el caballo y él, con el ánimo encogido, fue incapaz de decir nada más. Al pie de aquel animal, como toda despedida, Francesco pronunció un sencillo:

—¡Suerte, poeta!

Después su rostro se deshizo en un gesto inhabitual; en un gesto que en los días de permanencia en la ciudad nunca antes había estado dispuesto a ofrecerle: una amplia sonrisa, limpia y dulce, que transformó su rostro duro en el de un niño; un muchacho alegre y confiado, ese mismo que debía de haber sido apenas unos días antes de partir de su ciudad hacia un exilio insospechado. Justo entonces, sus dos acompañantes, ya a caballo, arrearon las cabalgaduras y se lanzaron bajo la lluvia en un medio trote no demasiado acelerado. Cuando Dante volvió la cabeza, Francesco de Cafferelli ya no estaba y Florencia misma desaparecía difuminándose en contornos imprecisos entre la lluvia.

Capítulo 59

*L*a sonrisa de Francesco acompañó a Dante durante todo el viaje de retorno. Las circunstancias de éste ya no eran las mismas que en aquellos azarosos días de septiembre y octubre, en los que fue obligado a regresar a Florencia. Ya no era un prisionero ignorante de su destino, ni existían las precauciones y limitaciones inherentes. Viajaba a lomos de buenos caballos, se alojaba en posadas y mesones más dignos y gozaba, además, de una libertad que hacía de la travesía algo completamente diferente. Con Michelozzo apenas si intercambió unas pocas frases, ninguna demasiado íntima o trascendente como para rascar algo más allá de la capa más superficial. Pero en su cercanía se sentía seguro. Por lo demás, la mayor parte del viaje lo pasó en un aturdido estado de ausencia, porque se acumulaban las cuestiones sobre las que reflexionar y resultaba complicado asimilar todo aquello que le había sucedido. Había salido de Florencia tan subrepticia y clandestinamente como había entrado aquella última vez, convenciendo a los guardianes de la puerta de la muralla en Santa Croce con la misma llave, la que abría tantas puertas en Italia: el dinero.

Pronto dejaron atrás la ciudad y, aunque casi intuía que no la vería más, no quiso volver a contemplarla. Imaginaba, tal vez, que si lo hacía ocurriría igual que con Francesco. Todo se habría esfumado. En el fondo, no eran más que imágenes que tendría que ir arrinconando en la memoria. Después de cabalgadas muchas millas, cuando decidieron dar reposo a sus caballos junto a un arroyo del camino, Dante, a solas, con la espalda acomodada en el tronco de un árbol, cerró los ojos y volvió a acordarse de Francesco. Automáticamente, como ese efecto que sigue a la causa en los científicos, rememoró algunas de sus últimas palabras y tanteó en busca de aquel recado misterioso, ese pergamino doblado que transportaba la letra de su frustrado amigo. Desplegó la nota, amarillenta de años, y se encontró con unas líneas en toscano. Una caligrafía casi infantil e imperfecta, unas letras apretadas con irregulares trazos de una pluma no excesivamente bien manejada. Pedazos de una especie de poema, reconoció Dante, aun cuando los fallos de su técnica y estilo delataban la presencia de un ingenuo aprendiz, un mal poeta llamado por Dios a ocupaciones muy distintas a las líricas. Pero se veía un gesto sincero, reflejado con más dolor y sentimientos, con más coraje y honradez que lo que había vislumbrado en muchos otros verdaderos profesionales, reconocidos vates o aprovechados adláteres del movimiento del *dolce stil novo*.

Leyó y releyó aquellas líneas:

> Si no conocéis el dolor en todas sus formas,
> si nunca habéis visto a un hombre destrozado
> miradme a mí, que lloro por mi amada
> y sufro porque no soy ni la mitad de hombre
> que aquel que bajó a los Infiernos
> para volver a contemplar el rostro de su dama.
> Ese mismo que sacrificó familia y gloria
> para luchar por recuperar todo lo perdido allá en la patria.

339

Las que querían aparentar ser las palabras de un hombre destrozado, no dejaban de ser, en realidad, más que la expresión dolorosa de un chiquillo amargado por la pérdida de su primer y gran amor. Era el juego de la autohumillación, el desahogo de la frustración regodeándose en su impotencia. Más allá de eso, era un canto de admiración, de reconocimiento absoluto hacia un hombre que no podía ser más que él mismo, Dante Alighieri. Era una confirmación explícita de que el honrado y desafortunado Gherardo de Cafferelli había sabido imprimir en su vástago sus creencias y sus firmes determinaciones, a pesar de que éste se mostraba tan reacio a reconocerlo. La intención de Francesco, al hacerle conocer sus garabatos escritos tantos años atrás, era la mejor prueba y testimonio de amistad que el joven podía hacer a aquel hombre cada vez más convencido de haber perdido el respeto, el afecto y la comprensión de los hombres de su tiempo.

Conducido por sus guías con distante cortesía, llegó a Verona una mañana de mediados de octubre, sin mayor novedad. A pesar de lo imprevisto de su ausencia, una vez reinstalado en la ciudad del Adige, no explicó a nadie los motivos ni relató lo que había vivido o sufrido en esos días. Y nadie, ni siquiera su protector y amigo Cangrande, que conocía su carácter y esquivo temperamento, indagó más allá de lo mínimamente razonable en busca de esos motivos. Al ver que, a la postre, retornaba sano y salvo, acabaron por pensar en rarezas de erudito empeñado en sus obras. En su profunda introspección y desgana, no fueron capaces de diferenciar nada que antes no hubieran considerado consustancial a su compleja personalidad. Si antes era difícil conseguir unas palabras del meditabundo Dante Alighieri, ahora incluso rehusaba respetar las mínimas reglas de la conversación. Tampoco habría de durar mucho esa situación en los dominios de Cangrande, porque el poeta ya había meditado y decidido dejar atrás también la ciudad prealpina. Quería alejarse de aquella corte exigente y, a veces, un tanto relamida y abigarrada. Deseaba zanjar su estancia en aquel palacio que tanto le recordaba su perpetua condición de exiliado. Y no es que no guardara siempre una intensa gratitud a aquel Scaligeri que le había acogido y provisto a sus hijos de medios para estudiar, pero quería refugiarse en un lugar tranquilo, sosegado, y reposar su conciencia. Anhelaba estar rodeado, por fin, de su familia, de sus hijos Pietro, Jacopo y Antonia, que tomaría los hábitos adoptando el simbólico nombre de sor Beatrice; quería ocupar su propia casa eludiendo su papel de hospedado de lujo. Y eso lo iba a encontrar en Ravena, la ciudad cercana al Adriático donde gobernaba su amigo y hombre de letras como él, Guido Novello da Polenta, rodeado de un selecto grupo de artistas y escritores. Éste le recibió con los brazos abiertos y el entusiasmo de quien comprende lo valioso que resulta tener cerca de sí a un hombre tan destacado en el pensamiento y en la ciencia como aquel poeta vagabundo.

340

Capítulo 60

$\mathcal{N}$i en su última morada, la de Ravena, llegó a hablar nunca con nadie de todo aquello. Nunca reflejó siquiera un rastro de sus vivencias en alguna de sus obras posteriores, como si ese periodo no tuviera que contar entre sus experiencias, ni dejar huella más allá de las cicatrices de su alma. Sin embargo, sí que las guardó escritas en la ladera escondida de sus emociones, en esa selva oscura y tenebrosa donde alguna vez se había sentido perdido; allí donde almacenamos lo que apenas nos place recordar, pero, a un tiempo, sabemos que no debemos ni podemos olvidar sin desprendernos de una parte vital de nosotros mismos. Al abrigo tranquilo de Ravena, se afanó en dar un adecuado fin a su *Comedia*, en honrar a su nuevo anfitrión Guido Novello da Polenta con la conclusión del último y más delicado de sus cánticos, el «Paraíso», sin olvidar la difusión de otros trabajos donde su rencor hacia aquellos que habían acabado por dividir su patria con una brecha insalvable —teorizadores podridos al servicio de Aviñón, defensores de ilegítimas pretensiones absolutas sobre lo terrenal— alcanzara una altura intelectual indiscutible y complicada de rebatir para los decretalistas y toda esa corte de paniaguados papales.[22]

A veces eran las ocupaciones que le encargaba su señor las que ocupaban de lleno su conciencia: estudios o labores diplomáticas, negociaciones con vecinos que aún se dejaban influenciar por la cuota de prestigio intacta de aquel insigne poeta exiliado de su patria, pretendida señal de garantía de honestidad y lealtad. Pero siempre que su mente alcanzaba el reposo o se retiraba a descansar en algún lugar escondido donde nadie pudiera importunarlo, sus pensamientos volaban hacia su ciudad y crecía la sombra de los últimos días allí pasados. En verdad, no volvió a sentir el miedo, ese hálito frío de la muerte pegado a la nuca, que le había perseguido, a menudo, durante su exilio y especialmente durante esos tenebrosos días de estancia en Florencia. No le abandonaron sus visiones, esas pesadillas recurrentes que en otros tiempos le habían hecho aborrecer la quietud de la noche; sin embargo, acabaron por convertirse en algo tan familiar y confuso entre otros muchos recuerdos que su mente los aceptó con la resignación con que el lisiado asume su discapacidad y sus limitaciones. Si aquellas premociones llegarían a verse cumplidas algún día era algo que ya apenas le preocupaba. Consumido, corriendo las últimas etapas de su vida azarosa, no había hogueras a las que pudieran temer ya sus huesos cansados. Y, a fin de cuentas, su memoria podía acoger por igual imágenes de canes rabiosos ataviados con sagradas vestiduras que demonios mudos con las uñas azules, linchamientos y cadáveres desgarrados o cubiertos de mierda. A veces, incluso, llegaba a pensar que todos formaban parte del mismo delirio, que su imaginación se había extraviado en el curso de sus ocupaciones y preocupaciones fabulando conspiraciones y diabólicos planes. Cuando eso ocurría, bastaba con desplegar aquella nota de Francesco que siempre llevaba consigo. Releyendo esas palabras edificaba el recuerdo veraz de todo cuanto había ocurrido en compañía de aquel joven orgulloso. Entonces, todo aquello volvía a ser real. Borrados los perfiles difusos de la fantasía, se hacía nítido y denso como el tacto áspero y gastado de aquel pergamino.

No volvió a saber nada más de aquel Francesco de Cafferelli. De él, para su sorpresa, porque había sido el único e insospechado gesto de alegría que le había permitido conocer, prevalecía el recuerdo fugaz de su última sonrisa. Le deseó, desde aquella distancia forzada, todo lo mejor que su espíritu pudiera recoger. Rezó porque sus dudas y penas no acabaran por encallecer su corazón, embarcándole en un triste camino sin retorno. Sí que supo de aquel vicario astuto y retorcido, *messer* Guido Simón de Battifolle. Según las noticias que se empeñaban en hacerle llegar por su triste condición de florentino en el exilio, había conseguido cumplir sus objetivos casi con más éxito y precisión de lo que él mismo hubiera soñado. En la elección de priores, que tanto se había afanado en manipular, Battifolle consiguió que, de los trece acordados, casi todos fueran de la parte del Rey. Se cambió el Estado de Florencia sin ninguna otra turbación o expulsión de gente. Para el soberano napolitano, la actuación de su vicario no sólo le iba a garantizar los cinco años pactados de señoría, sino una nueva prórroga de cuatro años más en los que proseguir sus fructíferos acuerdos con los principales banqueros florentinos. De creer en las voces que llegaban de la ciudad del Arno, los nuevos gobernantes consiguieron mantenerla durante un largo periodo de tiempo en un estado desusadamente tranquilo y pacífico, contribuyendo a que avanzara y mejorara bastante. En abril de 1317, el rey Roberto había conseguido, además, que la entelequia de la paz entre Florencia, Siena, Pistoia y toda la liga güelfa de la Toscana con las tradicionalmente gibelinas Pisa y Lucca se hiciera realidad. Se alegró por su ciudad, o por la que desde su infancia lo había sido y a la que tanto había amado, aunque le hubiera condenado a no poner nunca más los pies sobre su suelo.

A veces, cuando corría a rienda suelta la melancolía, se permitía pensar que, tal vez, aquel vicario duro y calculador estaba verdaderamente animado de buenas aunque tortuosas intenciones. Quizá no albergaba en su intención gran parte de las maquinaciones que Dante le había atribuido. De ser así, una punzada íntima en su corazón dolorido le recordaba que había perdido su última gran oportunidad de recuperar todo aquello por lo que tanto había batallado. Si más adelante iba a haber otra ocasión, era algo que el poeta en el exilio no podría llegar a conocer, porque su existencia, lanzada con desgana por la pendiente de la vida hacia su fin, no tardaría en reunirse con la esencia del Creador. Y lo haría trabajando, arrastrando los pies por el camino, inmerso en las tareas a las que le empujaba su propia responsabilidad.

En el verano de 1321, un Dante apaciguado, asentado plenamente en la imagen de hombre de paz, partió comisionado por el señor de Ravena a una importante embajada en Venecia: una delicada misión diplomática para evitar un conflicto; una expedición para serenar los ánimos de guerra de la República de San Marcos, muy solivantados tras el enésimo incidente sangriento provocado por unos marineros raveneses, pendencieros y borrachos, contra otros venecianos. Era una situación difícil que enmascaraba la verdadera rivalidad por la supremacía marítima entre ambas potencias. De regreso a Ravena, atravesando ligero los insalubres pantanos de Comacchio, ansioso por rendir cuentas a su amigo y señor Guido Novello de Polenta, enfermó de unas fiebres que fueron más implacables y certeras que los odios y condenas de sus desdeñosos compatriotas florentinos. Tras una breve y febril convalecencia, su alma, quizá cansada de resistir tanta lucha y conseguir tanta victoria efímera, iba a abandonar su cuerpo mortal dispuesta a reunirse con su Hacedor. Era la noche entre el 14 y 15 de septiembre, cuando la Iglesia celebra la exaltación de la Santa Cruz, cincuenta y seis años y cuatro meses después de que su estrella brillara por vez primera en el firmamento. Dicen que su hija, sor Beatrice, en vela con las otras monjas por el oficio de maitines, rezaba en la pequeña capilla de la Uliva, y que, en un momento determinado, observó cómo el firmamento pareció emblanquecerse. Cuando alzó los ojos llorosos hacia esa luz extraña, tuvo la sensación de que el cielo mismo se abría para acoger a su padre.

344

En su lecho de muerte, rodeado de familiares y amigos, se habría sentido como uno de sus propios personajes, dando vueltas sin verdadera dirección en torno a círculos hechos de frustraciones, conspiraciones y dolor. A fin de cuentas, ¿de qué pecado capital había estado libre aquel Dante Alighieri que se arrogaba derechos de justicia sobre el resto de los pecadores? A duras penas había conseguido mantener la ira en abundantes, quizás excesivas, ocasiones; esa ira contraria a la santa paciencia que le nublaba la razón y que él tantas veces había disfrazado de justa indignación ante la maldad del prójimo descarriado. Tal vez se había empleado con implacable avaricia en la busca de elogios, fama y honores; o incluso en pos de reconocimientos públicos, como ese loco sueño suyo de ser premiado con la corona de laurel en la ciudad misma que no le había querido para sí. Soberbia…, cuánta y qué continua, qué visible y obstinada. Traspasando siempre los honrados límites del orgullo, le había hecho desconfiar de las capacidades de los demás, atribuirse para sí mismo cuantas responsabilidades creía excesivas para los otros.

Con desprecio a toda humildad, había desechado incluso oportunidades como aquella última amnistía rechazada, sin valorar ni
pensar en el bienestar de los suyos. Había caído en la lujuria,
deslizándose sin gran resistencia por la resbaladiza pendiente del
amor, con intemperancia, descuidando sus deberes de esposo
leal, a veces con descaro y sonrojante intensidad, como le sucedió con aquella pasión de madurez de Lucca, que tanto distrajo
sus labores y su obra. Y si no había podido ser nunca señalado
por el nefasto vicio de la pereza, sí que había sido acusado por algunos de haber actuado al margen de la debida diligencia. En especial, en el desempeño de sus funciones públicas, donde quizás
hubiera podido hacer más, ser más flexible o más hábil negociador, honrar la confianza de sus conciudadanos con más éxito
frente a la amenaza evidente que suponía la llegada a Florencia
de Carlos de Valois. De la misma forma, nadie podía jamás hablar de gula en los hábitos alimenticios de un Dante frugal y
austero en el comer y el beber hasta la exageración. Pero ¿qué
decir de su afán de devorar libros y conocimientos? ¿No era
equiparable esa enfermiza pasión que le había robado su poco
tiempo disponible, hasta el punto de descuidar familia y patrimonio? Un afán de saber y de ciencia que no le había separado
menos de los suyos que las millas interpuestas por el forzado
destierro, para acabar concluyendo, en su lecho de muerte, que
su vida al fin, durante esos últimos años, se había desenvuelto en
algo no muy diferente a un infierno construido de falsas esperanzas e inútiles búsquedas, jugando a ser un dios poético para
castigar a sus enemigos. Un infierno del que los últimos días pasados en Florencia no eran más que un postrer reflejo. Un
averno del que sólo al final había tratado de escapar, trepando de
nuevo por las costillas mismas del diablo.[23]

Y todo para buscar, con más fuerza y ahínco que los estériles
ideales, el paraíso de la paz en la Tierra entre los suyos, al comprender que los amigos y aliados brotan en las raíces profundas
del corazón y te arropan con las prendas cálidas del cariño vo-
luntario; nunca se ganan por la fuerza de las armas o la imposición de las doctrinas políticas. Para al final entender que todos
vivimos y morimos presos en el inquebrantable confinamiento
de nuestros círculos —sean propios o extraños—, en las mise-

345

rias autoimpuestas o en círculos ajenos similares a los diseñados por Dante.

Dicen que, en el momento de expirar, una calma pacífica relajó sus músculos y de una de sus manos recién abiertas cayó al suelo un gastado pedazo de pergamino. Grabados había unos versos que no podían ser de Dante y cuya autoría alimentaría aún más los enigmas acumulados en los últimos años del poeta. Ni sus hijos reconocieron la escritura, que no podía haber surgido de su pluma. Sí que eran suyas, sin duda, otras palabras recogidas debajo de aquel galimatías. Unas breves e intensas líneas latinas, tan rotundas y sentidas que acabarían siendo su epitafio:

IURA MONARCHIAE, SUPEROS, PHLEGETHONTA LACUSQUE
LUSTRANDO CECINI, VOLUERUNT FATA QUOUSQUE:
SED QUIA PARS CESSIT MELIORIBUS HOSPITA CASTRIS,
AUCTOREMQUE SUUM PETIIT FELICIOR ASTRIS,
HIC CLAUDOR DANTES PATRIS EXTORRIS AB ORIS
QUEN GENUIT PARVI FLORENTIA MATER AMORIS.

346

[He cantado los derechos de la monarquía, explorando
    los Cielos, el Flegetonte
y los abismos del Infierno, hasta que quiso el Destino:
pero ya que mi alma retornó hacia mejores hospedajes
y más feliz ahora que se ha dirigido a su Hacedor entre
    las estrellas,
aquí está encerrado Dante, desterrado de los límites
    de su patria,
a quien engendró Florencia, la madre de amor
    tan escaso.]

Madrid, enero de 2005

Notas

1. Hasta el siglo XIX no existirá el Estado unificado que conocemos como Italia. Sin embargo, ya durante la Edad Media hay una idea de unidad sentimental, aunque no política, coincidente con el territorio de la península en cuestión. En ese sentido es como los contemporáneos se refieren a «Italia» o utilizan el adjetivo «italiano».

2. La primera copa es para la sed, la segunda para la alegría, la tercera para el placer, la cuarta para la locura.

3. Cuando estamos en la taberna / no pensamos en cuándo se nos tragará la tierra, / porque estamos ocupados en jugar, / lo que siempre nos hace sudar…

4. Bebe la amante, bebe el amante, / bebe el soldado, bebe el cura, / bebe él, bebe ella, / bebe el sirviente, bebe la doncella…

5. La embriaguez no hace los vicios, sólo los evidencia.

6. Como «vulgar» se entiende el lenguaje nativo de una zona determinada, en contraposición al lenguaje culto, que es el latín.

7. En la actualidad, Nápoles.

8. *Convivio*, II, 8.

9. Fiesta de primero de mayo.

10. Dante. *Epístola XII*: «Pero si otro procedimiento […] es encontrado que no disminuya la fama y el honor de Dante, lo aceptaré con pasos no lentos».

11. En la datación romana: «*ante diem VIII Kalendas Sept.*». Equivale a la fecha del 25 de agosto de 1316.

12. La cita es del «Infierno» VI, 10-18.

13. «Infierno» XXVII, 22-27.

14. «Infierno» XX, 10-15.

15. «Infierno» XIV, 28-30 y 37-42.

16. En Florencia no debía haber más gobernante que Cristo y los propios ciudadanos.

17. El párrafo correcto es: «Como todos, vendremos por nuestros

despojos, / pero no para que alguno los vista de nuevo, / no es justo que el hombre posea lo que se quitó. / Aquí los acarrearemos y en esta triste / selva quedarán nuestros cuerpos, suspendidos/ cada uno del endrino a cuya sombra se atormenta». «Infierno» XIII (103-108).

18. Remigio de Girolami, docente en Santa Maria Novella.

19. Vía de los Curtidores.

20. La frase entera: «*Quivi venimmo; e quindi giù nel fosso / vidi gente attufata in uno sterco / che da li uman privadi parea mosso. / E mentrech'io là giù con laico o cherico*». «Infierno» XVIII, 112-117.

21. Bastón grande y nudoso con una cabeza de hierro puntiaguda. La traducción es un irónico «buenos días».

22. Defiende la primacía del imperio en *De Monarchia*.

23. Así sale el poeta del «Infierno» para pasar al «Purgatorio».

Este libro utiliza el tipo Aldus, que toma su nombre

del vanguardista impresor del Renacimiento

italiano, Aldus Manutius. Hermann Zapf

diseñó el tipo Aldus para la imprenta

Stempel en 1954, como una réplica

más ligera y elegante del

popular tipo

Palatino

* * *

* *

*

Los círculos de Dante se acabó de

imprimir en un día de otoño

de 2006, en los talleres

gráficos de Puresa,

calle Girona, 206

08203 Sabadell

(Barcelona)

* * *

* *

*